HEYNE <

May McGoldrick

# Flammendes Herz

Roman

*Aus dem Amerikanischen*
*von Beate Darius*

WILHELM HEYNE VERLAG
MÜNCHEN

HEYNE ROMANE FÜR ›SIE‹
Band-Nr. 04/408

Titel der Originalausgabe
THE FIREBRAND

*Umwelthinweis:*
Dieses Buch wurde auf
chlor- und säurefreiem Papier gedruckt.

2. Auflage
Deutsche Erstausgabe 02/2003

Der Wilhelm Heyne Verlag ist ein Verlag der
Ullstein Heyne List GmbH & Co. KG
Printed in Germany 2003
Umschlagillustration: Donald Case/Agentur Schlück
Umschlaggestaltung: Nele Schütz Design, München
Satz: Satz-Studio Pechtl, Passau
Druck und Bindung: Elsnerdruck, Berlin

ISBN 3-453-86241-4

*Für die talentierten Mitglieder der Bucks County und New Jersey Romance Writers – mögen die Musen der Dichtkunst ihnen stets gewogen sein.*

*Und für Hilary Ross – du hast uns dazu angetrieben, unser Bestes zu geben. Ohne dich wäre dieses Buch nicht das, was es ist.*

# Prolog

*Abtei Jervaulx in Yorkshire, England*
*August 1535*

»Euer Vater ist tot.«

Die Stirn in tiefe Falten gelegt, das verhärmte Gesicht schmutzverkrustet, maß der Ritter die drei jungen Frauen. Sie standen zusammen vor dem Kamin, ihre fassungslosen Mienen vom goldenen Licht des schwachen Feuerscheins eingehüllt. Nur wenige Kerzen erhellten das winzige Abteigelass.

»Ihr solltet wissen, dass er in dem festen Glauben an seine Sache gestorben ist. Genau wie Thomas More und Bischof Fisher ließ auch er sich nicht dazu zwingen, das Gesetz zu unterzeichnen, das König Henry die Oberhoheit über die englische Kirche zusichert. Was sie auch anstellten – wie grausam die Folter auch immer gewesen sein mag –, Edmund Percy ließ sich nicht erpressen.«

Sein Blick ruhte auf der jüngsten Tochter, die zu weinen angefangen hatte; stumme Tränen, funkelnd wie Diamanten, rannen unaufhaltsam über ihre Wangen und fielen auf den Steinboden.

»Sie haben ihn in seiner Zelle umgebracht. Sie hatten Angst, ihn in Westminster vor Gericht zu stellen, deshalb kamen sie in der Nacht – heimtückische, blutrünstige Feiglinge. Ein Wachposten, den ich kenne, hat mir berichtet, dass sie ihm die Kehle aufgeschlitzt haben. Er kämpfte wie ein Mann, aber der Dolch eines Verräters setzte seinem wertvollen Leben ein Ende.«

Benedict, der hoch aufgeschossene Mönch, stand auf der Schwelle und räusperte sich betreten. »Wo ist sein Leichnam? Wird er nach Yorkshire zurückgebracht für ein standesgemäßes Begräbnis?«

»Nein, der Leichnam wurde …«

Ein gepresster Schluchzer entwich den Lippen der jüngsten Tochter; unvermittelt eilte sie zur Tür. Niemand versuchte, sie aufzuhalten, als sie an dem Mönch vorbeischlüpfte und in dem dunklen Kreuzgang verschwand.

»Fahret fort«, befahl Benedict und bedeutete den beiden anderen Schwestern zu bleiben. »Da ist mehr, was wir erfahren müssen.«

Tiefe Trauer erfüllte ihre Seele, nahm ihr beinahe die Kraft zu atmen.

Adrianne verließ das Stiftshaus, stolperte die Treppen hinunter, ignorierte die Hände, die sich ihr helfend entgegenstreckten. Als sie über den Klosterhof zu den Stallungen lief, gewahrte sie ihre Umgebung durch einen Schleier von Tränen.

Er war tot. Ihr Vater war von ihr gegangen. Für immer.

Sie flüchtete sich in die Ställe, ihre Hand ertastete eine lehmverkrustete Schaufel. Ihre Schulter stieß schmerzhaft gegen das raue Holz der Tore, doch ihr Körper war wie taub gegen den Schmerz. Sie taumelte durch die finstere Scheune. Ihre Trauer verwandelte sich in Wut, und sie holte mit dem hölzernen Spaten aus, schabte über Stein und Holzpaneele.

Ein ganzes Jahr lang hatten sie gehofft, dass Edmund Percy von seiner ungerechten Haftstrafe befreit werden würde. Vergeblich. Ihr Vater war tot.

Adrianne trat gegen einen leeren Futtereimer, stieß die Schaufel ungestüm in eine Ecke. Sie trommelte gegen die Scheunenwand, bis ihre Fingerknöchel blutig waren. Indes verspürte sie keinen Schmerz.

Die Bilder der Vergangenheit zogen an ihrem geistigen Auge vorüber. Ihr Vater, groß und anziehend – der sanfte Krieger, mit strahlend blauen Augen, in denen sich seine Herzensgüte spiegelte. Ihre Mutter Nichola – die ernste Schönheit, deren ganze Liebe Edmund und ihren drei Töchtern galt. Die Familie, die sie gehabt hatte. Die tiefe Zuneigung, die sie geteilt hatten. Vorbei. Vorbei.

»Vorbei!«, zischte sie wütend, derweil ihre blutige Faust auf die Wand einhämmerte. Diesmal durchbrach der scharfe Schmerz in ihrer Hand die Dumpfheit in ihren Gliedern, und sie sank zu Boden und weinte hemmungslos.

Die Bilder hatten sich in ihr Gedächtnis eingebrannt – Edmund Percys Festnahme; die verzweifelten Bemühungen ihrer Mutter, die Töchter zu verstecken; das Gemetzel an der unschuldigen Dienerschaft; das Blut, das Wände und Böden ihres Herrenhauses besudelte. Das alles sah sie so deutlich vor sich, als wäre es erst gestern geschehen.

Haltloses Schluchzen ließ Adriannes zierliche Gestalt erbeben. Sie wähnte sich so hilflos wie nie zuvor in ihrem Leben. Ihr Kopf sank gegen das Mauerwerk.

Als Catherine die Stallungen betrat, bestürzte sie der Anblick ihrer jüngeren Schwester zutiefst. Adrianne kauerte vor der Wand, ihr schwarzes Haar hatte sich aus den dicken Flechten gelöst. Das graue Gewand, am Ärmel zerrissen, war mit Schmutz und Stroh bedeckt. Sobald die jüngste der drei Percy-Schwestern aufsah, strebte Catherine, erschüttert über das Blut und den Schmutz, der sich mit den Tränen auf Adriannes Gesicht vermischte, sogleich an deren Seite. Vorsichtig setzte sie den mitgebrachten Talgstumpen im Stroh ab.

»Was hast du getan?« Sie betastete eine Beule an Adriannes Stirn, einen Kratzer auf ihrer Wange.

»Lass das!« Adrianne wehrte die fürsorgliche Berührung ihrer Schwester ab. Unvermittelt fiel Catherines Blick auf die blutig aufgeschürften Fingerknöchel.

»Bei der Heiligen Jungfrau! Adrianne, was hast du gemacht?«

»Bitte nicht!« Ein Schluchzen entwich den Lippen der jüngeren Frau. »Bitte sag mir nicht, was ich zu tun und zu lassen habe. Nicht jetzt. Und bitte, mach mir jetzt nicht weis, dass diese Nachricht von unserem Vater nur eine weitere Lüge ist.«

Ausgedehntes Schweigen schloss sich an. Zwei blaue Augenpaare begegneten sich, jede Schwester suchte Trost bei der anderen.

»Dieses Mal glaube ich es«, murmelte Catherine schließlich. »Die Nachricht von Vaters Tod wurde zunächst im nördlichen Grenzgebiet verbreitet. Mutter hat uns dann diesen Ritter geschickt. Er hatte einen versiegelten Brief von ihr. Er hat ihn Laura und mir gegeben, nachdem du die Gemächer des Abts verlassen hattest.«

Adrianne wischte sich die Tränen vom Gesicht und richtete sich auf. »Was schreibt Mutter? Ist sie wohlauf?«

»Sie beteuert, dass sie in Sicherheit ist, aber wie stets ist sie mehr um unser Wohlergehen besorgt.« Catherine zupfte ein Taschentuch aus ihrem Ärmel und wickelte es um Adriannes Fingerknöchel.

»Hat sie den Schatz des Tiberius erwähnt?«

»Ja, aber wie üblich nur verschlüsselt! Etwas von ›der Karte‹ und von unserer Verantwortung – dass wir sie so sicher verbergen müssen wie schon unser Vater vor uns. Versteckte Hinweise, wie wir die einzelnen Kartenteile zu schützen haben. Eines ist jedenfalls klar: uns droht Gefahr von denjenigen, die es auf dieses Kartenmaterial abgesehen haben.«

»Dann geht das Spiel also weiter.« Adrianne musterte ihre Schwester. »Lauras ausgeklügelte Pläne, die wir zu dritt ausgeführt haben. Die vielen kleinen Truhen, die wir in sämtlichen Winkeln von Yorkshire vergraben haben. All diese Skizzen und Rätsel, um diejenigen, die den Schatz suchen, in die Irre zu führen – meinst du, das Ganze hat wirklich Sinn?«

»O ja.« Catherine nickte. »Besonders jetzt, da Mutter glaubt, dass es nur noch eine Sache von wenigen Tagen sein kann, bis ein Haftbefehl gegen uns drei erlassen wird. In der Tat erwähnt sie den Statthalter des Königs, einen gewissen Arthur Courtenay. Er wartet anscheinend nur auf eine günstige Gelegenheit, uns drei hinter Schloss und Riegel zu bringen.«

Zorn überschattete Adriannes Züge. »Solange Vater noch lebte, hätte er das nie gewagt. Soll er doch ruhig kommen. Diesmal werden wir bis zum letzten Blutstropfen kämpfen. Es wird keinen Arrest geben ... kein zermürbendes Warten ...«

»Adrianne ...« Catherines Hand umschloss energisch das Kinn ihrer Schwester, »unsere Mutter möchte nicht noch einen von ihren Lieben verlieren. Sie möchte uns in Sicherheit wissen. Sie will, dass wir England verlassen.«

»England verlassen? Will sie, dass wir zu ihr ins Grenzland reisen?«

Catherine schüttelte den Kopf. »In ihren Augen ist das Grenzgebiet nicht sicher genug für ihre Töchter. Nein, sie hat beschlossen, uns drei in die entlegensten Winkel Schottlands zu schicken.«

Verstört maß Adrianne ihre Schwester. »Wir sollen

uns trennen? Reicht es nicht, dass wir ohne unseren Vater und ohne unsere Mutter auskommen müssen? Dass wir drei zusammenbleiben durften, war das einzig Tröstliche in diesem letzten, schrecklichen Jahr. Wir brauchen einander zum Überleben!«

»Adrianne, wir sind Schwestern. Nichts und niemand vermag daran etwas zu ändern. Keine Entfernung kann das Band der Liebe zerstören, das uns zusammenhält.« Catherine strich ihrer Schwester sanft die wirren dunklen Haarsträhnen aus der Stirn. »Deshalb glaube ich, dass wir uns ihren Wünschen fügen sollten. Unser Versteckspiel wird uns einen zeitlichen Vorsprung geben. Gewiss ist Sir Arthur Courtenay zunächst einmal daran gelegen, den Schatz zu heben. Wir hatten die Aufgabe, die Anweisungen unseres Vaters zu befolgen. Dies ist sein Vermächtnis. Wir müssen Mutters Plan beherzigen.«

Wieder fing Adrianne an zu weinen. »Und einander verlieren, indem wir uns trennen und blindlings in unser Verderben stürzen? Indem wir nach Schottland gehen, wo man uns ob unserer englischen Abstammung hasst?«

»Wir alle haben das schottische Blut unserer Mutter, Nichola Erskine, in unseren Adern. Man wird uns gewiss nicht anfeinden.« Sie wandte sich zur Stalltür. »Komm jetzt, Adrianne, Laura sucht bestimmt auch nach dir.«

Die beiden Schwestern erhoben sich. Catherine nahm den Talgstumpen und fuhr fort: »So wie ich Mutters Brief verstehe, soll ich zur Burg Balvenie reisen, wo ich mithilfe der Großzügigkeit des Earl of Athol die Schule gründen darf, von der ich schon seit langem träume. Habe ich mich dort erst einmal eingelebt, sehe ich keinen Grund mehr, warum du und Laura nicht zu mir ziehen solltet. Wir haben eine gute

Ausbildung genossen und wissen, wie man andere unterrichtet. Wir müssen dies einzig als eine kurze, vorübergehende Zeit der Trennung ansehen.«

»Und Laura? Wo soll sie hin?«

»Weiter nach Norden. Ans Meer, in das Kloster von St. Duthac.«

»Und ich?«

»Auf die westlichen Inseln. Du wirst auf eine Insel geschickt, die Barra heißt.«

»Auf eine *Insel?*«, entfuhr es Adrianne. »Aber man braucht ein Boot oder ein Schiff, um auf eine Insel zu gelangen.«

»Ganz recht! Ich glaube, es ist zu weit, um dorthin zu schwimmen, Schwesterherz.«

Unbewusst presste sie ihre verbundene Hand auf ihren Magen. »Aber warum muss Mutter mich ausgerechnet auf eine Insel schicken?«

Catherine schickte sich an, ihre Schwester aus dem Stall zu scheuchen. »Du wirst die Reise überleben. Bist du erst einmal dort, wird man sich deiner annehmen ... bis du zu mir nach Balvenie kommen kannst.«

»Eine Insel«, murrte Adrianne empört. »Nur wenige Menschen. Kaum was zu tun.«

»Denk doch an all die Härten, denen wir ausgesetzt waren, Adrianne. Verglichen mit dem, was wir in diesem letzten Jahr durchgemacht haben, wird das Leben auf Barra bestimmt himmlisch sein!«

# 1. Kapitel

*Kisimul Castle, Insel Barra*
*Westschottland*
*Fünf Monate später*

Der Angstschrei aus dem holzgezimmerten Käfig, der hoch über den Felsen hing, rang der vor den Burgmauern versammelten Menge nur ein knappes Nicken ab.

»Und ich sage dir, Wyntoun, diese Jungfer ist viel zu hartnäckig, um an einem kleinen Sturm zu sterben!«

Der raue Hebriden-Wind trug die Worte der Nonne über die Burgmauern und hinauf zu der Gefangenen in dem schaukelnden Käfig. Das luftige Kerkergelass aus Holzbrettern und Seilen baumelte an einem spitzen Gegenstand, der aussah wie der Mastbaum eines Schiffes und der am Hauptturm der Burg befestigt war.

Aus ihrem Gefängnis spähte Adrianne Percy hinunter und gewahrte das eisige Starren der Äbtissin vom Kloster St. Mary. Gegen ihre Übelkeit und das taube Gefühl in ihren Fingern ankämpfend, die sich an die Holzstäbe klammerten, spitzte sie die Ohren, um jedes Wort zu belauschen.

»Bei diesem Eisregen ist die Frau gewiss genug gestraft …«

»Das Mädchen hängt erst wenige Stunden dort oben!«, versetzte die Nonne scharf. »Drei Tage! Sie wird drei Tage dort oben bleiben …«

Adrianne rüttelte an den Käfigstäben und zog sämtliche Blicke auf sich. »Macht meinethalben 300 Tage daraus – immer noch besser als all die anderen Strafen, die Ihr seit meiner Ankunft auf dieser abscheulichen Insel für mich ersonnen habt!«

Die Äbtissin keifte in den heulenden Sturm. »Mindestens drei Tage und das auch nur, wenn sie sich bei mir entschuldigt.«

Wieder rüttelte die junge Frau an den Käfigstangen. »Entschuldigen? Niemals!«

»Fünf Tage«, gellte die Äbtissin.

»Ich habe nichts Böses getan, und wenn jemand um Verzeihung bitten muss, dann Ihr bei mir.« Adriannes Stimme erhob sich über den tosenden Sturm. »Habt Ihr mich verstanden? Bei mir!«

Adrianne schwankte zwischen Genugtuung und Verzweiflung, als sie die betagte Ordensfrau sah, die leise zeternd über die Felsen zum Burgportal schlurfte. Unvermittelt verharrte die Äbtissin, um ihre Antwort nach oben zu rufen, dann stapfte sie weiter.

»Sieben Tage, Jungfer!«

»Zum Henker! *Versucht* es doch nur, mich sieben Tage hier oben darben zu lassen. Virgil, sei mein Beschützer«, tönte sie. »Ich würde die Dämonen der Hölle aufwiegeln, aber vermutlich tragen sie bereits alle Nonnenhäubchen!«

Ein Abbild des Trotzes, lauschte Adrianne dem entsetzten Seufzen der Menge unter ihrem Käfig. Als sie hinabsah, gewahrte sie den Neuankömmling – es war der Mann, den die Äbtissin mit Wyntoun angeredet hatte. Er stand etwas abseits der Menschentraube, hatte die Arme vor der Brust verschränkt und blickte stirnrunzelnd zu ihr hinauf.

Von plötzlichem Zorn gepackt, hätte sie am liebsten auf ihn hinuntergespuckt – und auf alle anderen. Aber ihr gegenwärtiger Schlagabtausch galt der Abtissin. Gegen die drohende Übelkeit und das Schwindelgefühl ankämpfend, schwankte Adrianne von einer Seite des windgepeitschten Käfigs zur anderen und beobachtete die davoneilende Ordensfrau.

»Ihr werdet mir nicht entkommen! Dieser jämmerliche Geröllhaufen, den Ihr eine Burg nennt, ist einfach zu klein. Ihr könnt meinen Flüchen nicht entgehen, Ihr ...«

»Bei allen Heiligen, Frauenzimmer!«, entrüstete sich der beleibte Haushofmeister, der neben dem Neuankömmling stand. »Wenn Ihr Eure spitze Zunge nicht im Zaum haltet, werdet Ihr dort oben hängen, bis Ihr verfault seid.«

»Keiner hat Euch um Eure Meinung gebeten, Ihr schwachköpfiger Lakai.« Mit Genugtuung gewahrte sie, wie eine riesige Woge Gischt zwischen den Felsen hochschwappte und den Mann bis auf die Haut durchnässte. »In der Tat, wenn Eure falsche Zunge keine Lügen über mich verbreitet hätte, wäre ich jetzt nicht hier oben.« Wieder ließ ein Windstoß den Käfig erzittern. Adrianne sank auf die Knie, da ihr Magen sich ob des ruckartigen Schlingerns verkrampfte.

Eisregen hatte eingesetzt. Der Wind, der mit der steigenden Flut auffrischte, war bitterkalt. Totenbleicher Nebel umfing sie.

Sie konnte die Kälte ertragen, ja selbst die vom eisigen Regen durchnässten Decken und Kleider. Indes gelang es ihr nicht, ihren gepeinigten Magen zu beruhigen. Sie schämte sich für diese Schwäche. Sie füllte die Lungen mit der kalten, salzigen Luft, packte den schweren Tiegel mit dem darin verbliebenen Essen und rappelte sich mühsam auf.

»Und ich lasse mich auch nicht so leicht vergiften, Ihr pockennarbiges Gesindel.« Wütend schleuderte sie das Behältnis samt Inhalt zu Boden. Das Essen zerstob im Wind, bekleckerte einige der Schaulustigen, der Tiegel zerschellte an den Felsen, zu Füßen des Fremden.

»Kommt! Allesamt!« Die Äbtissin stand im Eingang des Wohnturms. »Kümmert Euch nicht um sie.«

Auf diesen scharfen Befehl der Gottesfrau schnellten die Köpfe der kleinen Gruppe herum, und alle mit Ausnahme des Neuankömmlings kletterten über die Felsen und folgten der unscheinbaren Frau in die Burg.

Die Holzlatten weiterhin mit tauben Fingern umklammert haltend, fragte sich Adrianne, warum der Fremde wohl hergekommen war. Als sie am Morgen den Käfig an den Turm gehängt hatten, hatte sie ein Schiff in die Bucht einlaufen sehen. Und sie hatte auch das Boot erspäht, in dem ebendieser Mann ans Ufer gerudert war. Sie war sich sicher, dass es sich um denselben Mann handelte, denn er war gut und gern einen Kopf größer als die anderen, welche die Felsen gesäumt hatten. Und das kurz geschorene Haar – tiefschwarz wie seine Kleidung. Völlig anders als die der übrigen Bewohner von Barra. Am auffälligsten aber war sein finsterer Gesichtsausdruck.

Während sie ihn schweigend beobachtete, überlegte Adrianne, warum er nicht mit den anderen aufgebrochen war.

»Wisst Ihr, dass Euer Korb höher hängt als so manche Schiffstakelage? Ihr habt gewiss keine Höhenangst«, rief er zu ihr hoch. »Obgleich ich viele Männer kenne, die eher ihre Zunge verschlucken würden, als in einem Käfig von Kisimul Castle herabzubaumeln.«

»Nun, das sagt viel über die Männer von Barra aus!«

Eine Welle spülte über seine Stiefel hinweg. Geschmeidig wie eine Katze sprang der Fremde von einem Felsblock auf den nächsten, bis er unter dem Käfig stand.

Adrianne tastete sich entlang der Holzlatten zur anderen Seite des Käfigs und spähte zu ihm hinunter.

»Na, welch schreckliches Verbrechen habt Ihr begangen, dass Ihr diese harte Bestrafung verdient?«

Sie hatte *kein* Verbrechen begangen, gleichwohl schwieg sie statt einer Antwort. Seit ihrer Ankunft auf Barra glaubte ihr ohnehin niemand auch nur ein Wort.

»Mir könnt Ihr es doch sagen. Ich habe bereits versucht, ein gutes Wort für Euch einzulegen. Ich *könnte* Euch ein Freund sein.«

Sie schnaubte so laut, dass er es nicht überhören konnte.

»Vielleicht halte ich Euch ja gar nicht für eine Übeltäterin. Schließlich bin ich eben erst an Land gegangen und …«

»Ich habe Euer Boot gesehen«, platzte sie heraus. »Ihr seid ein Highlander und von daher eine ebensolche Landplage wie … wie der Rest von ihnen.«

»Für eine hilflose englische Maid habt Ihr ein ziemlich loses Mundwerk.«

Also wusste er von ihr. »Ich bin alles andere als hilflos, Ihr aufgeblasener Wichtigtuer.«

»Wichtigtuer? Ihr müsst mich mit jemand anderem verwechseln. Also, von meinem Standort aus betrachtet, wirkt Ihr hilflos. Und nach allem, was ich gehört habe, scheint Ihr eine unverzeihliche Sünde begangen zu haben. Und eine unaussprechliche noch dazu, wenn ich das sagen darf, denn keiner will mir verraten, was Ihr getan habt, um die sanftmütigste und liebenswerteste Äbtissin auf den gesamten westlichen Inseln gegen Euch aufzubringen.«

Hektisch blickte sie sich in dem Käfig um, suchte sie

doch etwas, was sie ihm an den Kopf werfen könnte. Aber da war nichts, was sie hätte entbehren mögen.

»Ich kann Euch nur empfehlen, Euch ihr gegenüber anders zu verhalten.«

In ihrem Zorn hätte sie ihm am liebsten eine unflätige Antwort entgegengeschleudert, doch der windgepeitschte Eisregen brachte den Käfig erneut ins Schlingern. Ihre Fingerknöchel traten weiß hervor, als sie die Holzlatten umklammerte, um gegen den Brechreiz anzukämpfen.

»Ich kenne diese freundliche Ordensfrau schon seit meiner Kindheit, und ich muss sagen, ob Mann, ob Frau, ob Kind, alle fügen sich den Wünschen dieser … dieser heiligen Frau.«

»Ich brauche und wünsche keine Hilfe von irgendjemandem hier. Ich habe nicht darum gebeten und werde es auch nie tun. Ihr seid nichts als rückgratlose, katzbuckelnde Dumpfbacken, und Ihr verdient es nicht besser.« Zutiefst entrüstet rüttelte sie an dem Korb, suchte den böigen Wind zu übertönen. »Und Ihr mögt es glauben oder nicht, diese Frau *ist* ein Tyrann!«

»Nein, sie ist eine geachtete und geliebte Gottesfrau, hoch geschätzt von den Menschen von Barra … und auch von deren Lehnsherrn.«

»Pah! Von dem habe ich auch schon gehört. Und wie praktisch! Statt sich zurückzuziehen und ihre schäbige Abtei auf Barra zu leiten, beherrscht die ›gute‹ Frau die gesamte Insel, derweil der *Herr* über diese Insel – dieser ständig abwesende Nichtsnutz von einem Neffen – sich überall herumtreibt. Ich denke, das Milchgesicht hat Angst vor diesem Drachen.«

»Nichtsnutz? Milchgesicht? Fällt Euch nichts Trefflicheres ein?«

»Aber gewiss doch!«, versetzte sie scharf. »Der ›große‹ MacNeil ist ein aufgeblasener Gockel! Soweit ich weiß, ist er bloß ein hinterlistiger, kriecherischer Schleimer, ein ...«

»Verzeihung, Mistress, aber er ist ein MacLean. Seine Mutter war eine MacNeil.«

Adrianne spähte zur Seite und gewahrte den Haushofmeister, der an der Burgmauer lehnte und ihre Auseinandersetzung mit anhörte.

»Mylord!« Der beleibte Bedienstete räusperte sich und fuhr in ernstem Ton fort: »Die Abtissin ... sie wünscht Euch zu sprechen.«

Nach einem letzten Blick auf den Käfig strebte der Highlander über die Felsen zur Torburg. Die Holzlatten des Käfigs weiterhin fest umklammernd, sah Adrianne ihm nach. Der eisige Wind ließ den Käfig dicht an dem alten Gemäuer vorbeischrammen, und der unaufhörliche Regen brachte sie an den Rand der Verzweiflung. Finster spähte sie zu dem hochnäsigen Verwalter, der unter ihrem Gefängnis herumlungerte – und aus dem Schutz des Burgmauerwerks zu ihr hinaufgaffte.

»Wer ist er?«, hörte sie sich fragen. »Dieser Highlander? Dieser geifernde Hofhund, der gleich gelaufen kommt, wenn die Äbtissin nach ihm pfeift.«

»Dieser ›Hofhund‹, Ihr scharfzüngiges Frauenzimmer, ist Sir Wyntoun MacLean, der Neffe der Äbtissin und der Burgherr von Kisimul Castle.« Selbst in der Dämmerung gewahrte sie sein hämisches Grinsen. »Er ist der verwegenste Krieger, der je ein Schiff oder eine Räuberbande kommandiert hat. Und nach allem, was Ihr ihm an den Kopf geworfen habt, wird es gewiss zwei Wochen währen, bis Ihr etwas zu essen bekommt, und Jahre, ehe man Euch aus diesem Käfig freilässt. Ja, zwei volle Wochen, schätze ich, Ihr miese, kleine Brandstifterin!«

Sie funkelte ihn an, bis er wieder in der Burg verschwand. Seine Worte hätten sie zur Besinnung bringen müssen, aber Adrianne empfand nicht die Spur von Reue. Fünf Monate. Seit fünf Monaten war sie praktisch eine Gefangene auf dieser Insel. Fünf Monate lang hatte man sie gegängelt, beschimpft, verlacht und immer wieder grundlos bestraft. Und jetzt hatte sie ihrem Herzen endlich Luft gemacht!

Sie spähte in die gurgelnden Fluten. Die See brandete ans Ufer, und salzige Gischt benetzte ihr Gesicht, sobald die tosenden Wassermassen sich an den Burgfundamenten brachen.

Adrianne löste eine Hand von den Käfigstangen, nestelte unter ihrem Umhang am Taillenband ihres Rocks und zog einen kleinen, dort versteckten Dolch hervor. Sie griff über ihren Kopf, ihre Finger glitten durch die breiten Käfigschlitze und ertasteten das Tau, mit dem ihr Gefängnis an einem Pfosten verzurrt war.

Nun, es hat ja so kommen müssen, dachte sie bei sich, während sie das Tau durchtrennte.

# 2. Kapitel

Der dunkle Schatten der zierlichen Nonne tanzte riesenhaft an der Ostwand des Rittersaals.

»Die jungen Frauen in meiner Obhut werden auf diese segensreiche Insel geschickt, um in stiller Andacht dem Allmächtigen zu huldigen. Ihr Wunsch ist es, sich von den Zerstreuungen des weltlichen Daseins zu lösen. Ich sage dir, es ist ihr tiefes Anliegen, die Stille zu umarmen und inneren Frieden und Ausgeglichenheit in ihrem Leben zu finden.«

Die Äbtissin unterbrach ihr trippelndes Auf und Ab und verharrte vor dem Tisch des Burgherrn, bis der Highlander den Kopf von seinem Rechnungsbuch hob. Sie nickte knapp. »In den vergangenen fünf Monaten, Wyn, haben diese bedauernswerten Geschöpfe nichts von der ihnen ... oder ihren Familien ... versprochenen Seeleneinkehr bemerkt. Und unser Versagen ... jede kleine Unterbrechung ... hat mit einer einzigen Person zu tun. Dieser dickfelligen, Nerven zermürbenden Spottzunge ... Adrianne Percy.«

»Aber, aber, liebe Tante, in deiner langen, an Erfahrung reichen Ordenszeit hast du doch gewiss auch andere temperamentvolle junge Frauen kennen gelernt, die sich ähnlich rastlos gezeigt haben.«

»Pah! Rastlos? Dass ich nicht lache! ›Rastlos‹ ist gar kein Ausdruck für diese hitzige Furie.« Wieder lief sie hektisch auf und ab. »Gewiss, da waren andere. Aber ich kann dir versichern, keine ... nicht eine in meiner Obhut wäre auch nur im Traum darauf gekommen, in unserer kleinen Abtei einen Aufstand anzuzetteln. Nun, das St.-Mary-Kloster wird vielleicht nie wieder, wie es einmal war. Ganz recht, Wyn, ›Furie‹ ist die treffende Umschreibung für Adrianne Percy. Gewiss ist sie diejenige, die den Lebensfaden durchtrennt – nämlich meinen! Und ich weiß wirklich nicht, womit ich das verdient habe.«

Der Highlander schloss das Rechnungsbuch und bedeutete dem Verwalter, der geduldig am Ende des Tisches verweilte, dass er die Aufzeichnungen über die Geschäfte der Insel wieder in Empfang nehmen könne. Während er der Äbtissin eher abgelenkt zuhörte, winkte er einem hoch aufgeschossenen Mann zu, der soeben den Saal betrat.

»Zunächst hat sie sich sämtlichen Regeln in unserer Abtei widersetzt – und auch die anderen jungen Frauen dazu aufgewiegelt. Aber das war nur erst der Anfang.«

Wyntoun beobachtete, wie sein zuverlässiger Schiffsmeister durch die von Fackeln erhellte Halle schritt. Sein ergrautes Haar ließ ihn älter wirken, als er tatsächlich war, gleichwohl war Alan MacNeil in Wyntouns Augen einer der erfahrensten und umsichtigsten Seemänner. Von seiner Schulter baumelte ein Sack aus Ölzeug.

»Alan!«, entfuhr es der Äbtissin; sie wandte sich zu ihm um, als er zum Kamin strebte und den Stuhl neben seinem Befehlsherrn ansteuerte. »Das wurde aber auch Zeit, dass du dein kostbares Schiff verlässt und uns die Ehre deines Besuchs erweist.«

»Guten Tag, Tante.« Alan verbeugte sich rasch vor der Äbtissin, dann setzte er sich und zog eine Pergamentrolle aus seinem Seesack. Ein Küchenjunge huschte herein und brachte eine Schale mit einer dampfend heißen Flüssigkeit für den ernst dreinblickenden Ankömmling, der daran nippte, derweil Wyntoun die Kartenskizzen vor ihnen ausbreitete.

»Wo war ich stehen geblieben? Ach ja ... bei dieser kleinen Hexe!« Die Äbtissin schritt abermals auf und ab. »Keine Klostermauer könnte dieses wilde Ding im Zaum halten. Nun, diese Kreatur ist kaum eine Woche bei uns, als sie beschließt, kreuz und quer über die Insel zu streifen! Allein! Ich will wissen, wie groß sie ist!, erklärt sie mir. Schließlich muss ich erfahren, dass sie in jeder Hütte Halt gemacht hat. Bricht das Brot mit den Guten und den Gottlosen! Und ihr freches Mundwerk ... was meint ihr, woher sie das hat? Ich sag's euch ... von den Fischern, den Raubeinen und den Unholden, die sich auf Barra herumtreiben.«

Die Nonne zeigte mit dem Finger auf die beiden Männer. »Ich weiß, was ihr denkt. Es ist unsere eigene

Sippe, mit der sie da redet. Ich weiß, ich weiß. Und ich schäme mich für all diejenigen. Aber ich sage euch noch etwas. Es gibt nicht einen Menschen auf dieser segensreichen Insel, den Adrianne Percy nicht aufgesucht hätte. Nun, dieses Mädchen weiß nichts Besseres zu tun, als ihre Nase in anderer Leute Angelegenheiten zu stecken. Und wenn ihr denkt, dass hier auf Barra jemand an einem Fieber oder an einer Verletzung leiden kann, ohne dass die umtriebige Mistress sich einmischt, dann täuscht ihr euch ganz gewaltig!« Die Äbtissin schnaubte angewidert. »Und meint ihr, sie hätte mir einmal gesagt, wo sie hingeht oder wann sie zurück sein wird? Oder – wenn sie zurückkehrt – wie sie sich so schmutzig gemacht hat? Nein. Sie stürmt herein, ihr Kleid zerrissen, ihre Hände schmutzig wie die eines Stallknechts … und tut, als wäre nichts gewesen!«

»Ja, ja, Tante«, sagte Wyntoun zerstreut, den Blick weiterhin auf die Karte geheftet.

»Und denkt nur nicht, dass das der Höhepunkt ihrer Verfehlungen gewesen wäre!« Ihre kleinen Fäuste in die Hüften gestemmt, verharrte die Ordensfrau vor den beiden Männern. »Die Ordensregel von Ailbe! Du kennst sie, Wyntoun. Wie lautet sie?«

Der Ritter hob den Kopf und begegnete den stechend grünen Augen der betagten Frau.

»St. Ailbe verlangt besinnliches Schweigen von den Gläubigen.«

»Ich bin froh, dass du dich erinnern kannst, Neffe. ›Verrichte dein Tagwerk so möglich schweigend. Sei nicht schwatzhaft, sondern ein Mensch weniger Worte. Sei in dich gekehrt … suche die friedvolle Stille, auf dass deine Hinwendung zu Gott fruchten möge.‹«

»Ganz recht.« Wyntouns Blick fiel abermals auf die Kartenskizze.

Die Nonne war noch nicht fertig. »Jetzt fragst du dich doch gewiss, was die Ordensregel von St. Ailbe mit Adrianne Percy zu tun hat?«

Stirnrunzelnd sah der Ritter vom Tisch auf. »Und, Tante, was hat sie mit Adrianne Percy zu schaffen?«

»Alles!«, brauste sie auf. »Doch bevor du das Interesse verlierst und dich wieder deinen Karten und anderen weltlichen Belangen zuwendest, lass mich deine Frage beantworten, was sie getan hat, dass sie in diesem Käfig dort draußen aufgeknüpft worden ist!«

Wyntoun sagte nichts, sondern tat so, als interessierte er sich brennend für ihre Ausführungen.

»Ich habe dir bereits dargelegt, dass die junge Frau seit ihrer Ankunft nichts Besseres zu tun weiß, als sämtliche Regeln zu brechen, die nicht nur für sie, sondern auch für alle anderen auf dieser Insel gelten.«

Ungeduldig schlug Wyntoun mit der Hand auf den Tisch. »Jawohl, Tante, das hast du bereits getan!«

»Indes habe ich noch kein Wort über ihre bislang letzte Verfehlung verloren.« Anklagend richtete sie ihren Zeigefinger auf die Ecke des Wohnturms, vor dem der Käfig mit der jungen Engländerin hing. »Vor zwei Tagen kam Adrianne Percy mit wehenden Haaren und unschicklich flatternden Röcken durch den Kreuzgang gerannt und brüllte: ›Feuer!‹ Den alten Bruder Brendan hätte fast der Schlag getroffen!« Die Äbtissin beugte sich über den Tisch, ihre Stimme zu einem bedrohlichen Flüstern gesenkt. »›Zum Teufel mit der Ordensregel von St. Ailbe‹, kreischte dieses kleine Scheusal in einem fort. ›Es brennt!‹«

»Nach dem, was wir von den Laufburschen wissen, die die Vorräte an Bord bringen, war der Vorfall im Kloster …«

»Kümmere dich um deine Kartenskizzen, Alan.«

Der Schiffsmeister errötete bis zu den Wurzeln seiner vorzeitig ergrauten Haare und kniff die Lippen zusammen, während er sich erneut seiner Karte widmete.

Wieder funkelte die Nonne Wyntoun an. »Da war kein Feuer ... jedenfalls kein nennenswertes. Ihr Ansinnen ist es, uns zu schaden. Den Frieden der Leute zu stören, die auf dieser gesegneten Insel leben. Und Gottes Werk hier zu vernichten.«

Der Highlander setzte sich zurück, schob die Kartenskizzen von sich. »Schön und gut, Tante. Ich habe deine Beschwerde vernommen. Also, was soll ich tun?«

Die greise Ordensfrau schwieg – plötzliche Verblüffung zeichnete ihr faltiges Gesicht.

»Ich ... nun, da ist die Frage, was ihre Mutter, Nichola Erskine Percy, befürworten würde. Ihr Anliegen war es, dass ihre Tochter hier bleiben soll, bis sie geholt wird.« Unterschwellige Entrüstung klang aus der Stimme der Alten. »Indes hat Lady Nichola kein Wort über Adriannes Ungehorsam verloren. Nein, in ihrer gesamten Korrespondenz war nicht die leiseste Warnung zu lesen. Wahrhaftig, wenn ich irgendeinen Hinweis gefunden hätte, hätte ich doch nie ...«

»Also, was soll ich tun, Tante?«

Die wiederholt gestellte Frage ließ die alte Frau vorübergehend verstummen. Sie trat zum Kamin und starrte in die züngelnden Flammen. Dann wandte sie sich wieder zu ihrem Neffen.

»Ich möchte, dass du sie von hier fortbringst. Bring sie zu ihrer Mutter. Bring sie zurück nach England oder dahin, wo Nichola jetzt lebt.«

»Wird erledigt!« Unvermittelt wandte Wyntoun sich wieder den Karten zu. Alan deutete auf eine mögliche Route entlang der Küste.

»Du hältst mich doch jetzt nicht zum Narren, Wyntoun? Dies ist doch kein Scherz, oder?«, forschte sie. »Du bringst sie *schleunigst* von hier weg!«

Die grünen Augen des Ritters funkelten wie Smaragde im Licht des Feuerscheins. »Du kennst mich doch, Tante. Ich scherze nie.«

Die Äbtissin nickte, entfernte sich indes nicht, obschon die beiden Männer sich wieder in ihre Seekarte vertieften. Der Dienstbursche huschte abermals herein und brachte einen frisch gefüllten Bierkrug. Ein anderer schleppte riesige Brocken Torfkohle, die er im Kamin aufschichtete. Gleichwohl würde kein Feuer heiß genug sein, um der Kälte im Rittersaal den Garaus zu machen.

»Und die Strafe, die ich ihr auferlegt habe?«, fragte sie nach längerem Schweigen.

»Bleibt bestehen ... wenn du darauf beharrst.« Wyntoun schob eine Karte beiseite, worauf Alan eine weitere auf dem riesigen Holztisch ausbreitete. »Aber ich warne dich ... sobald das Schiff beladen ist und das Wetter aufklart, werden wir die Segel setzen. Und wenn ich aufbreche und die Jungfer hängt immer noch dort oben« – er blickte so finster drein wie die Ordensfrau –, »dann kann es sein, dass du sie bis zum Frühjahr hier behalten musst. Ich weiß nicht, wann ich das nächste Schiff nach England steuere, das sie zu ihrer Mutter zurückbringen kann.«

Verdrießlich spitzte die Äbtissin ihre dünnen Lippen.

»Ich traue einzig deiner Mannschaft und deinem Schiff«, murmelte sie schließlich und beäugte die beiden Männer. »Und damit spreche ich sowohl in Adriannes als auch in meinem Sinne.«

Alan warf seinem Dienstherrn einen kurzen Seitenblick zu, doch dessen Augenmerk blieb auf die Karte fixiert.

»Sie ist das Fegefeuer auf Erden, Wyntoun. Sie ist wie eine Feuersbrunst in einem Getreidespeicher.« Die

Gottesfrau drehte sich um und spähte in die Flammen. »Es ist ein Wunder, dass das Schiff, das sie hergebracht hat, nicht gesunken ist. Mir ist schleierhaft, wie es der Mannschaft gelungen sein soll, sie während der ganzen Reise von England zu bewachen.«

»Und jetzt willst du, dass *wir* sie zurückbringen?« Alan schob seinen Bierbecher von sich. »Was hast du vor, Tantchen? Willst du uns alle umbringen?«

Die Äbtissin tat den Einwurf des Seemanns mit einer unwirschen Handbewegung ab. »Du schaffst es, Alan«, sagte sie stattdessen und kehrte zum Tisch zurück. »Du bist ein Mitglied meiner Sippe. Und wenn einer meinem Urteil traut, dann meine eigene Familie. Dennoch muss ich dich warnen. Sie besitzt die Gabe, Männer wie Frauen mit ihrem Charme zu überzeugen ... dass sie ihren schändlichen Eingebungen folgen ...«

»Ich habe ihren ›Charme‹ selbst erlebt, Tante.« Wyntoun sah auf, seine Miene ernst.

»Nein, Wyn«, ereiferte sie sich. »Sie hat etwas ganz Besonderes an sich. Sie kann mit Engelszungen reden, wenn sie etwas will. Die Leute glauben ihr, ich sag's dir ... und die Männer fallen vor allem auf ihr hübsches Äußeres rein.« Keiner der beiden Männer reagierte. Nach einem langen Augenblick nickte die Äbtissin zufrieden. »Also gut. Adrianne bleibt in ihrem Gefängnis, bis euer Schiff die Segel setzt.«

»Als ich ans Ufer ruderte, ging der Regen in Schneetreiben über.« Alan wandte sich an Wyntoun und nicht an die Äbtissin. »Wäre es nicht besser, wenn wir sie in ein Verlies sperren würden ... oder ihren Käfig hier im Rittersaal aufhängen ließen?«

»Damit bin ich nicht einverstanden.« Die Äbtissin schüttelte energisch den Kopf. »Wir haben das bereits getan. Vor zwei Tagen, als wir sie von der Abtei herbrachten, habe ich ihren Käfig gleich hier oben an diesem Dachbalken vertäuen lassen. Und binnen weniger Minuten hat dieses unverschämte Geschöpf alle mit ihren Zoten unterhalten! Ich will euch auch nicht verschweigen, dass ich der Gegenstand ihrer unflätigen Scherze war. Nein! Das geht wahrhaftig nicht. Innerhalb einer Stunde ist es ihr gelungen, eine ganze Reihe von Zuhörern gegen mich aufzubringen!«

Wieder richtete Alan das Wort an seinen Dienstherrn. »Sie mag Halbschottin sein, trotzdem ist diese Maid wie eine englische Dame aufgewachsen. Womöglich überlebt sie die Nacht dort draußen nicht.«

»Ich habe ihr Decken in den Käfig legen lassen. Sie wird überleben.« Die Nonne legte beide Hände um das fein geschmiedete Silberkreuz, das sie um den Hals trug, und ein kleines Lächeln zierte ihre schmalen Lippen. »Überdies bin ich heilfroh, dass meine Gebete endlich erhört worden sind. Ein für alle Mal werden wir Barra von dieser kleinen Landplage befreien.«

Unvermittelter Lärm aus dem Burghof ließ sämtliche Anwesenden zur Eingangstür blicken, durch die der beleibte Verwalter soeben in den Saal hereinplatzte.

»Der Käfig, Mylord!«

Wyntoun schob die Karte in Alans Richtung. »Was ist damit?«

»Der Käfig ist hinabgestürzt. Das Ding zerbarst auf den Felsen! Das Seil muss nachgegeben haben.«

»Was ist mit ihr?« Wyntoun passierte den Tisch und durchquerte den Raum, Alan und die Äbtissin im Gefolge. »Was ist mit der Engländerin?«

»Auch sie ist hinabgestürzt, Mylord ... auf die Felsen. Die Männer haben sie schreien gehört. Das war alles. Als wir dort ankamen, hatte die Flut das meiste von ihr hinweggerafft ... der Herr erbarme sich ihrer Seele.«

Der Haushofmeister schlug das Kreuz, derweil Wyntoun die betagte Nonne mit Blicken maß.

»Mir scheint, deine Gebete sind eher erhört worden als von dir erhofft, Tante.«

# 3. Kapitel

Der Nachtwind, rau und stürmisch, drohte die flackernden Fackeln auszulöschen – und damit auch Wyntouns Hoffnungen. Gleichwohl hörte die alte Frau nicht auf, ihn zu bedrängen.

»Rudere zurück zu deinem Schiff. Du musst die Segel setzen, um mit der nächsten Flut ablegen zu können.«

Wyntoun schwenkte die rauchende Fackel herum und funkelte die Nonne ungehalten an.

»Wir setzen die Segel, wenn ich es befehle, Tante.« Eine Mischung aus Regen und Schnee peitschte ihnen ins Gesicht, dennoch erwiderte die betagte Ordensfrau ungerührt seinen Blick. Er runzelte die Stirn und mäßigte seine Stimme. »Ich habe dich gebeten, im Haus zu bleiben und die Suche den Männern zu überlassen.«

»Ich rate dir, Wyn, du musst die Segel setzen.«

Der Highlander drehte sich um, sein Blick auf die wild wogende Bucht geheftet. Sein Schiff – kaum einen Steinwurf von der Burg entfernt – tanzte anmutig auf den Wellen. Im zuckenden Schein der Fackeln bemerkte er jedoch, dass die kleineren Boote Mühe hatten, die Burgfelsen heil zu umschiffen und ihre Suche fortzusetzen. Die Männer am Ufer, bis zur Taille von den eiskalten Wassermassen umspült, klammerten sich an provisorische Floße und hielten Ausschau nach dem Leichnam der jungen Frau. »Wir geben nicht auf. Zumindest so lange nicht, bis wir irgendeine Spur von ihr finden.«

Aus einem der Boote drang ein Aufschrei. Wyntoun sprang selbst in die Fluten, watete näher zu den unruhig aufzuckenden Fackeln.

»Eine Decke, Mylord!«, brüllte einer der Männer zu Wyntoun.

»Weitere Käfigteile«, rief Alan zu seiner Rechten.

Der Highlander wandte sich in diese Richtung.

»Hör mir zu, Wyn«, rief die Äbtissin vom Ufer her. »Du verschwendest nur deine Zeit.«

Der Ritter ignorierte den Einwurf der Äbtissin und hielt seine Fackel höher in die Luft.

»Bei allen Heiligen! Es ist ihr Haar!« Das Brüllen des Verwalters war nur mehr ein Stöhnen. »Ach, das unglückselige Kind. Eine ihrer Locken hat sich zwischen den Gitterstäben verfangen.«

Wyntoun watete zurück ins flachere Wasser und stieg auf einen der Uferfelsen, wo der Verwalter mit einer Hand voll langer, nasser Locken stand. Die Äbtissin war noch vor ihm dort. Sie riss dem Mann das Haarbüschel aus der Hand.

»Ich wiederhole mich höchst ungern, Wyntoun, aber dies ist ein Ausnahmefall. Nimm deine Männer und rudere unverzüglich zum Schiff zurück.«

Ein Anflug von Verärgerung glitt über die Miene des Highlanders.

»Sieh dir das an.«

Wyntouns Ärger war wie weggewischt, als er die Haarsträhnen erspähte, die die Nonne ihm hinhielt. Er nahm sie und betrachtete sie im Fackelschein, verwundert über die gleichmäßig abgeschnittenen Spitzen. Wohl kaum der Anblick ausgerissener Haare.

»In der Abtei habe ich einige Dokumente und Briefe, die Adrianne betreffen und die ich für dich holen muss ... bevor du fortsegelst.«

»Ich treffe dich dort.«

»Nein!« Entschieden schüttelte die Alte den Kopf. »Wenn du nicht umgehend auf dein Schiff zurückkehrst, wird sie deine Männer beschwatzen, ohne dich in See zu stechen ... mit ihr als Steuermann!«

Als die winzige Luke zur Kabine des Schiffsmeisters geöffnet wurde, sprangen die kleinen Fenster im Bootsheck weit auf. Wyntoun durchquerte die Kabine, schloss und verriegelte sie, um sich dann seinen Männern zuzuwenden.

»Sie ist an Bord, Wyntoun ... genau wie du gesagt hast.«

Der Highlander schnellte herum und bedachte Alan mit einem anerkennenden Nicken.

»Und ihr habt sie in ihrem Versteck gelassen?«

»Gewiss doch. Wir haben weder Alarm gegeben noch die nassen Sachen angerührt, die sie an Deck in einer Seilrolle verborgen hat, nachdem sie an Bord gegangen war. Eine wahre Amazone ... das muss man ihr lassen.«

»Habt ihr das Versteck beobachtet?«

»Aber ja, sie hockt in einem der leeren Wasserfässer ... Coll hat gehört, wie sie sich darin bewegt hat. Und wir haben ein Auge auf sie.« Alan schloss die Tür hinter sich. Gedämpftes Rufen auf dem Oberdeck vermittelte Wyntoun, dass seine Mannschaft die letzten Vorbereitungen für das Auslaufen des Schiffes traf.

»Wie hat sie es bis hierher geschafft? Ist sie geschwommen?«

»Tja. Muss wohl.«

Wyntoun schlang seinen Schwertgürtel um einen

Haken. »Schon irgendwelche Neuigkeiten von der Äbtissin?«

»Es heißt, dass sie weiterhin darauf beharrt, an Bord zu kommen, statt Ian die Dokumente auszuhändigen, die diese englische Frau betreffen.«

Die smaragdgrünen Augen des Ritters vermochten seine Genugtuung nicht zu verbergen, als er einen Seesack packte, den er auf die Kabinenbank geworfen hatte. Er fischte ein gefaltetes Pergament heraus und legte es auf den kleinen Schreibtisch, wo Alan sich bereits niedergelassen hatte.

»Ich hatte meine Zweifel, Wyn. Aber alles ist gut gelaufen.« Alan nahm den Brief und überflog dessen Inhalt. »Es war richtig, dass du der Äbtissin nicht den wahren Grund genannt hast, warum die Engländerin Barra verlassen soll.«

»Je weniger die Leute wissen, umso besser.«

»Wann wirst du es der Kleinen erklären?« Alan faltete das Dokument und legte es zurück auf den Schreibtisch. »Oder, anders gesagt, wie lange willst du sie in diesem Wasserfass schmachten lassen?«

»So lange sie will. Es ist wesentlich praktischer, sie in einem Wasserfass versteckt zu wissen, als sonst wo auf diesem Schiff.«

»Sicher ist sie nass bis auf die Knochen.«

»Sobald wir in See stechen, werden wir sie herauslocken.«

»Sie hat sich uns direkt in die Hände gespielt.«

»Wir müssen dafür sorgen, dass auch ihre zukünftigen Bestrebungen vorteilhaft für uns sind … bis wir Duart Castle erreichen.«

»Wirst du ihre Schwestern benachrichtigen?«

»Noch nicht.« Über seinen Schreibtisch gelehnt, öffnete Wyntoun ein geheimes Seitenfach. Zufrieden grinsend legte er den Brief hinein und ließ das Holzpaneel zuschnappen. »Natürlich können sich meine Pläne noch ändern, das hängt vom Inhalt der kostbaren Dokumente ab, die unsere Tante mir anvertrauen wird und die dieses Percy-Mädchen betreffen.«

»Ich glaube, sie ist bereits hier.«

Kaum dass sich Alan erhoben hatte, klopfte es. Auf Wyntouns Geheiß riss Ian, einer der MacNeil-Krieger, die Tür auf und trat zurück, um die Äbtissin eintreten zu lassen.

»Wahrhaftig!« Der kritische Blick der Nonne schweifte durch die Schiffskabine. »Das muss man dir lassen, Wyntoun. Dein Ordnungssinn zeigt sich selbst in dieser winzigen Kajüte, die du für viele Tage im Jahr dein Zuhause nennst. Stell diese Truhe hier ab, Ian.«

Nachdem der Krieger eine kleine Holztruhe auf den Tisch gestellt hatte, strebte Alan zur Tür. »Ich lasse euch beide jetzt allein. Ich gedenke, bei Tagesanbruch in See zu stechen.«

»Ian, warte draußen auf die Äbtissin«, befahl der Ritter. »Unsere Geschäfte sind rasch erledigt. Ich denke nicht, dass die Äbtissin mit uns segeln will.«

Missmutig schnaubend setzte sich die Nonne auf den Stuhl; die Tür fiel hinter den Männern ins Schloss. »Habt ihr sie gefunden?«

»Das haben wir, Tante. Sie hat es sich gemütlich gemacht – in einem der leeren Wasserfässer, die wir in Mull auffüllen werden.«

»Ich wusste es!« Sie griff in den Ausschnitt ihres wollenen Gewandes und zog einen langen Schlüssel an einer Kette heraus. »Du denkst vielleicht, dass fünf Monate keine lange Zeit sind, um jemanden gut kennen zu lernen, aber ich sage dir, da ich um den Schabernack und die Entschlossenheit dieser jungen Frau weiß, ist mir klar, dass sie einen Weg auf dieses Schiff finden musste.«

»Aber warum das Schiff?«, erkundigte sich Wyntoun. Unterdessen beobachtete er, wie die schlanken Finger der Nonne den Schlüssel in das Schloss der Holztruhe steckten. »Wieso warst du so sicher, dass sie herkommen würde, statt sich im Wohnturm zu verstecken ... oder in irgendeiner Bauernhütte auf der Insel?«

Das Schloss klickte dumpf, und die Äbtissin öffnete den Deckel der Schatulle. »Ich wusste, dass sie herkommen würde. Seit ihrer Ankunft auf Barra wollte sie der Insel wieder entfliehen.«

»Aber wo wollte sie denn hin? Nach dem, was du mir erzählt hast, hat sie niemanden in der näheren Umgebung.«

»Sie wollte zu ihren beiden älteren Schwestern.« Die Äbtissin nahm ein dickes, in Leder gewickeltes Päckchen aus der Holztruhe. »Sie war fest entschlossen, Barra zu verlassen und ihre Schwestern aufzuspüren. Soweit ich weiß, sind auch sie von ihrer Mutter irgendwo in die Highlands geschickt worden – nach Edmund Percys Hinrichtung im Londoner Tower.«

»Weißt du, wo die anderen sind?«

»Nein. Wenn ich das wüsste, hätte ich schon vor Monaten darum ersucht, dass jemand kommt und dieses kleine Persönchen wieder abholt.« Die Äbtissin legte das Paket auf den Schreibtisch und schob schützend ihre Hand darüber. »Ich bin sicher, Wyn, mit deinen Beziehungen wirst du Nichola Percy in Kürze finden. Ich kann dir nur insoweit helfen, als sie in ihren Briefen andeutet, dass sie Unterschlupf im Grenzgebiet gefunden hat ... bei einigen Familienmitgliedern, die ihrem Vater, Thomas Erskine, sehr nahe gestanden haben.«

»Die Mutter aufzuspüren dürfte nicht allzu schwierig sein«, versicherte Wyntoun seiner Tante.

»Jetzt, da du die Tochter zu ihr zurückbringst, musst du Lady Nichola auch dieses versiegelte Päckchen aushändigen.«

Die Äbtissin hielt ihm das Paket hin, worauf Wyntoun es in Empfang nahm. »Was ist darin, Tante?«

»Offen gestanden, ich weiß es nicht. Aber Lady Nicholas Anweisungen waren eindeutig, als sie mir das Päckchen schickte.« Ihre scharfen grünen Augen bohrten sich in die des Highlanders. »Ich sollte diese hölzerne Schatulle mitsamt Inhalt verstecken. Sollte sie hüten, als wären die Schlüssel zur Himmelspforte darin.«

»Und?«

»Und ich sollte sie so lange aufbewahren, bis Adrianne in Sicherheit wäre.«

»Auf Barra hättest du sie ihr geben können.« Wyntoun wog das Päckchen in seiner Hand. Das Wachssiegel symbolisierte die miteinander verknüpften Wappenschilde der Percys und der Erskines. »Hier war sie in Sicherheit.«

Die Nonne schnaubte angewidert. »Irrtum, werter Neffe. Die größte Gefahr, der diese junge Frau ausgesetzt ist, geht nicht von ihren Verfolgern aus, sondern von ihr selbst.« Sie schüttelte ihr greises Haupt. »Nein! Sie war wahrhaftig nicht reif genug dafür, dieses Päckchen hier auf Barra in Empfang zu nehmen. Also blieb es in meinem Gewahrsam, und ich möchte, dass du es Lady Nichola zurückbringst ... zusammen mit ihrer Tochter. Soll die Frau sich doch etwas anderes einfallen lassen für das kleine Luder!«

Zerstreut legte Wyntoun das Päckchen zurück in die Holzkiste und nickte dann zuversichtlich. »Ich werde mich um alles kümmern, Tante.«

»Hervorragend!« Die Äbtissin erhob sich und trat zur Tür. »Und du *wirst* auf sie Acht geben?«

»Auch das.«

»Du *wirst* Geduld mit ihr haben. Schließlich ist sie noch sehr jung.«

»Ich versichere dir, Tante, schlimmer als den kleinen englischen Wirbelwind an einem Winterabend in einem Käfig vor Kisimul Castle baumeln zu lassen, werden meine Züchtigungen gewiss nicht werden!«

»Pah! Das war doch gar nichts!« Sie wartete, dass Wyntoun die Tür für sie öffnete, und maß ihn von Kopf bis Fuß. »Du wirst alsbald herausfinden, dass Adrianne nichts und niemanden fürchtet. Sie dort draußen aufzuhängen sollte doch nur ihre Geschicklichkeit auf die Probe stellen. Als ich sie im Rittersaal habe aufknüpfen lassen, bedurfte es nur weniger Stunden, bis sie sich aus dem Käfig befreit hatte. Darauf kletterte sie an einem Seil am Ende des Saales hinunter. Ich glaube, die Kälte des heutigen Abends hat ihrem Freiheitsdrang einen kleinen Dämpfer verpasst.«

Wyntoun runzelte die Stirn ob der ernsten Miene der alten Nonne, unsicher, ob sie scherzte ... oder das Mädchen insgeheim bewunderte.

»Gräme dich nicht, Tante. Ich werde dafür sorgen, dass sie in den sicheren Schoß ihrer Familie zurückkehrt.«

»Hervorragend! Dann ist die Sache für mich erledigt.« Die Ordensfrau winkte ihrem Neffen, trat in den schmalen Gang und stupste Ian zu der Leiter, die zum Deck hinaufführte.

»Beeil dich, du ungehobelter Tölpel. Ich möchte meine Füße wieder auf festem Boden wissen!«

Wyntoun schlenderte zurück in seine Kajüte und schloss die Tür, die Augen unablässig auf die offene Truhe auf seinem Schreibtisch geheftet.

»Weitaus einfacher, als ich je gedacht hätte.«

Wyntoun setzte sich an den Schreibtisch, nahm das

Päckchen und brach das Siegel, ohne auch nur einen Augenblick zu zögern. Er löste die lederne Umhüllung und betrachtete den Inhalt. Ein Brief, adressiert an Adrianne Percy, auf feinstem Pergament ... und eine kleinere Schriftrolle.

Er schob den Brief beiseite und griff nach der Rolle. Während er diese behutsam öffnete, fiel sein Blick auf verschiedene Zeichen und Symbole.

Die Landkarte. Nun, jedenfalls ein Teil davon, entschied er.

»Tiberius!«, hauchte er dann.

Es geschah ohne jede Warnung. Unvermittelt spürte er die scharfe Spitze eines Dolchs an seiner Kehle. Eine schlanke Frauenhand packte sein Haar und riss seinen Kopf nach hinten.

Wyntoun ließ die Landkarte auf die Tischplatte sinken.

»Sehr gut, Dumpfbacke! Schließlich solltet Ihr wissen, dass man fremdes Eigentum nicht anrührt!«

# 4. Kapitel

Adriannes Hand presste den kleinen Dolch unerbittlich an seine Kehle, während ihr Blick über die vor dem Highlander liegende Karte schweifte. Als er unmerklich den Kopf drehte, schnitt die Waffe ihm empfindlich ins Fleisch. Blutstropfen perlten aus seiner wund gescheuerten Nackenhaut.

»Rührt Euch noch einmal, und es wird Euer letztes Mal sein.«

Obschon ein kleines Rinnsal Blut in sein schwarzes

Hemd tropfte, wusste Adrianne genau, dass ihre Drohung bei ihm nicht fruchten würde. Und in der Tat, als er seine grünen Augen verdrehte und zu ihr aufsah, fragte sie sich, ob er sie überhaupt ernst nahm. Sein stechender Blick wich von ihrem Gesicht und glitt tiefer, befleißigt, ihre Gestalt zu begutachten. Adrianne errötete ob dieser Dreistigkeit.

Ihre Verblüffung wich Empörung. Sie riss seinen Kopf zurück und hielt seinen kurzen schwarzen Schopf erbarmungslos gepackt.

»Treibt es nicht zu ...« Sie stockte, da sie jemanden an der Kabine vorbeigehen hörte.

»Treibt es nicht zu ... was, meine Kleine?«

Er schnellte auf seinem Stuhl herum, doch Adrianne wich ihm geschickt aus.

»Rührt Euch nicht, oder ich schlitze Euch die Kehle auf. Ich schwöre es!« Wyntoun MacLean leibhaftig vor sich zu haben war weitaus bedrohlicher, als sie draußen vor den Burgtoren, in ihrem Käfig, vermutet hatte. Er hatte den verschlagenen Blick einer Katze auf Beutejagd, nur dass seine Augen von einem noch tieferen Grün waren.

»Und was dann?«

»Ich ... ich habe keine Zeit für solche Spielchen. Beeilt Euch. Wickelt sofort alles wieder in die lederne Umhüllung ein.«

Der Highlander ging über ihre Aufforderung hinweg, lehnte sich in seinem Sessel zurück und streckte seine in Stiefeln steckenden Beine aus. Sein braun gebranntes Gesicht wirkte gelassen, und einer seiner Mundwinkel zuckte ironisch. Dieser Halunke besaß doch allen Ernstes den Nerv, gelangweilt dreinzublicken!

Sie riss noch fester an seinem Haar, worauf sich seine Miene schmerzhaft verzog.

»Ich habe Euch ganz genaue Anweisungen erteilt. Also, wenn Ihr bei Sonnenaufgang noch leben wollt, dann …«

Der schmale Dolch flog ihr aus der Hand und fiel mit einem metallischen Klirren auf die Holzdielen, derweil sein Sessel zur Seite schnellte. Adrianne konnte nicht einmal mehr schreien, so blitzschnell hatte der muskulöse Arm des Highlanders sie gepackt und an sich gedrückt.

Obschon sie sich heftig zur Wehr setzte, war ihre Hand, die den Dolch umklammert hatte, wie taub von seinem unvermittelten Schlag. Ihre Kräfte schienen völlig zu erlahmen, sobald sie erkannte, dass jede Gegenwehr zwecklos wäre. Dieser brutale Unhold bog ihr einfach einen Arm auf den Rücken und zog sie noch fester an sich.

Sie winselte vor Schmerz, verbiss sich jedoch einen Aufschrei, als er ihr den anderen Arm auch noch verdrehte.

»Jetzt hört mir einmal zu, Wildkatze«, schnaubte er ihr ins Gesicht.

Sie versetzte ihm einen Schwinger mit ihrem Kopf, und dieses Mal sah sie mit Genugtuung, wie seine arrogante Miene zwischen Verblüffung und Verärgerung schwankte.

»Was, zum Henker …?«, stöhnte er. Ihre beiden Hände mit einer Faust energisch umklammernd, packte er ihr wild zerzaustes Haar mit der anderen und hielt sie unerbittlich fest.

»Sie haben wahrlich nicht übertrieben auf Barra«, sagte er stirnrunzelnd. »Ihr seid in der Tat gefährlich.«

Ihr Kopf dröhnte von dem Schlag, den sie ihm verpasst hatte, doch sie achtete nicht weiter darauf, sondern funkelte ihn stattdessen erbost an.

»Ihr hättet mir aufmerksamer zuhören sollen, Ritter,

denn sobald ich mich aus Eurem brutalen Griff befreit habe, werde ich Eure Kehle durchtrennen.« Ihr Blick fiel auf seine markante Kinnpartie. Wanderte zu seinen zusammengepressten, vollen Lippen – ihrem Gesicht so nah – und zu seinen Augen. Augen von einem so tiefen Grün, wie sie es wahrhaftig noch nie gesehen hatte. Dunkler als die der Äbtissin … und weitaus gefährlicher.

Sie schluckte und sah in Richtung Tür. Jede Flucht schien ihr schlagartig aussichtslos.

Wieder zerrte der Krieger an ihren Haaren, und Adriannes Kopf schnellte nach hinten. Sie gewahrte, wie seine Augen über ihr Gesicht glitten, zu ihrem Mund. Er bog ihren Körper gewaltsam zurück; hungrig sog sein Blick ihre Silhouette in sich auf.

»Ihr seid viel … viel älter, als ich dachte.«

Die Bedeutung seiner Worte war unverkennbar, das von ihm in Augenschein genommene Objekt nicht minder. Adrianne fühlte ein seltsames Prickeln in ihrem Busen, unter dem durchnässten Wollstoff ihrer Bluse. Sie wehrte sich, doch er hielt sie unerbittlich fest.

»Lasst mich los«, raunzte sie, ihr Gesicht viel zu dicht an dem seinen. Sonderbare Empfindungen jagten durch ihren Körper. Entsetzen … aber da war auch etwas anderes. Sie war ihm so nah, dass sie seinen männlichen Duft wahrnahm – der eigentümliche Geruch von Meer und Wind. Salzig wie eine Brandung und irgendwie faszinierend … erregend. Wieder suchte sie sich ihm zu entwinden.

»Wenn Ihr wisst, was gut für Euch ist, dann hört Ihr besser auf, so herumzuzappeln.«

Sie ging darüber hinweg, weiterhin bemüht, sich zu befreien. »Wenn Ihr mich nicht sofort loslasst, bei der Jungfr …«

Wieder erstarben die Worte auf ihren Lippen, da sein starker Arm sie energisch an seine Lenden riss. Diesmal vermochte sie den Aufschrei nicht zu unterdrücken, der ihren Lippen entwich, als sie das harte Etwas an ihrer Hüfte spürte. Sie wusste, was es war. Es war jener sonderbare Zustand, in dem Männer sich befanden, wenn sie ganz bestimmte Reize wahrnahmen. Adrianne erstarrte und sah entsetzt zu ihm auf.

»Ich habe Euch gewarnt. Ihr sollt mit dieser Zappelei aufhören!«

»Ich bin keine Milchmagd, Ihr Unhold. Und ich habe Euch *nicht* dazu aufgefordert.«

Fragend schoss eine seiner dunklen Brauen hoch. »Wovon redet Ihr da?«

»Ihr habt kein Recht, so ... so zu reagieren.«

Seine Mundwinkel zuckten unmerklich, als sie ihn bitterböse und vernichtend maß.

»Ihr meint, dass man mich dazu auffordern muss, Wildkatze?« Er zog sie enger an sich. »Ihr meint, ein Mann wartet nur darauf?«

»Ganz recht!«, versetzte sie im Brustton der Überzeugung.

»Ein besserer Mann als ich vielleicht.« Seine Augen wurden schmal, als er in die ihren blickte. »Und woher wisst Ihr so viel über ebendiese ... Sache?«

Adrianne fühlte seine pulsierende Mannhaftigkeit und versuchte erneut, sich aus seinem Griff zu befreien, doch er wollte nicht nachgeben.

»Hat irgendjemand auf Barra Euch ... angerührt ... oder Euch solche Dinge gelehrt?« Seine Miene verfinsterte sich zusehends.

»Ich besitze eine grenzenlose Erfahrung in solchen Dingen. Indes erlangte ich mein Wissen schon Jahre bevor ich meinen Fuß auf Eure jämmerliche Insel gesetzt habe.«

Eine Braue schoss nach oben. »*Jahre?*«

»Lasst mich los, Klugschwätzer.« Wieder suchte sie sich ihm zu entwinden. Schlagartig schien die Hitze in der Kajüte unerträglich.

»Jahre?«

Sie stockte, augenblicklich verwirrt von seiner sanften Stimme und dem schmachtenden Blick, der in seine grünen Tiefen getreten war. Das Atmen fiel ihr zunehmend schwerer. Adrianne zwang sich, seinen Hemdkragen zu fixieren, die dunklen Flecken, die das inzwischen eingetrocknete Blut hinterlassen hatte.

»Ganz recht, Jahre«, sagte sie betont scharf. »Ich war vierzehn, als ich mich das erste Mal damit auseinander gesetzt habe. Das ist Jahre her, würde ich sagen.«

»Und wer, wenn ich fragen darf, war der Unhold, der sich erdreistet hat, Euch in solch heiklen, persönlichen Dingen zu unterweisen? Zweifellos irgendein Wanderprediger.«

»Ihr solltet den guten Namen von Gottes niederen Dienern nicht in den Schmutz ziehen!« Sie zögerte, spähte zu ihm auf. »In der Tat war es nicht ein Unhold. Es waren viele.«

Sein verlangender Blick verwandelte sich in ungläubiges Starren. »Viele?«

»Gewiss doch, es waren viele.« Sie nickte bekräftigend. »Viele Männer und eine Frau.«

»Eine Fr… Frau?« Seine Fassungslosigkeit schlug in Entsetzen um. »Und wo hat dieser niederträchtige Akt stattgefunden?«

»In den Stallungen, auf unserem Besitz in Yorkshire. Der letzte Stall zur Linken war der bevorzugte Treffpunkt.«

»Wussten … wussten Eure Eltern von … von diesem schändlichen Tun?«

»Natürlich nicht. Aber meine Schwestern waren in alles eingeweiht.«

»Und sie haben Euch nicht Einhalt geboten?«

»Warum sollten sie?«

Er starrte sie an. Sie starrte zurück.

»Es fing ganz zufällig an … noch dazu recht harmlos!« Ihre Handgelenke schmerzten von seiner unnachgiebigen Umklammerung. »Sie wussten, dass ich gern hinging und zuschaute, was die Männer machten. Überdies habe ich ja auch nie versucht, Catherine vor sich selbst zu schützen, wenn sie sich wieder einmal in ihren Büchern und Tagträumen verlor. Und Laura! Sie war noch schlimmer, mit ihren Plänen und Einfällen – jeden wollte sie herumkommandieren!«

»Ich kann mir schwerlich vorstellen, dass die Zerstreuung Eurer Schwestern vergleichbar war mit Eurer … nun ja, mit dem Umstand, dass Ihr Vergnügen daran gefunden habt, in die Stallungen zu entwischen.«

»Ihr verurteilt mich, obschon Ihr nichts darüber wisst.« Sie versuchte, ihre Arme frei zu bekommen, aber er ließ nicht locker. »Und Ihr schreit mich an.«

»Einer muss es ja tun.«

»Und wieso das?«, begehrte sie auf. »Ihr wisst nichts über meine Familie. Wenn Ihr uns kennen würdet, würdet Ihr begreifen, dass mein Charakter und meine Talente ebenso bedeutsam sind für unsere Sache wie die Bestrebungen meiner Schwestern.«

»Eure *Sache*? Und die wäre?« Seine Stimme troff vor Sarkasmus. »Nein, sagt es mir nicht. Ich nehme an, Ihr beabsichtigt, Eure Dienstleistungen … und Erfahrungen für Geld feilzubieten, um für Euch alle drei sorgen zu können.«

Stirnrunzelnd erwiderte sie seinen stechenden Blick. »Um ehrlich zu sein, ist mir der Gedanke schon häufiger gekommen. Und ich will Euch noch etwas sagen: ich würde es sogar auf mich nehmen, wenn wir irgendwann für uns selbst sorgen müssten.«

Sein Gesicht war ein Bild des Zorns.

»Ich *bin* genauso gut wie jeder angeheuerte Mann.«

»Ein angeheuerter *Mann?* Und das aus dem Munde von Edmund Percys Tochter?«

Abrupt ließ er ihre Hände los, hielt ihre Haare jedoch gepackt, während er rasch den umgestürzten Sessel aufhob. Er wirbelte sie herum, drückte sie energisch auf das Sitzmöbel und gab ihre zerzauste Lockenpracht frei.

»Was geht Euch das an, wenn ich …«

»Ich glaube …«, knurrte er über sie gebeugt. »Ich glaube, ich habe mehr über Euren schändlichen Charakter erfahren, als mir lieb ist.«

»Schändlich? Wie könnt Ihr es wagen!« Sie versuchte aufzustehen, doch er drückte sie zurück in den Sessel. »Nur weil ich viel beherzter bin als manch angeheuerter Krieger … und ganz gewiss beherzter als ein aufgeblasener Söldner wie Ihr … habt Ihr noch lange nicht das Recht, an meinem Charakter zu zweifeln. Ich könnte mich mit Leichtigkeit als Mann verkleiden, und ich kann ebenso gut fechten wie Ihr. Ich vermag einen Reiter mit einem Schwerthieb vom Pferd zu fegen, ich kann über einen Burggraben springen oder eine Schlossmauer erklettern. Ich kann besser reiten als viele Männer, und ich …«

»Das mag sein, aber wir reden über etwas völlig anderes.«

»Mitnichten!«

Sie tastete nach der Landkarte auf dem Tisch, doch er schob ihre Hand fort. Dann fasste er ihr Kinn und hob ihr Gesicht an, bis sich ihre Blicke erneut trafen.

Seine Berührung erzeugte ein seltsames Kribbeln in

Adriannes Magengegend, das ihren gesamten Körper erfasste. Während sie einander fixierten, erkannte sie, dass sie zum ersten Mal im Leben einen Mann überaus anziehend fand. Die markante Kinnpartie. Die vollen, festen Lippen. Ein wettergegerbtes Gesicht mit hohen Wangenknochen. Wyntoun MacLeans stechend grüne Augen schienen sie zu durchbohren, Funken zu sprühen, die ihr aufgewühltes Inneres zu verbrennen drohten.

»Ihr sprecht von Männern, die Ihr beobachtet und von denen Ihr gelernt habt. Was meint Ihr damit?«

»Dass sie für die Schlacht trainiert haben, natürlich.«

Der harte Zug um seinen Mund entspannte sich merklich, und Adrianne stellte entrüstet fest, dass seine Augen belustigt aufblitzten. Er ließ ihr Kinn los und straffte sich.

»Dass Ihr mich recht versteht, Mistress Percy, ich bin kein bezahlter Söldner – und weder aufgeblasen noch sonst etwas. Ich bin auf Wunsch Eurer Schwestern nach Barra gekommen.«

Das hatte sie bereits gehört, als sie sich zwischen den Waffen in dem Verschlag unter seinem Kabinenbett verborgen gehalten hatte. Aber sie hatte auch anderes belauscht. Äußerungen, die ihr den Eindruck vermittelten, ihm besser nicht zu vertrauen.

»Also, noch einmal. Was genau habt Ihr gemacht, wenn Ihr die Stallungen in Yorkshire aufgesucht habt?«

Auch ihr brannten einige Fragen auf den Lippen, gleichwohl gewahrte sie die Entschlossenheit in seinen Augen, als er sie abermals fixierte.

»Ich habe den Männern bei ihren Schwertübungen zugesehen, vom Heuspeicher aus.«

»Und damit habt Ihr begonnen, als Ihr vierzehn wart?«

Abfällig schnaubend schüttelte sie den Kopf. »Nein! Schon als Kind, sobald ich die erste Leitersprosse erreichen konnte. Dann bin ich nach oben ins Heu geklettert und habe dort ganze Nachmittage gelegen und die Männer mit ihren Schwertern und Speeren, Äxten und Hellebarden beobachtet. Seinerzeit wurde im Innenhof immerzu gekämpft.«

»Und was genau ist in dem letzten Stall zur Linken passiert, als Ihr vierzehn wart?«

Adrianne spürte, wie eine glutheiße Röte in ihre Wangen schoss. »Ich habe die Milchmagd beobachtet.«

»Wen?«

»Die neue Milchmagd, die aus dem Dorf zu uns gekommen war. Sie schlich sich öfter in den Stall und traf sich mit Dienern und Pachtbauern.«

»Sie hat sich mit Männern getroffen?«

»Gewiss, sie hat sie auch aufgefordert ... Ihr wisst schon ...«

»Nein, das weiß ich nicht.«

Als Adrianne aufsah, schwante ihr, dass er sie foppte, und ihr Temperament ging mit ihr durch. Sie schnellte aus dem Sessel hoch, stieß ihn beiseite und riss die Landkarte vom Tisch.

»Die Karte bleibt hier.« Seine Stimme war bedrohlich leise, sein Blick einmal mehr zornumwölkt.

Mit dem Rücken zum Tisch blieb ihr ganz gewiss keine Fluchtmöglichkeit. Andererseits war sie nicht geneigt einzulenken. Sie versteckte die Karte hinter ihrem Rücken.

»Sie gehört mir, und das wisst Ihr auch. Ihr hättet sie nicht anrühren... geschweige denn das Siegel brechen dürfen.«

»Man hat mir den Inhalt dieser Truhe anvertraut ... und ich übernehme eine Verantwortung nur dann, wenn ich weiß, was ich schützen soll.«

»Ihr lügt. Gegenüber der Abtissin habt Ihr darüber kein Wort verloren.«

»Ich bin hier der Befehlshaber … und nicht die Äbtissin.« Der Highlander richtete sich zu seiner vollen Länge auf, worauf sein Haupt fast die Deckenbalken der Kabine berührte. »Gebt mir die Karte.«

Adrianne wich zurück, bis sie an die Tischkante stieß.

»Vorhin habe ich Euch und den anderen Mann belauscht. Wer ist hier der eigentliche Befehlshaber? Ich glaube nicht, dass meine Schwestern Euch hergesandt haben.«

Für einen langen Augenblick sahen die beiden sich schweigend an. Sein Zorn schien nachzulassen. Als dumpfes Kettengerassel und das Gebrüll der Männer an Deck zu ihnen hinunter drangen, nickte er ihr zu.

»Glaubt, was Ihr wollt, aber ich bin auf Drängen von Catherine und Laura gekommen.«

»Warum?«

»Was ist daran so merkwürdig, dass Eure nächsten Verwandten …«

»Versucht nicht, mich zum Narren zu halten. Warum mussten meine Schwestern jemanden zu mir schicken? Noch dazu jetzt, mitten im Winter? Warum haben sie damit nicht bis zum Frühling gewartet?«

Spöttisch grinsend hob er eine Hand über seinen Kopf und lehnte sich lässig an den Deckenbalken. »Ihr seid überaus misstrauisch … Ihr stellt viel zu viele Fragen.«

Sie zwang sich, nicht auf seine Armmuskulatur zu starren, die sich unter seinem schwarzen Hemd abzeichnete. »Und Ihr gebt viel zu selten Antwort.«

Wie schon zuvor glitt sein Blick so unverhohlen über ihre Gestalt, dass ihr glutheiß wurde. Sie war immer noch durchnässt. Sie spürte das Gewicht des schweren, feuchten Wollstoffs auf ihrer Haut, obwohl sie den Tartan von den Schultern genommen hatte, als sie an Bord geklettert war. Von diesem Ungetüm befreit, trug sie noch eine wollene Bluse und einen Rock in den Farben der MacNeils. Gleichwohl hätte sie nicht zu sagen vermocht, warum er sich dermaßen für ihr äußeres Erscheinungsbild interessierte.

»Ich bin mir bewusst, dass Ihr mich mit Euren unverschämten Blicken verunsichern wollt. Aber das wird Euch nicht gelingen.« Die Karte in einer Hand schwenkend, trat sie ganz nah an die brennende Öllampe auf seinem Tisch. Er rührte sich nicht, dennoch bemerkte sie, wie er mit skeptisch zusammengekniffenen Augen die Bewegungen ihrer Hand verfolgte. Das war weitaus besser als ein Dolch an seiner Kehle, entschied Adrianne insgeheim.

»Vielleicht wird Euch das überzeugen, meine Fragen zu beantworten.« Die grünen Augen schweiften zurück zu ihrem Gesicht. »Wer, wenn überhaupt, hat Euch wirklich hergeschickt?«

»Ihr wisst bereits alles, was Euch betrifft.«

»Beantwortet meine Frage.« Sie hielt die Karte noch dichter an die Flamme.

»Ihr werdet sie nicht verbrennen.«

Trotzig schob Adrianne ihr Kinn vor. »Seid Ihr da so sicher?«

»Sie ist Teil Eures Erbes. Eure Familienehre steht auf dem Spiel. Ihr werdet die Karte des Tiberius nicht zerstören wollen.«

»Ihr wisst, worum es sich handelt. Ihr habt es bereits erwähnt.« Ein zentnerschweres Gewicht schien auf ihrer Brust zu lasten. Ihre Hand bewegte sich unverändert in Richtung Flamme. Sie fühlte die Hitze an ihren Fingern. »Aber Ihr irrt. Ich *werde* sie vernichten und damit verhindern, dass sie Euresgleichen in die Hände fällt. Ihr werdet Euch nicht an etwas zu schaffen machen, das heilig ist.«

Tapfer hielt Adrianne seinem Blick stand, als das Schiff unvermittelt ins Schlingern geriet und sie mit ihrem Gleichgewicht kämpfte. Das genügte dem Highlander, um sie abermals zu überwältigen.

Mit stählernem Griff umklammerte er die Hand mit der Landkarte, drehte sie ihr auf den Rücken und öffnete gewaltsam die Finger, während sie mit ihrer freien Hand auf ihn einschlug. Schließlich biss sie ihm direkt über dem Ellbogen in den Arm, worauf er sie herumwirbelte und an die Kajütenwand presste. Sie setzte sich weiterhin zur Wehr, doch war es ihm inzwischen gelungen, ihre Faust zu öffnen und die Karte an sich zu bringen. Er schob das Dokument in seinen breiten Gürtel, dann wandte er sich ihr zu.

»Ihr habt meine Geduld aufs Äußerste strapaziert«, schnaubte er dicht an ihrem Gesicht. »Ich werde dafür sorgen, dass Ihr gefesselt in einen Käfig gesperrt werdet, bis wir unser Ziel erreichen.«

»Ich werde entwischen.« Sie funkelte ihn an. »Und ehe Ihr Euch verseht, stehe ich wieder in dieser Kajüte, mein Messer an Eurer Kehle. Und dann werde ich Euch nicht warnen. Ihr seid tot, bevor Ihr einen Schrei ...« Eine starke Hand umfing ihre Kehle und erstickte den Rest ihres Satzes. Das Schiff neigte sich zur Seite, und sein Körper drängte sich dichter an den ihren. Sie kämpfte den Aufruhr ihrer Gefühle nieder, den seine erigierte Mannhaftigkeit in ihr auslöste, und hob den Blick. In seinen grünen Tiefen erahnte sie Wut und Wollust.

»Wenn ich es mir recht überlege, so weiß ich einen besseren Ort für Euch.«

Ihr stockte der Atem, da seine Hand ihre Kehle freigab und langsam tiefer glitt. Sie spürte seine kraftvollen Finger auf der nackten Haut ihres Dekolletés. Als sie unbewusst nach unten spähte, entdeckte sie einen langen Riss in ihrer Bluse – dort wo seine Finger betörend ihren aufblitzenden Busen umkreisten.

»Ich … hört sofort auf!« Sie stieß ihn von sich, und er wich zurück, sodass sie eine Hand zwischen ihre Körper schieben und den zerrissenen Wollstoff zusammenraffen konnte. »Ich … ich muss sie zerrissen haben, als ich an Bord geklettert bin.«

Er rührte sie nicht mehr an, doch Adrianne fühlte noch immer seine glutheiße Hand auf ihrer Haut, und ein eigentümliches Ziehen in ihrem Bauch, das seine Nähe mit jeder Sekunde verschlimmerte.

»Ich warne Euch … ich bin viel beherrschter als meine Tante. Aber wenn Ihr mich ständig provoziert … wenn Ihr zu weit geht, dann kann ich einfallsreichere … Strafen … ersinnen, als Ihr sie bislang kennt.«

Ihre Gegenwehr erlahmte sofort, da seine Hände ihr Gesicht umschlossen und ihren Hinterkopf an die Wand pressten. Seine Augen hingen an ihren Lippen.

Sein Mund senkte sich tiefer, bis seine Worte nur mehr ein Atemhauch auf ihrer Haut waren. »Das ist nur ein Vorgeschmack dessen, was Euch erwartet, solltet Ihr es darauf anlegen, mich zu provozieren.«

# 5. Kapitel

Er hätte sich ebenso gut in einem Grab verbergen können.

Das unaufhörliche Klappern von Gillies Zähnen hallte dumpf von den feuchten Holzlatten des Fasses wider. Über Stunden schienen seine Beine nun schon zwischen Kribbeln und völliger Taubheit zu schwanken. Das spitze Kinn fester zwischen seine von einem Kilt umhüllten Beine pressend, blies der Junge in die Hände, bemüht, seinen eisigen Gliedern ein bisschen Wärme einzuhauchen.

Das Wasser der Bucht war weitaus kälter gewesen, als er gedacht hatte. Die Strecke, die er schwimmend zu dem Schiff hatte zurücklegen müssen, war ihm aufgrund der winterlich aufgewühlten See viel weiter als sonst vorgekommen. Auf halbem Wege war er einer Ohnmacht nahe gewesen, doch er hatte sich gezwungen durchzuhalten.

Auf dem Weg zu dem einzigen Menschen auf der ganzen Welt, der sich mitfühlend um ihn gekümmert hatte... auf dem Weg zu Mistress Adrianne – seiner Beschützerin und Freundin.

Das Salzwasser immer noch in seiner Nase, riss Gillie sich die nasse Schottenmütze vom Kopf, um den drohenden Niesanfall zu dämpfen. Seine Gesichtshaut brannte wie Feuer und trieb ihn beinahe in den Wahnsinn. Behutsam rieb er mit seiner Kopfbedeckung darüber. Es half nichts, gleichwohl wusste Gillie, dass es keinen Sinn hatte zu kratzen. Die verschorften Krusten würden wieder aufplatzen – grässliche, schmerzhafte Eiterherde.

Der Junge zwang sich, an andere Dinge zu denken. An Mistress Adrianne.

Versteckt zwischen den Küstenfelsen von Barra, hatte er Mistress Adrianne bewacht, seit sie sie in dem Käfig vor den Mauern von Kisimul Castle aufgehängt hatten.

Als der Schiffsmeister in der Bucht vor Anker gegangen war und der Verwalter einen der anderen Burschen auf die Suche nach Gillie geschickt hatte, weil er helfen sollte, Vorräte an Bord zu bringen, hatte er sich nicht gerührt und weiterhin den in der winterlichen Kälte baumelnden Käfig beobachtet.

Indes hatte seine Wache nicht ihrem Schutz gegolten. Gillie wusste besser als alle anderen, dass seine Gönnerin tapferer und vitaler war als die meisten Männer. Er hatte nur darauf gewartet, dass sie fliehen würde. Und er hatte auch gewusst, wohin.

In den vergangenen fünf Monaten, seit er Mistress Adrianne kannte, hatte sie auf ein Schiff gewartet, einer Möglichkeit geharrt, wie sie der Insel Barra entfliehen und zurück zu ihrer Familie gelangen könnte. Sobald er die riesigen Masten und die dunklen, geblähten Segel erspäht hatte, war Gillie klar gewesen, dass Mistress Adrianne – Käfig hin oder her – sich einen Weg auf dieses Schiff erkämpfen würde, ehe es wieder auslief.

Und wenn sie jemals die Insel verlassen sollte, so hatte der Junge schon vor Monaten entschieden, dann würde er mitgehen. Das war Gillie seit dem Augenblick klar gewesen, da sie ihn das erste Mal bemerkt hatte.

Wahrhaftig, er hatte genau gewusst, dass er sie begleiten würde. Außer diesem Fettwanst von Haushofmeister, dem er bei der Arbeit zur Hand gehen sollte, vermisste ihn ohnehin niemand, wenn er für immer verschwände. Keiner hier kümmerte sich um Gillie, den Sonderling, Gillie, das Narbengesicht, Gillie, den Unglücksbringer. Nein, keiner würde ihn je vermissen.

Keiner außer Adrianne Percy.

Wieder bedeckte er Nase und Mund, um einen weiteren Niesanfall zu dämpfen.

Sicher, Mistress Adrianne kümmerte sich um alles und jeden. Sie war sogleich hilfsbereit zur Stelle, wenn eine Frau Tang für den Garten holte oder wenn ein

Fischernetz sich in den Felsen verfangen hatte. Sicher, sie wachte über einem kranken Kind, während die Mutter ihre anderen Kleinen versorgte. Aber Gillie wusste auch, dass sie sich genauso um ihn kümmerte. Vielleicht mehr noch als um die anderen.

Durch die Dunkelheit hatte er ihre zerrissenen Schreie gehört, das Zerbersten des Käfigs auf den ausgewaschenen Felsen. Als er die Männer bemerkt hatte, die auf der Suche nach ihr die Wassermassen rings um die Burg durchkämmt hatten, hatte er gleich gewusst, dass sie entkommen war ... wieder einmal.

Am Ufer stehend, vor ihm die flackernden Fackeln und die kleinen, in der Brandung der Bucht schaukelnden Boote, hatte Gillie auf Anhieb geschwant, wohin Mistress Adrianne verschwunden war. Er hatte zum Schiff gespäht und sich ohne zu zögern in die eisigen Fluten gestürzt.

Das Schiff schlingerte und schwankte mit jeder Wellenbewegung, und Gillie war sich sicher, dass sie bereits abgelegt hatten. Er vernahm die Befehle, das Brüllen der Seeleute an Deck. Das Dröhnen und Quietschen der rollenden Fässer erfüllte seine Ohren. Das Erschauern des Schiffrumpfes ging ihm durch Mark und Bein. Er verlagerte sein Gewicht und lugte vorsichtig unter dem Deckel seines Fasses hervor. Sogleich drang der faule Gestank von Brackwasser in seine Lunge, und Gillie nieste abermals in seine Schottenkappe.

Das Schiff schoss mit einem weiteren Schlingern nach vorn. Außerhalb des Fasses war es noch kälter, und der Junge versuchte sein Zähneklappern zu unterdrücken. Seine nassen, zerrissenen Kleider vermochten nur wenig gegen die winterliche Kälte auszurichten – vermutlich gar nichts.

Als er hastig an Bord geklettert war, hatte Gillie auf

der Suche nach einem Versteck einen Berg altes Segeltuch entdeckt, zerknüllt in einem dunklen Winkel. In der Hoffnung, dass die alten Segel mehr Schutz böten als das feuchte Fass, hob er den Deckel an und richtete sich zu seiner vollen Länge auf, die Ohren gespitzt.

Einmal abgesehen von der knarrend schwankenden Ladung an Bord und den peitschenden Wassermassen war die Geräuschkulisse gedämpft und kam vermutlich vom Oberdeck. Um ihn herum war es finster wie in einem Verlies. Er setzte die nasse Mütze auf und schickte sich an, aus dem Fass zu klettern.

Kaum hatte er einen Fuß auf den Boden gesetzt, als ihm ein lautstarker Nieser entfuhr. In seiner Eile, seinen Mund zu bedecken, glitt er aus und fiel mitsamt dem Fass auf die rauen Schiffsplanken.

Das Fass rollte geräuschvoll über das Deck, und Gillie krabbelte hinterher. Er hatte es fast erreicht, als es vor einen Balken krachte. Der Junge packte es, ehe es zur Seite stürzte und hielt es fest, sein Blick auf die verschlossenen Schiffsluken geheftet.

Unversehens verwandelte sich Gillies erleichterter Seufzer in ein gequältes Stöhnen. Aus der Dunkelheit packten ihn die schaufelgleichen Hände eines Seemanns, hoben ihn in die Luft, und ein anderer spähte ihm direkt ins Gesicht.

Es war nur ein Hauch ihrer Lippen. Indes war es für Wyntoun auch ein Schritt in einen bedrohlich aufklaffenden Abgrund. Und er balancierte am Rand der Schlucht. Als er ihr in die Augen sah, wusste er, dass sie genauso empfand. Tiefes Begehren schwelte zwischen ihnen … und er gewahrte, wie sie dagegen ankämpfte.

Seine Lippen nur Millimeter von den ihren entfernt, betrachtete er ihre veilchenblauen, schreckgeweiteten

Augen. Ihr aufgewühlter Puls unter seinen Fingerspitzen bewies ihre Erregung, und als er ihre sinnlich geöffneten Lippen bemerkte, durchzuckte der Reiz der Eroberung – und der Leidenschaft – seine Lenden. Wie er sich danach verzehrte, diese Lippen zu bezwingen.

Er ließ sie abrupt los und trat einen Schritt zurück.

»Hört mir zu«, schnaubte er. Er beobachtete, wie sie sittsam ihre zerrissene Bluse zusammenraffte. »Das nächste Mal wird es kein Entrinnen mehr geben. Und ich versichere Euch, solltet Ihr so töricht sein und meine Geduld ein weiteres Mal auf die Probe stellen, dann wird unser Zusammentreffen nicht mit einem Kuss enden … Aufforderung hin oder her.«

Ihren Rücken an die Kabinenwand gepresst, verharrte sie reglos. Ihr Gesicht rosig überhaucht, schwieg sie beharrlich. Wie er erwartet hatte, war ihr Widerstand gebrochen. Wyntoun betrachtete sie amüsiert und verdrängte jeden Gedanken an seine eigene körperliche Reaktion auf diese ungezähmte Schönheit.

Er zog die Karte aus seinem Gürtel und legte sie zusammen mit dem Brief in die Lederhülle. Adrianne beobachtete unablässig seine Hände, rührte sich jedoch nicht.

»Möchtet Ihr erfahren, warum man mich zu Euch geschickt hat?«

Unvermittelt entdeckte er, dass ihr Blick auf einen Punkt am Boden gerichtet war. Er folgte ihren Augen und erspähte den kleinen Dolch, den er ihr zuvor aus der Hand geschlagen hatte. Sie war ganz gewiss kein Feigling, dachte er mit widerwilliger Bewunderung.

Wyntoun hob die Waffe vom Boden auf und schnellte herum. Darauf trat er zu ihr und hielt ihr den Knauf hin.

»Nehmt ihn.«

Verblüfft starrte sie auf den Dolch in seiner Hand. »Warum?«

»Ihr befindet Euch auf einem Schiff mit einer Crew von Männern, die drei Dinge lieben: einen blutigen Kampf, einen guten Tropfen und eine willige Jungfer. Ich würde sagen, Ihr müsst Euch schützen.«

Ihre Hand schoss vor und umschloss die kleine Waffe.

»Ich gebe sie Euch nicht, weil ich einen meiner tapferen Männer verlieren will, sondern weil ich Euch vertraue, dass Ihr sie nur im Ernstfall einsetzt. Oh, und nicht gegen mich.«

Ihre Augen – so hellwach und himmelblau, dass sie jeden Mann betörten – verengten sich zu rebellischen Schlitzen. Er verfolgte, wie sie die Waffe in das Taillenband ihres Rocks steckte. Sie war wahrlich geschickter als mancher Mann im Umgang mit dieser Waffe. Sein Blick fiel auf die kurzen dunklen Locken, die ihr verführerisch in die Stirn fielen.

Eine Schande! Sie hatte ihr Haar abgeschnitten, um sicher zu sein, dass diejenigen, die die Überreste des Käfigs fanden, von ihrem Tod ausgingen. Stattdessen war sie über das Seil und den Balken auf die Burgmauer geklettert.

Sie *war* eine gefährliche Gegnerin. Er würde mit allen Tricks arbeiten müssen, wollte er sie in Schach halten.

»Eure Mutter ist von Männern des englischen Königs aufgegriffen worden.«

Diese unvorhergesehene Nachricht ließ sie zusammenfahren.

»Ich war zu Gast bei meinem Freund William Ross in Blackfearn Castle, als der Brief kam. Er traf kurz nach seiner Vermählung mit Eurer Schwester Laura ein.«

Sie öffnete den Mund, suchte nach Worten.

»Ich habe Neuigkeiten für Euch. Wenn Ihr mir Euer Wort gebt, mich nicht mit Eurer einfältigen kleinen Waffe zu erdolchen, werde ich Euch berichten, was ich weiß.« Wahrlich, dachte er bei sich, es war wenig dabei, was ihre Stimmung heben könnte. Er beobachtete, wie sie sich von der Wand löste und auf den Sessel vor dem Tisch sank. Ihre Miene blieb versteinert.

»Meine Mutter«, krächzte Adrianne, ihre Stimme nur mehr ein Flüstern.

»Sie lebt. Ihr wird nichts geschehen, wenn Henrys Forderungen erfüllt werden.«

Er sah, wie ihre Finger zitterten, als sie abermals die zerrissene Bluse umklammerten. »Und Laura ... sie hat geheiratet?«

»Eure beiden Schwestern haben geheiratet. Catherine ist mit John Stewart, dem Earl of Athol, vermählt. Als ich Blackfearn verließ, überbrachte ein Kurier die Nachricht, dass sie ihr erstes Kind unter dem Herzen trägt.«

»Ein Kind«, hauchte Adrianne. Sie senkte den Blick, gleichwohl hatte er das verräterische Glitzern in ihren Augen bemerkt. »Erzählt mir ... erzählt mir mehr von meiner Mutter.«

»Ich weiß nur von einer Lösegeldforderung, die an William Ross und an Athol gegangen ist.«

»Was besagte diese?«

»Es wurde ein Austausch vorgeschlagen.«

»Ein Austausch wofür?«

Während Adrianne ihre Bluse umklammert hielt, beschloss er, sich wie ein ehrenwerter Ritter – ein umsichtiger Gastgeber – zu verhalten und ihr trockene Kleidung anzubieten. Doch ihr verstörter Blick vermittelte ihm, dass daran nicht zu denken war, solange sie nicht alles erfahren hatte.

»Der Schatz … im Austausch für das Leben Eurer Mutter. Noch ehe die Mittsommerfeuer entzündet werden, müsst Ihr und Eure Schwestern einen gewissen Schatz aufspüren.«

»Tiberius«, entfuhr es ihr kaum hörbar.

»Ganz recht. Und deshalb habe ich das Siegel gebrochen und mir die Karte angesehen. Jede von Euch Schwestern besitzt einen Teil der Karte, nicht wahr?«

»Und alle drei Teile sind vonnöten.«

»Laura hat bereits eine Depesche übermittelt, dass Ihr drei dem Austausch zustimmt.«

Hitzig fuhr sie ihn an. »Ich liebe niemanden auf dieser Welt mehr als meine Mutter, und dennoch wäre das ganz gewiss nicht ihr Wunsch. Wir sollen den Schatz des Tiberius hüten und dafür sorgen, dass er nicht in die Hände dieses widerwärtigen englischen Königs fällt, ganz gleich was passiert … und wie hoch das Opfer auch immer sein wird.«

Wyntoun dachte nach; unterdessen beobachtete er die Gefühlsregungen, die über Adriannes Antlitz huschten.

»Ich glaube, Eure Schwester will lediglich auf Zeit spielen, bis sie einen anderen Plan ersonnen hat.«

Unmerklich nickte Adrianne und errötete beschämt. Ihre Stimme klang einlenkender, als sie erneut sprach. »Unsere Anweisungen lauteten, die Karte nicht herauszugeben. Was, wenn Nichola um das Versteck des Tiberius weiß? Das gibt unseren Widersachern Gelegenheit, ihr diese Informationen abzupressen. Der Schatz muss an einen anderen Ort gebracht werden!«

»Gemeinsam seid Ihr drei in der Lage, den Schatz zu finden. Und die Reise dorthin dürfte nicht allzu schwierig werden.«

Die junge Frau sprang auf. »Aber was ist mit unserer Mutter? Wir müssen eine Truppe aufstellen! Wir müssen nach Süden ziehen und sie befreien, bevor es zu spät ist!«

Der Highlander legte die Stirn in Falten. »Ihr wisst doch gar nicht, wo sie gefangen gehalten wird.«

»Das spielt keine Rolle.« Sie stapfte durch die Kabine. »Irgendjemand muss es wissen. Wir ziehen ins Grenzgebiet und überwältigen eine Burg nach der anderen – wenn es sein muss. Wir ...«

»Jetzt begreife ich, warum Eure Mutter wollte, dass Laura informiert würde.«

Adrianne schnellte zu ihm herum; ihre blauen Augen sprühten Blitze, der Riss in ihrer Bluse war vergessen. Die junge Frau erinnerte ihn an einen alles vernichtenden Wirbelsturm.

»Die Truppen, die Athol oder William Ross aufstellen können, werden die des Königs niemals bezwingen, wenn sie südlich des Tweed River gefangen gehalten wird. Wir haben es einmal versucht, bei Flodden Field, und viele von Schottlands besten Kriegern verloren.«

»Ich werde nicht tatenlos herumsitzen und zusehen, wie sie meine Mutter umbringen – genau wie meinen Vater.«

»Gewiss, niemand kann Euch das verdenken. Und doch – manchmal muss man in derart heiklen Angelegenheiten ruhig Blut bewahren. Ihr müsst Euren Kurs planen, als wolltet Ihr ein Schiff durch die Klippen von Mull steuern.«

»Ihr klingt beinahe wie Laura«, raunzte sie.

»Ich werte das als Kompliment.«

Unvermittelt peitschte das Schiff durch eine Woge, und Wyntoun wusste, dass sie das offene Meer erreicht hatten.

Adrianne presste eine Hand auf ihren Magen, suchte sich mit der anderen festzuhalten. »Was ... was ist mit Lauras Plan?«

»Ich soll Euch nach Balvenie Castle bringen, Athols Festung in den Highlands nahe Elgin. Laura und William Ross sind ebenfalls dort. Sobald sich alle dort eingefunden haben, werdet Ihr drei gemeinsam mit den Ehemännern Eurer Schwestern einen endgültigen Plan entwickeln.«

»Aber das ist doch nicht Euer Kurs, oder?« Wieder schlich sich Misstrauen in ihren Blick.

»Nein, nicht direkt.«

»Und was habt Ihr vor?«

Er maß sie Sekunden lang, während er erwog, ob er antworten sollte oder nicht. Noch Augenblicke zuvor, als sie wild und unbeherrscht gehandelt und ihm den Dolch an die Kehle gesetzt hatte, wäre ihm die Entscheidung ein Leichtes gewesen. Er hätte ihr nicht geantwortet. Inzwischen jedoch begann er sie zu verstehen.

»Die Wetterverhältnisse in den Highlands sind um diese Jahreszeit gelegentlich sehr heikel. Sobald wir das Festland erreichen, werden wir unter schwierigsten Bedingungen weiterreisen müssen, und es kann bis zu einen Monat dauern, bis wir auf Balvenie Castle eintreffen.« Er trat zu einer kleinen Schiffstruhe neben dem Bett und kehrte mit einer Karte zurück. Diese breitete er auf dem Tisch aus und wartete, bis auch sie sich darüber beugte.

»Mein Plan ist, zunächst Duart Castle aufzusuchen. Je nach den Windverhältnissen sollten wir morgen … oder übermorgen dort eintreffen.«

»Wo ist Duart Castle?«

Er deutete auf die Landkarte. »Hier, auf der Insel Mull. Es ist eine Festung der MacLeans. Von dort aus könnte ich Männer nach Süden ins Grenzgebiet entsenden – falls erforderlich, noch weiter –, um etwas über den Aufenthaltsort Eurer Mutter in Erfahrung zu bringen. Und in der Zwischenzeit werde ich eine Eskorte zusammenstellen, die Euch zu Euren Schwestern begleiten kann.«

Wyntoun betrachtete ihr Profil, während sie versunken auf die Karte schaute. Im Verlauf der letzten Monate hatte sie wohl die Kleidung der Inselfrauen übernommen. Die ungefärbte Wollbluse. Der rot-schwarz-grüne Schottenrock der MacNeils. Als sie an Bord gegangen war, hatte sie den nassen Tartanschal abgelegt, der die Tracht vervollständigte. Ja, dachte er bei sich, mit ihren ungebändigten lockigen Haaren und ihrer sonnenverwöhnten Haut hatte sie das Aussehen einer Inselbewohnerin. Einer faszinierend schönen Inselbewohnerin.

Kopfschüttelnd richtete er sein Augenmerk wieder auf die Seekarte. Schließlich war er nicht nach Barra gesegelt, um eine Bettgespielin zu finden. Selbst wenn diese Frau nur ein Stückchen Haut entblößen musste, um sein Blut in Wallung zu bringen. Sie war wirklich ein hübsches Persönchen.

Nein, entschied er brüsk, er war hergekommen, um die jüngste der Percy-Schwestern unter seinen Schutz zu stellen, und das aus einem Beweggrund, der weitaus edler war als schlichte Lust.

Sie deutete mit einem schlanken Finger auf die Karte. »Wo ist Balvenie?«

»Hier«, erwiderte er und tippte neben eine Markierung, die mit ›Elgin‹ beschriftet war.

Sie schüttelte ihre dunklen Locken. »Es wäre reine Zeitverschwendung, wenn ich mich nach Norden zu ihnen begäbe. Ich würde dorthin reisen, nur um dann umzukehren und wieder nach Süden aufzubrechen. Wenn der Weg so weit und umständlich ist, wie Ihr beteuert, dann ist der Schatz des Tiberius gewiss verloren … und meine Mutter auch.«

»Die Wünsche Eurer Schwestern waren eindeutig. Ihr solltet Euch fügen.«

Es klopfte an der Tür. Sie ging darüber hinweg und fixierte ihn. »Aber das war ... nun ja, ich liebe die beiden von Herzen, aber sie sind unfähig, rasch zu handeln.«

»Ich habe ihnen mein Wort gegeben, dass Ihr wohlbehalten dort eintreffen würdet.« Ein weiteres, lauteres Klopfen. Wyntoun drehte sich verärgert zur Tür. »Ja, was liegt an?«

Alan drückte die Tür auf.

»Ich habe schlechte Nachrichten. Wir haben gedreht und den Kurs geändert. Und Coll hat eben den blinden Passagier aus dem Fass gefischt, aber es ist nicht dieses Mädchen ...« Der Schiffsmeister verstummte abrupt, als er Adrianne hinter dem Ritter bemerkte. »Andererseits ...«

»Mistress Percy ist es gewohnt, komfortabler zu reisen als in einem leeren Fass.« Wyntoun bedachte Adrianne mit einem raschen Seitenblick, worauf sie die Stirn krauste. »Bleib auf Kurs, Alan. Unser Gast hat diese Kajüte auch ohne fremde Hilfe gefunden.«

Gejohle und Gelächter vom Oberdeck ließen Wyntoun aufhorchen.

»Und was ist da oben los?«

»Wir haben wie gesagt einen blinden Passagier in dem Fass aufgespürt!« Dem Schiffsmeister schien es schwer zu fallen, seinen Blick von Adrianne loszureißen.

»Wisst ihr, wer es ist?«

»Das Findelkind, das du vor Jahren entdeckt hast. Dieser narbengesichtige Bursche, den sie Gillie, den Sonderling rufen.«

Wieder drang Grölen und Brüllen von oben.

»Was soll der ganze Lärm?«, erkundigte sich Wyntoun,' ehe er Alan passierte und ein Ohr in Richtung Kajütentreppe hielt, als der ausgelassene Jubel der Seeleute anschwoll.

»Ich glaube, die Männer haben den Burschen soeben über Bord geworfen.«

# 6. Kapitel

»Über Bord!«, entsetzte sich Adrianne. »Sie können Gillie doch nicht ins Meer werfen!«

Sie hechtete zur Kabinentür, doch der Ritter packte sie und stieß sie unsanft in Richtung Schiffsmeister.

»Lasst mich los! Ich muss ihn aus diesem eisigen Wasser fischen. Der Junge wird sich den Tod holen!«

»Alan, behalt die Wildkatze im Auge, bis ich zurück bin.«

Adrianne suchte sich gegen den Mann zur Wehr zu setzen, doch ein plötzliches Schlingern des Schiffes krampfte ihr den Magen zusammen, und ihre Knie gaben unter ihr nach. Hektisch rang sie nach Atem. In der Kabine war es schlagartig beengend heiß. Wieder wand sie sich, versuchte zur Tür zu gelangen. Doch der Schiffsmeister hielt ihren Arm fest umschlossen.

»Mistress Percy, Ihr braucht Euch nicht zur Wehr zu setzen. Unser Befehlshaber wird ihn wohlbehalten zurückbringen. Vermutlich haben die Männer ihn an eine Leine gebunden.«

Seine Stimme klang sanft, beschwichtigend, dennoch maß sie den Mann namens Alan mit unverhohlenem Entsetzen.

»An eine Leine gebunden?«

»Ganz recht«, antwortete er. »Um zu sehen, wie lange er über Wasser bleibt. Es ist doch allgemein bekannt, dass die Handlanger des Teufels Wasser nicht ausstehen können.«

»Handlanger des Teufels? Gillie ist doch bloß ein junger Bursche!«

»Und diese Männer sind einfache Seeleute, Mistress. Sie haben ihren Aberglauben und ihre althergebrachten Überzeugungen ... wie jeder andere auch.«

»Aber ...«

»Wyntoun wird schon damit fertig«, versicherte er ihr, seine Umklammerung lockernd. »Alles wird gut werden, Mistress. Wartet's nur ab.«

Seine Hand sank von ihrem Arm, und sie strebte zu den kleinen, verriegelten Fensterluken am Ende der Kabine. Mit dem Rücken zu ihm zerrte sie an den zerrissenen Enden ihrer Bluse.

»Vielleicht nehmt Ihr das hier zu Hilfe.«

Sie spähte über ihre Schulter. Der Highlander hielt ihr eine Decke hin, die er vom Bett genommen hatte.

»Ihr seid völlig durchnässt, und Wyntoun wäre gewiss nicht erfreut, wenn Ihr Euch erkälten würdet, noch bevor wir Duart Castle erreichen.« Er beobachtete, wie sie ihre Bluse zusammenraffte. »Und ich habe gewiss etwas zum Anziehen für Euch – nein, ich hole Euch Nadel und Faden, damit Ihr es ausbessern könnt.«

Adrianne maß das Vertrauen erweckende, ernste Gesicht des Mannes genauer. Sie war sich sicher, dass er noch recht jung war, trotz der grau melierten Haare und der sonnenverbrannten, wettergegerbten Haut. Seine grünen Augen waren denen Wyntouns so ähnlich, dass sie sich einen Moment lang fragte, ob sie wohl Brüder seien. Sie nahm die Decke und schlang sie um ihre Schultern.

»Wieso meinen die Seeleute, dass Gillie ein Handlanger des Teufels ist?«

»Sein Gesicht, Mistress. Ein Blick auf ihn, und sie denken, dass er so … so einer ist. Einer, der Unglück bringt.«

»Aber er ist doch nur ein Kind, das unseligerweise mit diesem Makel geboren wurde.«

»Trotzdem bringt er Unglück – nach Ansicht der Seeleute jedenfalls.«

Als erneuter Lärm von oben drang, umklammerte sie die Decke fester. Wieder schlingerte das Schiff, und sie ließ sich in den einzigen Sessel sinken.

»Das ist derselbe Unsinn, den ich schon auf Barra gehört habe. Die Dorfbewohner wollen nicht, dass er ihre Hütten betritt. Die Fischer verprügeln ihn, wenn er zu nah an ihre Boote kommt. Selbst die Nonnen im Kloster machen einen Riesenbogen um ihn, wann immer sie ihm begegnen.«

Der Schiffsmeister zuckte mit den Achseln und lehnte sich an den Balken neben der Tür. »Wie ich Euch bereits dargelegt habe: Jeder denkt, dass der Junge Unglück bringt.«

Das Schiff legte sich bedrohlich auf eine Seite, und Adrianne wusste, dass es mit dem Wind drehte.

»Aber welchen Beweis haben die Leute für diesen Irrglauben? Hat der Junge Feuersbrünste, Unwetter oder die Pest heraufbeschworen? Hat es eine Sturmflut gegeben?« Forschend maß sie ihn. »Gibt es auch nur einen Kranken oder Toten unter den Menschen oder Tieren, der dem Burschen angelastet werden kann?«

Für einige Augenblicke hielt Alan ein Ohr an die offene Tür, da eine hitzige Auseinandersetzung laut wurde. Sobald er über die Schwelle trat, sprang Adrianne auf, um sich an seine Fersen zu heften. Kurz darauf war er jedoch wieder an seinem Platz und schüttelte den Kopf.

»Nun, ich werde eine Stunde Arbeit haben, das Schiff wieder auf Kurs zu bringen. Der Junge bringt *mir* kein Glück.«

»Das ist keine Antwort«, herrschte sie ihn an. »Was hat Gillie denn nun eigentlich getan?«

»Es geht nicht darum, was *er* getan oder nicht getan hat, Mistress«, erwiderte Alan ruhig. »Auch ich habe Mitgefühl mit dem Jungen. Es ist nur so ... diesem Burschen folgt das Unheil auf den Fuß. Wo immer er auftaucht, geschehen ... schreckliche Dinge. Eine Kuh gibt keine Milch mehr. Ein Netz voller Fische zerreißt. Nichts, was er direkt bewirkt. Aber es passiert einfach.«

»Nun, er folgt mir seit fast sechs Monaten auf Schritt und Tritt, und mir ist nichts Böses geschehen.«

Wieder zuckte der Mann die Schultern, und zum ersten Mal glitt der Anflug eines Lächelns über sein verwittertes Gesicht. »Wahrlich, Mistress, ich würde es aber auch nicht für *gut* halten, in einem Käfig vor den Burgmauern von Kisimul zu baumeln.«

»Das war meine eigene Schuld ... und das Werk der Äbtissin.«

»Mag sein. Einerlei, manch einer hat eben nie Pech. Wyntoun gehört zu diesen Menschen. Er hat Gillie, den Sonderling seinerzeit gefunden und mit nach Barra gebracht. Und genau wie Euch ist ihm noch nie etwas zugestoßen.«

Wieder rumorte es an Deck, und Adrianne biss sich auf die Lippe, war ihr doch speiübel. Sie kämpfte gegen das Gefühl an.

»Vielleicht brauchen sie Hilfe. Seid Ihr auch sicher, dass Wyntoun ihn zurück an Bord bringt?«

»Aber gewiss doch, Mistress. Die See ist ein bisschen kalt, aber der Junge kann ausgezeichnet schwimmen.«

Seine nüchterne Antwort tröstete sie nur wenig. Sie lauschte angespannt, dann sprang sie auf und trippelte nervös in der Kabine hin und her, wobei sie gelegentlich stehen blieb und zur Tür schielte.

»Was wird er mit dem Jungen anstellen?«

Alan überlegte. »Wir werden eine kleine Insel, Muldoanich, passieren. Unser Kapitän wird ihn dort an Land setzen. Die Fischer werfen erst wieder im nächsten Frühjahr die Netze aus, also kann er dort bleiben. Irgendjemand wird ihn dann mit zurück nach Barra nehmen.«

Ungläubig schüttelte sie den Kopf und spähte skeptisch zur Tür. »Ich weiß, wie die Fischer ihn behandeln werden. Wenn er dort überhaupt überleben kann!«

Der Highlander maß Adrianne und fuhr mit sanfterer Stimme fort: »Grämt Euch nicht, Mistress Percy. Wyn hängt noch mehr an Gillie als Ihr. Er wird das Richtige für den Jungen tun.«

»Und warum das?«

»Wie ich schon sagte, er hat ihn in einem Meer von Goldlack gefunden ... gebündelt wie von Elfenhand ... in den Bergen ... bei den wilden Tieren. Und wie der Kleine aussah – mit diesem Teufels ... mit diesem Mal, das eine Hälfte seines winzigen Gesichts bedeckte – und so schwach, dass er nicht einmal mehr wimmern konnte.« Bei der Erinnerung schüttelte er den Kopf. »Die meisten Männer wären weitergegangen und hätten diese bedauernswerte Kreatur ihrem Schöpfer überlassen. Aber nicht Wyntoun MacLean.«

Adrianne fröstelte. Sie wusste um die Lebensbedingungen in den Highlands ... und auf diesen wilden, windgepeitschten Inseln. Es war ein hartes Dasein für die, die hier leben mussten. Und der Aberglaube war hier genauso verbreitet wie in Yorkshire, wo sie aufgewachsen war. Ein Kind zu haben war von Vorteil, wenn es bei der Arbeit zur Hand gehen konnte. Aber wehe, wenn das Kind ›anders‹ aussah als andere. Die Dummheit war eine finstere, zerstörerische Kraft.

»Sie nennen ihn einen ›Sonderling‹«, sinnierte sie laut, während sie sich an ihre erste Begegnung erinnerte. Eine Hälfte seines Gesichts war hübsch, glatt und aufgeweckt, die andere verunstaltet – die Haut unter seinem Auge aufgedunsen, rot und verschorft, von schwärenden Kratern gezeichnet. Was auch immer mit dem unglücklichen Jungen geschehen war, er war seit seiner Geburt mit diesem Makel behaftet.

»Ganz recht! Gillie, der Sonderling.« Alan lehnte sich gegen die Wand und betrachtete sie, die Arme vor der Brust verschränkt. »Von Kobolden geboren und von Wyntoun gefunden.«

Wieder schlingerte und schaukelte das Schiff, da der Wind in die Segel blies. Die hölzerne Truhe rutschte über den Tisch, und Adrianne fasste sie, bevor sie zu Boden ging. Sie stellte sie zurück und sank entkräftet an die Kajütenwand. Aufgrund ihrer abrupten Bewegungen schien der Raum sich vor ihren Augen zu drehen.

»Ich habe … ich hatte gehofft, Euer Kapitän würde mir Gelegenheit geben, mich von dem Knaben zu verabschieden, bevor er ihn auf der Insel absetzt.«

Der Highlander warf einen viel sagenden Blick in ihre Richtung und schwieg.

»In den letzten Monaten habe ich mich mit Gillie angefreundet.« Ein weiteres Rollen und Stampfen im Schiffsrumpf ließ das Schiff schlingern, und Adrianne drehte sich qualvoll der Magen um. »Ich bin sicher, er hat sich heimlich auf dieses Schiff gestohlen, um bei mir zu sein. Ich glaube, er hängt sehr an mir.«

»Das kann ich gut verstehen.«

Adrianne, verblüfft über seine Äußerung, bedachte ihr Gegenüber mit einem schnellen Seitenblick. Für Augenblicke hatte sein Gesicht jegliche Strenge verloren, Sanftmut spiegelte sich in seinen grünen Augen. Sie öffnete den Mund, um zu sprechen, doch die drohende Übelkeit war so übermächtig, dass sie verstummte.

»Mistress Percy, seid Ihr ein bisschen schwach auf den Beinen, wenn hoher Seegang herrscht?«

Entgeistert starrte sie den Highlander an. »Aber mitnichten! Ich bin schon zigmal ...«

Das Schiff hob und senkte sich unvermittelt – das war zu viel für sie. Adrianne stürmte zu den winzigen Bullaugen, eine Hand vor den Mund gepresst.

Während sie ihren Magen ins Freie entleerte, wogte der schiefergraue Ozean so hoch, dass die eisige Gischt ihr Gesicht benetzte.

Sogleich wurde sie zurückgezerrt, worauf sie sich auf Händen und Knien wiederfand, in einen Kübel spuckend.

Es wollte und wollte nicht aufhören! Ein grässlicher Albtraum! Eine entsetzliche Blamage! Sie zwang sich, dem Einhalt zu gebieten, öffnete die Augen ... Doch ein Blick auf ihre eigene Galle am Boden des Kübels, und sie würgte aufs Neue. Ihr Magen war leer, doch sobald das Schiff schlingerte oder stampfte oder in ein Wellental stach, begann das Würgen von neuem.

Die Zeit verstrich. Sie hatte keine Ahnung, wie lange sie schon so dort hockte. Undeutlich vernahm sie Stimmen in der Kajüte. Seeleute hatten sich um sie geschart. Ihre Arme um den Kübel gespannt, den Kopf darin verborgen, fand sie nicht die Kraft aufzusehen. Mit jeder Bewegung des Schiffes krampfte sich ihr

Körper zusammen. Sie hatte nur noch einen Gedanken: zu sterben.

»... Wickelt den Jungen ... trockene Decke ... Nein, mir geht es gut ... nehmt Kurs auf ...«

Die Stimme des Ritters. Und die von Alan. Und einige andere. Ein Stöhnen, das wohl von ihr selbst stammen musste. Nur mit eisernem Willen gelang es ihr, den Kopf zu heben, worauf sie den jungen Gillie gewahrte, doch dann beugte sie sich abermals über den Kübel, unfähig, die Augen offen zu halten. Sie wollte ihr Leben aushauchen, die Arme fest um diesen Kübel gespannt.

»... kein wahrer Seemann ... Ich kenne keine Frau, die ...« Etwas in dem Tonfall dieser Stimme durchdrang ihre Lethargie. Machte sie zornig.

Wie sie es verabscheute! Diese Hilflosigkeit – diese Unfähigkeit, sich zu kontrollieren. Die Seekrankheit war der einzige Schwachpunkt, den sie nicht zu besiegen vermochte, und ihre Mutter wusste das sehr wohl. Adrianne war sich gewiss, dass Lady Nichola aus ebendiesem Grund beschlossen hatte, sie auf eine Insel zu schicken. Ihre Mutter wollte sie an einem Ort wissen, von dem eine Abkehr ... eine Flucht ... so gut wie unmöglich wäre. Selbst für Adrianne.

Das Unwohlsein niederkämpfend, bemerkte sie, dass sie wie Espenlaub zitterte. Die Krämpfe in ihrem Magen hatten sich auf ihren gesamten Körper ausgeweitet. Ganz offensichtlich rang sie mit dem Tod.

»Coll, holt eine trockene Decke ... und einen sauberen Eimer.«

Adrianne gewahrte, wie jemand ihr das Haar zurückstrich. Starke Hände umfassten ihre Schultern, gaben ihr Halt.

»Ich kann den Jungen wieder nach oben bringen und ihn im Auge behalten, Kapitän.«

»Nein! Ich werde nicht mitgehen!« Gillies Stimme.

»Dann lasst ihn fürs Erste hier.«

Das Knarren der Kajütentür drang zu ihr. Eine der Hände glitt zu ihrem Rücken. Sie fühlte die Wärme durch ihre Bluse. Sie reckte den Kopf gerade so hoch, dass sie ihre Stirn auf ihrem Handrücken aufstützen konnte. Wenn sie schon sterben musste, dann wenigstens nicht mit dem Kopf im Kübel.

»Du gehst besser wieder an Deck, Alan.«

»Bist du auch ganz sicher, dass du es allein schaffst?« Leiser Spott schwang in der Stimme des Schiffsmeisters. Irgendwie wollte Adrianne nicht einleuchten, was an ihrem Tod so amüsant sein könnte.

»Ich lasse dich rufen, wenn ich dich brauche.«

Schritte. Die Kabinentür fiel ins Schloss. Adrianne wünschte sich verzweifelt, der Ritter möge ebenfalls gehen und sie in den letzten Augenblicken ihres Todeskampfes allein lassen. Zu ihrer tiefen Enttäuschung ging ihr Wunsch unversehens in Erfüllung, denn die wohlig warmen Hände glitten von ihr ab. Sie hörte seine Stiefel über die rauen Bodenplanken schaben, da er sich erhob und einen Schritt zurücktrat.

Das Schiff erbebte, bevor es in die Untiefen eines Wellentals stürzte, und Adrianne würgte aufs Neue, wand sich vor Schmerz, als die Krämpfe wieder einsetzten. Es war weitaus schlimmer als ihre Schiffspassage nach Barra und viel, viel schlimmer als ihre Überfahrt nach Frankreich, die sie mit ihrem Vater unternommen hatte, im Alter von sieben Jahren. Wahrhaftig, 27 Lenze würde sie gewiss nicht erreichen, so viel stand fest!

Gegen ihren Willen füllten sich ihre Augen mit Tränen. Das Schiff schlingerte einmal mehr, und ihr Magen reagierte prompt. Sie meinte zu hören, wie seine Schritte sich entfernten.

»Geht ... geht nicht.« Ihre Stimme war nur mehr ein leises Stöhnen. Wieder wurde sie von Krämpfen geschüttelt. Ihr war kalt. Eisig kalt. Und sie war nass bis auf die Haut.

»Ich gehe nicht weg, Jungfer.«

Adrianne spürte die wärmende Decke, die um ihre fröstelnden Schultern gelegt wurde. Ihr wurde wohliger, warme, kräftige Hände rubbelten ihre Haut, man versuchte ihr eine heiße Flüssigkeit einzuflößen.

»Nehmt einen Schluck davon. Spült Euren Mund damit aus.«

Der Gedanke, etwas zu sich zu nehmen, entsetzte sie, und sie schüttelte verzweifelt den Kopf.

»Na, kommt schon.« Der Kübel wurde ihren zitternden Händen entrissen, und Adrianne spürte, wie er sie nach hinten bog, bis sie an seinem Körper ruhte. »Nur einen Schluck.«

Mühsam blinzelnd gewahrte sie einen Becher, der an ihre Lippen geführt wurde. Sie erspähte grüne Augen über dem Gefäß. Kurzes, nachtschwarzes Haar. Das schmale, markante, makellose Gesicht. Adrianne war klar, dass sie entsetzlich geschwächt sein musste, im Fieberkrampf, vielleicht hatte sie sogar Wahnvorstellungen in ihren letzten irdischen Augenblicken, denn Wyntoun MacLean sah aus wie ein Engel der himmlischen Heerscharen, der sie nach Hause geleiten wollte. Seine beeindruckende Statur raubte ihr den Atem ... aber vielleicht war es auch nur der Raum, der hinter ihm zu schwanken schien.

»Kommt, Adrianne. Nehmt einen winzigen Schluck. Nur um Euren Mund zu benetzen.«

Unfähig zu widersprechen, billigte sie, dass er ihr ein wenig von der Flüssigkeit einflößte. Auf wundersame Weise rann der Schluck durch ihre wunde Kehle. Und sie behielt ihn bei sich. Sie schloss die Augen, spürte, wie er sie an seine Brust schmiegte, und schon nach kurzer Zeit schien das Schiff viel ruhiger zu fahren als vorher.

Sie öffnete die Augen, spähte entrückt zu Boden. Die Kabine erschien ihr wie in dichten Nebel getaucht. Alles verschwamm ihr vor den Augen, nichts wusste sie so recht auszumachen. Dann gewahrte sie Gillies ängstlichen Blick, der sie aus einer Ecke musterte.

Während sie ihn beobachtete, nieste der Junge. Adrianne stürzte sich über den Kübel, da ein weiterer Krampf ihren Körper schüttelte. Die starken Arme des Ritters hielten sie und zogen einen sauberen Eimer herbei. Ihr Magen war leer, trotzdem ließ der Brechreiz nicht nach.

»Sie wird doch nicht sterben, Herr, oder?« Sie hörte die Besorgnis aus der Stimme des Jungen.

»Nein, Gillie. Nicht solange sie für den Rest der Reise einen Riesenbogen um alles Essbare macht.«

Raue Finger strichen ihr sanft das Haar aus dem Gesicht und drückten ihren Kopf an seine Brust. Wieder führte der Highlander den Becher an ihre Lippen, und sie vermochte sich nicht zu wehren.

Der Trank hatte einen eigentümlichen Geschmack. Diesmal nahm sie einen größeren Schluck. Er war warm auf ihrer Zunge und betäubte den Rachenraum.

»Wollt Ihr mich vergiften?«

»Nein. Wir passen auf Euch auf.«

Seine Finger streichelten zärtlich ihr Haar, ihre Stirn. Sie spürte seine Fingerknöchel auf ihren Wangen. Irgendein Heilmittel, dachte sie bei sich. Vielleicht ein Zaubertrank.

Ihre Lider senkten sich, und Gillies Anblick verschwamm und verschmolz mit den warmen Farben eines Sommernachmittags. Sie tastete nach dem starken Arm an ihrer Seite, legte ihre Wange an seine muskulöse Brust. Vage vernahm sie den gleichmäßigen Herzrhythmus.

Und dann schlummerte sie ein.

Der dünne Lichtstreif eines tristen, grauen Tagesanbruchs fiel durch den Fensterschlitz ein, eine schmale Schießscharte hoch oben in der Wand der Turmkammer. Der Zwischenboden, der den Zugang zu diesem Fenster ermöglicht hatte, war vor langer Zeit herausgerissen worden. Lady Nichola Percy lag auf der schmalen Pritsche und starrte versonnen auf das Fenster und die Deckenbalken, die Ohren gespitzt, um die Geräuschkulisse hinter der massiven, eisenverstärkten Tür ihrer Gefängniszelle zu deuten.

Gleichwohl hörte sie nichts, was ihrer Erinnerung auf die Sprünge geholfen hätte. Kein fremder Akzent, keine vertrauten Stimmen, nicht einmal der normale Geräuschpegel einer Burg drangen zu ihr. Nichts, was ihr einen Hinweis darauf gegeben hätte, wo sie war … oder wer ihre Häscher waren.

Sie und eine Gruppe von zuverlässigen Freunden und Kriegern hatten gerade den alten Turm von St. Mary's Loch verlassen, westlich von Jedburgh. Der Angriff hatte sie wie aus dem Nichts überrollt, und als die Krieger wie die Fliegen gefallen waren, war Nichola von ihrem Pferd gezerrt und verschleppt worden. Gefesselt und mit verbundenen Augen hatte sie den fortdauernden Schlachtenlärm mitverfolgt. Und jetzt hatten sie sie in ihrer Gewalt – wer sie auch immer sein mochten.

Nichola wusste nicht, wie lange sie geritten waren. Sie schätzte, dass es Tage gewesen sein mussten, war sich aber nicht sicher. Geschwächt vor Erschöpfung und Hunger, war die Zeit wie eine grauschwarze, zähe Masse verstrichen; sie hatte keine Ahnung gehabt, wohin man sie gebracht hatte. Norden, Süden, Osten … sie hätte es nicht zu sagen vermocht.

Mehr als einmal hatte man sie brutal in das dunkle Verlies irgendeiner Burg gesperrt. In dem einen Monat, den sie als ihre Gefangene zubrachte, war sie dreimal verlegt worden. Und stets auf dieselbe Weise. Jedes Mal verlief es streng geheim. Jedes Mal bekam sie von namenlosen Unbekannten die Augen verbunden, um dann bei Nacht und Nebel zu irgendeinem anderen finsteren Loch geschleift zu werden.

Sie sprachen nie mit ihr, und es trieb Nichola beinahe in den Wahnsinn, dass sie nicht einmal die Beweggründe dieser Männer kannte.

Der Tod war kein Schrecknis für Nichola Percy. Nach der Hinrichtung ihres Gemahls im Londoner Tower sah Nichola ihrem eigenen Schicksal tapfer ins Auge. Ihre Töchter hatten sichere Verstecke in den Highlands. Catherine war bereits verheiratet, Laura und Adrianne hoffentlich bald.

Heiraten. Sie fragte sich, wie die Ehen ihrer Töchter wohl sein würden. So gut, wie ihre eigene es gewesen war? In der Tat, es gab Nächte, da schmerzte sie ihre tiefe Liebe zu Edmund so sehr, dass sie den Tod mit offenen Armen umfangen hätte.

Wenn der englische König sie haben wollte, dann sollte er sie doch endlich aufgreifen! Sie hatte es nicht einmal gewagt, zu weit nach Norden, in ihr Heimatland, vorzudringen. Sie wollte nur noch so lange leben und frei sein, bis auch von Laura und Adrianne die gute Nachricht ins Haus stünde. Bis sie wusste, dass ihre Pläne für deren Zukunft Früchte getragen hatten. Dann würde sie ihrem Liebsten bereitwillig folgen.

Indes, ihre Häscher gaben ihr keinerlei Anhaltspunkte, ob sie tatsächlich in die Hände von Henry Tudor gefallen war. Man trachtete ihr nicht nach dem

Leben. Nachdem sie sie gefasst hatten, waren sie nicht wirklich hart mit ihr umgegangen ... einmal abgesehen von dem unablässigen Schweigen. Ihre Gefangenschaft schien ganz anders als Edmunds rasches und brutales Ende.

Aber wenn diese Männer nicht im Dienst des englischen Königs standen, wer waren sie dann?

Kein Verhör, nicht eine einzige Frage. Insgeheim plagte sie fortwährend der Gedanke, ob ihre Gefangennahme und Einkerkerung vielleicht weder mit Henrys Hass auf die Percys noch mit dem Versteck der Karten zu tun hatte.

Aber wenn sie aus irgendeinem anderen Grund festgehalten wurde, dann ergab das alles keinen Sinn.

Eine schwere Tür quietschte in ihren rostigen Angeln, irgendwo unter ihrer Pritsche. In der Nacht vorher war Nichola durch diese Tür gekommen und die 27 Stufen zu dem Gang mit ihrer Kammer hochgeklettert. Nachdem die eisenverstärkte Tür hinter ihr ins Schloss gefallen war, war sie allein gewesen und hatte selbst ihre Augenbinde abgenommen.

Geräuschlos setzte sie sich auf und schwang ihre Füße auf den Eichenboden. Sie spürte die Luft, die durch die alten Dielen drang. Nichola spähte zur Tür, in der verzweifelten Hoffnung, jemand möge kommen. Einerlei wer, dachte sie.

Nach einigen endlos währenden Augenblicken knarrte ein Riegel auf der Außenseite, und Nichola erhob sich, als die Tür einen Spalt aufgedrückt wurde und eine alte Frau eintrat. Die schwere Tür fiel hinter ihr ins Schloss.

Ein dunkles Tuch bedeckte den Kopf der Frau. Da sie den Kopf gesenkt hielt, vermochte Nichola ihr Gesicht nicht zu erkennen. Sie achtete nicht auf das Tablett, das auf den einzigen, an einer Wand stehenden

Tisch gestellt wurde. Stattdessen fixierte sie die gebrechliche Alte, die durch die Kammer huschte, in den Nachttopf schaute, ein paar Stücke Torfkohle auf das rauchende Kohlenöfchen in der Ecke legte, obwohl dies wenig gegen die winterliche Kälte ausrichten konnte. Die sonderbare Frau blickte nicht ein einziges Mal auf.

»Guten Morgen, Mistress«, hub Nichola an.

Keine Antwort. Allerdings hatte man auch in den beiden früheren Gefängnissen nicht auf ihre Fragen oder Wünsche reagiert.

Sie trat zum Tisch und goss ein wenig Wasser aus einem Krug in eine Schale. Wieder spähte sie zu der Alten. Im Gegensatz zu den beiden vorangegangenen Malen hatte man eine Frau zu ihr geschickt. Nichola wertete das als gutes Zeichen.

»Regnet es immer noch?« Am Vortag hatten sie durch ein Unwetter reiten müssen. Ihr Pferd war auf dem Weg hierher mehrmals ausgeglitten.

Wieder machte die Greisin keinerlei Anstalten zu antworten. Sie drehte weder den Kopf, noch richtete sie sich auf. Nicht mal ein neugieriger Blick.

Nichola tauchte ihre Hände in das eisige Wasser und benetzte ihr Gesicht. Die Kälte auf ihrer Haut tat gut, und sie spähte abermals zu der Frau, die sich der Tür zuwandte.

»Könnt Ihr bleiben? Mir nur einen kurzen Augenblick Gesellschaft leisten, während ich esse?«

Keine Reaktion. Nur ein schweres Schlurfen in Richtung Ausgang.

Nichola gewahrte, wie die fleckige, blau geäderte Hand auf das schwere Eichenpaneel klopfte. Stirnrunzelnd verfolgte sie, wie die eisenverstärkte Tür kurz aufsprang, worauf die Fremde hindurchschlüpfte und verschwand. Kurz darauf hörte Nichola, wie die Tür am Ende des Ganges geöffnet und wieder geschlossen wurde.

»Wer sind diese Leute?« So langsam riss ihr der Geduldsfaden, aber das war ihr auch einerlei. »Was wollen sie von mir?«

# 7. Kapitel

Wyntoun betrachtete die graue Küstenlinie von Ardnamurchan, die im Nebel aufragte. An klaren Tagen waren die zerklüfteten Felsen von Bienn na Seilg gut von hier zu sehen, doch heute hatte es nicht hell werden wollen, und jetzt wurde es bereits wieder dunkel. Er richtete sein Augenmerk auf die Seeleute, die durch das Takelwerk kletterten. In wenigen Stunden würden sie in die flacheren Gewässer der Bucht von Mull einlaufen. Und wenn Argylls Leute auf Mingary Castle nicht boshafterweise ein paar Kanonenkugeln auf sie abfeuerten, würden sie – bei gutem Wind – noch vor Sonnenaufgang in der Duart Bay vor Anker gehen.

Vor ihm brüllte Alan Befehle zu den Männern hinauf, ehe er zu Wyn an die Reling trat. Der Schiffsmeister prüfte die Windverhältnisse, inspizierte die Küstenlinie und nickte – sein verschlossenes Gesicht zeigte keine positive Regung. Gleichwohl wusste Wyntoun aus Erfahrung, dass Alan sein Schiff sicher in den heimatlichen Hafen steuern würde.

Während die Männer in einträchtigem Schweigen beieinander standen, kam Coll, einer von Wyntouns ältesten und zuverlässigsten Seeleuten, über die kurze Leiter von unten herauf.

»Irgendeine Veränderung?«

Coll schüttelte den Kopf, seine blauen Augen so klar wie an jenem Tag, da er als junger Bursche erstmals in See gestochen war. »Der Trank, den Ihr ihr gegeben habt, muss stark gewesen sein, Kapitän. Die Kleine hat sich nicht mehr gerührt.«

»Und der Junge?«

»Der auch nicht.« Der Seemann nahm seine Mütze ab und kratzte sich die beginnende Stirnglatze. »Er kauert am Fußende und wacht über das Mädchen. Der ist zäh, der Bursche.«

»Wenigstens scheint er uns nur wenig Unglück auf der Schiffspassage gebracht zu haben, oder was meint Ihr?«

Coll errötete und schüttelte den Kopf. »Nee ... aber Ihr wisst, dass ich von solchem Unfug nicht viel halte, Käpt'n. Ich weiß, dass die Männer gesagt haben, wir hätten keine Schwierigkeiten gehabt, weil Ihr den Burschen in Eure Kajüte gesperrt habt ... und von da unten aus konnte er nichts Schlimmes anrichten.«

»Ich denke, wir sollten allen erzählen, dass die eisigen Fluten, in die Gillie gestern getaucht wurde, sein böses Omen fortgeschwemmt haben.« Auf Wyntouns Äußerung hin schmunzelte Coll, und Alan nickte bekräftigend. »Der Bursche wird eine Weile auf Duart Castle bleiben – wenigstens so lange, bis unser Schiff nach Barra zurückkehrt. Ich will nicht, dass unsere Männer irgendwelche Lügengeschichten über den Jungen verbreiten.«

»Ja, Käpt'n, ich werd mich drum kümmern. Aber ich hab schon gemerkt, dass viele Leute über Burschen wie ihn so reden ... ohne groß nachzudenken.«

»Dann müssen wir noch besser auf ihn Acht geben.«

Wyntoun kehrte dem Seemann den Rücken zu und maß stirnrunzelnd das Grau in Grau des Himmels und der See. Was Coll gesagt hatte, traf zu. Seit Wyntoun das Kind vor Jahren gefunden hatte, wurde der Kleine von der Unwissenheit der Leute verfolgt. Er hatte ihn nur wenige Male gesehen, immer wenn er auf Barra anlandete – und während dieser Landgänge hatte er die Feindseligkeit gespürt, die Gillie entgegenschlug. Die Seeleute waren raue Gesellen, gestählt vom Kampf gegen die Meere und gegen andere Männer. Es war nur ein kleiner Zeitvertreib gewesen, den Jungen über Bord in die eisigen Wassermassen zu stürzen, doch Wyntoun schäumte vor Zorn, wusste er doch, wie leicht der Junge ob solcher Leichtfertigkeit hätte ertrinken können.

»Sollen wir versuchen, die Mistress zu wecken, Kapitän ... noch ehe wir Duart Castle erreichen?«

»Lasst sie schlafen.« Eine heftige Böe von Westen ließ das Schiff erzittern, gefolgt von einem plötzlichen Regenguss, der die Männer überraschte. »Je näher wir an der Burg sind, umso weniger Schwierigkeiten werden wir mit ihr haben.«

Ein spöttisches Funkeln trat in Alans Blick. »Wyn, ich wusste noch gar nicht, dass du vor einer Herausforderung zurückschreckst, auch wenn das Ergebnis unangenehm sein mag.«

»Die Frau ist *keine* Herausforderung«, knurrte der Highlander. »Nur eine Plage.«

Als er sich von den beiden entfernte, kam ihm der Gedanke, dass er gut daran täte, die Dinge so zu sehen. Adrianne Percy war weiter nichts als eine Plage.

Er zwang sich, Distanz zu wahren, seit sie am Vortag in seinen Armen eingeschlafen war. Ihm blieb keine Wahl. Als er ihr den Trank gegen diese entsetzliche Seekrankheit eingeflößt hatte und sie sich darauf an seine Brust geschmiegt hatte, war es die Hölle für ihn gewesen. Er hatte es sogleich gespürt. Und er spürte es noch immer. Irgendetwas war mit ihm geschehen, seit er ihr hübsches Köpfchen an sein rasendes Herz gedrückt hatte, seit diese bezaubernden blauen Augen so vertrauensvoll zu ihm aufgeschaut hatten, bevor die Lider ermattet zugefallen waren.

Er hatte das Bild immer noch lebhaft in seiner Erinnerung. Zu lebhaft.

Seine Mannhaftigkeit regte sich, wenn er an ihren vollkommenen Körper dachte … als er ihr die nassen Kleider abgestreift und ihre erschlafften Arme in eines seiner wollenen Hemden gesteckt hatte. Wyntoun war beinahe froh gewesen, dass Gillie, der Beschützer in einer Ecke der Kabine gesessen hatte, die Lider gesenkt, als er sie auf seine Schlafstatt gebettet hatte. Beinahe.

Wyntoun füllte seine Lungen mit der kalten, salzigen Luft und streckte sein Gesicht dem Regen entgegen. Er starrte in die wogenden, graugrünen Wellen, versuchte, die samtene, porzellangleiche Haut ihrer Schultern zu vergessen; die festen, sanft gerundeten Brüste; die rosigen Knospen, harte Spitzen ob der Kälte in seiner Kabine. Er durfte nicht daran denken, redete er sich fortwährend ein.

Adrianne Percy war ganz anders als in seiner Vorstellung. Trotz allem, was ihm bisher zu Ohren gekommen war, hatte er geglaubt, sie wäre eher wie ihre Schwester Laura. In Wahrheit jedoch hätten sie nicht unterschiedlicher sein können. Schlagartig erkannte Wyntoun, dass er sich im Hinblick auf die jüngste der Percy-Schwestern mit seinen Plänen verschätzt hatte.

Verdrossen spähte er in den beißenden Wind. Gleichwohl war es nicht Adriannes Eigensinn, der ihm zu schaffen machte, sondern dass er sich auf seltsame Weise zu ihr hingezogen fühlte.

»Distanz, zum Teufel«, fluchte er leise. »Zur Hölle mit der Distanz.«

Das Schiff schien sich von dem entsetzlichen Schlingern und Schwanken beruhigt zu haben ... so auch ihr Magen. Adrianne öffnete zaghaft die Lider.

Die Kabine drehte sich nicht mehr, keine schwankenden Wände, nur das Klagen der Seevögel und das Schlagen des Wassers vor den Bug. Als sie Gillies besorgtes Gesicht gewahrte, lächelte Adrianne.

»Mistress«, seufzte der Junge erleichtert und berührte ihre Hand. »Endlich, Ihr seid wach. Der Kapitän hat gesagt, dass Ihr noch länger schlafen würdet, aber ich habe noch keinen erlebt, der so lange schlafen kann.«

»Wie lange, Gillie?«

»Eine Nacht, einen Tag und noch eine ganze Nacht, Mistress.« Die Miene des Jungen hellte sich auf. »Und Ihr seht gut aus heute Morgen. Nicht so grün im Gesicht wie an dem Abend, als man mich aus dem Wasser gefischt und hierher gebracht hat.«

»Du siehst auch gut aus, Gillie. Sind deine Sachen wieder trocken?«

Unvermittelt errötete der Junge. Er wandte sich ab und setzte sich hastig die Schottenkappe auf, sodass sie wie stets viel von seiner entstellten Gesichtshälfte bedeckte.

»Du brauchst sie doch nicht in meiner Gegenwart zu tragen, Gillie.«

»Doch, Mistress. Es muss sein.«

Adrianne schüttelte verständnislos den Kopf. »Ich halte dich für einen sehr netten Burschen – so wie du bist.«

Gillies sichtbare Gesichtshälfte wurde noch eine Spur dunkler, und er rappelte sich auf. Er durchquerte die Schiffskabine und goss ihr einen Becher Wasser aus einem Krug ein.

Ihr Mund war wie ausgedörrt ... und schmeckte entsetzlich. Dankbar lächelnd stützte sie sich auf ihre Ellbogen. In diesem Augenblick bemerkte sie ihr verändertes Erscheinungsbild.

Fort war ihr nasses Kleid von vor zwei Tagen. Ihre zerrissene Bluse. Jetzt trug sie ein Männerhemd. Ein ziemlich großes Männerhemd sogar. Rasch lugte sie unter die Decke und spähte entrüstet auf ihre nackten Beine.

»Ihr hättet Euch ganz gewiss den Tod geholt, wenn er Euch nicht aus diesen nassen Sachen geschält hätte.«

Adrianne bemühte sich nach Kräften, das Entsetzen in ihrer Stimme zu überspielen.

»Er?«, krächzte sie gequält.

»Gewiss. Unser Kapitän ... Sir Wyntoun.« Der Junge kauerte neben dem Bett, seine spindeldürren Beine unter seinem zerschlissenen rot-schwarz-grün karierten Kilt verborgen. »Ich war auch hier, Mistress. Der Kapitän hat nichts gemacht ... na ja, Ihr wisst schon ... er war blitzgeschwind.«

Sie strich sich ihr volles Haar aus dem Gesicht und spähte zu ihrer Kleidung, die auf dem einzigen Sessel vor dem Schreibtisch lag. Eine sonderbare Wärme durchströmte ihre Magengegend, es prickelte auf ihrer Haut, und sie nagte an ihrer Unterlippe. Nun, was geschehen war, war geschehen.

»Ihr müsst durstig sein, Mistress.« Gillie hielt ihr den Becher hin.

Adrianne zwang sich, den Jungen zu fixieren, und griff nach dem Becher. »Ich werde doch nicht wieder einschlafen, oder?«

»Nein!«, erwiderte er und sah ihr zu, wie sie trank.

»Der alte Coll hat gesagt, Ihr habt so lange geschlafen, dass es für die nächsten zwei Wochen ausreicht.«

»Und wer ist der alte Coll?«

»Einer der Matrosen, Mistress. Der, der mich in dem Fass aufgespürt hat.«

»Und einer von den Männern, die dich über Bord geworfen haben?« Sie setzte sich auf der schmalen Pritsche auf, die Decken fest um ihre entblößten Beine gewickelt.

»Nein, er war nicht dabei.« Gillie schüttelte den Kopf. »Er sagt, er segelt schon viel zu lange auf den Meeren, um solch hanebüchenen Unfug zu glauben. Er sagt, Glück ist eine Sache, Pech eine andere. Er hatte nichts damit zu schaffen, als sie mich an eine Leine banden und mich zu den Fischen warfen. Wahrhaftig, der alte Coll hat dem Kapitän sogar geholfen, mich wieder einzuholen.«

»Es tut mir Leid, was da geschehen ist, Gillie.« Behutsam streichelte sie seine eine Wange. »Hast du dich gefürchtet?«

»Nein, Mistress ... na ja, ein kleines bisschen.« Ein verschämtes Lächeln umspielte seine Lippen.

»Ich glaube, ich mag den alten Seemann Coll.« Adrianne schwang ihre Beine aus dem Bett und die Decken gleich mit. Von einem leichten Schwindelgefühl ergriffen, verharrte sie kurz. »Das Schiff rührt sich nicht.«

»Wir liegen in der Bucht von Mull vor Anker, Mistress. Wenn Ihr aus diesem kleinen Fenster schaut, werdet Ihr sehen, dass wir kaum einen Steinwurf von Duart Castle entfernt sind.«

»Eine schnelle Reise«, flüsterte Adrianne. Belustigt beobachtete sie, wie Gillie durch die Kabine huschte und mit einem Tablett zurückkehrte, auf dem ein Hafermehlkuchen und ein Stück gesalzener Fisch lagen. Er stellte es neben sie, schüttelte einen Tartanschal aus, der gefaltet am Bettende gelegen hatte, und schlang ihr diesen um die Schultern.

»Der alte Coll war vor einer Weile hier und meinte, ich soll ihm berichten, wenn Ihr wieder auf den Beinen seid. Die Seeleute rudern mit den Booten zu dem steinernen Kai unterhalb der Burgmauern. Sicherlich denkt er, dass Ihr ...«

»Gillie!« Der Junge verstummte gehorsam und überließ ihr das Reden. »Warum gehst du nicht und sagst es ihnen.«

»Der alte Coll hat gesagt, dass ich Euch nicht allein lassen darf, Mistress. Es sei denn, der Kapitän löst mich ab.«

»Gillie!«, wiederholte sie etwas schärfer. »Ich möchte einen Augenblick allein sein, um meine eigenen Sachen anzuziehen. Also lauf.«

»Gewiss, Mistress.«

»Aber geh nicht zu weit weg«, rief sie ihm mit sanfter Stimme nach. »Ich bin noch nicht wieder bei Kräften und brauche deinen Schutz.«

Ein spitzbübisches Grinsen huschte über das Gesicht des Jungen. Er nickte und huschte flink aus der Kajüte.

Adrianne warf die Decken beiseite, erhob sich und tastete geschwind nach dem erstbesten Gegenstand zum Festhalten. Sie war geschwächt und überaus wacklig auf den Beinen. Dennoch gelang es ihr, durch die Kabine zum Tisch zu wanken, wo eine Waschschüssel stand. Nachdem sie sich gesäubert hatte, zog sie das Hemd aus und schlüpfte in ihre eigene Garderobe.

Das war anstrengender als gedacht, und Adrianne strebte zu den beiden winzigen Fenstern, um frische Luft hereinzulassen. Die Lider geschlossen, sog sie die salzige Brise in vollen Zügen ein. Ihr Magen, quälend leer, regte sich nicht, obgleich die sanften Wellen in der kleinen Bucht das Schiff hin und her schaukeln ließen.

Durch das Fenster vernahm sie den Lärm der lachenden und schwatzenden Männer auf dem Oberdeck. Ein Boot stieß sich an ihrer Seite ab, sie vernahm das Schlagen der hölzernen Ruder. Sie öffnete die Augen – vier Männer ruderten, fünf Fässer vor ihnen im Bug gestapelt und vertäut.

Ihr Blick schweifte zum Ufer und zur Burg, die majestätisch über der Bucht thronte.

Mit seinem gewaltigen Turm und den dicken Steinmauern war Duart Castle ein trutziger Prachtbau. Lächelnd erinnerte sich Adrianne an vergangene Tage, als ihre Schwestern Catherine und Laura sie gefoppt hatten, weil sie die Schönheit eines unbezwingbaren Burgwalls, die Zinnen eines Turms oder ein kunstvoll geschmiedetes Eisentor zu bewundern wusste.

Während Catherine von Schulstunden und Büchern geträumt und Laura sich daran ergötzt hatte, für jedes Problem eine Lösung zu finden, hatten Adrianne stets Bauwerke fasziniert – die Kunst, etwas so Unbezwingbares zu errichten, dass es der zerstörerischen Kraft von Unwettern und dem Zahn der Zeit trotzte … und den Menschen. Sie liebte Festungsanlagen: Burggräben, Wehrgänge, Wohntürme. Sie vermittelten dem Feind: *Ich kann mich und die meinen schützen.*

Selbstschutz und Unabhängigkeit. Das waren die Beweggründe für Adrianne gewesen, schon früh die Kunst der Waffenführung zu erlernen.

Nicht dass ihr das im Umgang mit Sir Wyntoun MacLean viel genützt hätte, dachte Adrianne sarkastisch.

Energisch schob sie die kurzen Locken zurück und kämmte mit den Fingern das Haar auf eine Seite, ehe sie anfing, es zu flechten. Im Gegenteil, sinnierte sie.

Und angesichts des Hemdes, das sie bei ihrem Aufwachen getragen hatte, sollte sie besser gar nicht mehr an ihn denken. Wahrhaftig, augenblicklich käme ihr ein eigener Turm nebst Burggraben sehr gelegen!

Ein Klopfen an der Tür zauberte ein Lächeln auf ihre Lippen. Ihr liebenswerter und untertäniger Beschützer-Gentleman … und das mit zehn.

»Tritt ein, Gillie«, rief sie laut genug, um die Stimmen der Männer am Kai zu übertönen.

Darauf sprang die Tür auf, und ihr Herz setzte aus, denn Wyntoun MacLean duckte sich unter dem niedrigen Balken hindurch, um in die Kabine zu gelangen.

»Ich hoffe, es macht Euch nichts aus, aber Euer kleiner Krieger wurde an Deck gebraucht.«

Aus unerfindlichen Gründen versagte ihr die Stimme.

»Coll passt auf ihn auf, also grämt Euch nicht. Und Alan ist ebenfalls in der Nähe. Der Junge soll wissen, dass er sich sein Brot verdienen muss.«

Adrianne, seltsam kurzatmig, hielt mit dem Flechten inne und warf den Zopf über eine Schulter. Sein Blick ruhte Sekunden lang auf dem Riss in ihrer Bluse.

»Wie ich sehe, habt Ihr Eure Sachen bereits gefunden.«

»Das … das habe ich.« Sie stockte, bestrebt, ihr Herzrasen zu kontrollieren. Was passiert ist, ist passiert, redete sie sich ein. Sein Blick verharrte auf dem zerrissenen Blusenstoff. Geschwind raffte sie ihn zusammen.

»Ich muss es ausbessern, sobald ich ein wenig Zeit finde …«

Eine seiner Brauen schoss nach oben. »Aber nicht wegen mir, hoffe ich.«

Adrianne fühlte die heiße Röte, die über ihre Wangen glitt, und senkte schnell die Lider. »Dieser … dieser Trank, den Ihr mir gegeben habt … gegen die Seekrankheit. Was war darin?«

»Die Bewohner des Westens sind dafür bekannt, dass sie ihre Geheimnisse nur ungern preisgeben.« Er trat ans Bettende und hob den Tartanschal auf, den Gillie ihr zuvor umgelegt hatte.

Als er den Tartan um ihre Schultern schlang, schienen ihre Knie plötzlich unter ihr nachzugeben. Sie gewahrte seinen würzig-maskulinen Duft nach Meer und Leder, seine seltsam berauschende Nähe.

»Wir haben Duart erreicht«, sagte er und trat zurück. Adrianne band rasch die Enden des Tartans über ihrem Busen zusammen und bedeckte den Riss in ihrer Bluse. »Sobald Ihr bereit seid, wird Euch ein Boot ans Ufer bringen.«

»Was ist mit Gillie?«

»Der Junge wird für eine Weile auf Duart Castle bleiben.«

Sie nickte und überlegte, wie sie es am besten anstellte, ihn nach seinen weiteren Plänen für den Jungen zu fragen. Er konnte zwar nicht ahnen, wie schwierig das Inselleben für Gillie war, andererseits wusste sie, dass jetzt nicht der richtige Zeitpunkt war, um ihn zu bedrängen.

»Euer Aufenthalt in Duart Castle wird nur kurz sein.« Er verriegelte die kleinen Kajütenfenster. »Wie ich bereits erwähnte, werdet Ihr nur so lange hier verweilen, bis ich einen Tross zuverlässiger Männer zusammengestellt habe, die Euch nach Norden geleiten.«

»Die Kartenskizze?«, erkundigte sich Adrianne und trat zum Tisch, doch sie fand keine Spur von dem Päckchen oder der hölzernen Schatulle.

»Keine Sorge. Sie befindet sich bereits sicher an Land. Ich werde sie bis zu Eurer Weiterreise an mich nehmen. Wir wissen beide, dass sie niemandem etwas nützt, solange die Teile Eurer Schwestern fehlen. Glaubt mir, sie ist in Sicherheit, Mistress.«

Was er sagte, traf zu. Es machte keinen Unterschied. Nicholas Brief an ihre Töchter hatte ebendies besagt – alle drei Teile der Karte waren erforderlich, um den Schatz des Tiberius zu finden.

»Allerdings werden wir dem Burgherrn nichts davon sagen.«

»Der Burgherr?«, erwiderte sie verblüfft. Sie hatte bislang angenommen, Wyntoun sei der Herr über Duart Castle.

»Ganz recht. Mein Vater, Alexander MacLean, ist der Laird of Duart Castle. Er weiß bereits von Eurer Ankunft, aber ich habe ihm weder von der Karte noch von dem Schatz erzählt.«

Sie beobachtete, wie er zu einer Schiffstruhe strebte. Im Inneren lagen ordentlich sortierte, in gefettetes Leder gewickelte Bündel neben einem in schwarzes Leder eingebundenen Buch und ein Stapel sorgfältig gefalteter Kleidungsstücke. Eine beispielhafte Ordnung, dachte sie bei sich.

»Überdies habe ich auch eine Nachricht zur Burg senden lassen, dass es Euch an der … an der entsprechenden Kleidung für die Reise in die Highlands mangelt, von daher wird Mara jemanden beauftragen, sich darum zu kümmern.«

»Mara?«

»Die Gemahlin meines Vaters. Sie wird sicherstellen, dass Euer Aufenthalt in Duart Castle angenehm und ruhig verläuft.«

Wieder nickte Adrianne. Unterdessen schob sie hastig die Enden des Tartanschals in ihren Rock, bemüht, ihre zerknitterte, ramponierte Inseltracht ein wenig zu ordnen. Als es klopfte, schrak sie zusammen. Wyntoun hob den Blick vom Inhalt der Truhe.

»Seid Ihr fertig? Ein Boot steht für Euch bereit.« Er erhob sich und maß sie mit ernster Miene. »Ich wünsche Euch einen angenehmen Aufenthalt, Mistress.«

Sie sah zu ihm auf, erwiderte seinen Blick. Dieser Mann wirkte so völlig anders als der, dem sie vor weniger als zwei Tagen ein Messer an die Kehle gedrückt hatte. Jener Mann war brutal und bedrohlich gewesen. Ein wagemutiger Mann ... ohne jede Furcht vor dem Tod. Einer, der in ihren Drohungen keinerlei Gefahr gesehen hatte.

Der Mann, der jetzt vor ihr stand, schien so ... so vertrauenswürdig. Sicher, er war irgendwie distanziert, gleichwohl fügte er sich ihren Wünschen.

Unvermittelt fragte sie sich, wer von den beiden wohl der wahre Wyntoun MacLean sei. Misstrauisch kniff sie die Lider zusammen. »Ihr kommt nicht mit?«

»O doch, Mistress. Aber erst später.« Er drehte sich um, hielt ihr die Tür auf. »Wir werden uns gewiss noch sehen, bevor Ihr nach Balvenie Castle aufbrecht.«

»Befand sich in dem Päckchen mit der Kartenskizze denn kein Brief von meiner Mutter?«

»Aber sicher, ich werde Euch diesen bringen lassen, sobald Ihr in der Burg seid. Überdies habe ich Briefe von Euren Schwestern, die Ihr gewiss bald lesen wollt.«

Adrianne nickte und verharrte unschlüssig. »Ist da vielleicht noch etwas, das Ihr mir über ... Eure Familie erzählen wollt?«

Ein rätselhaftes Lächeln umspielte seine Mundwinkel, Belustigung trat in seine grünen Tiefen.

»Glaubt mir, Mistress, noch ehe der Tag zur Neige geht, werdet Ihr so gut wie alles Wissenswerte über die MacLeans *und* die MacNeils erfahren haben. Vermutlich sogar mehr, als Euch lieb ist.«

Duart Castle kauerte auf den vorgelagerten Felsen oberhalb der Bucht, eine riesige graue Katze, bereit zum Sprung, um mit ihren ausgefahrenen Krallen jeden Eindringling zu vertreiben.

Adrianne löste den Blick von dem beeindruckenden Bauwerk und musterte die drei Seeleute, die sie ans Ufer ruderten.

»Ian, könnt Ihr mir sagen, wie alt diese Festung denn schon ist?«

Der rotgesichtige Matrose, der ihr am nächsten saß, blinzelte, offenbar erfreut, dass Adrianne seinen Namen behalten hatte. »Es heißt, dass sie seit über 200 Jahren hier steht, Mistress.«

»Haben die MacLeans sie gebaut oder einem anderen Clan abgetrotzt?«

Der Mann schüttelte den Kopf. »Nein, Mistress. Ein Clanführer der MacLeans hat die Burg errichtet und sie seither stets zu verteidigen gewusst.«

»Aber Ihr seid ein MacNeil, Ian, nicht wahr?«, forschte sie sanft. »Nach dem, was ich an Deck gehört habe, seid Ihr und der Schiffsmeister und viele von den Seeleuten vom Clan der MacNeils.«

»Ja, Mistress. Viele von uns sind MacNeils. Aber nur, weil es eine allseits bekannte Tatsache ist, dass ein MacNeil einen MacLean auf See allemal ausstechen kann!« Er spähte über seine Schulter zu den beiden Matrosen hinter ihm. »Ist es nicht so, Männer?«

Der ergraute Seemann in der Mitte des Bootes schwieg, doch der Jüngere im Bug lachte bekräftigend.

»Führt das denn nicht zu Schwierigkeiten zwischen den Clans?«

Ian schüttelte den Kopf. »Nein, Mistress, unsere Clans haben sich nicht mehr befehdet, seit Sir Wyntouns Mutter – Gott hab sie selig – vor ungefähr 30

Jahren Alexander MacNeal geheiratet hat. Wir haben wahrlich keinerlei Schwierigkeiten miteinander.«

Der Seemann im Bug stimmte ihm lautstark zu.

Adrianne schenkte dem schweigenden Seemann in der Mitte ein Lächeln, dem ältesten von den dreien, die sie ans Ufer ruderten. »Und Ihr seid … Meister John, glaube ich?«

Die beiden anderen Männer lachten lauthals, und der im Bug meldete sich zu Wort. »Ihr müsst übersinnliche Kräfte haben, Mistress, dass Ihr das erraten habt!«

»Meint Ihr?« Sie legte den Kopf schief. »Dann müsst Ihr … Meister Kevin sein?«

»Beim Henker«, schmunzelte Ian. »Die Kleine ist gut.«

Adrianne verkniff sich ein Lächeln, trotz seines Kompliments. Es war nicht allzu schwierig gewesen, sich die Namen der Seeleute zu merken, derweil sie an Deck gewartet hatte.

»Nun, Meister John? Dann müsst Ihr ein MacLean sein.«

Kevin ergriff für ihn das Wort. »Das ist er, Mistress, und er hat mit derselben hübschen Maid in derselben verfallenen Hütte gehaust, lange bevor mein Dad geboren war.«

Ian drehte sich um und sah an John vorbei zu dem jungen Mann. »Mein Junge, ich an deiner Stelle würde John nicht das Leben schwer machen. Wenn dein Liebchen Agnes nächsten Monat Euer erstes Kind zur Welt bringt, wirst du gewiss vor der ›verfallenen Hütte‹ zu Kreuze kriechen und Auld Jean anflehen, in Windeseile mitzukommen.«

Wieder wandte Adrianne sich an John. »Jean, Eure Gemahlin, ist eine Hebamme?«

Kevin antwortete für ihn. »Und eine Heilerin. Um

ehrlich zu sein, Mistress, hilft die alte Jean seit mehr als 40 Jahren bei sämtlichen Geburten im Umkreis von Mull.« Der junge Mann grinste und deutete mit einem Nicken zu Ian. »Leider Gottes bringt sie auch solche unverbesserlichen Missgeburten wie den auf die Welt.«

Ian funkelte ihn an.

»Sagt mir, Meister John«, forschte Adrianne weiter, »habt Ihr viele Kinder und Enkel?«

Der alte Seemann schüttelte lediglich den Kopf und grinste freundlich, ehe er aufs Meer hinaussah.

Adrianne schnürte es die Kehle zusammen, als sie seinem Blick folgte. Der Gedanke, alt zu werden und keine Kinder oder Enkel zu haben, die um einen herumtollten, war ihr noch nie gekommen. Das musste doch entsetzlich einsam sein.

Sie löste ihren Blick von dem verhärmten Profil des Mannes und spähte hinauf zu der Burg, die sich nun mit jedem Ruderschlag bombastischer vor ihnen auftürmte.

Ein neuer Anfang, ermahnte Adrianne sich im Stillen. Barra lag hinter ihr, und sie war entschlossen, es hier auf Duart Castle besser zu machen.

Ganz recht, das war es! Ein Neuanfang!

Trotz seines fortgeschrittenen Alters verkörperte Alexander MacLean genau das, was sich Adrianne unter einem Clanführer vorgestellt hatte. Er war anziehend, gestählt, charmant, unterhaltsam.

Und ganz offensichtlich ein Pirat.

Gebadet und in die sauberen Sachen gehüllt, die man ihr gebracht hatte, saß Adrianne für Augenblicke wie erstarrt; der gebratene Entenschenkel in ihrer Hand verharrte auf halbem Weg zu ihrem Mund. Als sie den grauhaarigen Krieger am Kopf der Tafel fixierte, verbeugte sich der Highlander, augenscheinlich belustigt über ihre Reaktion.

»Mich dünkt beinahe, Ihr habt einen Knochen verschluckt, Jungfer!«, brüllte der Laird, und sein dröhnendes Lachen hallte von den Saalwänden wider. »Mistress, seht mich nicht so an, als würdet Ihr zum ersten Mal in Eurem Leben einem Seeräuber begegnen.«

Adrianne ließ das Stück Ente auf ihren Teller sinken und musterte die Gesichter der Gäste bei Tisch. Alle, die sich zum gemeinsamen Mahl im Rittersaal eingefunden hatten, verstummten und harrten gespannt ihrer Antwort. Sie spähte zu dem leeren Sessel rechts von ihr – der für Wyntoun reservierte Platz, falls er sich noch rechtzeitig zu ihnen gesellen würde. Sie wünschte, er hätte sie in irgendeiner Weise vorgewarnt.

Piraten! Seeräuber! Ammenmärchen von nebelumwaberten Unholden, die unschuldigen Reisenden auflauerten, kamen ihr in den Sinn. All die Geschichten von unverbesserlichen Raufbolden, die die Küsten unsicher machten, raubten und plünderten, fielen ihr wieder ein. Allein ihre Namen machten den Kindern an der Westküste Angst – wie ›der Verfluchte Hugh Campbell‹ und ›der Irre Alex Macpherson‹ – und jagten Adrianne auch jetzt noch eine Gänsehaut über den Rücken. Auf Barra hatte sie sogar von Begebenheiten in neuerer Zeit gehört. Aber daran wollte sie jetzt nicht denken. Sie schüttelte den Kopf.

»Nein, Mylord, Ihr seid der erste Pirat, mit dem ich das Vergnügen habe.«

Diesmal fielen sämtliche Anwesenden im Saal in das laute Wiehern des Burgherrn mit ein. Adrianne zwang sich zu einem Lächeln und blickte in Maras Richtung, Lord Alexanders winzige, ältliche Gattin. Obschon ihr blasses Gesicht über dem riesigen Pelzkragen kaum sichtbar wurde, erkannte Adrianne, dass Lady Mara die Erheiterung ihres Gemahls nicht teilte.

»Nun, Jungfer, da täuscht Ihr Euch aber gewaltig«, tönte der Laird.

Adrianne fixierte den Mann, der Tränen lachte, die ihm mittlerweile sogar über die Wangen rollten.

»Ich weiß nicht, warum Ihr das sagt, Sir«, wandte sie ein, vielleicht schärfer als angeraten, schließlich war sie ein Gast. »Ich versichere Euch, bis zum heutigen Tage noch nie einen anderen Seeräuber kennen gelernt zu haben!«

Wieder bebte der Saal vor Lachen.

»Und wie seid Ihr hergekommen, Maid?«

»Mylord, Ihr beliebt zu scherzen. Ihr wisst sehr wohl, wie ich nach Duart Castle gelangt bin.« Adrianne schob ihren Teller zurück, den Blick auf den Laird geheftet. »Ich bin auf einem Eurer Schiffe hergekommen. Ein Mann mit Namen Alan MacNeil ist der Schiffsmeister.«

»Wahrlich, ein guter Mann. Und wer noch?«

»Nun, einige Seeleute haben mich ans Ufer gerudert ...«

»Wessen Schiff war es, Jungfer?« Der Laird übertönte die ausgelassene Geräuschkulisse. »Wer sollte Euch von Barra hierher bringen?«

Die Heiterkeit unter den Anwesenden ebbte sekundenlang ab, als Adrianne den Gutsherrn verständnislos anblickte, hektisch rote Flecken auf ihren Wangen.

»Nun, Euer Sohn, Sir Wyntoun, hat mich hergebracht, Mylord.«

Der Burgherr donnerte seine riesige Pranke auf den Tisch und bog sich vor Lachen. »Und die Jungfer denkt, der Streiter von Barra ist kein Pirat!«

# 8. Kapitel

Der schweigende Mönch richtete seinen stählernen Blick auf die Empore, wo John Stewart, der Earl of Athol, saß und die Hand seiner Gemahlin hielt.

Obwohl es noch nicht sichtbar war, wusste jeder, dass Catherine das Kind des Grafen unter dem Herzen trug. Hier, in den trutzigen Mauern von Balvenie Castle, umgeben von ihrer neuen Familie und seinen Gefolgsleuten, bot die junge Frau ein Bild der Zufriedenheit und Zuversicht. Anders als in jenen Tagen, da sie und ihre Schwestern ständig auf der Flucht gewesen waren – und im Zuge dessen falsche Spuren zum Schatz des Tiberius gelegt hatten.

Womit hatte sie oder *irgendeiner* in ihrer Familie sich das große Vertrauen erkämpft, das man ihnen vor so langer Zeit geschenkt hatte? Der Gottesmann wandte den Kopf ab, um seine angewiderte Miene zu verbergen.

Neben ihm schwatzte der feiste, schwachköpfige Bruder Bartholomew munter drauflos. Die anderen drei Mönche, die bei ihnen saßen, lauschten mehr oder weniger interessiert und stopften sich mit den Speisen aus der gräflichen Küche voll. Als der Bierkrug über den Tisch gereicht wurde, sah er abermals zu der Empore, wo diese Percy-Hexe ihrem neuen Beschützer verträumt in die Augen sah.

Bei Gott, er hasste sie ... und die beiden Schwestern nicht minder!

Bartholomews schnarrende Stimme riss ihn aus seinen brütenden Überlegungen. »Also, Benedict, wie ich höre, hattest du heute ein überaus angenehmes Gespräch mit der Gräfin.«

»Mit dem *Grafen* und der Gräfin«, versetzte der Mönch, den beleibten Ordensbruder zurechtweisend. Benedicts stechender Blick glitt zu der Frau, die aufgestanden war und sich bei Tisch entschuldigte. Das Kind, das sie unter dem Herzen trug, würde im Frühling geboren werden. Wenn sie dann noch lebte, dachte er hämisch, derweil er verfolgte, wie Athol sie aus dem Saal geleitete.

»Soso, mit dem Grafen und der Gräfin!«, erwiderte Bartholomew. »Der Burgherr von Balvenie ist nicht mehr derselbe, seit er unsere reizende Catherine kennen und lieben gelernt hat. Nun, als ich das erste Mal hier war, hat der Graf mit uns allen gesprochen ... obwohl Mistress Catherine uns seit ihrer Kindheit kennt. Und obschon ich selbst sie in der Geografie unterwiesen habe, hat der Laird mich mit hartnäckigen Fragen geplagt.«

»Ist das jetzt von Belang?«, schnaubte der Mönch.

»Aber gewiss, Benedict«, dröhnte der Geistliche aufgeräumt. »Es ist einfach so, dass du Sir Edmund Percy und seiner Familie sehr nahe gestanden hast. Und ich habe geglaubt, dass der Graf dir insoweit vertrauen würde, dass du dich mit seiner Gemahlin treffen kannst ...«

»Es ist spät geworden.« Der Mönch legte seine missgestaltete Hand auf die Schulter des beleibten Ordensbruders und erhob sich. Er war groß, indes ein wenig gebeugt von der Folter, die er vor kurzem durch die Hand eines ›Verbündeten‹ erlitten hatte. »Ich habe heute Nacht noch zu tun. Komm, Jacob.«

Als der kleine, drahtige Mönch aufsprang, hinkte Benedict zum Saalportal. Trotz seiner Gebrechen war der hoch aufgeschossene Geistliche schon fast an der Tür angelangt, als sein schmächtiger Untergebener ihn einholte.

»Die Nachricht, die du vorhin bekommen hast« – zischte Jacob leise –, »war sie irgendwie von Bedeutung?«

Benedict brachte ihn mit einem scharfen Blick zum Verstummen und strebte durch das geschnitzte Eichenportal. Innerhalb von Augenblicken standen sie im Freien. Nasse, federleichte Schneekristalle wirbelten im Wind, hellten die Dunkelheit im Burghof auf und dämpften sämtliche Geräusche. Der Mönch wandte sich zu dem kleineren Mann, packte seine Kutte und zerrte ihn näher.

»Wo sich die Ritter des Schleiertuchs aufhalten, ist immer von Bedeutung. Meinst du, sonst würde ich das Wagnis eingehen, meine Beziehungen spielen zu lassen, um diese Informationen zu bekommen?«

»Nein ... nein, so habe ich das nicht gemeint ...«, stammelte Jacob. Als Benedict seinen Griff lockerte, schüttelte sich der drahtige Mönch. »Ich wollte doch nur wissen, ob die Nachricht etwas mit dem Streiter von Barra zu tun hat? Hat der Pirat die jüngste Percy in Sicherheit gebracht?«

Der Mönch zog sich die dunkle Kapuze über den Kopf und verhüllte sein geschundenes Gesicht vor Wind und Schnee.

»Du stellst zu viele Fragen, Jacob. Ich werde dir gewiss berichten, was du wissen musst.« Er strebte über den Hof. »Aber die Nacht ist noch jung, und unser Spiel hat gerade erst begonnen.«

Kopfschüttelnd folgte der Drahtige ihm. »Aber mir rennt die Zeit davon. Hier harren alle darauf, dass Laura Percy und ihr Gemahl eintreffen. Man erwartet sie jeden Tag. Ich kann mich nicht dauernd im Dunkeln halten, in der Hoffnung, dass sie mich nicht erkennen werden.«

Der stattliche Mönch verharrte und wandte sich zu

dem älteren Ordensbruder. »Du hast doch beteuert, Laura hätte dich kaum eines Blickes gewürdigt, als du versucht hast, sie aus dem Konvent am Loch Fleet herauszuholen.«

»Gewiss ...« Jacob spielte mit seinem Taillenstrick; die Lider gesenkt, mied er den Blick seines Vorgesetzten. »Das trifft zu. Ich dachte das ... anfangs. Aber wir können es nicht ändern. Diese Highlander sind Halunken ... gnadenlos, wenn sie ihre eigene Brut schützen müssen. Wenn der junge Gemahl ... dieser William Ross ... wenn ihm schwanen sollte, dass ich derselbe Mönch bin, der sie verfolgt hat ...!« Die schreckgeweiteten Augen des Mannes schweiften über den schneebedeckten Hof. Zunehmende Panik schwang in seiner Stimme mit. »Er war selbst dort ... und gab vor, irgendein todkranker Bauer zu sein. Er war dort ... und ich mag mir gar nicht ausmalen, was geschehen könnte, wenn er mich wiedererkennt.«

Der Große verharrte kurz, ehe er sich abwandte und seinen Weg über den Hof fortsetzte. Jacob eilte ihm nach, versuchte mit ihm Schritt zu halten.

»Wir müssen irgendwas tun, Benedict. Schick mich fort. Lass dir irgendeinen Vorwand einfallen, warum ich aufbrechen muss. Ich kann zurückkehren, wenn sie wieder nach Balvenie aufgebrochen sind.«

»Es wäre zu früh nach unserer Ankunft«, knurrte der andere. »Das würde sie argwöhnisch stimmen. Du wirst bleiben.«

»Aber das kann ich nicht!«, jammerte Jacob. »Wenn man mich erkennt ... wenn sie sich anschicken, mich zu foltern, um Antworten zu bekommen ... ich weiß nicht, wie stark ich bin. Das würde uns alle in Bedrängnis bringen. Auch dich.«

»Du hast das Interesse an unserer heiligen Sache verloren.« Benedict blieb erneut stehen; seine Stimme war leise, wie die eines knurrenden Hundes, der zum Angriff übergeht.

Jacob stolperte und blinzelte in die drohend umwölkten Augen des Geistlichen.

»Nein … das habe ich nicht«, erwiderte er hastig, und seine Stimme überschlug sich. »Ich bitte doch nur darum, dass du mich für kurze Zeit fortschickst … zugunsten unserer Sache. Ich sage einzig, dass ich lebend nützlicher bin als tot in den Händen jener dreckigen Highlander.«

Benedicts Gesicht unter der dunklen Kapuze schien zur Maske erstarrt. Die beiden verharrten scheinbar eine halbe Ewigkeit schweigend im Hof, Schnee und Dunkelheit um sie herum wie ein Totenhemd. Eine verstümmelte Hand glitt aus dem Ärmel des stattlichen Mönchs, packte Jacobs Schulter. Natürlich konnte der alte Mönch wenig tun, um sich dem Griff seines Vorgesetzten zu entziehen.

»Sicherlich hast du Recht mit deinen Mutmaßungen, Jacob. Und ich habe auch schon eine Idee, wie wir deinem Dilemma ein Ende machen und unsere Pläne vorantreiben können. Komm«, krächzte er rau. »Komm jetzt mit, und wir werden … wir werden dieses Problem aus der Welt schaffen.«

Das schallende Gelächter im Saal war ohrenbetäubend, und Adrianne brauchte einige Augenblicke, bis sie begriff, was der Laird gemeint hatte. Sie spähte zu Wyntouns leerem Stuhl und dann wieder auf das Tischtuch.

Der Streiter von Barra! Diesen Namen kannte sie zur Genüge.

Während der fünf Monate ihres Inselaufenthalts hatten die Bewohner von Barra von nichts anderem erzählt als von ihrem geliebten Piraten. Alle schienen geradezu versessen darauf, mit leuchtenden Augen zu berichten, wie dieser Seeräuber, den sie den Streiter nannten, ihre Lebensumstände verbessert hatte.

Einige der Geschichten – da war sich Adrianne ziemlich sicher – waren frei erfunden, das Ergebnis endlos langer Winterabende, Legenden von ebendiesem Piraten, der im Alleingang die riesigen Flotten der Engländer und Dänen bezwungen haben sollte, der Seeschlangen mit einer zerbrochenen Dolchklinge getötet hatte und der nach China gesegelt war, nur um eine geheimnisvolle Medizin für das kranke Kind eines Fischers zu holen. Adrianne hatte diese Geschichten schlicht dem Umstand zugeschrieben, dass dieses raue Völkchen vom Festland abgeschnitten war. Vermutlich entsprangen sie dem Bedürfnis der Inselbewohner, sich imaginäre Helden zu schaffen und sie zu verehren.

Ihre Skepsis hing auch damit zusammen, dass sie während ihres gesamten Inselaufenthalts nicht die Spur von dem Streiter von Barra gesehen hatte. Und wenn sie aus reiner Neugier gefragt hatte, wer dieser Pirat denn sei, hatte man ihr keine Antwort gegeben. Sie hatte stets angenommen, er sei ein Mitglied des MacNeil-Clans, wenn er denn überhaupt leibhaftig existierte. Mit keinem Wort hatte sie erfahren, dass der berüchtigte Seeräuberheld auch der junge Inselherrscher war. Aber natürlich – Adrianne dämmerte es reichlich spät – war Wyntoun MacLeans Mutter eine MacNeil gewesen!

Derweil Adrianne nach ihrem Becher griff, weideten sich die Tischgäste weiterhin an ihrem Verdruss.

»Jetzt ist es aber *wirklich* genug!«

Lady Maras ruhig geäußerte Worte wirkten auf Anhieb. Für einen langen Augenblick herrschte Schweigen, bis Lord Alexander sich räusperte und alle an den langen Tischen sich wieder ihrem Essen zuwandten.

Adrianne spähte dankbar in Maras Richtung und fand die alte Dame in eine geflüsterte Unterredung mit ihrem Gatten vertieft. Auch wenn sie die Worte nicht verstand, so war doch offensichtlich, dass der Laird Schelte von seiner unscheinbaren Gemahlin bezog. Mara flüsterte in einem fort, und Alexander nickte zustimmend. Zu Adriannes großer Belustigung beendete der weißhaarige Hüne die Schimpftirade seiner besseren Hälfte dann schlicht und ergreifend mit einem dicken Kuss auf ihren Mund.

Mara, das rote Haar von grauen Fäden durchzogen, hatte eine Haut so weiß wie Lilien. Jetzt nahm ihr fast durchschimmernder Teint jedoch eine gesunde, tiefrote Tönung an. Ihre blassblauen Augen sprühten Blitze, und sie erhob sich abrupt.

»Oh … Alexander!«, seufzte Mara, als ihr Gemahl fröhlich schmunzelte.

»Ja, mein Schatz? Was hast du gesagt?«

»Oh … du bist ein Teufelsbraten!«

Als der Laird lachte, zog Mara den Pelzkragen fester um ihre Schultern und wandte sich zu Adrianne.

»Kommt mit! Manchmal ist diese Gesellschaft« – sie hob ihre fein geschwungenen Brauen in Richtung ihres Gatten – »untragbar für zivilisierte Menschen!«

Obschon Adrianne jede Autorität verabscheute, gehorchte sie diesmal mit Freuden. Sie erhob sich, und nach einem spitzbübischen Augenzwinkern des Clanführers folgte sie Mara und ihren wartenden Damen aus dem Rittersaal.

Am Morgen, bei ihrer Ankunft, hatte Adrianne lediglich den Saal und die Wendeltreppe wahrgenommen, die zu ihrer Kammer im zweiten Geschoss des Westflügels führte. Dort hatte sie überrascht festgestellt, dass bereits ein Bad für sie eingelassen worden war. Nach ihrer Morgentoilette hatte Adrianne ein sauberes Gewand in einem Mitternachtsblau angezogen, nach der aktuellen französischen Mode geschneidert. Die Zofe namens Makyn, die Adrianne zur Hand gehen sollte, erzählte der jungen Frau, dass das Kleid auf Lady Maras Geheiß gebracht worden sei. Und als sie fertig angekleidet gewesen war, hatte Adrianne überglücklich die Briefe von ihrer Mutter und ihren Schwestern in Empfang genommen.

Der Brief von Catherine berichtete von ihrer Vermählung und dem Kind, das im Frühjahr das Licht der Welt erblicken würde, sowie von der Schule, die sie bald darauf gründen wollte. Und dann Laura, die stets umsichtige Planerin! Ihren Zeilen entnahm Adrianne, dass Laura sich unsterblich in einen Mann verliebt hatte, der völlig anders war als sie. Ironie des Schicksals.

Darauf hatte Adrianne über Nicholas Brief gebrütet, offenbar schon Monate zuvor verfasst, noch ehe die Töchter Yorkshire verlassen hatten. Wieder hatte sie die verschlüsselten Hinweise gelesen, dass sie die Karte und den Schatz des Tiberius schützen müssten.

Jetzt, als sie Lady Mara folgte, riss Adrianne sich aus den Gedanken um ihre Familie und den verborgenen Schatz. Die zierliche Frau winkte sie zu einer Tür, die zur Vorkammer der herrschaftlichen Gemächer führte. So wie es aussah, verbrachte die ältere Dame dort einen Großteil ihrer Zeit.

Was Adrianne indes bestürzte, waren die eigentlichen Gemächer. Sie hatte das Gefühl, in einem Backofen zu sein.

Als die Tür hinter ihr geschlossen wurde, gewahrte Adrianne das lodernde Feuer im Kamin an der Stirnwand der Kammer. Während ihr Blick umherschweifte, kam ihr der Gedanke, dass dieser eine Raum mehr Möbel enthielt als so manches Schloss in England. Ein halbes Dutzend holzgeschnitzter Polsterstühle. Ein riesiges Sofa vor dem Kamin und zwei Tische mit kostbaren Kandelabern. Französische, spanische und italienische Gobelins feinster Machart bedeckten beinahe jeden Zentimeter der grauen Steinwände ... vom Boden bis hinauf zu der holzgetäfelten Decke. Die Hitze war erdrückend, und die fest geschlossenen Blenden ließen den Raum noch beengter wirken.

Adrianne verharrte zaudernd an der Tür und beobachtete, wie die Burgherrin ihren Pelzumhang einer ihrer Zofen in die Arme drückte und sich dann in einen bequemen Sessel vor den Kamin setzte. Eine ältere Zugehfrau trat zu ihr und legte eine schwere, gefütterte Seidendecke über ihre Beine.

»Es ist kühl hier. Nicht viel wärmer als in diesem Loch von einem Rittersaal, würde ich sagen. Leg doch noch etwas Torfkohle aufs Feuer, Bege.«

Winzige Schweißperlen rannen über Adriannes Rücken, als die Bedienstete das Feuer schürte.

»Ist Eure Kammer nach Euren Wünschen, Adrianne?«

»Gewiss, Mylady.« Adrianne schätzte, dass ihre Schlafkammer sich wohl direkt über diesem Gemach befinden musste. Wieder spähte sie zu den verschlossenen Läden und sehnte sich unvermittelt nach der frischen Seeluft. Die beiden Frauen, die mit ihnen eingetreten waren, setzten sich, scheinbar unberührt von der Hitze, mit ihrer Handarbeit neben den Kamin. »Ich danke Euch, dass Ihr mir eine Kammer mit einem so herrlichen Blick über die Bucht gegeben habt, Mylady.«

Mara schüttelte unwirsch den Kopf, ihre hellblauen Augen blitzten auf. »Genug mit diesen Mylady-Höflichkeiten. Ihr werdet mich Mara nennen. Und Ihr solltet die Läden um diese Jahreszeit nicht öffnen. Der Westwind ist bitterkalt, und dieses Felsgemäuer hat mehr Löcher als manches Fischernetz. Ich werde Auld Bege zu Euch schicken, dass sie die Fenster fest verriegelt. Sie wird dafür sorgen, dass Ihr ein wärmendes Feuer bekommt.« Sie sah Adrianne scharf an. »Sie haben Euch doch eine Kohlepfanne gebracht, oder?«

»Gewiss, Mylady ... Mara«, versetzte Adrianne rasch. »Aber das ist nicht notwendig, ich habe die Blenden zugezogen und ... und das Feuer brannte bereits.«

Adrianne entfernte sich so weit wie möglich von der Wärmequelle und wischte sich den Schweiß von der Stirn. Verstohlen ihren Tartanschal von den Schultern nehmend, legte sie diesen über ihren Arm und setzte sich auf einen Schemel.

Mit etwas Glück, dachte sie bei sich, in Maras forschende Augen lächelnd, würde sie es noch eine Weile aushalten.

»Das Gewand, das ich Euch habe heraufbringen lassen. Ihr tragt es gerade, nicht wahr?«

Ihr fiel ein Stein vom Herzen, dass Mara das Thema wechselte. »Gewiss, Mylady ... Mara. Und habt Dank ...«

»Es ist zu groß.«

»Es ist wunderschön«, erwiderte Adrianne rasch, dankbar, etwas Trockenes und Sauberes ohne Risse zu tragen. Vor allem war sie froh, dass sie etwas anhatte, das nicht Wyntoun MacLean gehörte.

»Selbst der Dümmste sieht, dass es in der Taille und am Dekolleté viel zu weit ist.« Zum ersten Mal trat ein verstohlenes Lächeln auf die dünnen Lippen der Frau. »Nun, wir könnten zwei von Eurer Statur in dieses eine Gewand packen.«

Adrianne musterte ihre Frontpartie und schmunzelte ebenfalls. »Nun, ich würde sagen drei – vielleicht sogar vier. Aber mir gefällt es. Ich sehe üppiger darin aus, findet Ihr nicht?«

Die Frauen am Kamin kicherten, und Adrianne blickte auf, sogleich irritiert über die Veränderung in Maras Zügen. Die ältliche Dame war wahrhaft hübsch, wenn sie lächelte, und das tat sie nun befreit. Aus ihren blassblauen Augen blitzte der Schalk.

»Ihr seid ganz anders, als ich dachte.«

Adrianne nickte zaghaft. »Wie ich sehe, ist mir mein Ruf vorausgeeilt.«

Mara sah sie nachdenklich an. »Ihr wisst, wie die Männer reden. Sie sind wahrlich noch viel größere Plaudertaschen als Frauen ... mit ihrem Unsinn, den ihnen so manch einer abnimmt. Ich hingegen weiß, dass man ihrem törichten Geschwätz nicht glauben darf.«

»Nun, Mara, in diesem Fall rate ich Euch, alles zu glauben ... und noch mehr.«

Mara wandte sich zu der alten Zofe am Feuer. »Bege, bring uns etwas Trockenobst und einen Krug Wein«, sagte sie, und zu den anderen Frauen: »Lasst uns allein.«

Mara spielte mit den Ringen an ihren Fingern und schwieg, bis sie mit Adrianne allein war.

»Junge Dame, Ihr solltet Euch nie wieder selbst herabsetzen, weder vor mir noch vor jemand anderem.«

Mit offenem Mund vernahm Adrianne Maras Rüge, doch sie fasste sich rasch wieder. »Ich habe mich nicht herabsetzen wollen, aber ich will Euch auch nicht verschweigen, wer ich bin und was ich auf Barra angestellt habe.«

»Dann erzählt es mir, mein Kind. Wer seid Ihr?«

Wieder war sie verwirrt, doch diesmal lag es an dem unvermittelt sanften Ton, den Mara ihr gegenüber anschlug. Lebhaftes Interesse zeichnete die Züge der Burgherrin.

»Ich glaube, Ihr wisst, wer ich bin. Wenn Ihr indes

etwas über meine Familie erfahren wollt … über meine beiden Schwestern und meine Mutter …«

»Ich möchte nur über Euch erfahren. Wer seid *Ihr*, Adrianne?«

»Ich weiß nicht, was Ihr damit meint.«

»O doch, das wisst Ihr.« Mara schob die Decke von ihrem Schoß, lehnte sich zurück und umklammerte mit ihren schmalen Händen ein großes, kostbares Goldkreuz, das sie an einer Kette um den Hals trug. »Wir alle wissen, dass Ihr die jüngste Tochter von Nichola Erskine und Edmund Percy seid. Wir wissen auch, dass man Euren Vater hingerichtet hat, weil er sich dem englischen König widersetzte, und dass man Eure Mutter durch das ganze Land verfolgt hat, als sie ihrer eigenen Einkerkerung … oder Schlimmerem entgehen wollte. Wir wissen, dass Ihr und Eure Schwestern ohne Heimat und ohne Zukunft dastandet, verstoßene Geschöpfe, die für sich selbst sorgen …«

»Man hat uns nicht verstoßen. Wir wurden nach Norden zu …«

Adrianne stockte, als Mara eine Hand hob und ihren Redefluss unterbrach.

»Ich möchte nur von Euch erfahren, mein Kind. Erzählt mir von dieser kleinen Brandstifterin, die praktisch sämtliche Häuser auf Barra abgefackelt hat … sofern diese Geschichten überhaupt zutreffen. Berichtet mir von jener Wildkatze, die nicht nur den Inselbewohnern das Leben schwer gemacht hat, sondern der es überdies gelungen ist, diese Nonne … diesen Eiszapfen … diese Äbtissin von der Abtei St. Mary aus der Fassung zu bringen.«

»Wie ich hörte, schätzt auch Ihr sie sehr.«

»Meine Meinungsverschiedenheiten mit diesem alten Nero im Nonnenornat sind älter als Ihr, gleichwohl hege ich nicht den Wunsch, dies zu vertiefen. Augenblicklich sprechen wir von Euch.« Aus Maras Blick sprach Bewunderung für die junge Frau. »Wie ich erfahren habe, hat sie Euch in einem Käfig an den Turm von Kisimul hängen lassen.«

»Das hat sie.«

»Und Ihr seid entkommen?«

Adrianne zuckte die Schultern. »Ich habe noch nie Höhenangst gehabt. Es war keine sonderlich große Tat.«

Ein boshaftes Lächeln erhellte die Züge der alten Dame. »Wessen hat sie Euch beschuldigt?«

»Diejenigen, die Euch so bereitwillig von meinen Verfehlungen berichtet haben, müssen Euch doch erzählt haben ...«

»Nicht Verfehlungen, Adrianne. Das hat niemand gesagt. Ich habe einzig Äußerungen über Eure Tapferkeit, Menschenfreundlichkeit ... und Eigenwilligkeit vernommen.« Die Alte lächelte verschwörerisch. »Aber all das werte ich nicht als Verfehlungen. Kommt, berichtet mir.«

Schulterzuckend erwiderte Adrianne den forschenden Blick ihres Gegenübers. »Um ehrlich zu sein, kam eins zum anderen. Die Äbtissin wollte mich bevormunden – ich sollte mich verhalten wie ein abgerichteter Hofhund, der ihr aufs Wort folgt. Ich sollte so fügsam sein wie ihre anderen Ordensschwestern. Aber so bin ich nun einmal nicht. Ich brauche meine Freiheit. Ich möchte kommen und gehen und mich nützlich machen ... und das nicht in der Abgeschiedenheit einer Abtei. Selbst auf einer solch kleinen Insel wie Barra gibt es viel zu tun.«

»Ihr kanntet doch niemanden. Vielleicht war sie besorgt um Euer Wohlergehen ... Eure Sicherheit?«

»Wie weit wäre ich denn gekommen?« Adrianne schüttelte den Kopf. »Nein, Mara. Ich glaube nicht, dass es das war. Die Äbtissin hat schlicht erwartet, dass ich ihr stets zu Diensten sein müsste. Ihr schwebte eine junge Frau vor, die ihr aus Dankbarkeit Gesellschaft leistet … stattdessen bekam sie … nun ja, mich.« Sie stockte. »Ihr habt mich eine Brandstifterin genannt. Der Grund, weshalb sie mich in dem Käfig aufgeknüpft hat, war, dass sie behauptete, ich hätte ein Feuer in dem kleinen Konvent gelegt.«

»Und das hattet Ihr nicht?«

»Natürlich nicht. Es hat gebrannt, aber ich war nicht der Auslöser. Andererseits war ich nicht gewillt zu warten, bis die Messe in der Kapelle gelesen war, ehe ich die Mönche warnte. Die Flammen züngelten bereits aus den Fenstern des Stiftshauses.«

»Und, habt Ihr ihr das gesagt?«

»Gewiss doch.« Bei der Erinnerung keimte neuer Zorn in Adrianne auf. »Aber sie hat mir nicht geglaubt – sie wollte mir einfach nicht glauben!«

Längeres Schweigen folgte, und Adrianne starrte auf ihre Hände, während sie dem Knacken und Zischen des Feuers lauschte. Der Lärm der im Rittersaal speisenden Gäste drang durch die geschlossene Tür zu ihnen. Während die Augenblicke verstrichen, ebbte Adriannes Ärger ab.

»Ich werde Euch nicht fragen, ob jemand für Euch Partei ergriffen hat … denn die Antwort ist mir bereits klar. Ganz offensichtlich niemand.« Mara drehte das Goldkreuz in ihrer Hand und maß es abwesend. »Aber ich habe eine andere Frage an Euch. War es das wert? Wenn man den Ärger und die Strafen bedenkt, die sie Euch auferlegt hat, war es dann die Sache wert, so … so unbeherrscht zu sein?«

»Unbeherrscht?« Adrianne krauste die Stirn. »So bin ich nun einmal. Ich lasse mich nicht am Gängelband führen. Und ich würde es wieder tun. Für einige

Inselbewohner mag ich eine Plage gewesen sein, aber vielen anderen war ich eine große Hilfe ... so auch dem kleinen Jungen, der mir auf Sir Wyntouns Schiff gefolgt ist. Das weiß ich wohl.«

»Ihr müsst diesen Burschen meinen ... Gillie ... heißt er nicht so?«

Sie nickte. »Ganz recht ... aber wisst Ihr auch, wo er jetzt ist? Ich habe ihn seit meinem Eintreffen in der Burg nicht mehr gesehen.«

»Grämt Euch nicht. Wyn kümmert sich um alles. Er scheint Gefallen an dem Jungen zu finden. Und wenn der Streiter jemandem seine Gunst gewährt, dann würde es keiner wagen, dem Kind auch nur ein Haar zu krümmen.«

Trotzdem wollte sie Gillie sehen – um sich zu vergewissern, dass der Junge hier tatsächlich besser aufgehoben war als auf Barra –, und kämpfte gegen die plötzliche Eingebung an, sich bei der alten Dame zu entschuldigen.

»Nun, und welche Pläne liegen nun vor Adrianne Percy?«

Adrianne rieb ihre Handflächen an dem wollenen Rock. »Ich kann es nicht sagen. Wahrscheinlich werde ich zu meinen Schwestern reisen. Sie sind im Norden, in dem Gebirgstal, nahe Elgin.«

Kopfschüttelnd zog Mara die Decke wieder über ihre Füße. »Eine überaus lange und gefährliche Reise, um diese Jahreszeit. Doch wie ich Wyntoun kenne, wird er die erfahrensten Begleiter und die zähesten Pferde für Euch finden.«

Der Streiter! Wyntoun! Zwei Bezeichnungen, ein Mann. Adrianne schwirrten die Namen im Kopf herum. Sie hatte beide kennen gelernt. Der Streiter, dieser tollkühne Pirat, der selbst einen Dolch an der Kehle nicht fürchtete. Wyntoun, der mitfühlende Ritter, der ihr Trost in seinen Armen geboten hatte, als sie seekrank gewesen war. Dieses anziehende Gesicht, die meergrünen Augen, ein Mann, auf den zwei Namen passten.

»Wie kommt es, dass Ihr nichts über ihn erfahren wollt?«

Zum ersten Mal seit Betreten dieser Gemächer war Adrianne froh um die Hitze. Die plötzliche Röte in ihren Wangen fiel hoffentlich nicht auf. Sonderbar ... Mara hatte sie bei ebendiesem Tagtraum ertappt, als könnte sie Gedanken lesen. »Wen meint Ihr?«

»Na kommt schon. Wyntoun natürlich.«

»Ich ... ich wusste nicht, was ich sagen ... oder fragen sollte.«

»Ihr wart ehrlich erstaunt, als mein Gemahl Euch von Wyntouns ... Berufung erzählte.«

»Das war ich.«

Mara nickte. »Alexander liebt einen guten Scherz, aber grundsätzlich wollte er, dass Ihr es erfahrt. Auf Duart Castle halten wir nicht viel von Geheimniskrämerei.«

»Das ist ziemlich ungewöhnlich ... wenn ich es mir recht überlege.«

»Es dünkt Euch nicht mehr ungewöhnlich, wenn Ihr meinen Gatten besser kennt.« Der Blick der alten Dame wurde sanfter. »Aber ich glaube, in diesem Fall hat er guten Grund für seine Offenheit. Und er ist sehr stolz auf seinen Sohn.«

Da sie Adriannes Verwirrung gewahrte, fuhr Mara fort.

»Seit Wyntoun im letzten Jahr zwei Karavellen in der Irischen See verloren hat, drängt Alexander ihn, mehr Zeit auf Mull zu verbringen und sich auf seine Nachfolge vorzubereiten ... wenn die Zeit reif ist. Aber als dickschädeliger MacLean – genau wie sein

Vater – ignoriert Wyn Alexanders Ratschläge und entschuldigt sich mit fadenscheinigen Gründen oder verschwindet einfach für Monate auf See. Sein Vater erklärt mir dann lachend, dass er vermutlich noch mindestens 25 Jahre leben wird, aber …« Sie stockte, veränderte ihre Sitzhaltung. »Und Wyntoun sagt, dass er nicht ruhen wird, bis er die beiden verlorenen Schiffe durch eine neue Galeone ersetzt hat … also denke ich, dass er einen Abstecher nach Süden plant, wo er dem spanischen König eine abjagen kann.«

»Planen Piraten-Anführer dergleichen denn immer?«

»Keine Ahnung. Aber Wyntoun ganz sicher.«

Adrianne verkniff sich ein wissendes Lächeln. Sie hatte ganz Recht, wenn sie Wyntoun MacLean mit ihrer Schwester Laura verglich. »Aber … aber könnte er Wyntoun nicht damit schaden, wenn er so offen zugibt, dass er der Streiter von Barra ist?«

»Gewiss, das sehe ich auch so! Aber Alexander würde solche Dinge nur gewissen … nun ja, einigen Eingeweihten enthüllen.«

»Aber der Saal war voller Menschen!«

»Sicher, alles Mitglieder unseres Clans. Ihr wart der einzige Gast.«

»Trotzdem … woher weiß er denn, dass er mir trauen kann?«

Adrianne maß die ältere Dame mit Bestürzung. Wieder trat ein verschlagenes Glitzern in deren blaue Augen. »Haben seine … Beweggründe etwas mit … mit mir zu tun?«

»Wyntoun ist nicht der einzige Planer und Ränkeschmied in dieser Familie, meine Liebe.«

»Mara, zum zweiten Mal an diesem Tag komme ich mir vor, als liefe ich mit Scheuklappen durch die Welt.« Sie erhob sich und trat zu den Fensterläden – in der verzweifelten Hoffnung auf ein bisschen frische Luft, doch leider vergebens. Sie drehte sich um. »Bitte, seid aufrichtig zu mir.«

»Seht Ihr es denn nicht selbst, mein Kind? Alexander verfolgt den Plan, dass Ihr Wyntouns Gemahlin werdet. Setzt Euch, Adrianne. Es geziemt sich nicht, dass die Braut des Streiters von Barra in Ohnmacht fällt – oder was meint Ihr?«

# 9. Kapitel

Nachdem sie Lady Maras Gemächer verlassen hatte, erkundigte Adrianne sich bei Auld Bege, der betagten Zofe, die in der Düsternis des Treppenaufgangs verweilte.

»Gewiss, Mistress. Er ist eingetroffen und sitzt mit den anderen im Rittersaal.«

»Könntet Ihr ihm die Nachricht übermitteln lassen, dass ich kurz mit ihm sprechen möchte ... wenn er etwas Zeit hat?«

»Gewiss, Mistress. Ich werde es ihm selbst sagen. Wo kann er Euch finden?«

Adrianne überlegte angestrengt. Unter gar keinen Umständen wollte sie einen falschen Eindruck erwecken, indem sie ihn auf ihr Zimmer bat. Nicht nach der ganzen Verwirrung, die sie bereits gestiftet hatte.

»Vielleicht wäre es am besten, wenn unsere Makyn Euch in den Vorraum zu seinen Gemächern führen würde, Mistress.« Bege nickte zu derselben Bediensteten, die ihr beim Ankleiden geholfen hatte. »Er benutzt ihn als Arbeitszimmer.«

Adrianne nickte. »Das wäre sehr hilfreich.«

Bege senkte ihre Stimme zu einem vertraulichen Flüstern. »Sir Wyntoun hebt dort auch Bücher auf.«

»Ich werde es niemandem verraten.«

Auf Adriannes Bitte hin, nicht den Rittersaal passieren zu müssen, geleitete die Bedienstete sie schweigend über eine Wendeltreppe, durch ein Gewirr von Gängen, vorbei an verschlossenen Lagerräumen und Nischen, in denen sich riesige Truhen stapelten. Schließlich gelangten sie in einen weiteren Burgtrakt.

Adrianne war sich gewiss, dass sie sich in dem Flügel befinden mussten, der sich an den Rittersaal anschloss. Dieser Ostflügel, offenbar neuer als der große Saal, wirkte wie ein Abbild der herrschaftlichen Gemächer – dort, wo auch sie ihre Kammer hatte.

Während sie durch die fackelbeschienenen Gänge spähte, gewahrte Adrianne, dass man allergrößte Sorgfalt darauf verwendet hatte, die Räumlichkeiten der Burg symmetrisch anzulegen.

»Makyn, was befindet sich in dem Geschoss über uns?«

»Zwei Schlafkammern, Mistress. Genau wie im Westflügel.«

Adrianne zögerte am Treppenaufgang.

»Sir Wyntouns Gemächer sind in diese Richtung, Mistress.«

Adrianne nickte und folgte der anderen Frau. Als Makyn indes die Tür zur Vorkammer öffnete, waren beide Frauen erstaunt, als sie auf den Sohn des Lairds stießen, der vor dem kleinen Kamin stand. Makyn machte einen Knicks, verschwand und schloss die Tür hinter sich.

»Ihr seid … bereits hier.«

»Ja.« Seine Augen leuchteten im Licht des Feuerscheins und der Kerzen. Sein anziehendes Gesicht, markant wie das einer antiken Statue, zeigte keine Regung. Kein Mann hat das Recht, so gut auszusehen, dachte sie bei sich, ein leichtes Schwindelgefühl niederkämpfend. Sie riss ihren Blick von seinem Gesicht und heftete ihn stattdessen auf die prächtige Spange, die den Tartan an seiner Schulter zusammenhielt. Ihre Augen schweiften von dem Schmuckstück zu dem bemalten Wappenschild über dem Kamin und dann wieder zu den bunten Edelsteinen auf der kunstfertig gearbeiteten Brosche.

Beides symbolisierte eine rote Faust, die ein blaues Kreuz umspannte.

Ein blaues Tuch mit goldgestickter Einfassung zierte den Schild. Eine Erinnerung wurde wach. An ihre Kindheit.

»Es sind die gleichen Symbole ... meine Spange und der Schild.« Er sprach ruhig, suchte ihren Blick. »Ihr wolltet mich sehen.«

Adrianne rieb ihre verschwitzten Handflächen an dem Wollstoff ihres Rocks und nickte knapp, ehe sie den Blick senkte. Sie dachte an Lady Maras Worte zurück.

Dies war beileibe nicht so einfach, wie sie sich vorgestellt hatte. Hereinplatzen, sagen, was sie zu sagen hatte, und fertig. Das war ihr Plan gewesen ... wollte man es denn so nennen. Gewiss, sie war eher für ihre Spontaneität als für ihr Planungsgeschick bekannt, und sie musste diese Situation so schnell wie möglich klären. Oder zumindest bevor er ihr eine Eskorte für die Highlands zusicherte.

Als sein forschender Blick aber nun auf ihrem Gesicht ruhte, suchte sie nach Worten und wusste nicht einmal mehr so recht, was sie eigentlich hatte sagen wollen.

Verflixt, es war sein Fehler! Der Umgang mit Wyntoun MacLean war wesentlich einfacher gewesen, als sie ihn lediglich für einen diebischen Schurken gehalten hatte.

»Ich nehme an, Ihr findet Eure Gemächer ansprechend?«

Sie nickte kurz, erkannte, dass er ihr helfen wollte. Angenehmes Geplauder. Das ist es. Nichts überstürzen. Sie wandte sich von ihm ab und setzte sich in einen nahen Sessel, die Hände sittsam im Schoß gefaltet. Sie ließ ihren Blick durch die Vorkammer schweifen, betrachtete die Möbel, die Wandbehänge. Selbst die Bücher. Jedem Detail, ob groß, ob klein, galt ihr Augenmerk.

Sie betrachtete alles, nur ihn nicht.

»Diese Kammer ist recht hübsch. Der gesamte Flügel fügt sich geschmackvoll in das Gesamtbild von Duart Castle ein. Lady Mara erwähnte, dass Ihr den Bau dieses Flügels eigens überwacht habt.«

»Was wollt Ihr, Adrianne?«

Der Teufel sollte ihn holen! Er half ihr überhaupt *nicht*. Ihr Blick schoss zu ihm, wie er am Kamin stand, eine seiner breiten Schultern an die Wand gelehnt, die muskulösen Arme vor der Brust verschränkt.

»Ein Besuch aus alter Freundschaft?«

Er schüttelte den Kopf. »Ich denke nicht.«

»Wie könnt Ihr da so sicher sein? Ihr wisst kaum etwas über mich.«

Ein verhaltenes Lächeln umspielte seine Mundwinkel, und sie dachte unvermittelt, dass ›anziehend‹ nicht der treffende Ausdruck für diesen Mann wäre.

»Adrianne, ich weiß weitaus mehr über Euch als Ihr meint.«

Leise seufzend erhob sie sich. »Ich vergaß. Meine Schwester Laura. Ihr habt Euch eine Weile mit ihr unterhalten.«

»Die Briefe, die ich Euch hochgeschickt habe, besagten eben das, oder?«

Diesmal musste sie lächeln. Es war so schön gewesen, sie zu lesen.

Als Adrianne aufsah, maß Wyntoun sie mit seltsam entrücktem Blick. Seine stechend grünen Augen entfachten eine eigentümliche Glut in ihrem Körper, und sie sah schnell fort.

»Ganz recht. Ich danke Euch, dass Ihr mir die Briefe ausgehändigt habt.«

Er entfernte sich vom Kamin und schlenderte zu einem Schreibtisch, auf dem eine Kerze ein Tintenhorn, einen Federkiel, einige andere Schreibwerkzeuge und eine Sammlung von Pergamentbogen beschien.

»Ihr versteht, dass der Brief Eurer Schwester Catherine Euch nicht eher erreichen konnte. Für gewöhnlich fahren im Winter keine Schiffe nach Barra. Nachdem Laura und William Ross mich gebeten hatten, Euch zu suchen, traf ich auf einen der Kuriere des Earl of Athol. Der arme Kerl hätte bis zum Frühjahr warten müssen, um ein Schiff nach Barra zu finden.«

»Ich verstehe.« Sie beobachtete, wie er hinter seinen Schreibtisch trat, um so viel Distanz wie nur möglich zwischen ihnen aufzubauen.

»Ich habe bereits eine Gruppe zusammengestellt, die Ende der Woche nach Balvenie Castle aufbrechen wird.«

Verflixt, er war schnell. Sag es, drängte sie sich insgeheim. Nun sag's schon! Gleichwohl strömten andere Worte aus ihrem Mund. »Nachdem wir erst heute Morgen angekommen sind, finde ich das … enorm.«

Eine seiner Brauen schoss augenblicklich hoch, doch dann setzte er sich hinter den Schreibtisch und senkte den Blick auf einen Pergamentbogen. »Ich hätte ebenso gut eine noch frühere Abreise für Euch planen können, doch ich nahm an, Ihr wollt Euch ein wenig von den Strapazen der Reise erholen …«

Sie straffte die Schultern, trat vor, bis sie lediglich der Schreibtisch von ihm trennte. Offenbar verlor er jegliches Interesse an ihrer Diskussion. Die Zeit eilte ihr davon.

»Also, wenn das alles war, warum Ihr mich sehen wolltet …«

Adrianne neigte sich vor und stemmte die Handflächen auf seinen Sekretär. Wyntouns Blick riss sich von seiner Korrespondenz los, fixierte ihr Gesicht.

»Was denn noch?«, fragte er mit verwunderter Miene.

»Ich brauche Euch. Ihr sollt mich heiraten.«

Der hölzerne Krug fiel mit einem dumpfen Knall zu Boden und tippte mehrmals auf, bevor er auf die Seite rollte und liegen blieb.

»Ihr könnt mich gar nicht hören!« Nicholas blaue Augen blickten plötzlich verständnisvoll. Um ihre Feststellung zu untermauern, hob sie den Krug auf und warf ihn nochmals mit voller Wucht auf den Boden. Auch dieses Mal kam keine Regung von der alten Frau, die weiterhin das kleine Feuer in einer Ecke der Kammer schürte.

»Taub!«, murmelte Nichola zu sich selbst. Sie durchquerte den Raum, klatschte hinter der Frau lautstark in die Hände. Nichts. »Stocktaub.«

Ihr Verstand raste. Wie konnte sie sich ihr neues Wissen bloß zunutze machen? Nichola verharrte geräuschlos, unterdes erhob sich die Alte vor der Kohlepfanne.

Nichola legte eine Hand auf den Arm der Bediensteten. Ein wenig verwirrt zögerte die Frau, doch ihr gebeugter Rücken straffte sich nicht. Kein forschender

Blick lugte unter der weiten Kapuze ihres Umhangs hervor.

»Ihr könnt mich nicht hören, nicht wahr?«

Wieder erhielt sie keine Antwort von der Bediensteten, stattdessen löste sie sich behutsam aus Nicholas Umklammerung. Diese streckte vorsichtig ihre Hand aus und zog die Kapuze zurück.

Beim Anblick des Frauengesichts musste Nichola sich zwingen, nicht zurückzuschrecken. Alter und Krankheit hatten ihre Spuren hinterlassen, wenngleich Letzteres die tieferen Narben.

Der Blick der Dienerin blieb auf die Tür geheftet, derweil Nichola ihr sanft die Kapuze zurechtschob.

»Es tut mir Leid«, murmelte sie leise.

Bevor die Frau sich rühren konnte, bedeutete Nichola ihr zu warten. Sie löste ein kunstvoll geschnitztes Holzkreuz von ihrem Hals und legte es rasch der Alten um.

Nichola bückte sich, um den Krug aufzuheben, und die Alte schlurfte zur Tür. Doch als diese sich einen Spalt breit öffnete, um die Bedienstete hinauszulassen, hätte Nichola schwören mögen, dass die seltsame Kreatur das Kreuz an ihr Herz drückte.

# 10. Kapitel

Sie war so berechenbar wie der Sonnenaufgang.

Es fiel ihm schwer, sich ein Grinsen zu verbeißen, als sie auf ihn hinunterblickte, ihre veilchenfarbenen Augen so voller Erwartung. Blieb als weiteres Problem, dass er sie nicht über seinen Schreibtisch zerren durfte, um sie zu küssen. Ein stürmischer Kuss wäre nicht ratsam, wollte er doch, dass sie ihn zu dieser Eheschließung überredete.

Genau das war es: Sie sollte denken, dass sie ihn überzeugen musste.

»Würde es Euch etwas ausmachen, das zu wiederholen?«

»Ich brauche Euch. Ihr sollt mich heiraten.« Sie wiederholte es zögerlicher, mit einem fragenden Unterton in der Stimme.

»Und was ist der Anlass für diese … diese gewissermaßen überraschende Bitte?«

Adrianne wollte sich aufrichten, doch er beugte sich vor und umspannte eines ihrer Handgelenke. Sie erstarrte.

»Ich … ich hatte zuvor ein Gespräch mit Mara.« Verstohlen probierte sie, ihre Hand zu befreien, doch er hielt sie fest. »Sie … erwähnte, dass Euer Vater hofft … dass … es wäre angeraten … dass ich die Gemahlin des nächsten MacLean werde.«

»Ihr müsst einen besseren ersten Eindruck auf sie gemacht haben als auf mich.«

»Nun, ich habe niemandem ein Messer an die Gurgel gehalten, wenn Ihr das meint. Lasst mich los.«

Wyntoun überspielte seine Belustigung mit einem Stirnrunzeln. »Mein Vater versucht seit meinem sechzehnten Geburtstag, mich zu vermählen. Seitdem ist dies sein liebster Zeitvertreib.« Er fühlte, wie das Blut durch ihre schmalen Handgelenke pulsierte. »Gleichwohl, sollte ich irgendwann beabsichtigen, mir eine Gemahlin auszusuchen, werde ich meinem Vater kein Mitspracherecht einräumen.«

Eine kleidsame Zornesröte stieg in ihre Wangen, und Adrianne versuchte sich loszureißen, doch er hielt sie gefangen.

»Ich schätze Eure Offenheit. Und jetzt gebt mich frei.«

»Was ist denn los mit Euch, Adrianne? Habt Ihr Euer Temperament samt und sonders auf Barra gelassen?«

Sie hob ihre andere Hand, machte eine Faust, doch er packte auch diese, als sie auf sein Gesicht zielte. Ihre Augen sprühten Blitze, als sie ihn über den Schreibtisch hinweg maß.

»Und wo ist Eure spitze Zunge geblieben? Enttäuscht mich nicht, indem Ihr sagt, dass Ihr auch diese dort gelassen habt.«

»Ihr seid ein ungehobelter Bauer, ein Wüstling, mich so zu behandeln, derweil ich Gast in Duart Castle bin«, stieß sie zwischen zusammengebissenen Zähnen hervor. »Euer Vater und Lady Mara sind hochanständige Menschen. »Aber Ihr Wichtigtuer müsst ein Findelkind gewesen sein … zweifellos eine Brut des Teufels, aufgezogen von dieser tyrannischen Tante!«

»Milde! Viel zu milde. Ihr habt Euch wohl noch nicht recht von den Strapazen der Reise erholt.« Er erhob sich und beugte sich zu ihr vor. Er sah, dass sie schluckte. »Aber um noch einmal auf Euren Vorschlag einer Eheschließung zurückzukommen: Was in aller Welt macht Euch glauben, dass Ihr gut genug seid, um die Gemahlin eines MacLean-Clanführers zu werden?«

»Ich ziehe mein Angebot zurück«, versetzte sie. »Ich hatte nicht bedacht, dass Ihr Euch nicht eignet als Gemahl für eine Percy!«

Ihre Handgelenke weiterhin umklammernd, trat er um den Schreibtisch – sorgsam darauf bedacht, dass er ihr nicht zu nahe kam. Einmal abgesehen von der Tatsache, dass die Frau schnell und hinterhältig war – der Schnitt an seiner Gurgel war der beste Beweis dafür –, war Wyntoun sich seiner Erregung viel zu gewärtig, wenn sie in seiner Nähe war.

»Setzt Euch!« Er drückte sie in den Sessel und gab ihre Hände frei.

»Das Ganze noch einmal – von Anfang an.«

»Ich habe genug gesagt.«

Unvermittelt legte er beide Hände auf die geschnitzten Armlehnen ihres Sessels und beugte sich vor, bis sein Mund nur noch einen Atemhauch von dem ihren entfernt war. Ihre blauen Augen weiteten sich vor Verblüffung. »Von Anfang an, Adrianne.«

Die Zeit verstrich quälend langsam. Wyntoun fühlte beinahe die zarte Haut ihrer Lippen unter den seinen. Köstliche Süße. Er fragte sich, ob das Innere ihres Mundes so weich sei wie ihre wohlgeformten Lippen. Dann, so plötzlich wie er zu ihr getreten war, wich er zurück und setzte sich auf die Schreibtischkante.

Ihre Brust hob und senkte sich rasch, und als sie sprach, klang ihre Stimme rau. »Aber ich ... ich habe doch bereits Eure Antwort ... also besteht kein Grund ...«

»Sprecht, Adrianne. Ihr habt eine Heirat vorgeschlagen, ohne mir Eure Beweggründe zu nennen.« Seine Augen wanderten über ihren Körper. »Und jetzt überlege ich fieberhaft, warum Ihr vielleicht wollt ...«

»Dabei spielen mehrere Dinge eine Rolle! Viele Dinge«, entfuhr es ihr rasch. »Da ist die Frage, ob Ihr mich heiraten wollt. Und was ich von Eurem Vater über Euch erfahren habe. Dann mein Gespräch mit Mara. Und davor ... die Lektüre der Briefe von meinen Schwestern. Ich weiß, ich bin keine sonderlich gute Planerin, aber alles spricht irgendwie dafür. Ich glaube wirklich, dass es funktionieren könnte. Zumindest ist es den Versuch wert.«

»Den Versuch wert? Eine Eheschließung? Ihr tätet

gut daran, mir das etwas genauer zu erklären, Adrianne.«

»Meine Schwestern«, hub sie abermals an. »Beide sind verheiratet. Wie ich in ihren Briefen lese, verschweigen sie ihren Männern nichts. Dieser John Stewart … und dieser William Ross … wissen offensichtlich alles über die Geheimnisse der Percys. Sie scheinen auch alles über die Kartenskizzen und den Schatz des Tiberius erfahren zu haben. Selbst Ihr wisst mehr als Ihr solltet!«

Er verschränkte die Arme vor der Brust, als sie sich erhob. Er beobachtete, wie sie durch den Raum schritt, und wusste, dass diese Rastlosigkeit charakteristisch für sie war. Ganz recht, Rastlosigkeit und Spontaneität.

»Also habe ich mir gedacht … wenn ich nach Norden, nach Balvenie, reise, kann das Wochen, wenn nicht Monate dauern, jetzt im Winter und durchs Gebirge und all das. Es dauerte zu lange und wäre vertane Zeit. Und es würde unsere Chancen schmälern, meine Mutter zu retten.« Sie schob eine vorwitzige Haarlocke zurück, die sich aus ihrem dicken Zopf gelöst hatte. »Und ich habe noch einen weiteren Grund, warum ich augenblicklich nicht zu meinen Schwestern will.«

»Und der ist …?«

»Sobald ich Balvenie Castle erreiche und wir die drei Kartenteile zusammenfügen, ist die Chance gering, dass meine Schwestern und ihre Ehemänner mich auf die Suche nach dem Schatz und dann zur Rettung meiner Mutter mitnehmen.« Sie hielt inne und begegnete seinem Blick. »Ich muss dabei sein. Ich muss teilhaben. Und als ich erfahren habe, dass Ihr … hmmm, der Streiter von Barra seid, da ergab das Ganze einen Sinn.«

»Und was genau wollt Ihr damit sagen?«

»Ihr seid ein Ritter. Ihr seid ein Pir… ein kriegerischer Seefahrer, bewundert und gefürchtet. Und meine Schwestern haben Euch vertraut, als Ihr mich aufsuchen solltet. Versteht Ihr denn nicht? Ihr bringt die nötigen Voraussetzungen mit.«

»Um was zu tun, Adrianne?«

»Um Tiberius aufzuspüren *und* meine Mutter zu befreien!« Sie wischte die Handflächen an ihrem Rock trocken und mäßigte ihre Stimme. »Meine Schwestern haben Euch vertraut, als Ihr mich aufsuchen solltet, aber …« Adrianne stockte und durchquerte kopfschüttelnd den Raum, bis sie schließlich am Kamin verharrte und in die Flammen spähte. »Aber warum sage ich Euch das, denn es spielt ja keine Rolle. Ihr habt mein Angebot bereits abgelehnt.«

»Ich habe es noch gar nicht vernommen. Ihr habt bislang nur eine Forderung gestellt … eine Forderung, die einiger Erklärung bedarf.«

Ein Anflug von Hoffnung hellte ihre Miene auf. Sogleich strebte sie zu ihm, verharrte einen Schritt vor ihm. »Ihr werdet darüber nachdenken?«

»Das habe ich nicht gesagt.«

»Nein, aber Ihr habt mich auch nicht aus Euren Gemächern gejagt.«

Sie lächelte, und Wyntoun erkannte, dass Adrianne keine Ahnung hatte, welch schlagkräftige Waffe ihre Schönheit war. Was sie umso gefährlicher machte, dachte er bei sich, bemüht, das Pulsieren seiner Lenden zu ignorieren.

»Wenn wir noch diese Woche heiraten …« Sie legte beschwörend eine Hand auf seinen Arm, vermutlich einzig in dem Bestreben, mögliche Einwände seinerseits zu unterbinden.

Er sagte nichts. Wie sollte er auch? Ihre Finger

brannten auf dem Stoff seines Hemdes. Er fühlte die Glut, die über seinen Arm ... und dann in sein Gehirn strömte. Und das Gefühl war ihm keineswegs unangenehm.

»Wenn wir umgehend heiraten würden«, fuhr sie fort, »dann könntet Ihr einen Kurier zur Burg Balvenie schicken. Statt von mir und einer Eskorte behindert zu werden, könnte er die Strecke viel schneller zurücklegen. Er könnte meinen Schwestern die Botschaft von unserer Vermählung überbringen. Und dieser Kurier könnte ihnen unser Vorhaben mitteilen ... dass wir beide den Schatz des Tiberius und meine Mutter aufspüren wollen.«

Sie ließ ihre Hand sinken, schenkte ihm ein weiteres, strahlendes Lächeln. »Es ist alles so einleuchtend. Sie werden ihre Kartenteile zurückschicken, und wir machen uns auf den Weg.«

Er maß sie skeptisch. »Einen Augenblick. Eure älteste Schwester Catherine kenne ich zwar noch nicht, aber Laura schien mir nicht die Person, die sich schnöde von etwas so Wertvollem wie ihrem Kartenteil trennen und alles ihrer tollkühnen jüngeren Schwester überlassen würde.« Seine Äußerung kränkte sie sichtlich, und Wyntoun empfand einen Anflug von Schuld, was er jedoch verdrängte. »Ich glaube nicht, dass dieser Euer Plan auch nur die geringste Aussicht auf Erfolg hat.«

»Ganz im Gegenteil.« Adrianne beugte sich über den Schreibtisch; die Arme verschränkt, ahmte sie seine Haltung nach. »Beantwortet mir die folgenden Fragen, Sir Wyntoun. Wissen meine Schwestern und dieser neue Schwager, William Ross, dass Ihr der Streiter von Barra seid?«

»William weiß es. Ich schätze, dass John Stewart, der Earl of Athol, es ebenfalls weiß. Und ich vermute auch, dass sie es inzwischen Euren Schwestern erzählt haben.«

»Und ob dieser Kenntnis haben sie Euch vertraut, mich aufzusuchen?«

»Ganz recht.«

»Halten sie Euch für einen mutigen Mann?«

»Vermutlich.«

»Mit guten Beziehungen zu anderen schottischen Gutsherren?«

Missmutig runzelte er die Stirn. »Worauf wollt Ihr eigentlich hinaus, Adrianne Percy?«

Sie nickte hochzufrieden. »Ihr seid es, Sir. Sie werden ihre Kartenteile schicken, weil sie *Euch* vertrauen. Sie haben bereits erkannt, dass die Zeit von größter Bedeutung ist.«

»Ich glaube, ich genieße das Vertrauen von William und Athol, aber das bedeutet noch lange nicht, dass Eure Schwestern genauso empfinden. Vielleicht hegen sie mittlerweile sogar große Bedenken.«

»Andererseits … wegen der zwischen uns geschlossenen Ehe werden meine Schwestern Euch ebenso vertrauen wie ihren eigenen Gatten.« Sie nickte zuversichtlich. »Ihr werdet … ein Familienmitglied … und als solches in das Geheimnis des Tiberius eingeweiht. Ich sage Euch, es *wird* funktionieren!«

Nachdenklich schwieg er und suchte ihren Blick. Sie bot ein Bild der Zuversicht … angefangen mit ihrer strahlenden Miene bis hin zu ihrer beschwingten Haltung. Er wusste, dass sie ihm eine Möglichkeit einräumen wollte, seine Ziele weitaus schneller zu erreichen als mit seinen sorgsam durchdachten Plänen. Gleichwohl spiegelte sich der Schatten des Zweifels in jenen violettblauen Tiefen. Hinter der Fassade der Zuversicht und Logik und der gemeinsamen Verschwörung vertraute sie ihm nicht wirklich.

»Was bietet Ihr mir dafür? Was bekomme ich im Gegenzug für meine Dienste?«

Einen Anflug von Bedauern niederkämpfend, gewahrte er, wie ihre düster umwölkten Augen unversehens aufblitzten. Er hatte den Test bestanden. Jetzt wusste sie, dass er der Pirat war, den sie in ihm sehen wollte.

»Ich nehme an, guter Wille und die Dankbarkeit meiner Familie reichen nicht aus?«

»Kaum.« Er maß sie forschend. »Ihr beansprucht meine Dienste nicht nur als Sir Wyntoun MacLean, sondern auch als Streiter von Barra. Was bietet Ihr mir als Gegenleistung an?«

Die Röte, die darauf in ihre Wangen schoss, zeugte von ihrer Empörung. »Meine Hand zum Ehebund … ich … ich könnte Euch einen Erben gebären, wenn Ihr das meint … Eure Familie wünscht es so. Natürlich kann dieser Teil unserer Vereinbarungen erst erfüllt werden, nachdem wir den Schatz des Tiberius an einen sicheren Ort gebracht … und meine Mutter befreit haben.«

»Vielleicht sind wir gar nicht in der Lage, Eure Mutter zu befreien. Und dann würdet Ihr von Eurem Teil der Vereinbarungen Abstand nehmen.«

»Nein, das werde ich nicht. Ich werde Euch Kinder gebären, so Ihr das von mir verlangt.«

Bei seinen nächsten Worten fühlte Wyntoun sich abgrundtief schlecht, dennoch, es musste gesagt werden. Er setzte die überheblichste Miene auf, die ihm eben gelang. »Jede Frau kann ein Kind gebären. Und ich versichere Euch, Mylady, eine gute Partie zu machen fällt einem Mann in meiner Position nicht schwer.«

Im Stillen bewunderte er, wie sie seine ungebührliche Äußerung wegsteckte. Abermals nervös im Raum umherschreitend, nickte sie und versteckte ihre zitternden Hände in den Falten ihres weiten Rocks.

»Dann ist es vermutlich Reichtum, der Euch motiviert.«

Er antwortete nicht. Sollte sie doch weiterhin mutmaßen.

»Der Schatz des Tiberius ...« Sie stockte, ein leises Zittern in der Stimme. »Ich habe zwar eine gewisse Verantwortung für den Schatz, aber wenn es um das Leben meiner Mutter *oder* die Sicherheit des Schatzes geht ... dann ziehe ich es vor, Nichola zu befreien und jemandem ... wie Euch ... und nicht Henry von England ... den Schatz ...«

»Ist das Eure Entscheidung?«

»Ich bin gern bereit, meinen Schwestern diesen Vorschlag ...«

»Ein schöner Vorschlag, kann ich da nur sagen.« Seine Stimme klang wie Stahl, der über Knochen schabt. »Ich habe kein Interesse an Beutegut oder Gewinn, wenn der Preis dafür ein Ehrverlust in den Augen jener ist, die mich als Freund schätzen. Menschen wie William Ross und Eure Schwestern, die mich beauftragt haben, Euch wohlbehalten zu ihnen zu bringen.«

Ihre Miene hellte sich daraufhin sichtlich auf, doch er schüttelte nur den Kopf und stand auf, ihrer Diskussion scheinbar überdrüssig.

»Es ist spät«, sagte er schroff. »Ihr habt während der letzten zwei Tage den Luxus eines ausgedehnten Schlummers genossen, ich hingegen ...«

»Wartet! Ich *habe* etwas, das ich Euch anbieten kann.« Sie presste eine Hand vor den Mund, um ein nervöses Kichern zu unterdrücken. »Hat Laura die Schiffe unseres verstorbenen Vaters erwähnt?«

»Nein, nur dass sämtlicher Besitz Eurer Familie von der englischen Krone beschlagnahmt worden ist.«

»Nicht alles«, entfuhr es ihr aufgeregt. »Eine Galeone, die meinem Vater gehört hat, ist nicht in ihre raffgierigen Klauen gefallen. Ihr könnt sie haben!«

»Ich habe nicht die Absicht, entlang der englischen Küste zu segeln, für ein Schiff, das womöglich an irgendeinem Londoner Kai liegt. Ihr wisst ja gar nicht, ob diese väterliche Galeone ihrem Zugriff entronnen ist.«

Sie schüttelte den Kopf. »Ich weiß, dass sie dieses Schiff gar nicht haben können. Es wurde erst vor kurzem für meinen Vater gebaut und lag vor der Isle of Man vor Anker. Wenn Ihr mich unterstützt, gehört es Euch.«

Er musterte sie argwöhnisch. »Woher wollt Ihr wissen, dass Eure Schwestern und Eure Mutter einverstanden sind, mir dieses Schiff zu überlassen?«

»Sie werden Euch ihre Eigentumsrechte selbstredend abtreten. Bedenkt doch, was Ihr willens seid, für uns zu tun! Euer Leben zu riskieren ... Eure eigenen Schiffe!« Sie nickte zuversichtlich. »Wenn Ihr allerdings irgendwelche Zweifel habt, werde ich einen Brief an meine Schwestern abfassen, den Euer Kurier ebenfalls nach Balvenie Castle mitnehmen kann. Meine Schwestern werden unserer Abmachung ihren Segen geben, mein Wort darauf.«

Den Blick auf sie geheftet, rieb er sich nachdenklich das Kinn und heuchelte unterschwelliges Interesse. »Eine neue Galeone, sagtet Ihr?«

Sie schien den Atem anzuhalten.

»Schätze, ich könnte eine Galeone gebrauchen.«

Sie schnellte vor, um seine Hände zu fassen, stolperte jedoch und fiel in seine Arme, worauf beide um ein Haar zu Boden gestürzt wären.

Seine Arme umschlangen sie, zogen sie fest an seine Brust. Er neigte den Kopf, sog den süßen Duft ihrer

Haare ein, fühlte ihre Arme, die sich sanft um seinen Hals legten. Die weiche Haut ihres Nackens streifte sein Kinn, unterdessen pulsierte seine Mannhaftigkeit bei dem Gedanken, dass ihr Körper – trotz ihrer ausladenden Robe – so vollkommen mit dem seinen harmonierte. Wie herrlich müsste es sein, ebendiesen Beweis ohne einengende Kleidung anzutreten.

Verflucht, schalt er sich. Sein Körper wollte die Spielregeln bestimmen. Und er durfte nicht nachgeben, durfte sein Ziel nicht aus den Augen verlieren ... auch wenn die Versuchung noch so groß war.

Abrupt löste er ihre Arme von seinem Nacken. Als hätte man sie geschlagen, zeichneten sich plötzlich zwei hektisch rote Flecken auf ihren Wangen ab. Ob vor Empörung oder Enttäuschung, hätte er nicht zu sagen gewusst.

»Ich erkläre mich einverstanden, Adrianne, unter einer Bedingung.« Seltsamerweise versetzte es ihm einen Stich ins Herz, als er die Bestürzung in ihren tiefblauen Augen gewahrte. »Unsere Eheschließung existiert nur auf dem Papier.«

Sie senkte den Blick und nickte. »Gewiss, wie Ihr wünscht. Sobald unsere Mission erfüllt ist ... und Ihr Euren Lohn habt ... werde ich verschwinden.«

»Das wäre für beide Seiten das Beste.« Mit diesen Worten wollte er eher sich überzeugen als Adrianne. Es gab so vieles, das sie noch nicht wusste. Und er würde so lange wie möglich den Schein wahren müssen. Erführe sie erst einmal die Wahrheit über ihn, würden ihre Verachtung und ihr Groll grenzenlos sein.

Und wenn sie ihrem Begehren nachgaben, würde es noch tiefer schmerzen. Es wäre wahrlich am besten für sie, wenn sie unberührt und ungebunden von ihm fortgehen würde.

»Eine Nichtigkeitserklärung«, sagte er sachlich.

»Wir können um eine Aufhebung der Ehe bitten, wenn wir unser Vorhaben umgesetzt haben. Wenn wir … das alles nicht mehr brauchen.«

Wie zur Bekräftigung nickend, drehte er sich um und trat hinter seinen Schreibtisch, um Distanz zwischen ihnen zu schaffen. »Ich kenne einen Bischof, der uns die Annullierung in Rom besorgen wird, gleichwohl ziehe ich es vor, unsere Ehevereinbarung vertraulich zu behandeln. Es besteht kein Grund, warum Außenstehende davon erfahren sollten, dass wir unseren Eheschwur nicht halten werden.«

»Ganz recht. Ich glaube nicht, dass meine Schwestern unseren … gemeinsamen Plan gutheißen würden, wenn sie um die wahren Beweggründe wüssten.«

Er wünschte, sie würde ihn anschauen. Nein, er war froh, dass sie es nicht tat.

Seine Miene betont gleichgültig, setzte er sich hinter seinen Sekretär. »Heute Abend werde ich meinem Vater und Mara die Neuigkeit mitteilen. Die Vermählung könnte morgen oder übermorgen stattfinden.«

An ihrer Unterlippe nagend, nickte sie mit gesenktem Kopf. Es sah aus, als bereitete ihr das Atmen Probleme, doch er wagte nicht zu fragen.

»Ich werde einen Kurier beauftragen, umgehend nach unserer Hochzeit aufzubrechen, wenn Ihr also die Depeschen an Eure Schwestern vorbereiten möchtet …«

»Gewiss. Sie werden bereitliegen.«

Er stützte die Ellbogen auf der Tischplatte auf und legte die Fingerspitzen aneinander. Einen Herzschlag lang betrachtete er sie. Ihre Gefühle waren nicht zu deuten, dennoch ahnte er, dass es unter der Oberfläche brodelte. »Dann nehme ich an, dass wir alles geklärt haben.«

»So ist es!«, flüsterte sie kaum hörbar und strich mit

den Handflächen nervös über ihren Rock, während sie zur Tür strebte. Bevor sie diese öffnete, verharrte sie und sah ihn über ihre Schulter hinweg an. »Was werdet Ihr ihnen sagen ... Alexander und Mara? Was wollt Ihr als Grund nennen, warum Ihr mich zu Eurer Gemahlin gewählt habt?«

*Euren Liebreiz. Euren Mut. Eure Gewitztheit. Die Leidenschaft, die Ihr – das weiß ich wohl – kaum zu beherrschen vermögt.*

»Eure blumige Ausdrucksweise. Ich werde ihnen erklären, dass ich meine Schwäche entdeckt habe – für die Beschimpfungen eines kleinen, boshaften Zankdrachens.«

# 11. Kapitel

Wohl zum tausendsten Mal wälzte Adrianne sich in ihrem Bett hin und her und starrte durch die Dunkelheit zu den gewaltigen hölzernen Deckenbalken. Es war vergeblich. Der Morgen würde schon in ein oder zwei Stunden dämmern, und sie vermochte keinen Schlaf zu finden. Seit Ruhe in der Burg eingekehrt war, herrschte in ihrem Kopf ein einziges Wirrwarr von Bildern und Worten und leeren Versprechungen.

Der Brief von ihrer Mutter. Er machte ihr Mut, erwärmte ihre Seele, gab ihr die Kraft für ihr Tun ... für das, was sie tun *musste*. Adrianne hatte ihn wieder und wieder gelesen, zigmal, bevor sie zu Bett gegangen war. Und dann die Briefe ihrer Schwestern. Aus jeder ihrer Zeilen sprach Catherines und Lauras Glück! Wie war es wohl, wenn man sich unsterblich verliebt hatte?

Einen Gemahl zu haben, der einen genauso begehrte wie man ihn? So ganz anders als die verwirrenden Gefühle, die sie Wyntoun MacLean entgegenbrachte … und sein völliges Desinteresse an ihr.

Nicht dass sie es nach ihrer Notlüge auch nur einen Deut besser verdient hätte. Ein Schiff im Gegenzug für ein Eheversprechen? Gewiss, ihr Vater besaß eine Galeone vor der Isle of Man. Was sie dem Streiter von Barra indes verschwiegen hatte, war, dass die versprochene Trophäe kaum mehr als ein ausgebrannter Schiffsrumpf war. Ein wertloses Skelett aus verkohlten Holzbalken, das Feuer gefangen und noch vor der Jungfernfahrt lichterloh gebrannt hatte.

Adrianne warf die Laken beiseite und setzte sich im Bett auf. Mit der Macht der Verzweiflung hatte sie versucht, ihn zu überzeugen. Noch bevor dieses ganze Unterfangen endete, würde sie ihn für seine Mühen irgendwie entschädigen müssen. So wie es einem Piraten genehm war.

In der Burg war es immer noch mucksmäuschenstill, als Adrianne sich wusch und ankleidete. Sie nahm den wollenen Tartan von der Truhe, strebte aus ihrer Schlafkammer, trippelte auf Zehenspitzen die Stiege hinunter und zum Rittersaal. An einer Treppenwindung wäre sie beinahe über ein kleines Bündel Decken gestolpert. Als sie sich bückte, fiel ihr Blick auf den friedlich schlummernden Gillie.

Über den ihr vertrauten Anblick lächelnd, zog Adrianne die Decken fester um seine Schultern. Auf Barra war es oft vorgekommen, dass sie den Konvent verließ, um dann den Jungen im Tiefschlaf vor ihrer Tür oder auf dem Kirchhof vorzufinden. Immer in ihrer Nähe, stets darauf harrend, dass sie herauskäme, damit sie gemeinsam die Insel durchstreifen könnten.

Nun, sie wollte ihn jetzt nicht aufwecken. Für den

Rest der Welt hatte der Tag noch längst nicht begonnen. Überdies musste sie sich erst selbst auf der Insel zurechtfinden, bevor sie ihm das Herumstromern erlaubte.

Mit Ausnahme des einen oder anderen Jagdhundes, der schwanzwedelnd den Kopf hob, rührte sich niemand, als sie durch den großen Saal hinaus in den Hof ging.

Die Luft war rau und kalt und doch angenehm auf ihrer Haut. Nach einigen tiefen Atemzügen sah Adrianne sich um und lächelte beim Anblick des schweren, bereits geöffneten Burgtores. Ein halbes Dutzend schlaftrunkener Männer und Frauen, die Schultern gebeugt ob der frühmorgendlichen Kälte, schlüpften soeben durch die Tore und schlurften in Richtung Küche. Ein Mann und eine Frau entdeckten sie und rissen erstaunt die Augen auf.

Adrianne wickelte den wollenen Tartan fest um ihre Schultern und nickte ihnen zu. Der Nachthimmel hellte sich im Osten bereits auf, als sie durch die Torburg schritt und den Hügel hinunter, zu einer Ansammlung von Hütten, die sich an das zerklüftete Ufer schmiegten.

Sie verfolgte kein bestimmtes Ziel, sondern wollte lediglich das Dorf besuchen, das sich unterhalb der Burgmauern erstreckte. Rauch stieg aus den schmalen Kaminen einiger Hütten auf, und sie blieb auf einer Kuppe stehen, um das friedliche Schauspiel zu betrachten. Viele dieser Hütten waren von niedrigen Mauern umgeben, hie und da erspähte sie eine Kuh oder ein Schwein in solchen Einfriedungen. Alle hatten kleine Äcker, viele brachliegend über den Winter. So weit das Auge reichte, erstreckten sich riesige Haferund Gerstenfelder, deren abgeerntete Flächen wie braune Stoppelbärte anmuteten.

Der Geruch der Salzluft vermischte sich mit dem Rauch der Torfkohle, und ein Gefühl von Geborgenheit durchströmte Adrianne.

Noch oberhalb des ersten Cottages erspähte sie eine einsame Steinhütte abseits von den anderen. Sie entdeckte keine Tiere, keinen Hund, der knurrend gelaufen kam und sie misstrauisch beschnupperte. Als Adrianne näher kam, gewahrte sie die Überreste eines riesigen Gartens, der die Hütte umgab. Nach ihrem Dafürhalten war er im Frühling und im Sommer gedüngt worden, denn die Ackerkrume wirkte erstaunlich dunkel und fruchtbar. Wenige Schritte vor der Hüttentür lagen Torfkohlenstücke und Algenbündel sorgfältig aufgeschichtet neben einem schwelenden Feuer. Große Fischstücke, mit Kräutern gewürzt, waren darüber geräuchert worden.

Sie trat zu dem Feuer und hielt ihre bloßen Hände über die Glut, labte sich an der Wärme und dem Duft der Fische. Irgendetwas an den Kräutern ließ sie aufmerken, und sie dachte an den Unterricht in ihrer Kindheit zurück und an das, was sie über Kräuter gelernt hatte. Bei der Erinnerung an die beiden Mönche schürzte sie die Lippen. Benedict und Bartholomew hatten über die Lehren eines gewissen Paracelsus und über die heilende Wirkung von Kräutern diskutiert. Worüber hatten sie noch gleich gestritten?

Adrianne zog rasch ihre Hände vom Feuer fort, da eine ihr vertraute Gestalt aus der Hütte trat.

»Guten Morgen, John«, rief sie dem Seemann fröhlich nickend zu.

Sein sanfter Blick glitt zu ihr; der wortkarge Mann nickte und grinste freundlich, dann zog er sich die Kappe über die Ohren und strebte in Richtung Dorf.

Adrianne sah ihm nach. Auch sie hatte heute Morgen einiges zu erledigen. Bei ihrer Rückkehr würde auf der Burg gewiss reges Treiben herrschen, denn Wyntoun hatte Alexander und Mara am gestrigen Abend von ihrer bevorstehenden Heirat berichten wollen. Sie hatte keine Ahnung, was sie erwartete, und ahnte nur, dass man ihrer gewiss schon harrte.

»Und Ihr müsst die junge englische Maid sein, von der jeder auf der Insel spricht.«

Adrianne wandte sich um und lächelte der grauhaarigen Frau zu, die ein wenig ungelenk an dem massiven Türpfosten ihrer Hütte lehnte.

»Und Ihr müsst Jean die Hebamme sein. Ich hatte so gehofft, Euch kennen zu lernen.«

»Tretet ein. Tretet ein, Mistress. Diese Winterluft ist beileibe viel zu kalt für eine zarte Seele wie Euch!«

»Die Kälte macht mir nichts aus«, beteuerte Adrianne, auf die alte Frau zutretend. »Trotzdem danke ich Euch für Eure Einladung.«

Die Alte drehte sich auf der Schwelle um und hantierte mit ihrem Gehstock. Adrianne trat zu ihr, um ihr gegebenenfalls behilflich zu sein.

»Ich wünschte, ich könnte dasselbe über dieses grässliche Wetter sagen«, beschwerte sich Auld Jean, humpelte ins Innere und bedeutete der Jüngeren, ihr zu folgen. »Mein Leben lang habe ich unter dieser feuchten Kälte gelitten, die mir im Alter in die Knochen gekrochen ist.«

Adrianne schloss den steifen Ledervorhang, der als Tür diente, hinter sich. Die Hütte erstrahlte im glutroten Schein eines kleinen Kaminfeuers. Getrocknete Blumen und Kräuter hingen überall von dem niedrigen, schindelgedeckten Dach herunter. Gewebte Tücher, farbenprächtige Muscheln, geschnitzte Holzlöffel und Tiere und Körbe in allen Größen, Formen und Farben schmückten Wände und Fenstersimse. Verwundert blickte sie sich um.

»So ist das, wenn man Familie, Freund und Feind fast 40 Jahre lang geholfen hat. Man endet mit einer Hütte voller Dankbarkeit.« Leise glucksend kauerte sich die Alte über einen sprudelnden Kessel, der an einem eisernen Haken hing. »Sie bringen dir ständig Geschenke, bis deine Hütte aus allen Nähten platzt.«

»Sie sind wunderschön.« Ungläubig den Kopf schüttelnd, trat Adrianne vor das Feuer. Als Jean sich auf ein Sofa sinken ließ, nahm ihre Besucherin auf einem kleinen Schemel Platz.

»Ja, das sind sie! Und jedes birgt eine besondere Erinnerung.« Sie deutete eine abwehrende Geste an. »Aber ich schärfe den Leuten immer wieder ein, mir keine mehr zu bringen. Und warum? Weil mein John mich vorgewarnt hat, dass er all diese Dinge anstelle von Kohle verbrennen wird, wenn ich nicht endlich aufhöre, sie zu horten.«

Adriannes Blick traf auf die zwinkernden grauen Augen der Frau. »Das sagt er doch nur so dahin!«

Ein herzliches Lachen entwich den Lippen der Heilerin. »Das tut er gewiss. Er redet viel, wenn er etwas zu sagen hat.«

Jean griff in einen Korb mit Wolle, nahm eine Handarbeit und einen scharfzahnigen Kamm heraus und entwirrte die Fasern, während sie plauderten.

»Als ich von Sir Wyntouns Schiff an Land ging, erfuhr ich von Euch und den vielen Kindern, die Ihr auf diese Welt geholt habt.« Adrianne hob einen Rosmarinzweig vom Boden auf und drehte ihn zwischen den Fingern. Der würzige Duft hüllte sie ein. »Wart Ihr auch bei Sir Wyntouns Geburt dabei?«

»Ich wünschte, dem wäre so gewesen«, seufzte Jean, ihr ergrautes Haupt schüttelnd. »Aber als eine gebürtige MacNeil hatte sich Margaret in den Kopf gesetzt, ihr Kind in Kisimul Castle auf Barra zu gebären.

Und sie war eine willensstarke Frau ... auch wenn ihre Entscheidung letztlich falsch war, das arme Ding.«

»Hatte sie eine schwere Geburt?«

»Sie hat sie nicht überlebt.« Nachdenklich legte Jean die Stirn in Falten. »Es war eine Schande. Sie war so jung und schön. Wie ich gehört habe, hatte die junge Margaret tagelang Wehen. Und als es vorbei war, küsste sie den dunklen Schopf ihres Neugeborenen, sandte ein Dankgebet gen Himmel und schloss für immer die Lider.«

Von Mitgefühl überwältigt, senkte Adrianne den Blick ins Feuer.

»Allerdings ist er mit meiner Hilfe groß geworden, nachdem Alexander ihn nach Duart Castle zurückgebracht hatte. Sicher, er hatte eine Amme, und ungefähr zehn Jahre darauf hat sein Vater Mara geheiratet, um dem kleinen Teufel eine neue Mutter zu geben. Aber als Kind hat Wyn viele Stunden hier auf dem Boden dieser Hütte gespielt. Und ich habe so manche Beule an seinem Kopf gekühlt oder Schnittwunden an seinen Armen und Beinen genäht. Dieses ernst dreinblickende Bürschchen, Alan, kam oft mit ihm hierher, gleichwohl dünkte mich der junge Wyn stets derjenige, der die tollkühneren Dinge tat.« Sie grinste. »Und deshalb bekam er auch die meisten Prügel.«

Adrianne versuchte sich ihn als Kind vorzustellen. Ein ungebändigter dunkler Schopf. Grüne Augen, die in seinem schmutzverkrusteten Gesicht aufblitzten. Im Geiste begleitete sie ihn auf seinen Streifzügen durch Farndickicht und wilde Heide. Sie sah ihn ganz deutlich vor sich – dort zwischen alten Eichen und Kiefern. Und dort, wie er die Uferfelsen erkletterte, um Vogeleier und Falken aufzuspüren. Mit jedem Jahr wurde er größer und anziehender ...

Wie viele Herzen musste dieser blendend aussehende Junge gebrochen haben, ehe er zu dem Mann wurde, der er jetzt war! Der Streiter von Barra!

»Ihr seid seinem Charme verfallen, das sehe ich!«

Adrianne riss sich schnell aus ihren Tagträumen, begegnete Jeans schelmischem Blick. »Nein, ganz gewiss nicht.«

»Gesteht es ruhig, mein Mädchen«, scherzte die ältere Frau und ließ die Wolle zurück in den Korb gleiten. »Vor mir braucht Ihr keine Scheu zu haben. Euer Geheimnis ist bei mir sicher. Um ehrlich zu sein, würde es mir nichts ausmachen, wenn Ihr Eurem Schwarm folgen und Euch hier auf der Insel niederlassen würdet.«

Adrianne hielt den Blick auf ihren Schoß geheftet. Sicherlich war es sinnlos zu leugnen, denn die Neuigkeit würde sich ohnehin bald verbreiten. Dennoch sah sich die junge Frau nicht in der Gemütsverfassung, ihrer neuen Freundin von der bevorstehenden Heirat zu berichten. Weil der Schwur, den sie und Wyntoun alsbald leisten würden, wohl nur eine Lüge wäre.

Als sie die alte Jean sah, die unbeholfen nach dem sprudelnden Kessel über dem Feuer griff, sprang Adrianne hinzu, löste den Haken und legte ihn auf den steingemauerten Herd. Das Gebräu duftete süß und rein, wie ein warmer Frühlingstag. Jean reichte ihr einen Holzlöffel, mit dem sie ein größeres Gefäß zu ihren Füßen füllte. Darauf bat Jean um weitere Kräuter, und Adrianne war froh, das Thema fallen lassen und ihr zur Hand gehen zu können.

»Bringt mir zwei große Zweige Mutterkraut, ja, mein Kind?«

Adrianne griff nach oben, wohin Jean zeigte, und holte das Kräutersträußchen herunter. »Wozu dient Mutterkraut?«

»Es stärkt den Leib der Frau. Wir machen einen Aufguss aus Trockenblüten, den wir dann abseihen.

Dies ist eine hervorragende Medizin. Ich mache sie für die junge Agnes im Dorf.«

»Oh! Das ist Kevins Frau. Ich habe gehört, dass sie alsbald ein Kind erwartet.«

»Sehr gut, mein Mädchen. Ihr haltet die Ohren offen.«

Während Jean das Heilmittel herstellte, maß Adrianne abermals all die getrockneten Kräuter unter dem Dach.

»Es fasziniert mich, dass Wildpflanzen so viel Gutes bewirken können.«

»Es ist wie mit manchen Menschen«, murmelte die alte Jean, ohne aufzublicken.

Adrianne spähte auf die geschickten Hände der Frau. »Wahrlich, es ist wundersam, dass die Berührung eines Menschen heilen kann.«

»Nana, mein Mädchen. Wir tun nichts anderes als ein Koch, der ein Mahl vorbereitet, oder eine Schneiderin, die ein Gewand näht.«

»Ich bezweifle, dass es allzu viele Köche und Schneiderinnen mit solchen Schätzen gibt, wie Ihr sie gehortet habt, Jean.«

Die alte Frau bedachte Adrianne mit einem warmen Lächeln. »John hatte ganz Recht, dass er von Euch geschwärmt hat, mein Kind. Euer Herz ist so wohl geraten wie Euer hübsches Gesicht.«

Kopfschüttelnd errötete Adrianne.

»Ich hoffe, Ihr bleibt für eine Weile auf unserer Insel.«

»Das hoffe ich auch«, hörte sie sich murmeln. »Und so lange ich hier bin – darf ich Euch von Zeit zu Zeit besuchen?«

»Ihr seid mir jederzeit willkommen, mein Kind.«

»Kann ich Euch vielleicht irgendwie behilflich sein?« Adriannes Miene hellte sich auf. »Ich kann alles übernehmen, was Euch Mühen bereitet. Euch rings um die Hütte zur Hand gehen. Eure Körbe tragen.«

Jean legte eine Hand auf Adriannes Handrücken. Sie war warm und kräftig. »Mein Kind, Ihr seid eine Lady.«

»Ich weiß nicht, ob ich das Zeug zu einer Lady habe, Jean. Ich kann nicht müßig herumsitzen, wenn Arbeit getan werden muss. Bitte gebt mir die Gelegenheit, mich nützlich zu machen. Ich lerne schnell, und ich bin eine gute Kraft.«

»Wie ich schon sagte, meine Kleine, Ihr seid allzeit willkommen.«

Das Lächeln der Frau war voller Zuneigung. »Och, aber was bin ich für eine Freundin! Ihr kommt von der Burg, lange bevor die Küchenhilfen das Frühstück auftischen, und ich biete Euch nichts an, was Körper und Seele zusammenhält. Ich habe noch ein bisschen warmes Brot und …«

»Nein, habt Dank, Jean. Aber ich sollte wohl zur Burg zurückkehren. Ich habe niemandem gesagt, wohin ich gehe, und man fragt sich vielleicht …« Stirnrunzelnd überlegte sie, wie sehr sie ein solches Verhalten auf Barra in Schwierigkeiten gebracht hätte. »Gibt es noch etwas, das ich für Euch tun kann? Ich könnte Eure Medizin zu Agnes' Hütte bringen. Wohnt sie dort unten im Dorf?«

»Ja, gewiss. Und es wäre ein Segen für mich, mein Kind.«

Behutsam die Medizin umklammernd, um nur ja keinen Tropfen zu verschütten, verließ Adrianne die Hütte. Der winterliche Morgenhimmel würde in absehbarer Zeit keinen Sonnenstrahl durchlassen, doch die Luft war frisch und rein. Während sie über den Pfad schlenderte, das niedrige Schilf an ihren Röcken zerrend, wuchs ein Gefühl des Friedens über Adrianne hinweg – zum ersten Mal seit langer Zeit. Zum ersten Mal seit jenem grauenvollen Tag, an dem ihre Familie auseinander gerissen worden war. Sie blieb stehen und sah zurück zur Hütte. Jean hinkte nach draußen zum Feuer, wo sie die Fische räucherte.

Diese Insel. Jene Hütte. Die freundliche alte Frau, die ganz gewiss nicht nur Menschen heilte, sondern auch Seelen läuterte. Der Besuch bei ihr hatte die Dinge für Adrianne in ein anderes Licht gerückt. Sie spähte auf das Medizinfläschchen in ihrer Hand.

Alles war jetzt anders.

Flucht. Flucht. Flucht.

Wyntoun trat in die eisige Morgenluft und atmete tief ein, froh, den beengenden Mauern des Wohnturms entkommen zu sein. Kein Wunder, dass er den Gedanken an eine Eheschließung so weit von sich gewiesen hatte.

In Rittersaal und Küchentrakt herrschte bereits heller Aufruhr, da Mara sich wie ein Kriegsherr vor der Schlacht gebärdete.

Wyntoun hingegen beabsichtigte, sich so weit wie möglich von dem Tumult zu entfernen, der mit seiner bevorstehenden Heirat einsetzte. Er wollte sich ganz gewiss nicht mehr als nötig in die Vorbereitungen einspannen lassen. Überdies hatte er nicht die Absicht, mehr Zeit mit seiner zukünftigen Braut zu verbringen als unbedingt erforderlich.

Vielleicht verhielt er sich wie ein brutaler Schurke, aber genau das musste er auch sein. Er heiratete die Percy-Jungfer nicht fürs Leben. Wegen seiner Lüge barg ihre gemeinsame Zukunft keine Aussicht auf Kinder, Respekt und Zufriedenheit – Dinge, die seiner Ansicht nach mit einer Ehe einhergingen. Er heiratete Adrianne Percy nur vorübergehend … und zu dem einzigen Zweck, seine Mission zu erfüllen. Und seine Mission, so rief er sich in Erinnerung zurück, bestand darin, den Schatz des Tiberius aufzuspüren und zu heben.

Während Wyntoun über den Burghof zu den Stallungen strebte, hatte er indes wieder das Gesicht dieser bezaubernden Amazone vor Augen.

Adrianne Percy. Die jüngste Tochter von Edmund Percy, ein verstorbener Ordensbruder der Ritter des Schleiertuchs. Als Wyntoun sich vor vielen Monaten einverstanden erklärt hatte, die fragliche Aufgabe zu übernehmen, hatte er gewiss nicht an eine Eheschließung mit der jüngsten Percy gedacht, um sein Ziel zu erreichen.

Der Ritter schüttelte seine unangenehmen Überlegungen ab. Er hatte eine Aufgabe zu erfüllen. Er musste alle drei Teile der Karte an sich bringen. Dies war der erste Schritt, um Tiberius zu finden, ehe es ein anderer tat. Und Wyntouns ursprünglicher Plan – Lady Nichola so lange in Gefangenschaft zu belassen, bis ein Austausch stattfinden konnte – erwies sich als undurchführbar. Nach seiner Bekanntschaft mit Laura auf Blackfearn Castle und dann mit Adrianne hatte er alsbald erkannt, dass die Lösung darin bestand, einer von ihnen zu werden. Er musste Zugang zu ihrem Zirkel finden. Und das sollte ihm gelingen, indem er die einzige, noch ledige Schwester ehelichte. Nichts einfacher als das.

Ha!

Ihr reines, helles Lachen erfüllte den Hof, und er drehte den Kopf.

Unvermittelt packte ihn ein Gefühl, das wohl jeder Seemann wenigstens einmal auf stürmischer See durchlebte. Erst ließen der heftige Regen und der Sturm nach, die einem ins Gesicht peitschten – und eisige Nägel in den Körper trieben –, und man fühlte sich plötzlich erleichtert. Die gischtschäumenden Wogen, die einen fast über Deck zu spülen drohten, verwandelten sich unversehens in sanfte Wellen. Und dann, in der Ferne, jener erste, zaghafte Sonnenstrahl, der sich durch die schwere Wolkendecke stahl, glitzernd, funkelnd, erhebend auf der Oberfläche der sich beruhigenden See.

Als er Adriannes Gesicht gewahrte, die durch den Dämmerschein des Torportals schritt, blieb Wyntoun abrupt stehen. Genau wie das Sonnenlicht auf dem Wasserspiegel nach einem Unwetter, so nahm ihn ihr strahlendes Antlitz gefangen, und er verharrte reglos und maß sie gebannt.

Und dann sah er, dass ihr bezauberndes Lächeln einem Mann galt, der gemeinsam mit ihr das Tor passierte.

Wyntoun war auf halbem Wege über den Hof, ehe er überhaupt wusste, dass seine Beine sich bewegten. Seine Eifersucht war wie ein bohrendes Messer in seinen Eingeweiden. Die Hände zu Fäusten geballt, strebte er zu ihnen, seinen Blick auf den Lump geheftet, der neben ihr einherschritt.

Unterbewusst schwante ihm, dass er den Mann kannte. Und wahrhaftig, es war Kevin, einer seiner eigenen Seeleute, ein junger, viel versprechender Bursche. Ein junger Mann, der nicht lange genug leben würde, um dieses Versprechen wahr zu machen. Wyntouns Schritte trugen ihn blitzgeschwind zu dem Schurken. Noch bevor er ihn erreichte, sah der Ritter, dass der junge Seemann Adrianne rasch einen Korb aushändigte und dann weiter in Richtung Küche marschierte.

Wyntoun zögerte, da seine Vernunft sich zu Wort meldete. Was zur Hölle tat er da? Welcher Teufel ritt ihn, dass er diesen jungen Mann verfolgte? Zum Henker, was ging in seinem Kopf vor?

Der Ritter blieb abrupt stehen. Ehe er jedoch wieder alle Sinne beisammen hatte, gewahrte er, dass Adrianne ihn entdeckt hatte. Sie lächelte. Er kämpfte immer noch mit seinem Unmut, als sie zu ihm trat.

»Es ist noch früh«, gelang ihm ein Schnauben. »Der halbe Haushalt – die Hälfte, die Mara nicht aufwecken konnte – schläft noch. Wo seid Ihr gewesen?«

»Auch Euch einen guten Morgen, Wyntoun.« Sie ging über seine Frage hinweg und strahlte ihm ins Gesicht. »Oder seid Ihr heute der Streiter?«

Von ihrem Spaziergang in der kalten Morgenluft hatte sie eine rosig-frische Gesichtsfarbe, und das Blau ihrer Augen narrte den Himmel. Sie war so gleichmütig und gefasst, dass er sie am liebsten kräftig geschüttelt hätte. Sie war wunderschön.

»Es fällt mir schwer einzuschätzen, wie ich reagieren soll. Tragt Ihr an verschiedenen Tagen unterschiedliche Namen? So ordnungsliebend wie Ihr seid, habt Ihr gewiss ein System, das ich erlernen kann, um Euch stets korrekt anzureden?«

Seine Finger verzehrten sich danach, sich in diese seidenweiche, ebenholzfarbene Haarpracht zu vergraben. Seine Lippen sehnten sich nach dem Nektar ihres wohlgeformten Mundes. Er hatte diese Lippen bereits berührt, ihre weiche Süße gespürt. Jetzt drängte es ihn nach mehr.

»Mir gefällt diese morgendliche Stimmung«, fuhr sie fort. »Diese himmlische Stille. Dieses Schweigen. Das bedeutet, dass ich tun und lassen kann, was ich will, nehme ich an?«

»Eure Annahme ist falsch«, erwiderte er schroff. »Ich habe gestern Abend mit Alexander und Mara gesprochen. Zwei Tage. Obschon ich nicht glaube, dass sich Euer Naturell jemals ändern wird, bleiben Euch nur mehr zwei Tage von Eurer wilden, unbekümmerten Jugend.«

Sie schob den Korb von einem Arm auf den anderen und maß ihn scharf. »Ist das eine Drohung? Sucht Ihr mich einzuschüchtern? Vielleicht sollte ich ins Meer springen und zum Festland schwimmen.«

»Seid Ihr feige?«

»Nein, das bin ich nicht.«

»Ihr müsst eine Betrügerin sein, wenn Ihr unsere Abmachung so rasch brechen wollt.«

Sie straffte sich. »Nichts dergleichen will ich. Es war *mein* Vorschlag, dem Ihr zugestimmt habt, und ich werde meinen Teil erfüllen.«

»Dann lasst uns noch einmal von vorn beginnen. Wo seid Ihr heute Morgen gewesen, Adrianne?«

Aus ihren Augen blitzte die Herausforderung. »Es war nicht Teil unserer Übereinkunft, dass Ihr über mein Kommen und Gehen unterrichtet seid!«

»In zwei Tagen werdet Ihr meine Frau.«

»Wie wahr. Aber wie Ihr selbst gesagt habt, bleiben mir noch zwei Tage wilder, unbekümmerter Freiheit.« Sie hielt inne, augenscheinlich, um seine Geduld auf die Probe zu stellen. »Und selbst wenn wir bereits Eheleute wären, so entsinne ich mich doch genau unserer Vereinbarung, dass unsere Vermählung nur auf dem Papier existiert. Von daher sehe ich keine Veranlassung, Euch über jeden meiner Schritte zu unterrichten. Ich glaube nicht, dass Ihr um jedes meiner kleinen Geheimnisse wissen müsst.«

»Versucht Ihr, mich in den Wahnsinn zu treiben, Adrianne, oder wollt Ihr damit bezwecken, dass ich von unserem Handel zurücktrete?«

Sie überlegte, ihre Augen wurden schmal. »Seid Ihr feige?«, fragte sie schließlich.

»Das bin ich gewiss nicht.«

Sie warf ihm ein weiteres umwerfendes Lächeln zu und ging an ihm vorbei.

»Dann lasst es sein, mich zurechtzuweisen.«

Wyntoun drehte sich um und sah ihr nach.

# 12. Kapitel

Wie eine Diebin, eine Betrügerin, hielt Adrianne sich im Verborgenen und beobachtete den mit der Hochzeit verbundenen Trubel.

Zwei Tage! Damit hatte Wyntoun ihr gedroht. Zwei Tage, während der Mara und Alexander die Vermählung und das damit einhergehende Fest vorbereiten sollten. Trotz der Adventstage hatte sich der bleiche alte Abt von dem kleinen Kloster am Firth of Lorn sogleich bereit erklärt, die Trauung vorzunehmen. Und in der Tat schien es nirgends einen Mangel an helfenden Händen zu geben. Duart Castle schwirrte von Menschen, die unter Maras unmissverständlichen Anweisungen das Anwesen förmlich auf den Kopf stellten.

»Nicht rühren, Mistress.«

Adrianne fühlte eine Nadel, die ihr in den Rücken piekste. Das fast zahnlose und faltige Gesicht der Schneiderin spähte um ihren Arm.

»Ich hab Euch doch nicht gestochen, oder, Mistress?«

Adrianne schüttelte den Kopf, den Blick sehnsüchtig auf die Tür geheftet. Sie wünschte, sie wäre an jenem Morgen in Jeans Hütte geblieben und nicht auf die Burg zurückgekehrt. Sie wünschte, sie könnte durch diese Tür gehen und einfach verschwinden, bis diese ganze unselige Geschichte vorüber wäre. Aber nein, es gab kein Zurück. Mara hatte ihr bereits eine so durchorganisierte Liste in die Hand gedrückt, dass ihre Schwester Laura vor Neid erblasst wäre. Plätze, die sie noch aufsuchen musste. Saucen, die sie probieren, Leute, die sie kennen lernen sollte.

Es verschlug ihr fast den Atem.

»Hebt Euren Arm, Mistress. Ja, so isses recht.« Adrianne tat gehorsam, wie ihr geheißen; unterdessen beobachtete sie, wie die betagte Schneiderin den Seidenärmel über ihren entblößten Arm schob und mit Nadeln befestigte.

»Canny, du Hohlkopf, hör auf zu grübeln. Komm und leg mit Hand an.«

Hinter dem mit einem Tuch bedeckten Kopf der Schneiderin gewahrte Adrianne eine blonde, schlanke junge Frau, die abrupt aufstand, worauf der gesamte Seidenstoff von ihrem Schoß zu Boden rauschte.

»Ach, Canny, ne, was hast du jetzt bloß wieder angestellt?«

»Aber sie ist zu groß für mich. Ich kann den Ärmel nicht befestigen.«

»Groß? Sie ist doch nur ein kleines Ding! Ach ... na gut! Du kannst den Rücken festheften, unterdes mach ich den Ärmel fertig, ja?«

Als die junge Frau hinter sie schritt, lächelte Adrianne ihr freundlich zu. Doch Cannys blaue Augen funkelten sie nur frostig an.

Adrianne hätte ahnen müssen, was nun kommen sollte. Cannys erste Nadel stach ihr schmerzhaft ins Fleisch. Sie gab keinen Laut von sich, obschon die Schneiderin ihre gequälte Grimasse gewahrte, denn innerhalb von Augenblicken wurde die üppige junge

Frau aus der Kammer gescheucht, um eine andere Helferin zu holen.

»Sie mag mich wohl nicht«, murmelte Adrianne, sobald Canny die Tür hinter sich schloss.

»Macht Euch nichts draus, Mistress. Sie wird schon drüber wegkommen, dass Ihr Sir Wyntouns Frau werdet … oder ich werd dafür sorgen, dass die dumme Gans 'ne ordentliche Tracht Prügel bezieht!«

»Nein, das möchte ich gewiss nicht.« Adrianne blickte weiterhin zur Tür. »Ihre Abneigung … hat es damit zu tun, dass ich zur Hälfte Engländerin bin?«

Die grauen Augen der Frau maßen Adrianne. Schließlich zuckte sie die Schultern.

»Es steht mir gewiss nicht zu, drüber zu reden, aber da Ihr keinen aus Eurer Familie hier habt, muss es Euch ja einer sagen.« Adrianne hielt mit der linken Hand den Ärmel an ihre rechte Schulter, sodass die Schneiderin diesen annähen konnte. »Sir Wyntoun ist schon immer der Liebling der MacLean-Frauen gewesen. Sicher, die Clan-Männer würden ihm überallhin folgen. Es ist nur so, dass die jungen Mädchen – wie diese törichte Canny – ihm ein bisschen mehr zugetan sind, als es sich ziemt. Es hat nichts mit Euch zu tun, Mistress. Sie wären mit *keiner* einverstanden, einerlei, wen er sich zur Frau nehmen würde.«

Da brauchen sie sich gar keine Sorgen zu machen, lag es Adrianne auf der Zunge, denn diese Heirat ist nur eine vorübergehende Angelegenheit.

»Nun, die Jungfern hier haben sich bei dem alten MacLean genauso verhalten, als seine erste Gemahlin verstarb und er mit dem kleinen Wicht zurückkehrte. Er war zehn Jahre lang Witwer, ehe er Lady Mara zur Frau nahm. Gewiss, damals war sein Bruder Lachlan der Laird … aber das is 'ne lange Geschichte. Das Weibervolk hat sich vielleicht aufgeregt, das kann ich

Euch sagen!« Die Augen der Frau leuchteten vor Schadenfreude. »Das ist endlich mal eine Frau, die weiß, wie man mit einem Gemahl umzugehen hat, ganz davon abgesehen, dass sie die anderen Frauen stets in die Schranken gewiesen hat, wenn sie sich an ihren Gatten ranmachten.«

»Ihre Statur ist kein Maßstab für ihre Willensstärke.« Adrianne lächelte. »Ich mag sie.«

»Ich bin froh, das zu hören, Mistress, schließlich weiß jeder, dass sie einen Narren an Euch gefressen hat. Lasst mich Euch eins sagen: Lady Mara hätte sonst nie so viel Aufhebens um diese Vermählung gemacht.« Die Schneiderin zwinkerte Adrianne verschwörerisch zu. »Was Sir Wyntoun und die Burgbewohnerinnen anbelangt, so solltet Ihr ein ernsthaftes Gespräch mit Lady Mara führen. Die wird Euch bestimmt ein paar Kniffe verraten.«

Sie würde keine Ratschläge benötigen, grübelte Adrianne im Stillen. Er hatte ihr bereits erklärt, dass er sie nicht wirklich zur Frau haben wollte. Ihre Begegnung im Burghof heute Morgen war Beweis genug dafür. Wenn sie darüber nachdachte, kam ihr fast die Galle hoch. Sie … froh und glücklich, ihn zu sehen. Er … kühl und unnahbar. Igitt!

Denk nicht darüber nach, gemahnte sie sich. Ihre Vereinbarung war für alle Beteiligten die beste Lösung. Weitaus besser, weder Bindung noch Bedauern zu haben, war der Schatz erst einmal gehoben und ihre Mutter befreit. Dann konnte sie einfach gehen. Weit fort.

Und wenn Wyntoun, nun ja, während ihrer Ehe das Bedürfnis verspürte, andere Frauen in sein Bett zu holen, sollte sie dann jammern und lamentieren? Adrianne biss die Zähne zusammen, spürte sie doch ein flaues Gefühl in der Magengegend. An ihrer Unterlippe nagend, gestand sie sich, dass ihr der Gedanke überhaupt nicht behagte, ihn im Bett mit einer anderen zu wissen.

Nein, wahrhaftig nicht. Vielleicht sollte sie wirklich eine Unterredung mit Mara führen. Wenn auch nur aus dem einen Grund, dass sie erfuhr, wie sie sich die Konkurrenz vom Leib hielt, so lange sie in dieser Farce von einer Ehe mitspielte. Sie musste auf alles vorbereitet sein.

Ganz recht, vorbereitet. Gewappnet und gestählt für die Ehe mit dem Streiter von Barra.

Noch ein Tag bis zur Vermählung. Mara war gereizt. Alexander maulte. Die Schneiderin jammerte. In der Burg regierte das Chaos angesichts der Berge von Arbeit, die noch zu tun waren. Und doch war alles zum Erliegen gekommen. Das Gesinde harrte neuer Anweisungen. Ein seltsam beredtes Schweigen lag über dem Rittersaal.

Es war fast Mittag, und die Braut war wieder einmal verschwunden.

Wyntoun hatte es in Duart Castle verkündet, und niemand durfte sich der Verantwortung entziehen.

Zu Fuß verließ der Highlander die Burg und machte sich auf die Suche nach seiner verschollenen Braut. Der Eisregen, der schon vor dem Morgengrauen eingesetzt hatte, war am Boden zu einer Reifkruste verharscht. Der Wind zerrte unermüdlich an seinem Umhang, blies ihm schmerzhaft ins Gesicht.

Sie hatte kein Pferd aus den Stallungen geholt. Wegen des grässlichen Wetters verließen weder Boote noch Schiffe den Hafen. Er sah die Fischer an dem felsigen Strand, die, geduckt vor dem Regen, an ihren Booten und Netzen werkelten. Dieses hinterhältige Luder musste doch irgendwo sein! Gewiss würde sie nicht weit kommen. Vermutlich weilte dieses verfluchte Frauenzimmer irgendwo in der Nähe und beobachtete, wie ihm allmählich der Kragen platzte. Warum sollte sie sonst heimtückisch verschwinden und seine Geduld auf die Probe stellen – und das einen Tag vor dieser verdammten Hochzeit?

Von seiner Tante auf Barra hatte er genug über Adriannes willensstarkes Naturell erfahren. Die Stirn in tiefe Falten gelegt, strebte er in Richtung Dorf. Vielleicht hätte er sich ihre Worte mehr zu Herzen nehmen sollen. Vielleicht hätte er auf eine andere Lösung sinnen müssen, wie er den Schatz des Tiberius aufspüren könnte. Menschen änderten sich nicht, das wusste schließlich jeder. Zum Teufel, er war ein Narr, zu glauben, dass sie ihr Temperament und ihre Spontaneität mäßigen könnte! Er war ein noch viel größerer Narr, dass er gedacht hatte, sie könnte ihm während ihres kurzen Ehe-Zwischenspiels eine gehorsame Gemahlin sein.

Irrsinnigerweise hatte er all das verdrängt.

Am Dorfrand verharrte Wyntoun und spähte entlang der niedrigen Mauern und Hütten zum Marktkreuz am Strand, aber auch dort war keine Spur von ihr.

Noch während er überlegte, ob er von Hütte zu Hütte gehen sollte, erhoben sich Ian und Bull, zwei seiner Seeleute, von ihren Fischerbooten. Als sie ihren Gebieter sahen, eilten sie zu ihm.

»John hat sie gesehen, Mylord«, antwortete Ian auf Wyntouns Frage. »Zum zweiten Mal schon hat er sie morgens gesehen, wie sie aus dem Nebel auf seine Hütte zukommt, immer wenn er fort muss. Vermutlich besucht sie Auld Jean.«

»Und ich habe heute Morgen Kevin getroffen«, versetzte Bull und kratzte sich den Kopf. »Der hat mir erzählt, dass das Mädchen ... ich meine Mistress Adrianne gestern und auch heute bei seiner Agnes gewesen ist. Die kleine Agnes fühlt sich nicht gut, Käpt'n, seit wir vor Anker gegangen sind, und ...«

»Jetzt, wo du es erwähnst«, fiel Ian ihm ins Wort, »ich hab jemanden mit einem Korb gesehen, der vor nicht mal einer Stunde in die Hütte von Meggans Witwe geschlüpft ist. Das muss die Mistress gewesen sein.«

Wyntoun wandte sich zu Coll und Ector, zwei weiteren Seeleuten, die sich zu ihnen gesellt hatten.

»Ganz recht, das war sie«, warf Coll ein. »Ich hab gesehen, wie sie Meggans Jüngsten gejagt, aus dem Misthaufen gezogen und zurück in die Hütte geschleift hat.«

Ector wischte sich den eisigen Graupel vom Gesicht. »Bei meinem Wort, ich hab gehört, wie einer gesagt hat, dass sie am späten Morgen zu Effies Hütte gelaufen ist.«

»Dazu müsste sie diese verfluchte Bucht halb umrunden!«, explodierte Wyntoun.

Ector blinzelte ihn einfältig an. »Vielleicht war es auch nur Gerede, Käpt'n. Ich mein, Colls Augen sind schlechter als die eines alten Ochsen. Mag sein, dass sie woanders war. Ich mein, sie würd doch nicht die Insel durchstreifen, wo sie doch ein schönes warmes Plätzchen hat, oder?«

»Ich sag Euch, ich hab gesehen ...«

»Halt den Mund, Coll.« Bulls Quadratschädel nickte in Richtung einer nahen Hütte. »Da ist sie, Käpt'n, sie kommt von der lahmen Gerta.«

Wyntoun schnellte herum, als Adrianne das aus Treibholz gezimmerte kleine Gartentor hinter sich zuzog. Ihr Gewand war bis in Kniehöhe voller Schmutzsprenkel. Ein Tartan der MacLeans bedeckte ihren

Kopf und ihre Schultern. Doch schon von weitem sah er, dass die Wolle vor Nässe troff.

»Packt euch«, knurrte Wyntoun, worauf er sich an seinen Männern vorbeizwängte und das Objekt seiner Suche anpeilte.

Sie sah ihn nicht, sondern stieß praktisch mit ihm zusammen, ehe sie aufblickte. »Wyntoun!«, entfuhr es ihr atemlos. »Oder seid Ihr heute Morgen der Streiter?«

Verflucht, dachte er bei sich, warum kann sie nicht wie eine hässliche Schreckschraube aussehen? Infolge der Kälte hatten ihre Wangen die Farbe wilder Rosen. Ihre Augen, riesig und klar und von einem tiefen Blau, bargen weder Aufregung noch Schrecknis noch irgendein Geheimnis. Bei allen Heiligen, sie sah aus wie eine Göttin.

»Adrianne!«, sagte er, als er zu seiner Stimme zurückfand. »Wo seid Ihr gewesen?«

»Wyntoun, es gibt wesentlich erhebendere Gesprächsansätze als dieses ständige ›Wo seid Ihr gewesen‹!«

»Ich bin sicher, es gibt viele, viele andere Dinge, die ich hätte sagen können, aber ich suche mich zu beherrschen.«

»Und, bereitet Euch das Mühe?«, erkundigte sie sich sanft. Unterdessen spürte der Pirat, wie er zunehmend in Rage geriet. Sie tätschelte seinen Arm und spähte über seine Schulter zu der Burg, hoch oben auf einer Anhöhe. »Wenn wir in dieselbe Richtung gehen, bin ich gern bereit, Euch eine kurze Unterweisung in Sachen angemessene Gesprächsführung zu geben.«

Er wusste um seine zornesumwölkte Miene, vor der seine Männer kuschten; sie indes ging lässig darüber hinweg, schlüpfte an ihm vorbei und marschierte in Richtung Anhöhe.

Ungläubig verharrte Wyntoun und blickte ihr nach. Sie schien völlig unberührt von seiner mordsmäßigen Wut und dem Umstand, dass sie die Auslöserin war.

»Adrianne«, schnaubte er, ihr nachsetzend.

»Sehr schön! Ihr habt Euch entschieden, mich zu begleiten«, strahlte sie, als er zu ihr aufschloss. »Also, eine angemessene …«

»Beim Klabautermann! Es kümmert mich einen feuchten Möwendreck, wie man ein Gespräch richtig anfängt!«

»Oh, das habe ich ja noch nie gehört!« Verblüfft blinzelte sie ihn an. »Ist das ein Fluch von den Seeleuten? Kann ich ihn bei Euren Männern anwenden?«

Grob packte er ihren Arm und hielt sie fest. Sie musste von Sinnen sein, dass sie seine wütende Miene nicht fürchtete.

»Nein, Ihr könnt ihn *nicht* bei meinen Männern anwenden! Und im Übrigen, da wir von angemessener Gesprächsführung sprechen: Ihr werdet nicht fluchen während unserer Ehe. Und noch etwas: Ihr werdet die Burg nicht mehr verlassen, ohne jemandem Euer Ziel zu nennen. Adrianne, Ihr werdet Euch während der *kurzen Zeitspanne* unserer Ehe nicht ungebührlich verhalten … auch wenn Ihr das zeit Eures Lebens getan habt.«

Adrianne blickte erbost auf die Hand, die ihren Arm umklammerte, und begegnete seinem Blick. Er gewahrte das glimmende Feuer in ihren blauen Tiefen und hätte beinahe laut aufgelacht. Sie mochte sich gelassen geben, gleichwohl schwelte es in ihr, und sie würde vermutlich bei der kleinsten Provokation aus der Haut fahren.

»Und was, wenn ich fragen darf, ist heute Morgen der Anlass für Eure harschen Worte und Euer grobes Verhalten mir gegenüber?«

Sogleich ließ er ihren Arm los, seltsam enttäuscht, dass ihre spitze Zunge ihm keinen vernichtenden Schlag verpasste. Er zog die Brauen hoch, den Blick weiterhin auf sie geheftet. »Und warum mich das nicht einmal überrascht? Es ist nur natürlich, dass Ihr Euch über alles und jeden hinwegsetzt.«

Seine Worte trafen sie sichtlich, dennoch fasste sie sich rasch wieder.

»Ich wiederhole mich nur ungern, Sir Wyntoun, aber in diesem Fall will ich eine Ausnahme machen.« Ihr Zeigefinger tippte auf seine Brust. »Es war Euer Wunsch, dass unsere Ehe nur auf dem Papier existiert. Von daher will ich Euch im Beisein Eurer Gefolgsleute den nötigen Respekt erweisen. Darüber hinaus dürft Ihr nicht erwarten, dass ich vor Ehrfurcht erstarre. Ich lasse mich nicht wie Zierrat herumtragen – Gemahlin hin oder her. Ich werde niemals ein fügsames Geschöpf sein, das seine eigene Intelligenz und Tatkraft auf den Kaminsims stellt, um sich dem Willen eines ›gebieterischen‹ Gemahls unterzuordnen.«

»Dann ist es doch am besten so, wie wir es beschlossen haben.«

»Ganz recht, so ist es am besten.« Sie ließ ihre Hand sinken. Als sie den Kopf wandte, entdeckte er eine Träne, die in ihrem Augenwinkel schimmerte. »Ich habe keine Zeit für schöne Worte und blumige Floskeln. Haltet mir eine Gardinenpredigt, wenn Ihr wollt, aber tut es auf dem Weg zur Burg. Ich bin sicher, dort harren schon zig Arbeiter meiner Rückkehr. Ich möchte niemandem Schwierigkeiten machen. Haltet mich nicht länger auf.«

»Nein, gewiss nicht!«

Sie drehte sich auf dem Absatz um, entfernte sich von ihm und sprang behände den Hügel hinauf. Während er ihrer schlanken Silhouette nachblickte, beschlich Wyntoun das eigentümliche Gefühl, dass er derjenige mit dem schlechten Gewissen war. Als wenn *er* sich falsch verhalten hätte! Wie kann das sein?, dachte er stirnrunzelnd.

Das war kein gutes Zeichen. Diese verfluchte Frau narrte seinen Verstand.

Die riesige Pranke von Alexander MacLean zog die schmale Hand seiner Gemahlin aus deren Pelzumhang hervor und legte sie in die seine. Nachdenklich maß er die Sorgenfalten auf ihrer kleinen, blassen Stirn.

»Mara, mein Schatz, es gibt nichts, worüber du dich grämen müsstest. Du hast diese Vermählung hervorragend vorbereitet. Wyn hat endlich eine passende Frau gefunden, und sie stehen kurz vor der Trauung.«

Abwesend nickend blickte sie über ihre Schulter zu der riesigen Menge von Clan-Mitgliedern, die sich in der kleinen Kirche eingefunden hatten. Die Menschenmassen ergossen sich bis in den Hof, und Mara vernahm die feierlichen Klänge der Dudelsackpfeifer und den einstimmenden Gesang. Im Innern der Kapelle harrte die aufgeräumte Gästeschar der Trauungszeremonie.

»Ich weiß, was dich bedrückt. Du bist aufgebracht, weil wir nicht die Dreiwochenfrist für das Aufgebot eingehalten haben.«

Sie schüttelte den Kopf und versetzte ihm einen leichten Klaps auf den Arm.

Ein teuflisches Funkeln trat in den Blick des Lairds. »Ah, ich hab's! Du bedauerst, dass du keine Zeit hattest, Wyntouns Tante von der MacNeil-Seite einzuladen. Du hättest es dir sooo gewünscht, dass die Äbtissin von Barra gekommen wäre, um der Trauung beizuwohnen ... ich denke, das ist eine reizende Idee, Mara. Du bist ganz gewiss ein ...«

»Ich wünsche mir nichts dergleichen, und das weißt du genau!«

»Worüber grämst du dich dann, Liebste?« Er tätschelte ihre Hand, seine Stimme ein sanftes Flüstern. »Du tust gerade so, als läge die Last der Welt auf deinen schmalen Schultern.«

»Halt den Mund und sieh dir die beiden an, Alex«, murmelte sie, als alles in der Kapelle verstummte und der greise Priester zum Altar schritt, über dem das antike Kreuz hing.

»Ganz recht«, flüsterte er. »Sie sind schon ein beeindruckendes Paar, diese beiden.«

»Nein«, zischte sie zurück. »Sieh sie dir doch genauer an.«

Alexander beäugte die beiden vor dem Altar. »Auf mich machen sie einen guten Eindruck, Eheweib.«

Ungehalten stieß sie ihn in die Seite. »Schau nur, wie das strahlende Sonnenlicht mit ihren dunklen Locken spielt. Und diese rosigen Wangen, einfach bezaubernd! Sieh nur, wie das Gewand ihre Figur betont. Fällt dir denn nichts auf? Sie dünkt mich ein Geschöpf des Himmels. Ist sie nicht die reizendste Frau, die du je gesehen hast?«

»Ich bin glücklich verheiratet, und die reizendste Frau weilt neben mir.«

»Du bist ein liebenswerter, alter Narr, Alex. Aber im Ernst, sieh sie dir an. Sie ist ein Engel.«

»Nein, ich schaue weder hin noch gebe ich irgendwas zu.«

Sie schüttelte den Kopf. »Dann sieh zu Wyntoun.«

»Ja, der Bursche ist großartig.« Alexander neigte den Kopf und maß kritisch seinen Sohn. »Ich habe ihm dazu geraten, die schwarzen Sachen zu tragen. Schließlich ist er der Streiter von Barra und hat einen Ruf zu verteidigen. Findest du nicht, dass er in schwarzer Garderobe wesentlich geheimnisumwitterter anmutet?«

Die Stimme des Geistlichen hob und senkte sich feierlich, derweil er die Predigt in Latein und Gälisch hielt. Die Gemeinde hinter ihnen rutschte unruhig hin und her.

»Ich meine doch nicht, was er anhat, du Rindvieh«, schimpfte sie. »Sieh dir nur an, wie abweisend er sich verhält. Er hat nicht einmal ihre Hand gefasst, nicht mal ihre Schulter gestreift.«

»Wenn man bedenkt, was der Junge so alles anfasst, ehe diese Nacht vorüber ist, dann glaube ich nicht ...«

»Alexander, jetzt ist nicht der rechte Zeitpunkt für Frivolitäten. Ich meine es ernst.«

»Wahrlich, ich nicht minder.« Kopfschüttelnd spähte er wieder zu seinem Sohn. »Es könnten die Nerven sein. Wyn ist ein Kämpfer und Planer, Mara. Er fürchtet weder Tod noch Teufel, aber eine Heirat hat er stets weit von sich gewiesen. Wie ich ihn kenne, malt er sich womöglich bereits die Schwierigkeiten aus, die in einer Ehe auftauchen. Vielleicht versucht der Junge ja soeben auch, irgendein Problem zu lösen.«

Der Geistliche hob segnend die Hände, dann winkte er die Messdiener von der Kanzel. Wyntoun drehte sich zu Adrianne und fixierte sie, und sie legte zaudernd ihre Hand in die seine.

»Das ist es nicht«, zischte Mara kaum hörbar, den Sicherheitsabstand zwischen den beiden argwöhnisch beäugend. »Wie dem auch immer sei, ich werde der Sache auf den Grund gehen – und zwar schleunigst.«

Seine kunstvoll gearbeitete Schulterspange war ihre Rettung. Während der gesamten Zeremonie klebte Adriannes Blick an diesem Schmuckstück.

Den Eheschwur zu wiederholen, den sie ohnehin

brechen würde, und vor so vielen Menschen zu stehen, die sie schon bald als Verräterin sähen, da sie diesen Lebensbund nicht aufrechterhalten würde, war – gelinde gesagt – bedrückend. Sie eignete sich nicht sonderlich zur Betrügerin. Für Augenblicke fragte sie sich, ob man in der Hölle schmoren musste für eine solche Verfehlung. Vermutlich, entschied sie. Und doch, sie würde diese Farce auf sich nehmen, war es doch die beste Gelegenheit, ihre Mutter zu retten.

Lautes Jubelgeschrei der Geladenen begrüßte sie, als der Priester ihrer Ehe den Segen gab. Seinem Blick weiterhin ausweichend, folgte sie Wyntoun, der ihre Hand umklammerte. Beide wandten sich zu den Clan-Mitgliedern, die sie umringten.

»Ein Kuss!« Eine Frauenstimme drang zu ihnen, und Adrianne hätte schwören mögen, dass es Maras war. Andere stimmten lautstark mit ein, doch während Adrianne noch sinnierte, welche Auswirkungen eine solche Szene auf ihre spätere Trennung haben könnte, wurde sie gepackt und fand sich in den starken Armen des MacLean-Lairds wieder.

Alexander umarmte sie so herzlich, dass ihre Knochen knackten, gleichwohl musste Adrianne über seine offensichtliche Zuneigung lächeln. Diesen Augenblick würde sie niemals vergessen!

»Ich möchte Großvater werden, mein Mädchen. Enkel. Denk dran ... ein Haufen Kinder! Könntest du das für einen gebrochenen, alten Seeräuber einrichten?«

Ihre Augen schreckgeweitet, schenkte sie dem Laird ein schwaches Lächeln. Wyntoun zupfte an ihrem Ellbogen, und sie drehte sich um und gewahrte sein ernstes Mienenspiel. Er nickte den Kriegern, Seeleuten und seiner Familie aus den Clans der MacLeans und der MacNeils zu, die eine Linie bis hin zum Kirchenportal gebildet hatten.

»Man wartet auf uns.«

»Ich wette, viele dieser Männer würden dir mit Freuden Nachhilfeunterricht geben, wie man eine schöne, frisch angetraute Gemahlin küsst, Wyntoun.«

Adrianne, völlig verblüfft, spähte über die Schulter ihres jungen Gatten und gewahrte Mara, die direkt hinter Wyntoun stand und ihm einen Finger in die Seite bohrte. Der Scheitel der winzigen Frau reichte ihm nicht einmal bis zur Schulter, und doch reagierte er prompt.

»Ma-ra!«, grummelte er bedrohlich.

»Du weißt, dass ich dich liebe wie einen eigenen Sohn.« Sie stellte sich auf Zehenspitzen und küsste ihn auf die Wange. »Und, bei der Heiligen Jungfrau, du hast gut daran getan, dass du diese hübsche Jungfer zur Frau genommen hast. Und jetzt sorg dafür, dass du weiterhin Gutes tust ... indem du sie dir gewogen hältst.«

So geräuschlos, wie sie zu ihm getreten war, trippelte sie davon und verschwand in der Menge.

Da Adrianne spürte, dass er sie heimlich beobachtete, sah sie auf und begegnete zum ersten Mal an diesem Tag seinem Blick. Am Tag zuvor hatten sie sich harte Worte an den Kopf geworfen. In diesem Augenblick indes verdrängte sie das alles, ahnte sie doch sein Vorhaben, und ihr verräterisches Herz schlug mit einem Mal höher.

»Für diejenigen, die darauf warten.« Seine Stimme war ein heiseres Flüstern, als er sich hinunterbeugte und sein Blick auf ihren Lippen verweilte.

Es war ein züchtiger Kuss, ein flüchtiger Hauch ihrer Lippen. Und doch ergriff sie ein seltsames Zittern ob der sanften Berührung, und ihr Herz raste bei der Erinnerung an einen vergleichbaren Kuss in seiner Kajüte. Sie konnte den Blick nicht von ihm reißen.

Und seine grünen Tiefen bohrten sich in *ihre* Augen, maßen unablässig *ihr* Gesicht.

Ihr Blick streifte seinen Mund. Der Kuss war so flüchtig gewesen, dass sie sich danach sehnte, seine Lippen abermals zu spüren. Ihre Hand tastete zögernd nach seinen Lippen, berührte diese mit ihren Fingerspitzen. Sie waren weich und gleichsam willensstark.

»Stell uns die Braut vor«, rief jemand aus der Menge. Sie erkannte Alans Stimme.

»Noch nicht«, knurrte Wyntoun.

Sie spürte seine starken Finger an ihrem Hals, die ihre Lippen an die seinen zogen. Nicht länger sanft, bezwang er diesmal ihren Mund, und Adrianne konnte nur noch seinen Tartan umklammern, um nicht zu stürzen. Er umschloss ihr Kinn, und ehe sie noch wusste, wie ihr geschah, glitt seine Zunge zwischen ihre Lippen. Sein Begehren war überaus lustvoll, aber nicht unangenehm, und sie gab sich diesem ungeahnten Gefühl willig hin.

»Ihr habt noch genug Zeit für all das.« Alan legte eine Hand auf Wyntouns Schulter, worauf dieser den Kuss abbrach. »Stell uns die Braut vor, du Wüstling!«

Adrianne war sich sicher, dass ihre Wangen flammend rot sein mussten. Als sie aufsah, hing sein Blick noch immer sehnsüchtig an ihrem Mund.

Die Kapelle verschwamm ihr vor Augen, und sie sah einzig *ihn*. Und später, als das Fest im Rittersaal in vollem Gange war, gewahrte Adrianne, dass sein Blick wiederholt zu ihr schweifte.

»Ist das auch Teil unserer Abmachung?«, hörte sie sich fragen, als er irgendwann ihre Finger mit den seinen verflocht und sie an seine Lippen führte.

Sein teuflisches Grinsen erzeugte ein wohliges Prickeln in ihrer Magengegend. »Ich werde alles Erdenkliche tun, um Mara davon abzuhalten, jemanden unter dem Bett zu verstecken, der ein Auge auf uns hat. Ich glaube, sie will den Beweis, dass diese Ehe vollzogen worden ist.«

Aha, dann war es also nur vorgeschoben, dachte sie bei sich, befreite ihre Hand und verbarg ihr Gesicht, indem sie ihren Weinpokal zum Mund führte. Sie warf einen Blick in Maras Richtung und musste feststellen, dass die ältere Dame sie intensiv beobachtete.

Adrianne wandte ihr Augenmerk wieder ihrem jungen Gemahl zu und beteiligte sich an seinem Verwirrspiel, indem sie gebannt an seinen Lippen hing.

Kurz darauf erhob sie sich gemeinsam mit ihm, ließ sich von ihm durch den Saal geleiten und der bunt zusammengewürfelten Gästeschar vorstellen. Mehr als einmal glitt ein verblüffter Ausdruck über Wyntouns Züge, wenn sie Clan-Mitglieder und Dorfbewohner mit Namen kannte.

Seine Verblüffung wich Bestürzung, als sie sich an die lange Tafel setzte, gegenüber von Auld Jean und John, und ihn neben sich zog. Wie stets verständigte sich John lediglich mit den Augen, einem Nicken oder Kopfschütteln, dafür plauderte seine betagte Gattin umso mehr. Adrianne merkte, dass die alte Hebamme aufrichtig erfreut über die Heirat war.

Später, nach einer kurzen Unterbrechung des allgemeinen Tanzvergnügens, sah die junge Braut, wie sich Mara erhob und ihr bedeutete zu folgen. Adrianne bedachte Wyntoun mit einem fragenden Blick.

»Ihr werdet aus dem Rittersaal fortgebracht und von diesen Frauen für ... für die Hochzeitsnacht vorbereitet. Mara wird sich um alles kümmern, da könnt Ihr sicher sein.« Er nickte zu den Frauen, die in Hochstimmung in einer Ecke des großen Saals zusammen standen ... und reagierte lautstark auf die Zurufe und den Jubel der Hochzeitsgäste.

»Meint Ihr, dass das vonnöten ist?«, flüsterte sie mit angehaltenem Atem, während sie zwei Dudelsackpfeifer beobachtete, die zu dem ausgelassenen Schwarm stießen. »In Anbetracht ... in Anbetracht unserer Vereinbarung.«

»Wie können wir das vermeiden?« Er nahm ihre Hand in die seine und sah ihr fest in die Augen. »Was immer Ihr tut – Mara darf unsere wahren Beweggründe nicht erfahren, ja nicht einmal ahnen! Denkt daran, meine Gemächer sind im Ostflügel der Burg. Dort genießen wir die Abgeschiedenheit, die wir suchen. Sie wird nichts merken, Adrianne, es sei denn, wir weihen sie in unser Geheimnis ein.«

Ihr blieb nicht einmal die Zeit, ihr Einverständnis zu flüstern, als er sich vorbeugte und ihre Lippen mit einem flüchtigen Kuss besiegelte. Verwirrt ließ sie sich von einer Gruppe lachender Frauen fortzerren, die sie unterhakten und in ihre Mitte nahmen.

»Eine hübsche Geste«, murmelte Mara leise, als Adrianne näher kam. »Dennoch müsst ihr beide noch ein wenig an Euren öffentlichen Auftritten arbeiten.«

Adrianne suchte erfolglos nach einer Antwort. Das war auch nicht nötig, da Mara sich unvermittelt umdrehte und den Dudelsackpfeifern bedeutete, die kleine Prozession aus dem Rittersaal und in den Ostflügel von Duart Castle zu führen.

Adrianne kannte Wyntouns Vorkammer bereits von jenem Abend her, als sie ihm ihrer beider Eheschließung vorgeschlagen hatte. Seinerzeit hatten sie die maskulin anmutende Möblierung und sein augenfälliger Ordnungssinn beeindruckt, doch jetzt war sie gleichermaßen fasziniert von den unterschwelligen Veränderungen, die vorgenommen worden waren, um die Räume auch für eine Frau annehmbar zu gestalten.

Damastkissen lockerten die strenge Linienführung der Stühle auf. Feinste Spitze zierte einen kleinen Tisch neben dem Kamin. Frisch eingestreute Binsen bedeckten den Boden. Ein riesiges Feuer prasselte im Kamin. Ein Blick auf Wyntouns Schreibtisch, und sie erspähte die Speisen, die auf goldenen Tabletts angerichtet waren. Ein Festessen war gar kein Ausdruck, um die Mengen und die Vielfalt der Köstlichkeiten zu umschreiben, die sich ihr darboten.

»Die Veränderungen in diesem Raum ... es ist wunderschön!« Sie lächelte zu Mara, berührte den Rand einer Silberplatte, auf der sich Käse und getrocknete Früchte häuften. »Aber es ist so viel ...! Mara, hier ist genug zu essen, um die versammelten Gäste im Rittersaal zu beköstigen.«

Die Frauen lachten, und Mara nickte; unterdessen legte sie sanft ihre Hand auf Adriannes Ellbogen und führte sie zu einer Tür, hinter der die junge Frau Wyntouns Schlafgemach vermutete.

»Für das, was ihr zwei euch heute Nacht und in den kommenden vier Tagen vorgenommen habt, braucht ihr eine Menge Verpflegung.«

»Vier Tage?«, fragte Adrianne alarmiert, worauf die Hofdamen abermals kicherten. Mara zog sie in die Schlafkammer, dicht gedrängt von ihrem fröhlich schnatternden Gefolge.

»Die heutige Nacht ist die einzige, vor der du Bedenken haben solltest«, vertraute Mara ihr an. »Wenn du diese Nacht ... und vielleicht auch noch die morgige überstanden hast ... dann schätze ich, dass du ihn für dich allein haben willst ... für einen Monat wenigstens.«

»Überstanden?«, fragte Adrianne mit einem nervösen Blick zu Mara, doch dann lachte sie entzückt. »Ach du meine Güte!«

Der Raum war wie für ein königliches Paar geschmückt. Wohin Adrianne auch blickte, spiegelten sich brennende Kerzen in goldenen und silbernen Vasen. Riesige, reich bestickte Kissen aus Samt und Seide zierten den Boden der Kammer. Nichts hätte indes die drohende Gegenwart des gewaltigen Himmelbetts ausblenden können, das sich an einem Ende der Kammer erhob.

Mara winkte sie zu einem Sessel, der neben dem prasselnden Kaminfeuer stand. »Hier kannst du dich wärmen, bis dein Gatte eintrifft.« Sie deutete auf einen Weinkrug und zwei funkelnde Kristallpokale auf einem kleinen Tisch neben dem Sitzmöbel. »Und der wärmt dich von innen … bis er zu dir kommt.«

Die an der Tür verharrenden Frauen kicherten.

Adrianne nickte unmerklich, sie versuchte Maras scharfsichtigen Blick zu meiden und sah stattdessen zu Auld Bege, die die Bettvorhänge öffnete und ein Nachtkleid hochhielt, so durchschimmernd, wie Adrianne es noch nie gesehen hatte.

»Und das, meine Liebe« – schmunzelnd bedeutete die ältliche Dame Bege, nun das Nachtgewand zu bringen –, »dient dem Zweck, deinen frisch angetrauten Gemahl verrückt zu machen.«

Sie erbleichte bei der Vorstellung, so etwas jemals tragen zu müssen … und vor allem bei Wyntoun MacLean!

»Verrückt machen?«, wiederholte Adrianne, derweil sie das züngelnde Flammenspiel durch den hauchzarten Stoff beobachtete.

»Gewiss doch! Verrückt vor Lust, vor Begehren nach dir!« Mara grinste durchtrieben. »Was sonst?«

Adrianne wischte sich die winzigen Schweißperlen von der Stirn. »Es ist recht warm hier drinnen, findet ihr nicht?«

Mara und ihre Zofen waren hoch erfreut über ihre sichtliche Aufregung und überschütteten sie mit einem gutmütig foppenden Wortschwall. Als der Rücken ihres Brautgewandes aufgebunden war und das Kleidungsstück zu Boden sank, schien jede der im Raum Anwesenden einen guten Ratschlag für Adrianne parat zu haben, einige davon so frivol, dass sie heftig errötete, worauf die anderen lachten. Ihr wurde das Unterkleid abgestreift, indes blieb Adrianne wenig Zeit, über Schicklichkeit zu grübeln, da man sie vorübergehend in einen Tartan wickelte.

Mara trat vor sie. »Adrianne, sei ganz offen zu mir. Ich habe dieses Gespräch noch nicht mit dir geführt, weil ich nicht wusste, was ... was du bereits über die Hochzeitsnacht erfahren hast.«

»Ich ... ich ...«

»Das dachte ich mir. Absolut unerfahren.« Mara drückte sie in einen Sessel. »Bess, die Schneiderin, hat mich vorgewarnt, jetzt weiß ich, warum.«

Adrianne gewahrte, wie die Clan-Frauen ihre Flechten lösten.

»Wyntoun ist ein Mann ... und dir Jahre voraus auf ... auf diesem Gebiet. Also musst du noch einiges lernen.«

»Ich ...« Eine Bürste zerrte an ihren Haaren, und Adrianne verstummte abermals, da Mara den Kopf schüttelte.

»Man muss die Erfahrung mit einem Mann nicht als schlecht oder unangenehm werten. Im Gegenteil, sobald du deine Scheu gegenüber deinem Gemahl und der Hochzeitsnacht überwunden ...«

»Ich kenne keine Scheu.«

»Nun, du wirst reichlich Gelegenheit finden, das zu beweisen, meine Liebe.« Mara nahm die Bürste an sich und strich damit über Adriannes Haar. »Wie ich schon sagte, sobald du die Verpflichtungen des Ehelebens akzeptiert hast, wirst du erkennen, dass seine Erfahrungen mit anderen Frauen nur gut für dich sind.«

»Mara, dieses Thema möchte ich nicht …«

»Unsinn. Dieses Wissen sollte jede Braut in der Hochzeitsnacht mitbringen.«

Adrianne starrte ins Leere, sie fühlte sich plötzlich ein wenig unwohl. Sie war sich recht sicher, dass sie nichts über seinen reichen Erfahrungsschatz mit all den anderen Frauen hören wollte, doch Mara war offenbar entschlossen, den Gesprächsfaden wieder aufzunehmen.

»Dein Gemahl ist ein sehr attraktiver Mann und hat, wie alle in dieser Kammer Anwesenden bestätigen werden, für eine ganze Weile freie Auswahl unter den jungen Frauenzimmern in diesem Clan gehabt.«

»Freilich auch reichlich Auswahl unter den Älteren«, kiekste eine der Frauen, worauf der Rest losprustete.

»Offen gestanden hat er den Großteil seines Erwachsenenlebens damit zugebracht, sich der Avancen der holden Weiblichkeit zu erwehren.«

Mittlerweile war Adrianne ganz Ohr; schlagartig fragte sie sich, ob er wohl auch einige der Frauen, die sie im Dorf besucht hatte, verführt hatte.

»Wenn wir unseren Angetrauten also eine *wahre* Gattin sein wollen, dann müssen wir sein Interesse an *unserer* Gesellschaft und *unseren* Verführungskünsten ständig schüren. Tja, das ist das Geheimnis einer glücklichen Partnerschaft, im Gegensatz zu einer Ehe, die für manch eine Frau nur auf dem Papier besteht.«

Adrianne stöhnte innerlich auf. Diese Bettgeschichte würde schwierig werden, da Wyntoun unmissverständlich erklärt hatte, dass er sie ebendort nicht wollte. In diesem Punkt schien er noch unausgegorener als im Hinblick auf ihre anderen Vereinbarungen.

»Es gibt natürlich auch Frauen, die froh sind, wenn ihre Männer das Bett mit anderen teilen.«

»Ich nicht.« Erst als sie Maras bekräftigendes Nicken gewahrte, wurde Adrianne sich bewusst, dass sie diese Worte laut geäußert hatte.

»Das hätte ich auch nie vermutet«, sagte Mara, ihre Wange tätschelnd. Die alte Dame bedeutete Bege, das Nachtgewand zu bringen.

Widerwillig schälte sich die junge Frau aus dem Tartan und erhob sich, als der duftige Stoff über ihren Kopf und ihren Körper gestreift wurde. Sie wagte nicht, an sich hinunterzublicken, vermochte sie sich doch vorzustellen, wie überaus unschicklich sie anmutete.

»Du musst ihn reizen, mein Kind, und dir dennoch deinen Stolz bewahren. Du musst willig und doch zurückhaltend wirken.«

Wohlmeinende Worte, die Adrianne indes nicht weiterhalfen. Sie vermochte sich selbst nicht zu verstehen. Dennoch gab es keinen Grund, dass Mara ihre Verwirrung bemerkte. Ihr blieb nur, auf ihre innere Stimme zu hören, die ihr in Duart Castle schon gute Dienste geleistet hatte.

»Dein Erfahrungsschatz in diesen Dingen ist ... ist recht beeindruckend.«

Mara lächelte. »Nicht der Rede wert. Es ist nur so, dass ich seit fast zwanzig Jahren mit Alexander verheiratet bin, und Wyntoun ist – trotz der Wesensunterschiede und seines unbändigen Freiheitsdrangs – immer noch der Sohn seines Vaters. Er mag MacNeil-Blut in den Adern haben, aber er hat das Herz eines MacLeans.«

»Ich werde es mir merken.«

Adrianne bemühte sich nach Kräften, sämtliche Ratschläge von Mara und ihren Damen zu speichern, wie man einen Mann zu verführen und dauerhaft zu fesseln vermochte.

Gleichwohl wusste sie genau, dass deren Ausführungen nicht ganz zutrafen. Ihn vom Herumstreunen abzuhalten war eine Sache. Eine ganz andere indes war, einen Mann wie Wyntoun MacLean am Herumstreunen zu hindern und seine Familie glauben zu machen, dass *sie* im Mittelpunkt seines Interesses stand.

Mitten in dieser Unterweisung kam Adrianne der Gedanke, dass es mit Sicherheit erbaulicher wäre, ein Schwert zu schwingen und sich einem gegnerischen Heer zu stellen, als sich diese wilden Geschichten anzuhören, die sich um die Hochzeitsnacht rankten. Vermutlich würde sie ohnehin nie die Gelegenheit haben, irgendetwas davon in die Tat umzusetzen.

»Nun, ich denke, es ist genug«, sagte Mara schließlich und bedeutete ihren Begleiterinnen aufzustehen.

Adrianne, die an ihrem hauchzarten Gewand hinunterblickte, seufzte innerlich auf, da es mehr enthüllte als verbarg. Andererseits wagte sie es nicht, ihrem Unmut Luft zu machen, also lächelte sie gequält, als die anderen sich zum Gehen anschickten. Scheinbar unbeeindruckt drapierte sie ihre langen schwarzen Locken um die Schultern und bedeckte die rosigen Spitzen ihrer Brüste, die sich so unzüchtig unter dem fein gewirkten Tuch abzeichneten.

»Sobald wir in den großen Saal zurückgekehrt sind, sollte es nicht mehr allzu lange dauern, bis die Männer ihn herbringen. Verweile in deinem Sessel, verhalte dich nicht anders als sonst, mein Mädchen, und Wyntoun wird bei deinem Anblick dahinschmelzen.«

Adrianne lächelte Mara so überzeugend an, wie sie es eben vermochte, und verfolgte dann, wie die kleine Gruppe zur Tür strebte.

»Und vergiss nicht, was wir dir erzählt haben.«

»Niemals«, rief sie den Frauen nach und nickte zu Mara, als die zierliche Frau in den Gang hinaustrat und die Tür hinter sich schloss. Allein gelassen, nagte Adrianne nachdenklich an ihrer Unterlippe und versuchte sich verzweifelt auszurechnen, wie viel Zeit ihr wohl noch bliebe, bis ihr Gemahl eintraf.

Mit etwas Glück vielleicht so lange wie eine Reise nach Balvenie Castle und zurück!

# 13. Kapitel

Wyntoun hatte gewusst, dass die erste Nacht mit ihr der schwierigste Teil in diesem ganzen Verwirrspiel werden würde. Die Nacht in einem Raum mit Adrianne zu verbringen und dann nicht das zu tun, was man von ihm erwartete – und was er selbst sich sehnlichst zu tun wünschte –, hätte gewiss einen Heiligen auf die Probe gestellt. Und er war kein Heiliger.

Seit er sie vor dem Altar geküsst hatte, schwante ihm, dass er seine ganze Willenskraft und seinen Verstand würde einsetzen müssen, um seinem tiefen Begehren für Adrianne Percy zu widerstehen. Diese Frau ging ihm unter die Haut. Schon in den Tagen davor hatte er sich gelegentlich aus seinen quälenden Wachträumen reißen müssen. Wenn er in seinen Gemächern gearbeitet hatte, hatte er sich dabei ertappt, wie er abwesend auf den Lederrücken irgendeines Buches gestarrt hatte, weil er in Gedanken bei ihr gewesen war. Als er gestern durch den windgepeitschten Regen über die Moore von Mull geritten war, hatte er die Jäger beobachtet, die in den bewaldeten Schluchten ausgeschwärmt waren, und heimlich überlegt, wie gern er etwas anderes gejagt hätte. Während er noch nachgesonnen hatte, war ihm auf dem offenen, herbstlich kahlen Feld ein riesiger Hirsch vor die Flinte gekommen, doch Wyntoun hatte nicht im Geringsten das Bedürfnis verspürt, das prachtvolle Tier zu töten. Er hatte es lediglich beobachtet, fasziniert von dessen Anmut und Kraft.

Und dabei hatte er an Adrianne Percy gedacht – an ihre Anmut, ihre Willenskraft, ihr Temperament, ihre Schönheit.

Er hob seinen Weinkelch, bemüht, seinen wachsenden Unmut auszublenden. Es lag lange zurück, dass er eine Frau so tief begehrt hatte wie sie. Innerlich verfluchte er sich selbst, schalt sich für seine Schwäche, für das Verlangen nach ihr, das Verlangen eines Mannes nach einer Frau.

Gleichwohl durfte er den Gästen die ausgelassene Stimmung nicht verderben. Als er durch den Rittersaal spähte, gewahrte er seinen Vater, zum Klang der Dudelsäcke fröhlich tanzend mit einer johlenden Schar von Fischern und Bauern, und er verdrängte das quälende Gefühlschaos, das auf seiner Seele lastete. Er hatte dem Wein viel zu durstig zugesprochen und wollte nicht Trübsal blasen. Zum Teufel, er würde der Zukunft unerbittlich ins Auge sehen. Sein Plan stand fest.

Er musste nur diese eine Nacht durchstehen.

Kurz darauf kehrten die Frauen zurück, und ein letzter Becher wurde auf das glückliche Paar geleert. Alan ging voraus, und MacLean selbst sandte ein trunkenes Stoßgebet gen Himmel, als eine schiebende, johlende, lachende Highlanderschar Wyntoun zu seinen Gemächern und seiner jungen Gemahlin führte. Vor der gewaltigen Eichentür drehte sich der Ritter um und maß seine Begleiter finster.

»Also gut, ihr Halunken«, grölte er. »Bis hierher und nicht weiter!«

»Nein, Wyn!« Alan wandte sich zu den anderen. »Wir gehen erst dann, wenn wir ihn wohlbehalten im Bett mit seiner hübschen Gemahlin wissen.« Die Männer quittierten die Worte des Schiffsmeisters mit lautem Jubel, Wyntoun jedoch hatte seinen Freund am Kragen gepackt.

»Macht euch alle vom Acker, mein werter Cousin, oder es wird Blut fließen – dein Blut!«

Alans dunkle Brauen verzogen sich spöttisch über den grünen Augen. »Wie du meinst. Ich bin zu betrunken, um zu widersprechen. Aber du, mein werter Cousin, bist so nervös wie in jener Nacht, als wir vierzehn waren und die junge Schwester des Schmieds auf ein Stelldichein mit dir zum Teich hinunterkam.«

»Alan«, knurrte Wyntoun bedrohlich, »halt dein freches Maul oder ich verpasse dir eine ...«

»Keine Sorge, Wyn. Ich sage nichts mehr.« Alans Hand ruhte schwer auf der Schulter des Ritters. »Du bist ein Glückspilz, Wyn. Wir wissen beide, dass du sie selbst dann zur Frau genommen hättest, wenn sie wie ein Schreckgespenst aussehen würde.«

»Kein Wort mehr, Alan, du verdammter Narr.«

»Sie ist aber kein Schreckgespenst, nicht wahr? Das Mädchen ist wahrlich hübscher als einer von uns je ...«

»Jetzt reicht's«, schnaubte der Highlander. Er winkte Coll und reichte ihm die Hand.

»Sei gut zu ihr«, murmelte Alan. »Sie verdient Besseres, als ihr hier zuteil wird. Vielleicht solltest du ihr einen kleinen Vorgeschmack auf die Wahrheit geben.«

Wyntoun runzelte die Stirn, als der Schiffsmeister sich abwandte.

»Also gut, Jungs«, brüllte Alan zu den anderen. »Ich glaube, wir haben heute Nacht noch einige Becher

Wein vor uns. Auf, auf, Musikanten, geleitet uns zurück in den großen Saal!«

Für Augenblicke beobachtete der Ritter, wie die lärmende Menge sich schiebend und schwankend ihren Weg durch den Gang bahnte, dabei lachte und sang. Sobald alle verschwunden waren, drehte er sich um und starrte auf die Tür.

Alan hatte die Wahrheit von Anfang an gewusst. Alles. Jeden seiner Pläne. Alles, was er tun würde, um den Schatz des Tiberius zu schützen. Sie waren zusammen aufgewachsen, unterrichtet worden, zur See gefahren, und sie hatten gemeinsam gekämpft. Nie hatte es auch nur eine Sekunde lang Zwist über ihren gemeinsamen Kurs gegeben – keinerlei Unstimmigkeit hinsichtlich Entscheidungen, die sie umzusetzen gedachten.

*Sei gut zu ihr*, hatte er gesagt.

Wyntoun drückte die Tür zu seinen Gemächern auf und trat in den hell erleuchteten Vorraum. Nach einem skeptischen Blick auf den mit feinsten Speisen und Getränken überhäuften Tisch schob er den Riegel vor.

Vielleicht lag es an dem Wein, den er mit Alan zusammen getrunken hatte, denn zum ersten Mal in all ihren gemeinsamen Jahren teilte Wyntoun die Ansicht seines Freundes nicht.

Er schüttelte den Kopf. Verflucht, und das alles wegen einer Frau!

Einer schönen Frau, gewiss. Aber einer, die nur vorübergehend an seiner Seite weilen würde. Ganz recht, redete er sich ein. Nur vorübergehend und nicht für immer.

Gillie zog den Tartan fester um seine Schultern und lauschte den Dudelsackklängen, als die Männer zurück in den Rittersaal strömten. Zusammengekauert im Dämmerlicht des Ganges, hielt er Wache, seine Augen auf die Tür geheftet, durch die der Burgherr soeben verschwunden war.

Die heutige Nacht war wie alle anderen: Seit ihrer Ankunft auf Duart Castle bewachte er Mistress Adrianne, wie er es auch auf Barra getan hatte. Sie war seine Freundin. Auch wenn sie inzwischen die Gemahlin des Burgherrn war, so hatte sie ihn doch nicht vergessen. Heute Morgen, vor der Hochzeit, hatte Mistress Adrianne bei den Stallungen verharrt und nach ihm Ausschau gehalten.

Waren die anderen Stallburschen auch neugierig gewesen, warum Sir Wyntoun sich für ihn einsetzte und dass er dem Stallmeister sogar Anweisungen gegeben hatte, wie Gillie zu behandeln sei, so hatten sie heute Morgen nur noch mit offenem Mund gestarrt – verblüfft über die ihm geltende Aufmerksamkeit der Lady.

»Ich wollte nur wissen, ob du gut untergebracht bist«, hatte sie mit ihrer melodischen Stimme gesagt und ihm die Wange getätschelt. »Ich wollte mich vergewissern, dass du keine Probleme hast.«

»Keine Probleme«, war das Einzige, was er zu antworten vermocht hatte, denn sie war so schön gewesen, dass es ihm die Sprache verschlagen hatte.

Gillie blickte in den Gang, durch den das ausgelassene Gelächter aus dem Rittersaal drang. Er war froh, dass Mistress Adrianne sich für eine Vermählung mit Sir Wyntoun entschieden hatte. Sie war genau die Richtige für ihn. Vordem hatte Gillie seinen Herrn nie für sonderlich glücklich befunden – jedenfalls nicht so wie Ian, den alten, blinden Netzemacher auf Barra –, gleichwohl wusste er, dass Mistress Adrianne das richten würde.

Und Sir Wyntoun ist der Richtige für sie, dachte Gillie bei sich. Gewiss, Mistress Adrianne hatte ein seltenes Geschick, sich ins Ungemach zu stürzen. Aber jetzt – als Gemahlin des Mylord – würde es vermutlich keiner mehr wagen, sie in einen Käfig zu sperren und zur Strafe an irgendeinen Burgmasten zu hängen.

Überzeugt, dass sie sich zur Nachtruhe gebettet hätten, streckte sich Gillie und schob seine Arme in den Tartan. Er hatte einen neuen Platz gefunden, einen guten Platz. Von nun an würde er die Gemächer des jungen Burgherrn bewachen. Mit Mistress Adrianne – er rollte sich zu einer kleinen Kugel zusammen – hatte er nun zwei, auf die er Acht geben musste.

Er hätte nicht glücklicher sein können.

Als Adrianne vernahm, wie die Außentür geöffnet und wieder geschlossen wurde, beendete sie hastig ihre letzten Vorbereitungen. Sie trat zurück, betrachtete zufrieden lächelnd ein letztes Mal ihr Werk und harrte nervös darauf, dass Wyntoun die Schlafkammer betrat.

Die Tür zu ebendieser Kammer sprang auf, und die hünenhafte Statur ihres jungen Gemahls verweilte auf der Schwelle. Eine unangenehme Stille trat ein.

»Zum Teufel! Was ist hier geschehen?«

Sie umrundete das Bett, versuchte, an ihm vorbei in sein Arbeitszimmer zu spähen. »Seid Ihr allein?«

»Zum ... natürlich bin ich allein!«

Als er eintrat, schlüpfte Adrianne hurtig an ihm vorbei und schloss nach einem raschen Blick in die Vorkammer die Tür. Sie kam zurück und trat neben ihn. Er starrte fassungslos durch die Kammer, und sie war sich plötzlich unsicher, ob sie richtig gehandelt hatte.

»Meint Ihr, ich bin zu weit gegangen?«

Er bedachte sie mit einem schiefen Seitenblick, aus dem seine Verärgerung sprach. »Heißt das, Ihr seid dafür verantwortlich?«

Zaghaft nickend beobachtete sie, wie er zum Kamin strebte. Er hob den leeren Weinkrug auf.

»Habt Ihr das alles getrunken?«, erkundigte er sich, den leeren Krug umdrehend. Ein Tropfen Wein rollte auf die frische Binsenmatte am Boden.

Sogleich ging ihr Temperament mit ihr durch. »Nun, sehe ich aus wie jemand, der einen ganzen Krug Wein leeren und dennoch vernunftgeprägt handeln kann?«

»Vernunftgeprägt?«, donnerte er, auf das Chaos rings um ihn herum deutend. »Haltet Ihr es für ›vernunftgeprägt‹, feinstes Kristall, einer Regententafel würdig, zu zerbrechen? Ist es vernunftgeprägt, wenn Ihr gute Kleidung zerreißt, mit Speisen und Möbeln um Euch werft?«

»Es besteht kein Anlass, Euch so aufzuregen«, maßregelte sie ihn. »Was immer ich hier gemacht habe, hatte einen Grund, und wenn Ihr mir Gelegenheit gebt, dies alles zu erläutern, werdet Ihr selbst sehen, dass ... ähm ... der Schaden ... völlig gerechtfertigt ist ... und bis ins Kleinste geplant, wenn ich das einmal so sagen darf.«

Abfällig schnaubend hob er eine Kristallscherbe zu seinen Füßen auf.

Sie spähte auf das zersplitterte Glas. Gewiss, sie bereute schon, dass sie bestimmte Dinge hatte zerstören müssen. Dinge, so wertvoll wie dieses Kristall zum Beispiel. Und nach den vielen Monaten auf den westlichen Inseln war sie sich der Seltenheit eines solchen Luxus durchaus bewusst.

»Ich hatte einen Grund, dies zu zerschlagen«, sagte sie rasch, einen Anflug von Schuld niederkämpfend. »Wollt Ihr mir jetzt zuhören, was ich dazu zu sagen habe?«

Sie sah, wie er ein zerrissenes – und sehr durchschimmerndes – Nachtgewand aufhob. Er hielt es ins

Licht und spähte zu ihr. »In Ordnung, und vielleicht erklärt Ihr mir auch das hier.«

Adrianne trat einen Schritt auf ihn zu und riss ihm das hauchzarte Kleidungsstück aus der Hand. Bess hatte es eigens für Adrianne gefertigt, und die junge Frau bedauerte, dass sie so weit gegangen war, es zu zerreißen. Dennoch, er musste weiß Gott nicht erfahren, dass sie Schuldgefühle hatte. »Ich werde Euch alles erklären, wenn Ihr mir zuhören wollt … von Anfang an.«

Er gewahrte ihre linke Hand, die mit einem Stück Leinen umwickelt war. »Und was ist mit Eurer Hand geschehen?«

»Von Anfang an, habe ich gesagt.« Sie legte das zerrissene Nachtgewand auf einen Stuhl und schlenderte an ihm vorbei zum Kamin. Dort drehte sie sich geschmeidig um und maß ihn.

»Fangt an.«

»Würdet Ihr Euch bitte setzen?«

»Ich stehe lieber.«

Ungerührt erwiderte sie seinen Blick.

»Ich möchte nicht, dass Ihr mich überragt.« Wieder deutete sie auf den Sessel. »Würdet Ihr Euch bitte setzen!«

Insgeheim atmete Adrianne erleichtert auf, als er sich schließlich fügte. Sie wischte ihre schweißfeuchte Handfläche an dem dunkelblauen Stoff ihrer Robe ab und verbarg die verbundene hinter ihrem Rücken.

»Mara und ihre Hofdamen hatten heute Abend ein Gespräch mit mir.«

»Sagt jetzt nicht, dass Ihr dieses Chaos Mara anlasten wollt!«

»Nein, gewiss nicht«, entgegnete sie ruhig. »Ich will damit nur sagen, dass mein Werk eine Reaktion auf das ist, was jeder in der Hochzeitsnacht durchlebt.«

»*Jeder?*«

Sie wünschte, er würde nicht so belustigt dreinblicken.

»Nun, alles beginnt mit dem Wein«, erklärte sie rasch, sich dessen bewusst, dass ihre einzige Rettung darin bestand, ihm ihre Handlungsweise verständlich zu machen. »Da ich … nun ja, so unerfahren bin … habe ich … haben wir … ein wenig Wein getrunken.«

Er griff nach dem Krug, stülpte ihn abermals um.

»Viel Wein«, berichtigte sie sich, nahm ihm rasch das Behältnis ab und stellte es weg. »Im Übrigen habe ich den Wein aus dem Fenster geschüttet. Also seht mich bitte nicht so an, als wäre ich irgendeine volltrunkene Irre.«

»Eine *volltrunkene* Irre könnte nur halb so viel Schaden anrichten wie Ihr … aber fahrt fort.«

»Also gut.«

Sein durchdringender Blick schien sie zu verzehren, und Adrianne spürte wieder diese prickelnde Glut in ihrer Magengegend. Die plötzliche Enge in ihrer Brust überraschte sie, und sie rang nach Atem. Doch er sah sie wie gebannt an, sein Blick wanderte von ihren Füßen zu der riesigen Warze, die ihr wohl soeben auf der Stirn wuchs. Sie schob ihr offenes Haar über eine Schulter und wünschte sich, sie hätte Zeit gehabt, es erneut zu flechten.

»Nun, nachdem wir nach dem ganzen Wein ein bisschen beschwipst waren, haben wir einen Weinkelch zertreten.«

»Feinstes Kristall? Vorsätzlich zertreten?«

»Ganz recht! Es war meine Idee. Ich dachte, es wäre romantisch. Wie es die Juden in Antwerpen tun. Meine Mutter hat mir davon erzählt«, fügte sie hinzu. »Aber im Nachhinein tut es mir wirklich Leid, dass ich es zerbrochen habe, wo es doch so wertvoll …«

Nervös verfolgte sie, wie er die Kristallsplitter in die Flammen warf, sie jedoch nicht aus den Augen ließ. Eine tiefe Falte verlief über seiner Stirn, doch seine grünen Augen signalisierten keine sonderliche Verärgerung über den Verlust. Offen gestanden schien er kein bisschen wütend.

»Und … na ja, etwas beschwipst … habt Ihr … Ihr mich durch die Kammer gejagt.«

»Ich habe *was*?«

»Ihr habt mich gejagt. Und das ist der Grund für die umgestürzten Möbel und die Speisen auf dem Boden. Wenn Ihr das übertrieben findet, kann ich das Essen aufsammeln.«

Er sagte nichts, sondern starrte sie weiterhin ungläubig an.

Sie beeilte sich fortzufahren. »Dann habt Ihr mich gefangen.« Sie hob das zerrissene Nachtkleid auf und trat zu dem kleinen umgestürzten Tisch neben dem Kamin. Sie hielt das durchsichtige Etwas hoch. »Ihr … Ihr habt es mir vom Leib gerissen … genau hier.«

Adrianne fühlte die Röte, die in ihre Wangen schoss. Der Gedanke, dass Wyntoun Derartiges tun könnte, entzündete eine verzehrende Glut in ihrem Körper. Sie wagte es nicht, ihn anzusehen, sondern stand einen Herzschlag lang versunken da. Dann schrak sie zusammen, vernahm sie doch sein verhaltenes Kichern. Sie ließ das Gewand zurück auf den Boden sinken und schlenderte – ohne ihn anzusehen – zum Bett.

»Es ist ganz natürlich – so haben mir die Frauen berichtet –, dass ein Mann stürmisch die Bettdecken hinauswirft … wie Ihr hier seht.«

»Und die Federn?«

Mit Entsetzen bemerkte sie, dass er sich erhoben hatte und zum Bett trat.

»Ausgelassenheit?«, krächzte sie, da er neben ihr

stand und sein Arm ihre Schulter berührte. »Ich … ich dachte mir … wir … waren ein bisschen rau … und die Kissennähte sind aufgeplatzt.«

»Ein bisschen rau? Und Ihr denkt, dass das so üblich ist?«

»Ich habe keine Ahnung davon! Aber ich entsinne mich, dass …« Sie stockte und bedachte ihn mit einem vernichtenden Blick, da ihr klar war, dass er sie nur foppte.

Nach einem tiefen Atemzug deutete Adrianne auf die Mitte des Lakens. »Und das … ist der Beweis, dass wir … wir die Ehe vollzogen haben.«

Sie versuchte sich vom Bett abzuwenden, doch er packte ihren Ellbogen und hielt sie fest. Sie sah nicht zu ihm, wusste sie doch ohnehin, dass er den Blutfleck auf dem Laken beäugte.

»Anders wäre Mara nicht zu überzeugen«, sagte sie nervös, sich der Wärme seiner Hand wohl bewusst. »Sie hat mir genau dargelegt, dass da Blut sein würde, und ich dachte …«

»Zeigt mir Eure Hand.«

»Es ist nichts. Ich …«

Rasch wickelte er den Leinenstreifen von ihrer Hand und betrachtete den Schnitt auf ihrer Handfläche. Sie gewahrte seine besorgte Miene, doch als er den Kopf hob, sah er sie finster an.

»Ich mag nicht glauben, dass Ihr selbst Hand an Euch gelegt habt!«

»Ich habe Euch bereits gesagt, es ist nichts. Ich habe mich schon viele Male verletzt, und es war weitaus ernster als ein kleiner Schnitt.«

Er schien keineswegs überzeugt. Und als er das Leinen wieder um ihre Hand wickelte, zog sie diese fort, als wäre seine Berührung schmerzhafter als diese Wunde.

»Das ist alles«, sagte sie und drehte sich abrupt vom Bett weg. »Ich glaube, das müsste für die Hochzeitsnacht genügen.«

»Nicht ganz.« Er warf einige Decken auf das Bett zurück.

»Was habe ich vergessen?«, erkundigte sie sich alarmiert.

»Am Morgen werden sie erwarten, uns ... Euch und mich ... in diesem Bett vorzufinden ... gemeinsam ... nackt und erschöpft nach einer Nacht voll der Segnungen des Eheglücks.«

Sie schluckte, spähte nervös vom Bett zu ihm. »Ihr beliebt zu scherzen.«

»Ich scherze nie.«

»Aber ...« Wieder rieb sie ihre Hände an dem Wollstoff ihrer Röcke, fieberhaft auf Worte sinnend.

»Wie ich Mara kenne« – Wyntoun verschränkte die Arme vor der Brust und lehnte sich lässig über einen der wuchtigen Bettpfosten –, »wird sie bei Tagesanbruch eine ihrer Zofen heraufschicken, die irgendetwas so Banales wie die Speisen ... oder das Kaminfeuer inspizieren soll.«

Adrianne biss sich angestrengt auf die Lippe, bemüht, eine Lösung für dieses Problem zu finden. Mit Wyntoun MacLean dieses Bett zu teilen dünkte sie absolut unschicklich. Nein, das stand völlig außer Frage!

»Natürlich würde eine Frau, die so viel gesehen hat wie Ihr, keine falsche Scham an den Tag legen, oder?«

Weiterhin an ihrer Unterlippe nagend, spähte Adrianne an seinen breiten Schultern vorbei auf das Bett. Schlagartig war die Erinnerung an seinen Kuss in der Kapelle wieder da, und sie dachte an nichts anderes mehr. Sie spürte wieder die Glut seiner Lippen auf den ihren. Und in seiner Stimme lag zweifelsfrei ein anzüglicher Unterton.

»Es ist ja nicht so, als hätte ich Euch noch nicht nackt gesehen.«

Sie schloss die Augen, hätte vor Scham im Erdboden versinken mögen. Stattdessen atmete sie tief ein. »Mir wurde gesagt, dass Ihr ... Ihr mich zwar entkleidet habt ... aber ohne hinzuschauen.«

»Aber gewiss doch. Welcher Mann würde schon ein hübsches Mädchen betrachten, das in ihrer ganzen nackten Schönheit in seinen schützenden Armen liegt?« Er straffte sich, und sie bemerkte den rauen Ton, der seine frühere Ironie überlagerte. Er maß sie mit glutvollem Blick, und ihr Herz setzte beinahe aus, als sie erkannte, in welch unschicklichem Zustand sie vor ihm stand. »Was ist denn, Adrianne? Getraut Ihr Euch nicht, mit mir im selben Bett zu liegen?«

Ganz recht, wollte sie schreien. Stattdessen umklammerte sie mit bebenden Händen die Falten ihres Rocks.

»Es ist nur ... bis zum Morgen sind es noch so viele Stunden. Dort liegen ... warten ...« Sie schüttelte den Kopf. Sie wollte hundemüde sein, am liebsten noch bewusstlos, wenn sie sich in dieses Bett legte.

Als er sprach, klang seine Stimme überaus sachlich. »Wir könnten etwas ganz Außergewöhnliches tun, Adrianne – wie schlafen.«

Sie schwankte zwischen Empörung und Entsetzen. Vielleicht, schoss es ihr durch den Kopf, bildete sie sich das alles nur ein. Er war ihr kein bisschen zugetan. Ihr Herz sank ins Bodenlose. Da hatte sie was Schönes angerichtet!

»Seid Ihr müde?«, brachte sie schließlich heraus.

Wieder schweifte sein Blick anzüglich über ihren Körper. Nein, dies bildete sie sich eindeutig nicht ein, obschon es sie nicht sonderlich aufbaute.

»Nicht sehr.«

»Dann hat es wenig Sinn, dass ich mich zu Euch ins Bett lege.« Sie fing an, im Raum auf und ab zu schlendern, auf der Suche nach einer Lösung. Einerlei welcher. Kurz darauf blieb sie abrupt stehen. »Wenn wir nicht in dieser Kammer sind, bekommen sie uns eben nicht zu sehen. Ich meine, hier finden sich genügend Beweise für …«

»Was schlagt Ihr vor?«

Vielsagend spähte sie zu den geschlossenen Läden. »Einen Ausritt. Ich bin seit Monaten nicht mehr geritten.«

»Es ist nach Mitternacht!« Er sah sie ungläubig an. »Einmal davon abgesehen, dass tiefer Winter ist. Eine kleine Engländerin wie Ihr würde dort draußen erfrieren.«

»Wir haben Vollmond, die Nacht ist sternenklar.« Sie lief geschäftig umher, auf der Suche nach ihren Stiefeln. »Und ich bin nur zur Hälfte Engländerin. Ich werde nicht erfrieren. Bitte, ich liebe den beißenden Wind auf meinem Gesicht. Ich verspreche auch, dass Ihr kein Gejammer von mir hören werdet.«

»Aber es gibt nichts zu sehen, nichts, wohin wir reiten könnten. Es ist dunkel … trotz des Mondlichts.«

»Lasst mir doch meinen Willen«, murmelte sie am anderen Ende der Kammer. »Ich glaube, ein wenig frische Luft täte uns beiden gut.«

Er schwieg und überlegte.

Adrianne durchquerte die Kammer, fasste seinen Arm. »Kommt, Wyntoun. Wir können immer noch zurückkehren und uns ins Bett legen, wenn die Witterung draußen zu unerträglich sein sollte.«

Widerwillig ließ er sich von ihr zur Tür zerren. »Wenn Ihr meint, dass ich in der nächsten Zeit auf meinen Schlaf verzichte, nur weil wir Euren Plan voranbringen wollen, dann täuscht Ihr Euch ganz gewaltig.«

»Keine Sorge.« Sie tätschelte seinen Arm, versuchte überzeugender zu klingen, als ihr eigentlich zumute war. »Nach der heutigen Nacht werde ich mit Freuden billigen, dass Ihr mit mir schlaft. Ich weiß, ich kann auf Eure Rücksicht zählen. Ich mag nur einfach nicht heute Nacht hier ausharren, wenn ich weiß, dass jemand hereinplatzen und uns in … in einer kompromittierenden Stellung vorfinden könnte.«

Während sie ihn in die Vorkammer zog, wagte Adrianne keinen Blick in sein Gesicht, in diese grünen Tiefen, die sie gewiss fixierten.

*Mit Freuden billigen, dass Ihr mit mir schlaft? Kompromittierende Stellung?*

Bei der Heiligen Jungfrau, schalt sie sich. Warum konnte sie nicht erst nachdenken, bevor sie einfach losplapperte?

# 14. Kapitel

Auf den Zügen des toten Mönchs spiegelte sich angstvolles Entsetzen. Das Seilmal um seinen mageren, wund gescheuerten Hals färbte sich bereits dunkel.

»Ja«, hauchte sie. »Es ist derselbe Mönch, der uns im letzten Herbst bis ins Konvent am Loch Fleet verfolgt hat!«

Laura Percy Ross, fest in den Arm ihres Gatten geschmiegt, riss ihre blauen Augen von dem toten Geistlichen.

»Es ist derselbe Mann.« William Ross nickte bekräftigend. Er drehte Laura von dem Leichnam weg. Die feine Narbe, die an seiner linken Wange entlanglief, schimmerte weiß im Fackelschein. »Hat der Schurke ihn eigens hier in der Krypta aufgeknüpft?«

»Ganz recht, dort«, erwiderte John Stewart, der Earl of Athol, und wies ihr die Stelle. »Eine der Dienstmägde hat ihn gefunden.«

»Wie hieß dieser Mönch?«, erkundigte sich Laura.

»Jacob. So hat man uns wenigstens gesagt.« Athol nickte zu denen, die sich um den Leichnam kümmern sollten, und die drei verließen kurz darauf das alte Gewölbe. »Er ist vor zwei Wochen mit dem Mönch Benedict hier eingetroffen. Benedict hat von dem Verrat geahnt und wohl auch, dass Jacob zu denen gehörte, die Laura aus dem Konvent entführen wollten.«

»Ich kenne Benedict«, sagte Laura, als sie aus der Kapelle traten. Der scharfe Hochlandwind zerrte an ihren langen schwarzen Haaren. »Er war ein Freund meines Vaters und unser Lehrer in all den Jahren, während derer wir in Yorkshire lebten. Wir wurden erst getrennt, als Catherine, Adrianne und ich die Abtei Jervaulx verlassen und in die Highlands flüchten mussten.«

»Benedict hat uns erzählt, dass er den anderen Mönch auf dem Weg nach Ironcross Castle kennen gelernt hat. Die Burg liegt südlich von hier und gehört unserem Freund und Verbündeten Gavin Kerr und seiner Gemahlin, Joanna MacInnes.« Athol ging den anderen voraus, als sie den steinigen Hof passierten. »Benedict vermutet, dass Jacob sich mit ihm anfreunden wollte, weil er um seine Verbindung zu der Familie Percy wusste. Später nutzte er die Bekanntschaft mit eurem früheren Lehrer dazu, sich eine Stellung hier auf Balvenie Castle zu erschleichen.«

»Hinterhältiger Halunke.«

Athol nickte zu William. »Nach Benedicts Aussage war Jacob ziemlich aufgebracht, als er erfuhr, dass ihr beiden hierher kommen würdet. Es dünkt mich Selbstmord, dennoch weiß ich wahrhaftig nicht, warum er nicht einfach um sein Leben gerannt ist.«

»Kaum zu glauben, dass die Widersacher unserer Ehefrauen sich schlichtweg selbst umbringen … und uns die Mühe ersparen.«

»Wie wahr«, murmelte Athol, »besonders wenn man den Ärger bedenkt, den Catherine mit zwei weiteren Mönchen hatte, die noch vorher hier eintrafen. Wer immer diese Mönche sind – so sie es denn überhaupt sind! –, sie scheinen fest entschlossen, uns in Gefahr zu bringen.«

»Hat Benedict irgendetwas verlauten lassen, warum er seinen Verdacht nicht eher geäußert hat?«, erkundigte sich Laura erschauernd. Sie hielt Williams Arm weiterhin fest umklammert. »Was ist mit Jacob? Hat er noch andere Namen erwähnt? Irgendetwas, das erhellen könnte, wer hinter diesem makabren Spiel steckt? Jacob war nicht allein, als er uns in jenem Konvent auflauerte.«

Athol schüttelte den Kopf. »Wir haben seinen Leichnam erst heute Morgen gefunden. Eure Ankunft hat mein ernstes Gespräch mit Benedict unterbrochen. Der Mönch ist bereit zu reden, und ich lasse ihn durch einen Bediensteten bewachen. Sobald ihr beide ein wenig ausgeruht und eine Stärkung zu euch genommen habt, werde ich dafür sorgen, dass wir ungestört mit dem Mann reden können.«

Die drei nahmen die Stufen zu dem beeindruckenden Portal zum Wohnturm von Balvenie Castle und betraten den Rittersaal. Laura breitete die Arme aus, als ein braunhaariges, blauäugiges, siebenjähriges Mädchen sich von Catherines Hand löste und durch den Saal zu ihnen stürmte.

»War er das Grässlichste, das du je gesehen hast?«,

fragte die Kleine, Lauras Taille umklammernd. »War er bereits verwest und voller Würmer?«

»Miriam!«, schalt William scherzhaft das Kind, hob sie hoch und nahm sie Huckepack. »Komm, Kleines. Dein getreuer Hengst wartet.«

Miriams blaue Augen waren denen Williams sehr ähnlich, als sie über seine Schulter spähte. »Also, wie sah er aus?«

»Hmmm, mein Kind ... schlimmer noch!«

»William Ross!«, schimpfte Laura. »Du wirst ihr Albträume bereiten!«

»Komm schon, mein Kind«, flüsterte er für alle hörbar. »Wir lassen Laura und deine Tante Catherine allein, und dann erzähle ich dir alle ekligen Einzelheiten.«

Als er das Kind durch den großen Saal zu dem riesigen offenen Kamin trug, hielt Athol mit ihnen Schritt.

»Dieses Reittier braucht gewiss einen Hieb mit der Peitsche, Miriam«, scherzte der Graf mit einem Augenzwinkern zu den beiden Frauen. »Es sieht mir ein bisschen störrisch aus.«

Laura lächelte verträumt und beobachtete, wie Vater und Tochter durch die Halle galoppierten, John Stewart im Schlepptau.

»Sie ist ein bildhübsches Kind, Laura.«

Laura drehte sich um und umarmte ihre Schwester, sprachlos vor Wiedersehensfreude und mit Tränen in den Augen. Die beiden Frauen hielten sich für einige Augenblicke umschlungen, bis Laura einfiel, dass ihre Schwester ja ein Kind unter dem Herzen trug!

»Wie fühlst du dich?«, erkundigte sie sich, eine Träne aus ihrem Augenwinkel wischend.

»Sehr gut. Ich fühle bereits, wie er ... oder sie ... sich in mir bewegt.«

»Nun, was es auch werden wird, es ist bestimmt ein kleiner Kraftprotz.«

»Ganz gewiss! Seit letztem Monat scheint es an meinen Rippen zu üben, wie man Burgmauern erklettert.«

»Es ist ein Wunder, Catherine.«

Die beiden Frauen verstummten für Augenblicke, eine Träne rollte über Lauras Wange.

»Kopf hoch«, tröstete Catherine sie. »Es ist nicht alles so schlimm, wie es aussieht.«

»Ich weiß nicht, was mit mir los ist«, seufzte Laura. »Ich ... ich meine, du hast Recht. Es war schon viel schlimmer. Aber seit ein paar Tagen ... immer wenn ich an Mutter denke ...« Tränen traten in ihre Augen, rannen über die Wangen.

Catherine streichelte sanft über das seidige Haar ihrer Schwester. »Wir werden sie finden und befreien. Tief in meinem Herzen, Laura, weiß ich, dass alles gut werden wird.«

Laura straffte sich, nahm das ihr angebotene Spitzentaschentuch von ihrer Schwester und wischte sich die Tränen fort. »Natürlich hast du Recht. Wir müssen tapfer sein. Bei der heiligen Jungfrau, ich wünschte, Adrianne wäre hier!«

Catherine nickte bekräftigend, und Lauras tränenfeuchter Blick glitt zu deren gerundeter Leibesmitte.

»Du siehst so ... wunderschön aus!«, sagte sie. Als Catherine ihre Hand fasste, schüttelte Laura den Kopf, von plötzlichem Schluckauf gepeinigt. »Ich weiß wirklich nicht, was mit mir los ist. Seit kurzem weine ich bei der kleinsten Kleinigkeit. Ich habe doch nie so nah am Wasser gebaut!«

»Gräm dich nicht. Jeder muss sich gelegentlich einmal ausweinen.«

Laura ließ sich zu der nächsten Bank führen. »Heute Morgen, als ich Miriam mit William auf seinem Ross Dread gesehen habe, hatte ich fast einen Nervenzusammenbruch. Gestern Abend, als mein Gemahl seinen Arm um mich legte, habe ich gleich losgeheult. Heute … als ich dich und deine junge Familie gesehen habe …« Wieder wischte sie sich die Augen. »Ich verstehe das nicht. Diese Empfindungen verwirren mich völlig.«

Laura vergrub das Gesicht in den Händen und versuchte tief einzuatmen – um sich zu beruhigen. Sie durfte nicht zulassen, dass William oder Miriam weitere solcher Torheiten mit ansehen mussten. Sie war sich sicher, dass sie ohnehin schon befürchteten, Laura sei dem Wahnsinn nahe.

Augenblicke später hob sie den Kopf, um dann festzustellen, dass Catherine sie mit unverhohlener Belustigung maß.

»Und was fühlst du noch?«

»Ich weiß nicht, was du meinst«, erwiderte Laura, einen verstohlenen Blick in Richtung Gemahl und Miriam werfend. Athol redete auf William ein, und Miriam spähte ehrfürchtig zu ihnen auf.

»Irgendwas Ungewöhnliches?«, bohrte Catherine. »Empfindungen, die dir neu sind. Irgendetwas, das du vor … sagen wir, sechs Wochen noch nicht bemerkt hast?«

»Ich bin unendlich glücklich!«

Catherines Lachkrampf zog die Blicke sämtlicher Saalgäste auf sie. Sogleich senkte sie die Stimme. »Das musst du mir nicht sagen. Das sehe ich selbst. Überleg mal, Laura, was noch?«

Während sie scharf nachdachte, glitten Lauras Hände unwillkürlich zu ihren Brüsten.

»Sie schmerzen?«

Tief errötend ließ Laura sogleich ihre Hände sinken,

um dann verschämt zu nicken. »Ja, sie spannen. Und ich glaube, dass sie wachsen. Wie kann das sein?«

Catherine strahlte befreit und tätschelte Lauras Schoß. »Was noch?«

»Ich bin ständig müde. Vielleicht liegt es an den Strapazen der Reise, aber ich könnte mit Leichtigkeit die nächsten vierzehn Tage durchschlafen.«

Catherine krauste die Stirn. »Das klingt sehr ernst!«

»Meinst du wirklich?«, fragte Laura ein wenig nervös. »Ich bin freilich selten krank, aber manchmal kann ich das Essen nicht bei mir behalten. Ich meine, als mein Magen vor zwei Wochen aus heiterem Himmel wieder anfing zu schmerzen, dachte ich, mein früheres nervöses Magenleiden würde sich wieder melden, aber mit all diesen anderen Symptomen ...«

»Tja, sehr ernst!«, wiederholte Catherine, beugte sich vor und küsste ihre Schwester ganz sacht auf die Schläfe.

»Bitte, sag mir doch, was los ist«, bettelte Laura unter Tränen. »Wenn ich eine schreckliche Krankheit habe, die mich aus dem Schoß meiner neuen Familie reißt ... das muss geplant werden. Ich muss Vorkehrungen treffen ...«

Als Catherine sich erheben wollte, legte Laura rasch eine Hand auf den Arm ihrer Schwester. »Bitte, sag es mir. Ich muss es wissen!«

Catherine schüttelte den Kopf und spähte durchtrieben zu William Ross. »Vielleicht sollten wir dieses geheimnisvolle Leiden mit demjenigen diskutieren, der es in erster Linie verursacht hat.«

Laura sah sie verständnislos an, aber dann machte ihr Herz unvermittelt einen freudigen Satz, begriff sie doch, was Catherine ihr zu vermitteln suchte. Mit offenem Mund erhob sie sich, als Catherine nickte.

»Warte« – flüsterte Catherine verschwörerisch –,

»vielleicht wartest du besser hier. Ich glaube, der Laird of Blackfearn muss sich setzen, wenn du ihm von dem Zuwachs in seiner Familie erzählst.«

Der tiefe, alte Eichenwald, der die felsigen Schluchten von Loch Dan säumte, hatte sein grünes Blätterdach verloren, und die Dunkelheit über dem Pfad wurde von einem riesigen, bleichen Mondrund erhellt, das hoch am westlichen Himmel hing. Gleichwohl hätte Wyntoun mit verbundenen Augen über diesen Weg zu reiten vermocht, kannte er die Wälder doch so gut wie Duart Castle selbst. Er hörte den Hufschlag von Adriannes Ross dicht hinter seinem eigenen, und schon nach kurzer Zeit preschten sie aus dem dichten Geäst in die offene Hügellandschaft.

Als er sich zu ihr umdrehte, schien der Mond so hell, dass ihr lächelndes Gesicht beinahe erstrahlte. Er gab seinem Hengst die Sporen und ritt voraus zu den sanften Anhöhen, die zu den Klippen oberhalb von Loch Spelvie führten; seine Angetraute hielt mit ihm Schritt und suchte ihn gelegentlich sogar zu übertreffen.

Sie war eine geübte Reiterin und eine gewiefte Gegnerin. Gleichwohl war es weniger ihr Geschick im Umgang mit dem geschmeidigen Hengst, was ihn faszinierte, sondern ihr Reitstil, der ihre gesamte Lebenseinstellung zu spiegeln schien – ihre Tollkühnheit und Spontaneität, ihren Mut und ihre Leidenschaft. Sie machte alles mit derselben tiefen Leidenschaft.

Auf der Spitze einer Klippe straffte Wyntoun die Zügel und bedeutete Adrianne, das Gleiche zu tun. Ihr Gesicht war gerötet von dem forschen Ritt, und das verschwitzte Fell ihres Pferdes glänzte im Mondschein, als sie dessen Nacken tätschelte und ihm gut zuredete.

Unter ihnen funkelten die Wasser des Sees, die dunklen Gipfel von Maol Ban und Drum Fada erhoben sich in der Ferne. Wyntouns Blick war auf Adriannes Profil geheftet, als sie sich im Sattel aufrichtete und voller Ehrfurcht die Naturschönheiten genoss, die sich vor ihnen erstreckten. Die Kapuze ihres Umhangs war längst heruntergerutscht, seidige Löckchen tanzten im Wind, ringelten sich an ihren Schläfen, ihrem zierlichen Ohr. Während winzige Nebelwölkchen ihren leicht geöffneten Lippen entwichen, ertappte Wyntoun sich dabei, dass er sich nach diesem Mund verzehrte. Die Kälte, der Ausritt … nichts vermochte die unwiderstehlichen Sehnsüchte auszublenden, die sie in ihm geweckt hatte, bevor sie seine Gemächer in Duart Castle verlassen hatten. Sie zu besitzen. Sie zu verführen. Und mehr. Während er auf die schimmernde Wasserfläche blickte, versuchte er sich einzureden, dass dies einzig mit seinem übermäßigen Weingenuss zu erklären sei. Was war mit seinen guten Vorsätzen, seinem gesunden Menschenverstand geschehen? Alles schien schlagartig wie weggewischt.

Wyntoun atmete tief ein und betrachtete den Mond, die bizarren Sternbilder. Nie wieder würde er Adrianne entmutigen, wenn sie ihn zu etwas so Erhebendem wie einem mitternächtlichen Ausritt im tiefen Winter überreden sollte. Die beißende Salzluft, die wilde Schönheit der Landschaft, die grenzenlose Faszination eines nächtlichen Ausritts – all das verschaffte ihm eine tiefe innere Zufriedenheit. In 500 Jahren, so sagte er sich, würde sich niemand mehr an einen Wyntoun MacLean oder eine Adrianne Percy erinnern können. An diese Nacht. Wer würde noch wissen, wen würde es kümmern, dass sie beide diese herrliche Luft eingeatmet hatten? Dass sie diesen Boden unter ihren Füßen gespürt hatten? Dass sie gemeinsam diese schimmernde weiße Scheibe am schwarzen Nachthimmel betrachtet hatten?

Niemand. Denn sie lebten im Hier und Jetzt.

Und er begehrte sie.

»Sollen wir zurückreiten?«

»Wir sind doch eben erst angekommen!«

»Ihr *müsst* doch mittlerweile müde sein.«

Sie bedachte ihn mit einem schelmischen Seitenblick und lächelte. »Nicht sonderlich!« Wieder wandte sie sich der landschaftlichen Szenerie zu. »Es ist wunderschön. Das Mondlicht auf dem See – die sternenklare Nacht – es ist, als hätten die Feen einen Weg zum Himmel erleuchtet. Ich bin sicher, ich sehe die Tore dort oben schimmern ... zwischen jenen zwei funkelnden Sternen.«

Er konnte seinen Blick nicht losreißen von ihrem Gesicht. In das weiche Licht des Mondes getaucht, war sie schöner als tausend Sterne.

»Ist es immer so wie jetzt? So friedlich? So bezaubernd?«

»Friedlich? Wohl kaum! Aber bezaubernd ... reizvoll ... umwerfend ... diese Eigenschaften treffen gelegentlich zu. Indes gibt es Momente, da vermögen Worte die Schönheit nicht zu umschreiben, die man vor Augen hat.«

Sie nahm einen kühlen Atemzug und schien für eine lange Weile die Luft anzuhalten. Dann drehte sie sich zu ihm um, merkte, dass er sie wie gebannt maß.

»Ich nehme an, für jemanden mit Eurem Erfahrungsschatz bergen die Sterne keine Magie. Wer wie Ihr die meiste Zeit auf See verbringt, für den ist das vermutlich nichts Neues und Aufregendes.«

»Das würde ich nicht sagen.« Er trieb sein Pferd näher zu ihr, bis sein Stiefel ihr Knie streifte, zog einen Handschuh aus und bot ihr eine Hand. Sie bedachte ihn mit einem scheuen Seitenblick und starrte sekundenlang auf seine ausgestreckte Hand, ehe sie die ihre von den Zügeln löste, den Handschuh abstreifte und ihre Hand in die seine legte.

Ihre Haut war so zart wie feinste Seide. Sie erbebte kaum merklich, als sein Daumen über ihren Handballen streichelte.

»Euch ist kalt.« Er beugte sich vor und umschloss auch ihre andere Hand. Behutsam streifte er den zweiten Handschuh von ihren Fingern. Die Pferde scharrten mit den Hufen, brachten sie einander noch näher.

Ihre weichen Hände zwischen den seinen, führte er diese an die Lippen und hauchte seinen warmen Atem darauf. Wieder erbebte sie.

»Das ist nicht nötig, Wyntoun.« Bevor sie sich zur Wehr setzen konnte, nahm er die Zügel ihres Pferdes und verknotete sie locker mit denen seines Hengstes. Ihre Augen weiteten sich, als sie sein Vorhaben erkannte.

»Ich … mit mir … mit mir ist alles in Ordnung …«

Er hob sie auf seinen Schoß, als wäre sie leicht wie eine Feder. »Ich darf nicht zulassen, dass Ihr Euch in Eurer Hochzeitsnacht eine Erkältung holt.«

»Mir war nicht kalt«, wandte sie sanft ein, derweil er sie an sich zog. Er wickelte ihren Umhang fester um sie und stellte sicher, dass sie gut geschützt vor der Kälte war. Sie öffnete die Lippen, um etwas einzuwenden, doch er verschloss sie sogleich wieder mit seiner riesenhaften Hand.

»Sagt mir noch einmal, dass Euch nicht kalt ist.« Ihre seidig-zarte Gesichtshaut war eisig. Ihre blauen Augen – so blau wie ein mondbeschienener Nachthimmel – versanken in den seinen. Sanft berührte er ihre Schläfen, ihre Wangen, zeichnete die Linien ihres vollkommenen Ohrs nach. Seine Finger streiften ihr Kinn, glitten zu ihrer Unterlippe, wo Rosen auf Elfenbein trafen. Er hörte ihr leises Seufzen, sah, wie sich ihre Lider unmerklich senkten.

Er hörte nicht auf, er dachte nicht nach, sondern tat einzig das, was sein Körper ihm befahl. Er presste seine Lippen auf die ihren.

Sie war süßer als in seiner Erinnerung. Wahrlich, so mussten verbotene Früchte schmecken.

Unwillkürlich ballten sich ihre Hände zu Fäusten, um kurz darauf entspannt an seine Brust zu sinken. Als er sie fester auf seinen Schoß zog, spürte er, wie sie nachgab, dahinschmolz, wie sich ihre Lippen verlangend teilten. Mit seinem Mund dämpfte er ihre leise gestöhnte Kapitulation, als ihr Körper sich an den seinen schmiegte.

Wyntouns raue Hände streichelten ihren Rücken, er drückte sie unbändig an sich. Gleichwohl vernahm er sein eigenes, gedämpftes Stöhnen, als ihre Zunge verschämt mit der seinen spielte, ihre Arme seinen Hals umschlossen. Seine Lippen glitten über ihre Wange, ihre Schläfe. Er gewahrte ihre Miene, entrückt vor Begehren und Neugier. Als sein Mund schließlich wieder den ihren fand, erwartete sie ihn bereits sehnsüchtig, mehr als willig, seinen feurigen Kuss zu erwidern.

Richtig oder falsch? Begehren wider Vernunft. Der innere Kampf war kurz, da jede Logik sich blitzartig seiner Leidenschaft beugte.

Sie war immerhin seine Gemahlin. Gab es etwas anderes, das zählte?

Ihre Zunge zog den Schwung seiner Lippen nach, drängte ihn fortzufahren, wo er geendet hatte. Was ihr an Erfahrung fehlte, machte sie mit Leidenschaft wett. Weiterer Ermutigung bedurfte es für Wyntoun nicht. Mit gleichsam animalischem Begehren bezwang er ihren Mund, besiegelte ihre Lippen, konnte scheinbar nicht genug von ihr bekommen.

Ein plötzlicher Windstoß fegte um die hohen Klippen, katapultierte sie in eine Spirale der Lust.

»Immer noch kalt?«, fragte er spröde, als ihre Lippen sein Gesicht kosten, so wie er es zuvor bei ihr getan hatte.

»Wieso kalt?«, flüsterte sie und küsste ihn aufs Kinn. »Ich fühle mich ... so erhitzt ... wie an einem glutheißen Sommertag.«

Wyntouns Mund ergriff abermals Besitz von dem ihren. Seine Hände glitten unter den wollenen Umhang, streichelten ihre schmalen Schultern und ihren Rücken, glitten tiefen und fühlten die Rundung ihrer Schenkel. Er zog ihre Hüfte dichter an seine pulsierende Männlichkeit.

»Ich hätte nie geahnt, dass Küssen so ... so atemberaubend sein kann.« Sie knabberte an seinen Lippen, neckte, provozierte ihn, dass er sie abermals lustvoll küsste. »Wenn das Küssen doch so ... so viel Vergnügen bereitet ... warum geht man dann ... letztlich noch weiter?«

Wyntoun stöhnte vor Lust und Unmut, als seine Hände die vollkommene Rundung ihres Busens ertasteten, unter dem dicken Wollungetüm von einem Gewand. Er wollte sie hier – und jetzt – verführen. Das Verlangen, mit ihr zu verschmelzen, jeden Zoll ihrer Wärme zu spüren, blendete alle anderen Erwägungen aus. Gleichwohl verdiente sie seine Rücksichtnahme, war es doch ihr erstes Mal, und so unterdrückte er seine Fleischeslust.

»Weil es noch weitaus mehr Vergnügungen gibt ... ein Geben und Nehmen ... inniger als das, was wir jetzt empfinden.«

Sie schrak unmerklich zurück und maß ihn mit einer

Mischung aus Argwohn und Verwunderung. »Mehr als jetzt?«

Ihre naive Frage machte ihn schmunzeln, und er küsste sie erneut, lustvoll, intensivierte den Kuss mit jeder Bewegung seiner Zunge. Seine Finger glitten über ihre knospenden Spitzen, kosten sie durch das Gewand. Dann sank seine Hand langsam tiefer, spürte, wie ihr Körper sich seiner Berührung hingab. Er nestelte an dem Wollstoff, drängte sie, ihre Schenkel zu öffnen, worauf er ihre Scham umschloss.

Erstaunt aufseufzend zog sie ihren Mund weg. »Ich … dieses Gefühl … das Flattern in meinem Bauch … ist freilich noch … noch angenehmer.«

Er verkniff sich ein Grinsen, hauchte zärtliche Küsse auf ihr Gesicht, derweil er den Druck auf ihr Schambein beibehielt, streichelte, koste, darauf harrte, dass ihr Körper auf seine geübten Finger reagierte.

»Das ist noch aufreizender.« Ihre Schläfe streifte seine Lippe. »Es ist so verwirrend … ein Tumult der Gefühle … und ich weiß nicht, wie dies enden soll.«

Wieder küsste er ihre Schläfe, ihr Gesicht, ihren Mund. Nie zuvor hatte eine Frau diese Empfindungen in Worte gekleidet. Keine Frau war wie Adrianne gewesen.

»Sag es mir«, hauchte er in ihr Ohr, während sein Mund jeden Zoll ihrer Haut mit Küssen verzehrte. »Sag mir, was du fühlst.«

»Intensiver!«, seufzte sie gepresst. »Es wird immer intensiver … die Hitze … die Farben … aber da ist dieses … dicke Gewand … meine Haut ist … ich möchte fühlen …«

Auch er war erregt, sein Atem ging schnell, genau wie der ihre. Als ihr sinnlich verträumter Blick auf den seinen traf, bezwang er brutal ihren Mund. Eine Hand hielt ihre Taille umfangen, während die andere an ihren Röcken zerrte. Die Stoffmassen waren eine Plage, dennoch fand er einen Weg. Seine Finger ertasteten die seidenzarte Haut ihres Schenkels, wurden alsbald umfangen von der Feuchtigkeit und Wärme ihrer Scham. Er wusste nicht mehr, wer von ihnen beiden lauter stöhnte.

Sie klammerte sich an seinen Nacken. »Ich bin … ich kann nicht …«

Sein Finger glitt in ihre verlockend enge Spalte. »Lass dich gehen, Adrianne.« Er küsste sie hemmungslos. »Lass dich einfach gehen.«

Im Augenblick ihres Höhepunkts schmiegte sie ihren Schoß an seine Hand, dann schrie sie ihre Lust hinaus in den funkelnden Sternenhimmel.

Für einen langen, langen Moment vermochte er nicht mehr klar zu denken. Er wollte sie nehmen, mit ihr verschmelzen, stattdessen jedoch hielt er sie einfach umschlungen, murmelte ihr sanfte Liebkosungen ins Ohr und küsste sie mit all der Zärtlichkeit, die ihn übermannt hatte.

Dann wendete er unvermittelt sein Ross, gab ihm die Sporen und preschte in Richtung Duart Castle, Adrianne fest in seine Arme geschmiegt; ihr Reittier folgte ihnen. Es dauerte eine Weile, bis sie zu ihrer Sprache zurückfand.

Er wollte sie mehr als alles, was er sich je in seinem Leben erträumt hatte. Er begehrte sie so tief und innig, wie er es nie für möglich gehalten hatte. Indes würde er sie nicht hier verführen, auf der Heide, den Felsen oder in einem Eichenwald … der Teufel sollte ihn holen! Heute war immerhin ihre Hochzeitsnacht, und diese galt es zu feiern.

Ihr hübsches Köpfchen schmiegte sich in seine Halsbeuge. Ihr warmer Atem und ihre weichen Lippen waren eine lustvolle Folter für seine Haut. Sie hatte eine Hand in seinen Tartan und sein Hemd gesteckt und streichelte die nackte Haut seines Brustkorbs. Allein ihretwegen hoffte er, dass ihre Finger nicht tiefer glitten, denn sonst wären all seine guten Absichten dahin, es bis zur Burg und in sein warmes Bett zu schaffen.

»Wohin reiten wir so eilig?«, fragte sie, als der Wald vor ihnen auftauchte.

»Zurück nach Duart Castle ... zu unseren eigenen Gemächern.«

Sie hob den Kopf von seinen Schultern. Als er sie ansah, umspielte ein spitzbübisches Lächeln ihre verlockenden Lippen.

»Aber bis zum Morgen ist es noch eine lange Zeit. Du wirkst nicht so müde ... als dass du schlafen gehen wolltest, meine ich. Was ... was werden wir bis zum Sonnenaufgang tun?«

Er umschlang sie fest, knabberte an ihren Lippen. »Sobald wir dort sind, habe ich den einen oder anderen Vorschlag. Du hast zuvor von ›kompromittierenden Stellungen‹ gesprochen. Ich weiß da einige.«

Ihre blauen Augen weiteten sich vor Erstaunen. »Aber was ist mit dem, was *du* zuvor gesagt hast? Deine Bedingungen und ...«

»Zum Teufel mit allem, was ich gesagt habe«, grummelte er. »Meine Gemahlin zu verführen ist die einzige Bedingung, die ich an meine Hochzeitsnacht stelle.«

Diesmal entging Wyntoun ihr Mienenspiel. Zuversicht und Zufriedenheit glitten über Adriannes Gesicht, als sie ihren Kopf an die Schulter ihres Gatten bettete.

# 15. Kapitel

Obschon alles vorbereitet war, wusste Nichola Percy, dass Sekunden über ihr Leben, ihren Tod entscheiden konnten.

Es hatte nicht viel gefehlt, und sie hätte sich ihr Genick gebrochen, als sie das Feldbett vor den abbröckelnden Mörtel des Mauerwerks geschoben und sich darauf gestellt hatte, um ihre Decke in den schmalen Fensterschlitz hoch oben in der Wand zu stopfen.

Jetzt stand das Feldbett an der Wand, wenige Schritte von der Tür entfernt, und eine weitere Decke verbarg das aneinander geknotete Seil und die Holzstücke. Dort würde sie sich verstecken, sollten sie die Kammer betreten. Wenn sie Glück hatte, war der Rauch so dicht, dass sie es nicht bemerkten, wie sie hinausschlüpfte, redete sie sich ein und trug noch mehr Bodenreisig zu dem kleinen, von ihr aufgeschichteten Stapel.

Nichola trat zurück und betrachtete stirnrunzelnd ihr Werk. Die strohgefüllte Matratze würde brennen wie Zunder; sie hoffte nur, dass sie genügend Rauch erzeugte, um die Kammer zu füllen. Sie spähte hinauf zu den Deckenbalken. Die schwelende Glut aus der Kohlenpfanne hatte das rußgeschwärzte Holz bereits erreicht. Das zugesperrte Fenster zeigte Wirkung.

»Es muss einfach funktionieren«, machte sie sich Mut.

Keinen Tag länger wollte sie diese Gefangenschaft, dieses quälende Schweigen ertragen! Wenn sie auf diese Weise ihr Leben würde lassen müssen, dann wäre der Tod keine Strafe, sondern der Weg in eine bessere nächste Welt.

Nichola schlich sich zu der Tür der kleinen Kammer, lauschte angespannt auf Geräusche, die sie vor dem Herannahen der betagten Zugehfrau warnten. Der Augenblick war gekommen.

»Wer nicht wagt, der nicht gewinnt, so heißt es doch …«

Fasziniert von ihrem eigenen Wagemut, raffte sie ihren Umhang zusammen und stieß die Kohlenpfanne um, worauf die glühenden Scheite auf das Reisig fielen. Sie vermochte diese zermürbende Gefangenschaft nicht länger zu ertragen; dennoch, ihr Zündeln hätte womöglich weitreichende Folgen. Gewiss, sie hatte die Geduld verloren – aber was war mit den Menschen, die in dieser Burg ihr Auskommen finden mussten? Sicher, wer immer dieses Anwesen besaß, hatte sie misshandelt, indem er sie gegen ihren Willen und ohne jeden Kontakt zur Außenwelt einsperrte – aber was, wenn unschuldige Menschen verletzt oder den Tod in dieser Feuersbrunst finden würden? Was, wenn das Feuer außer Kontrolle geriet? War der Umstand, dass sie mit dem Mut der Verzweiflung ihrem Verließ zu entkommen trachtete, Grund genug, anderen die Lebensgrundlage zu entziehen oder deren Tod herbeizuführen?

Das Reisig flammte auf, und die Matratze fing in Windeseile Feuer. Innerhalb von Sekunden erfüllte beißender, dunkler Rauch die Kammer, und Nichola lachte freudlos über ihre eigene Skrupellosigkeit. Allein der Gedanke, dass sie ihren Töchtern – vor allem Adrianne – jahrelang gepredigt hatte, geduldig und überlegt zu handeln! Und jetzt verhielt sie selbst sich so unbeherrscht und rücksichtslos.

Nichola erschien die Situation wie eine Ironie des Schicksals.

Der Rauch füllte mittlerweile den oberen Teil der

Kammer, und Nichola bedeckte Mund und Nase mit ihrem Umhang. Als sie zur Tür rannte, erloschen unvermittelt die beiden Kerzen auf dem kleinen Tisch, und Nichola merkte, dass ihr das Atmen schwer fiel. Sie vernahm den Luftzug unter der Tür, und als sie sich neben die Schwelle kauerte, sah sie die am Boden leckenden Flammen. Die alten Eichendielen hatten Feuer gefangen.

Sie drehte den Kopf, als eine schwere Tür in ihren alten Angeln quietschte, irgendwo in dem Geschoss unter ihr.

»Feuer!«, brüllte Nichola aus Leibeskräften. »Helft mir! *Feuer!*«

Schlagartig kam ihr der Gedanke – der sogleich in drohende Gewissheit umschlug –, dass ihre Häscher ihren Hilferufen keine Bedeutung beimessen könnten. Die alte Dienerin würde sie nicht hören, das stand fest. Was, wenn sonst niemand in Hörweite war? Sie spürte bereits, wie sich die Glut der Flammen am Boden ausbreitete. Ihre Augen brannten von dem beißenden Qualm.

»Feuer!«, schrie sie wieder. »*Feuer!*«

Sie schlich sich von der eisenbeschlagenen Tür zu dem Versteck hinter der Pritsche und wartete, von plötzlichen Zweifeln geplagt, ob überhaupt jemand käme. Nichola presste den Umhang auf ihren Mund, starrte wie gebannt zur Tür, weniger aus Angst als in dem erschreckenden Bewusstsein, dass sie diese Form des Todes gewählt hatte. Sie hoffte nur, sie würde das einzige Opfer bleiben.

Auf einmal gewahrte sie in dem Rauch das Gesicht von Edmund, ihrem Gemahl. Dann traten ihre Töchter neben ihn. Die drei Mädchen lächelten. So unschuldig. Gekleidet in feinstes weißes Leinen, waren sie so hübsche, junge Geschöpfe. Das Bild veränderte sich. Sie rannten über die Moore zu ihr, doch sie wich immer weiter zurück. Nichola sah ihre schimmernden dunklen Locken, die im Wind flogen. Die flehenden blauen Augen, die kleinen winkenden Hände, die ihr bedeuteten, auf ihre Kinder zu warten.

Nichola wandte ihr Gesicht und erblickte Edmund, der ihr zu Füßen kniete. Vor Freude schrie sie auf, da sie ihn lebend gewahrte – und gesund. Tränen des Glücks rollten über ihre Wangen, hatte sie sich doch so einsam gefühlt ohne ihn. Sie streckte ihre Hand aus, wollte sein Gesicht berühren, doch eine Rauchwolke nebelte sie ein.

»Edmund!«, schluchzte sie leise. Sein Bild verwischte vor ihren Augen. »Bitte nimm mich mit, Edmund.«

Wieder gewahrte sie ihre Kinder – inzwischen erwachsen, standen sie vor gesichtslosen Männern. Catherine, guter Hoffnung, hielt eine strahlende Laura im Arm. Adrianne ... die Hand eines Ritters ruhte auf ihrer Schulter, hielt ein blaues Tuch, gesäumt mit Gold. Es war das Tuch, das in dem Arbeitszimmer ihres Gemahls gehangen hatte.

»Sie sehen glücklich aus, Edmund«, hörte sich Nichola flüstern. »Zufrieden. Nimm mich mit ...«

Niemand stand neben ihr. Keine blauen Augen. Kein sanftes Gesicht. Keine starke Schulter, an der sie sich hätte ausweinen und Trost finden können. Er war von ihr gegangen. An seiner Statt erspähte Nichola nur Feuer und Rauch und drei Männer, die hektisch versuchten, die Flammen mit Decken zu ersticken. Sie schaute zur Tür. Diese stand weit offen.

Nichola zögerte nicht. Sie trat in den langen Gang, bemerkte ihre greise Zugehfrau, die einen langen, schmalen Fensterladen im Stiegenhaus öffnete, um die Nachtluft hereinzulassen.

Nichola schlüpfte geschwind an der Frau vorbei und

nahm die Stufen in fiebernder Hast. Im Gang darunter stand eine Tür offen, mit einer Galerie, die zu einer weiteren Treppe führte.

Das Gebrüll der nach oben eilenden Männer ließ sie für Augenblicke erstarren, doch sie fasste sich schnell und stürmte über die Galerie, vorbei an verschlossenen Türen. Am Ende der Empore erhellte eine brennende Fackel eine weitere Treppe. Zu ihrer Linken gingen dunkel gähnende Fenster hinaus in den unter ihr liegenden Hof, und sie sah Männer und Frauen geschäftig hin und her rennen, mit Fackeln bestückt.

Sie hastete durch den Gang, schrak zurück vor dem zu ihr dringenden Lärm der Menschenmassen und glitt über die Schwelle einer schwach erleuchteten Kammer. Männer wie Frauen bewaffneten sich mit Wasserkübeln und drängten ins Innere der Burg. Sie drehte sich um, ließ ihren Blick durch das Gelass schweifen. Ein wärmendes Feuer knackte im Kamin, tauchte einen nahen Sessel und die Wände in diffuses Licht. Auf einem Schreibtisch inmitten des Raums lagen Pergamentrollen ausgebreitet, ihre Ränder beschwert von geschnitzten Steingewichten. Sie sah keine weitere Tür.

Und dann erstarrte ihr Blick, und ihren Lippen entfuhr ein stummer Schrei. Dort, an der Wand über dem niedrigen Kaminsims, hing ein Wappenschild, den sie so gut kannte wie ihren eigenen.

Noch aufrüttelnder indes war das blaue Tuch aus feinstem Stoff, das man sorgfältig ringsum drapiert hatte. Wie von magischer Hand geführt, strebte Nichola zu ebendiesem Tuch, den Blick ungläubig auf die goldene Stickerei geheftet, die im flackernden Feuerschein funkelte.

»Also, was *genau* hast du mit mir vor, wenn wir zur Burg zurückgekehrt sind?« Adriannes Kopf ruhte entspannt an Wyntouns Brust. Sie atmete den schweren maskulinen Duft von See und Leder und die nächtliche Winterluft ein. Ein Prickeln jagte durch ihren Körper, und sie schmiegte sich inniger an ihn.

»Adrianne ...« Sein grimmiges Knurren entlockte ihr ein durchtriebenes Kichern. Sie küsste seine entblößte Nackenhaut.

»Aber es gibt so vieles, das ich noch nicht weiß. Wenn du mir doch nur ein paar Hinweise mit auf den Weg geben könntest ...«

Sie spürte seine Mannhaftigkeit hart und verlangend an ihrer Hüfte. Er verlagerte unmerklich sein Gewicht, zog sie noch fester an seine Brust.

»Wenn du so weitermachst, werden wir Duart Castle heute Nacht gewiss nicht mehr erreichen.«

Sie reckte den Kopf und strahlte ihn an. »Kennst du denn einen näher gelegenen Ort, an dem wir Schutz finden könnten?«

»Aber gewiss doch! Solange dir der gefrorene Waldboden als Schlafstatt genügt, der Nachthimmel als Dach und das Gewicht deines Gatten als Zudecke!«

»Das genügt mir vollends.«

Sein Lachen, das durch die schweigende Nacht drang, versetzte Adrianne einen eigentümlichen Stich ins Herz, hätte sie doch nie gedacht, dass sie so tief für ihn empfinden könnte. Sie legte eine Hand auf seine Wange, worauf sein Blick mit dem ihren verschmolz.

Die Wipfel der Eichen muteten wie ein gewaltiges Spinnennetz an. In den Sommermonaten, wenn Blattwerk die Äste zierte, musste es hier stockfinster sein, dachte sie bei sich.

Wyntoun ritt jetzt Schritt, beide schwiegen für eine lange Weile.

»Dieses Spiel, das wir hier spielen, Adrianne … du weißt, dass es seinen Preis hat?«

»Tatsächlich?«

»Ja … Konsequenzen. Wir werden uns tiefer in etwas verstricken, als es unsere Vereinbarungen vorsahen.« Er schaute starr geradeaus. In der Ferne hörte sie den rauschenden Strom, den sie auf ihrem Hinritt zum See durchquert hatten. Vor ihrem geistigen Auge sah sie abermals die Wassermassen, die sich über Raureif bedeckte Felsen stürzten.

»Findest du den Preis zu hoch, Wyntoun MacLean?«

»Nein, gewiss nicht«, meinte er gedehnt. »Solange es nachher niemanden reut.«

»In diesem Fall *werde* ich dir sagen, wohin ich am Morgen gehe. Zufrieden?«

»Gewiss, gewiss.« Er schmunzelte, wurde jedoch sogleich wieder ernst. »Gleichwohl lässt sich nicht alles so leicht zwischen uns klären.«

Sie verharrte in seinen Armen, lauschte dem Rauschen des Windes in den Zweigen.

Nachdenklich an ihrer Unterlippe nagend, sann Adrianne über seine Worte nach. *Solange es nachher niemanden reut … Alles klären*. Beabsichtigte er immer noch, sie gehen zu lassen, sobald ihre gemeinsame Aufgabe erfüllt wäre? Irgendwie mussten sich ihre Pläne doch inzwischen geändert haben, oder? Adrianne öffnete den Mund, um die Fragen zu stellen, die ihr auf den Lippen brannten, und schloss ihn rasch wieder, da Wyntoun die Pferde abrupt zum Stehen brachte.

»Was ist denn?«

»Da … im Fluss.« Er wies mit seinem Finger darauf, lenkte die Pferde zum Wasser. »Dort bewegt sich etwas.«

Sie fasste die Zügel der Pferde, da er behände zu

Boden sprang, und spähte über die Lichtung. In der Ferne türmte sich bereits die in bleiches Mondlicht getauchte Festung Duart Castle auf.

»Dort ist etwas. Es sieht aus wie ein Kind.«

Adrianne glitt ebenfalls vom Pferd und folgte ihm zum Ufer. Über seine Schulter spähend, entdeckte sie die winzige, im Strom treibende Silhouette.

»Warte hier!« Er watete in die eisigen Fluten und zog seinen Dolch aus dem breiten Gürtel.

Geschwind band sie die Zügel an einen nahen Strauch und folgte ihm, ohne zu überlegen, ins Wasser.

»Ich habe dir doch gesagt, du sollst am Ufer bleiben«, schnaubte er nach einem Blick auf Adrianne. Sie stand bis zu den Knien in den Fluten, die Röcke aufgebläht von den Wassermassen.

Sie ignorierte seine Zurechtweisung und pirschte sich hinter ihm zu der zusammengekauerten Gestalt vor. Vorübergehend dachte sie an ein Fantasiewesen, vielleicht einen Wasserelf. Als sie näher kam, bemerkte sie jedoch ebenso wie Wyntoun den schwarzen Schopf, die schmalen Schultern, eingesunken und bibbernd in dem frostkalten Strom.

Gillie!

»Zum Henker, bist du das, Gillie?« Der Ritter schob seinen Dolch zurück und beugte sich über den Jungen.

»Gillie, was machst du denn hier?«, erkundigte sich Adrianne, den Schopf des Jungen tätschelnd. Er war verharscht. Sie hob sein Kinn an, um sich zu vergewissern, dass er noch atmete. Seine Zähne klapperten, sein Blick war verwirrt. Rasch entledigte sie sich ihres Umhangs, wollte diesen um Gillie legen.

»Noch nicht«, wies Wyntoun sie an. »Zuerst müssen wir ihn aus dem Wasser holen.«

Sobald der Highlander ihn hochhob, warf sie ihren Umhang um die Schultern des Knaben.

»Mein ... F-Fuß ... mein ... Fuß«, jammerte Gillie leise, zitternd wie Espenlaub. »Der Teu...fel ... h-h-hält ... meinen F-Fuß ... fest.«

Nach einem strafenden Blick in ihre Richtung schob Wyntoun den störenden Umhang beiseite und griff mit einem Arm ellbogentief in das eisige Wasser. »Ein Ast. Sein Fuß hat sich in einem Ast verfangen. Versuch ihn aufzurichten.«

Adrianne gehorchte und legte den Arm des Jungen um ihre Schulter.

»Du schaffst es, Gillie.« Mit vereinten Kräften zogen sie den Jungen auf die Füße.

»Welch wundersame Verwandlung – du gehorchst mir aufs Wort!«

Adrianne sah auf. Sie spürte, dass ihr Temperament mit ihr durchzugehen drohte, wie stets, wenn Wyntoun sie kritisierte. »Ich tue immer, wie mir geheißen.«

Sein vernichtendes Schnauben war nicht zu überhören, und sie funkelte ihn an. Kopfschüttelnd hielt Wyntoun den im Flussbett verwurzelten Ast fest, bemüht, ihn herauszureißen. Beim dritten kraftvollen Versuch löste er sich. Behutsam befreite er Gillies Fuß.

Sogleich schloss er den Jungen in die Arme und trug ihn zur Uferböschung. Adrianne watete neben ihm her, bestrebt, mit seinen langen Schritten mitzuhalten.

»Kannst du womöglich auch Anweisungen befolgen?«, zischte er, derweil er vorsichtig ans Ufer kletterte.

»Nichts leichter als das.« Sie beeilte sich, zu ihm aufzuschließen. Zum ersten Mal fühlte sie die bittere Kälte; ihre nassen Sachen klebten schwer an ihren Beinen, und sie unterdrückte ein Zittern.

»Adrianne, der Junge braucht Hilfe.«

»Das weiß ich!«, antwortete sie zaghaft, derweil sie die Zügel losband und sich dann wieder dem Highlander zuwandte. Sie spähte zu Gillie, berührte sein eiskaltes Gesicht. Er schien ohnmächtig geworden in den Armen des hünenhaften Ritters. »Wir müssen ihn zur Burg bringen.«

»Wir müssten zwei Decken im Gepäck haben, eine in jeder Satteltasche. Nimm sie heraus und wickle dich in eine davon.«

»Ich brauche keine. Gillie ist derjenige ...«

»Zum Teufel, tu, was ich dir gesagt habe, oder ich binde dich fest und mache es selbst.«

»Aufbrausender, übellauniger Wüstling!«, zischte sie leise, derweil sie seine Anweisung befolgte. »Du willst die andere für Gillie?«

»Breite die andere aus und schwing dich auf dein Pferd.«

»Meinst du nicht, wir sollten dafür sorgen, dass Gillie ...«

»Wenn du dich gefälligst sputen und das tun könntest, worum ich dich bitte ...«

»Aber gewiss doch! Ich folge dir aufs Wort.« Sie saß auf, legte die Decke lässig über ihre Schenkel. »Ist es so recht?«

Er schob Gillie sanft in ihre Arme.

»Ich habe ihn!« Sie drückte ihn fest auf ihren Schoß, wickelte ihn in die Decke ein und fasste die Zügel.

»Wenn du den Burschen kurz festhalten könntest, dann werde ich ...«

Der nächste Befehl des Highlanders war jedoch vergebens, da sie auf ihrem Ross davonpreschte. Adrianne hatte nicht vor zu warten. Sie wusste, was sie als Nächstes zu tun hatte. In Windeseile passierten sie den reißenden Strom und das andere Ufer. Sie hörte

Wyntoun hinter sich und trat dem Pferd in die Flanken.

Der Junge musste aus den nassen Sachen raus und in wärmende Decken gehüllt werden. Sie musste ein anständiges Kaminfeuer entzünden, damit Gillie sich aufwärmen konnte. Ihm heiße Brühe einflößen und beten, dass er kein Fieber bekäme. In Adriannes Kopf schwirrten unzählige Dinge herum, die sie würde tun müssen, sobald sie zur Burg zurückgekehrt wären.

Wyntouns Hengst galoppierte dicht hinter ihnen, und so, wie er ihren Namen brüllte, fragte sie sich beklommen, ob er vielleicht andere Pläne habe. Gleichwohl reagierte sie nicht darauf, sondern spornte ihr Ross weiter an. In wenigen Augenblicken würden sie den Wald hinter sich gelassen haben und längs der dunklen Wasser der Duart Bay zur Burg reiten.

Zum Reden bliebe ihnen immer noch Zeit, war Gillie erst einmal geborgen und in wohliger Wärme.

# 16. Kapitel

»Der Schatz des Tiberius hat mich tief beeindruckt.«

Die Lüge kam ihm überaus glaubwürdig über die Lippen. Die Äußerung klang so ehrlich und überzeugend wie alles, was Benedict in seinem Leben kundgetan hatte. Und er sah, dass die Worte die gewünschte Wirkung erzielten. Alle Anwesenden hingen wie gebannt an seinen Lippen; ihre Mienen schwankten zwischen Misstrauen, Verblüffung und Neugier, was er ihnen zu berichten hätte. Schweigen hatte sich über den Raum gebreitet.

Benedict wusste, warum man ihn hergebeten hatte. In der Gegenwart der beiden Percy-Schwestern, die er als Kinder unterrichtet hatte, beabsichtigten der Earl of Athol und William of Blackfearn, ihn über Jacob, diesen toten Narren, auszufragen. Nun, es lag noch nicht allzu lange zurück, dass er selbst gefoltert worden war, von wahrhaft brutaler Hand, von Männern, die die Schreie der Gefolterten genossen, derweil sie ihren teuflischen Machenschaften frönten.

Irgendwie, dachte Benedict spöttisch, irgendwie bezweifelte er, dass ihm hier in Balvenie ein ähnliches Schicksal drohte.

Er dachte an Jacob. Das Gejammer dieses Mönchs, seine Unfähigkeit und Seelenpein hatten Benedict keine Wahl gelassen, als den schwatzhaften, schielenden Tölpel zu töten. Es hatte nur Augenblicke gedauert. Ein Seil, festgezurrt um seinen mageren Hals, ein kurzer Kampf, ein Strampeln, ein Zucken, dann war es vorüber gewesen. Den Leichnam aufzuknüpfen, dass es wie ein Selbstmord durch Erhängen anmutete, war der weitaus schwierigere Teil gewesen, aber auch das hatte Benedict gemeistert.

Und jetzt hegte er die feste Absicht, Jacobs ›Verrat‹ und dessen Tod für seine Zwecke zu nutzen, um das Vertrauen der Percy-Schwestern zu gewinnen.

Als er das Arbeitszimmer des Grafen betreten hatte, war er vorbereitet gewesen. Er hatte genau gewusst, wie er es im Einzelnen hatte darlegen sollen, dass er den abtrünnigen Ordensbruder entlarvt hatte. Dass Jacob ihm im Alkoholrausch von Tiberius berichtet hatte, in jener Nacht, als er sich erhängt hatte. Ganz recht, er hatte ihnen erzählt, dass er von Jacobs Plan wusste … dass er ihn sorgsam beobachtet habe … pflichtbewusst.

Und es hatte nicht lange gedauert, bis sie die heikle

Frage an ihn richteten: Was wusste Benedict selbst von diesem … diesem Schatz des Tiberius?

William of Blackfearn hatte sich betont beiläufig danach erkundigt. Der Highlander war gerissener, als man vermuten sollte, erkannte Benedict. Dem Clanführer der Ross entging nichts.

Und als seine Befrager sich vielsagende Blicke zuwarfen, schwante ihm, dass der Zeitpunkt gekommen war, aufs Ganze zu gehen. Er würde ihnen die überzeugende Antwort geben und ihr Vertrauen gewinnen, so wie er auch das Vertrauen der zahllosen Geistlichen genoss, die ihn im letzten Jahr unterstützt hatten. Er würde sich ihre Überzeugungen, ihren Aberglauben zunutze machen.

»Ganz recht«, wiederholte er. »Ich weiß um die Kraft des Tiberius. Um die Wundertaten, und das hat mich tief berührt.«

»Was meint Ihr damit?«, erkundigte sich Athol stirnrunzelnd.

Der Mönch faltete seine gichtgekrümmten Finger und traf auf Catherine Percys Blick. Von den beiden anwesenden Schwestern war sie nach Benedicts Einschätzung diejenige, die am leichtesten zu überzeugen wäre – die Träumerin in der Familie. Sie war immer schon überaus vertrauensselig gewesen.

»Mein Dasein – die bloße Tatsache, dass ich mein Leben dem Gebet und dem Studium widmen durfte – ist ein Beweis für die Macht des Tiberius.«

»Sprecht Ihr von Eurer eigenen vergeistigten Existenz? Hat Tiberius selbigen Einfluss auf Euer Leben genommen? Bitte redet ohne Umschweife, Benedict.«

Wie zur Bekräftigung ihrer Worte nickte der Mönch Laura unmerklich zu, richtete sein Augenmerk dann aber wieder auf Catherine.

»Ich spreche von einer Segnung … einem Wunder,

so wirklich und wahrnehmbar wie das Sehen, Hören oder Tasten.«

»Was meint Ihr damit? Habt Ihr den Schatz des Tiberius schon einmal gesehen?«, fragte John Stewart schroff. Er wandte sich an seine Gattin und seine neue Schwägerin. »Ihr vielleicht?«

»Gewiss doch«, sagte Benedict in ruhigem Ton. »Ich habe ihn gesehen!«

»Gott sei Dank!«, entfuhr es Catherine befreit. »Wenigstens einer hat ihn gesehen!«

Benedicts Miene verriet nichts von der Genugtuung, die er in ebendiesem Augenblick empfand. Das bestärkte ihn in der Annahme, dass die Schwestern den Schatz noch nicht gehoben hatten. Der wartete nur darauf, dass er, Benedict, ihn barg.

»Setzt Euch, Benedict.« William Ross' Anweisung klang schroff und zeugte von seiner Ungeduld. »Setzt Euch hierher und berichtet uns alles, was Ihr über den Schatz des Tiberius wisst.«

Benedict verbeugte sich leicht vor der Gruppe, schlurfte gemächlich durch die Kammer und nahm den ihm angebotenen Sessel neben dem Kamin. »Vieles aus meiner Vergangenheit wisst Ihr bereits.« Abermals waren seine Worte an Catherine gerichtet. »Aber ich weiß nicht, ob es mir zusteht, das in mich gesetzte Vertrauen der Percys mit ... mit Dritten zu teilen.«

»Bitte, berichtet uns alles«, erwiderte Laura. »Es ist an der Zeit, dass unsere Gatten erfahren, was wir bereits wissen. Wir alle sollten ins Vertrauen gezogen werden.«

»Benedict, wir kennen Euch nur als Lehrer«, warf Catherine ein. »Indes habt Ihr unseren Vater weitaus länger gekannt, nicht wahr?«

In gespieltem Erstaunen zog Benedict seine Brauen hoch. »Gräfin, hat Euer Vater Euch nie dargelegt, wie es dazu kam, dass ich bei Euch aufgenommen wurde? Wo soll ich anfangen?«

Der Mönch überlegte kurz. In seinem ganzen Trachten und Planen hatte er nicht einen Gedanken darauf verwendet, dass die drei Mädchen gar nicht wissen konnten, was der Schatz des Tiberius wirklich war. Als er jetzt darüber nachsann, erkannte er, dass es – trotz ihrer Geheimniskrämerei und ihres Ränkeschmiedens – durchaus möglich war, dass Edmund Percy nie die Gelegenheit gehabt hatte, seine Gemahlin über die wahre Natur des Tiberius aufzuklären. Seine Inhaftierung war plötzlich und unerwartet geschehen. Und sie wiederum hätte ihren Töchtern kein Sterbenswort verraten.

Nachdenklich spähte er zu den Frauen. Ihre Mienen spiegelten unverhohlene Neugier – sie wollten mehr über diesen Schatz erfahren, zu dem sie Kartenskizzen besaßen und über den sie offenbar wenig wussten. Das war wahrlich die Gelegenheit, auf die er gewartet hatte. Eine Chance, sich in ihren Kreis einzuschleichen.

»Früher war ich blind.« Benedict stockte und spähte um sich, um die Reaktion auf seine Worte in den Mienen der Anwesenden zu beobachten. Er hatte die gleiche Reaktion schon vordem bemerkt, bei den Mönchen und Adligen, die er in der Vergangenheit genarrt hatte. Die vier starrten ihn an, wissensdurstig hingen sie an seinen Lippen. »Als Junge war meine Welt in finsterstes Dunkel getaucht. Und ich wuchs in dieser Dunkelheit heran … bis sich ein wahrhaft unglaubliches Ereignis zutrug.

Ich wurde als Sohn eines Adligen geboren, doch aufgrund meines fehlenden Augenlichts hatte ich keinerlei Hoffnung, sein Erbe anzutreten. Also schickte man mich schon als jungen Burschen zu den Zisterziensern in der Abtei Jervaulx – nur einen halben Tagesritt entfernt von der Burg meiner Eltern. Ihr beide kennt die Abtei recht gut, ich weiß. Blind wie ich war, steckte man mich zu den Ordensbrüdern in der riesigen Klosterbibliothek. Alle wussten, dass ich auf den Äckern und in der Küche nicht würde helfen können. Gleichwohl hatte ich einen Platz gefunden, wo ich mein weiteres Leben im Dienste des Herrn verbringen durfte.«

Alle Mönche, die ihn aus jener Zeit kannten, waren mittlerweile tot. Es gab keinen, der seine Geschichte anzweifeln, keinen, der ihn einen Lügner schimpfen könnte.

»Ich entstamme einer kampfgestählten Familie. Mein Vater und einer meiner Brüder fochten und fielen mit König Richard – an jenem Tag, als dieser Emporkömmling Henry Tudor ihm die blutbefleckte Krone in Bosworth Field stahl. Ganz recht, wir sind ein kräftstrotzender Menschenschlag. Auch ich wuchs zu einem kräftigen, hoch aufgeschossenen Manne heran – trotz meiner fehlenden Sehkraft.« Ungerührt blickte er zu Athol und William. »Der gebrochene alte Mann, der hier vor Euch steht, ist das Werk von König Henry ... und seiner Häscher. Doch als Junge und als junger Mann schulte ich meinen Verstand so wie andere ihren Körper auf dem Schlachtfeld. Mein fehlendes Sehvermögen machte ich mir zunutze, indem ich überall war und auf alles lauschte. Ich überredete meine Ordensbrüder, mir aus den Folianten in jener wundervollen Bibliothek vorzulesen. So erfuhr ich von den Gelehrten der Antike und auch von anderen. Ich kann Euch das Wissen des Plato und des Xenophon vermitteln, des Aristoteles, Augustinus und Aquin. Ich kenne die Geschichten des Herodot, die Gedichte Virgils, Horaz' und Homers, ich weiß um die Heilkunst Galens – ja, ganz recht. Und trotz meiner Blindheit – nein, gerade deshalb – habe ich die Heiligen Schriften verinnerlicht. Alle, so dachte ich seinerzeit.«

Benedict verfolgte ihre Reaktion genau. Doch ihr Interesse und Mitgefühl blieb unverändert.

»Doch je mehr ich über die Künste und Wissenschaften und das Wort Gottes erfuhr, umso mehr bedrückte es mich; ich war erfüllt von Kummer und – nun, jetzt kann ich es eingestehen – Zorn, dass ich mein Wissen niemals würde umsetzen können. Ich grämte mich zunehmend mehr, dass ich die vertrauten Mauern von Jervaulx Abbey nie würde verlassen können. Niemals würde ich anderen von Nutzen sein. Es war aussichtslos.«

Dies traf insoweit zu, dass Benedict kein sonderliches Interesse daran gehabt hatte, privilegierte Adlige zu unterrichten. Sein Kummer und Zorn indes galten freilich dem Umstand, dass er etwas ganz anderes bezweckte. Er wollte uneingeschränkte Macht besitzen. Und er hatte schon früh erkannt, dass die Religion der richtige Weg wäre. Was verschaffte einem mehr Autorität als das ›Göttliche‹? Nichts gab einem mehr Macht, mehr Kontrolle über die zweibeinigen Schafe in dieser Welt. Mithilfe der Religion vermochte man sie alle zu beherrschen, ihre Körper, ihre Seelen.

Benedict war sich dessen bewusst, als er seine Zuhörer betrachtete, die weiterhin an seinen Lippen hingen.

»Ich war ein junger Mann von zwanzig Jahren, und Edmund Percy war achtzehn, als wir einander kennen lernten. Schwerlich zu glauben, aber unser Altersunterschied war nur gering. In gewisser Weise hatte ich eine harte Zeit hinter mir. Wie dem auch sei, ich hatte von dem jungen Ritter gehört. Dann, eines Tages, erfuhr ich, dass Edmund und ein Reitertross vor den Toren der Abtei stünden – auf einer heiklen Mission unterwegs in den Norden. Und es wurde von einem

›Schatz‹ getuschelt! Das Gerücht besagte, dass Edmund Percy und seine Männer sich im Besitz des mächtigsten und heiligsten Schatzes auf der ganzen Welt befänden! Und sie wollten für eine Nacht Schutz in unserem Kloster nehmen, bevor sie ihre Reise fortsetzten.

Es stimmte. Edmund Percy, der alle zur Geheimhaltung beschwor, erklärte sich bereit, den göttlichen Schatz den Ordensbrüdern zu zeigen. Jahrhunderte lang war dieser Schatz bewacht worden ... seit jenem Tag, da die Kreuzritter ihn in der Stadt des Tiberius am See von Galiläa entdeckt hatten.« Benedict schloss seine knochigen Finger um das Kreuz an seinem Gürtel und fuhr betont kummervoll fort: »Aber ein solches Geschenk war einem blinden Mönch natürlich nicht vergönnt.«

»War es wirklich der Schatz des Tiberius?«

Der ewig Ungeduldige, dachte Benedict nach einem hastigen Blick zu William Ross.

»Ja, das war er in der Tat! Sie deponierten ihn für eine Nacht im Lesesaal der großen Bibliothek, streng bewacht von einem Rittertross. Einzig Edmund Percys Großherzigkeit – ganz recht, er hatte von dem zurückgelassenen, blinden Mönch Benedict erfahren – war es zu verdanken, dass ich den Saal aufsuchen durfte. Ich durfte den Schatz zwar nicht berühren, aber wenigstens gestattete man mir einen Besuch im Saal, und ich erhielt Gelegenheit, mit dem braven Ritter zu plaudern, in dessen Obhut der Schatz war.«

William strebte vom Fenster zum Kamin, und auch der Earl of Athol war vorübergehend abgelenkt; Catherine und Laura indes ließen Benedict nicht aus den Augen. Der Mönch fuhr fort. Diesen erhebenden Augenblick wollte er sich von niemandem nehmen lassen.

»Irgendwann brach in den Gemächern über der

Bibliothek ein Feuer aus.« Benedict erschauerte bei der Erinnerung an den Brand, den er selbst gelegt hatte. »Es war schon spät, viele schliefen bereits. Ich hatte mich zum Gebet in meine Zelle zurückgezogen. Plötzlich vernahm ich die Schreie der Ritter und meiner Ordensbrüder. Nie habe ich größere Verwirrung vorgefunden als in jener Nacht vor den Türen zur Bibliothek. Der undurchdringliche Rauch brannte mir in den Lungen, die Flure waren erfüllt von dem Gebrüll der Männer, die hin und her rannten, mich in meiner Blindheit anstießen. Ich hörte nur noch, wie Stühle und Tische umstürzten, Balken knirschten, Stiegen knarrten. Ich wurde fortgeschoben, gezerrt und gedreht, bis mir schwindlig war.«

Benedicts Stimme erfüllte die Stille des Raums. »Und dann, plötzlich, war ich allein. Ich fühlte einen kühlen Lufthauch zu meiner Linken … und hörte ein knackendes Kaminfeuer zu meiner Rechten. Ich drehte mich um, ertastete die Wand, eine Ecke, die ich wiedererkannte. Ich rappelte mich auf. Ich vernahm das Husten der Männer, ihre Schreie bei dem verzweifelten Versuch, wieder ins Innere zu gelangen. Eine Stimme rief nach mir, aber ich tastete mich weiter. Innerhalb von Sekunden gelangte ich durch die Türen in die Bibliothek. Ich wagte nicht zu atmen, denn ich spürte die Gluthitze, den beißenden Rauch auf meinem Gesicht. Ich strebte zu dem Lesesaal. Die Hitze war unerträglich, als ich die Tür erreichte und hindurchhechtete. Ich fühlte, wie mich die Kraft des Schatzes weiterzog, hörte eine himmlische Stimme, die mich rief, mich durch die Flammen geleitete. Ja wahrhaftig, eine Stimme gemahnte mich weiterzugehen.«

Benedict spähte auf seine Hände. In jener Nacht hatte er vorgehabt, den Schatz zu stehlen … ihn zu seinem Eigentum zu machen.

»Diese göttliche Kraft war größer als alles, was mir je widerfahren ist, je widerfahren wird auf dieser Erde.«

Sein Blick schoss zu der Gruppe.

»Ich hatte keine Angst vor dem Tod, als ich durch die Hitze jener verzehrenden Flammen trat. Ich war meinem Leben nicht gram, gleichwohl umfing mich Glückseligkeit, dieser engelsgleichen Stimme zu folgen. Und dann, plötzlich, spürte ich die grässliche Feuersbrunst nicht mehr. Kühle Luft – süßer als alles vorher – drang in meine Lungen. Ich streckte meine Hand aus.«

Benedict wischte die Tränen nicht fort, die ihm über das faltige Gesicht rollten. Erregung schwang in seiner Stimme mit.

»Ich streckte meine Hand aus und ertastete die hölzerne Schatulle. Sie war nicht einmal warm. Als ich den Deckel öffnete, berührten meine Finger die dicke Samtumhüllung, die ihn schützten. Eine Berührung … und ich spürte, wie die Kraft meinen Körper durchzuckte, meine Seele. Ich schloss den Deckel, drückte die Truhe an meine Brust und trat den Rückweg durch das Flammenmeer an.«

Seine Finger hatten ihn bereits umschlossen. Die einmalige Chance seines Lebens. Wie nah war er seinem Ziel in jener Nacht gewesen! Wie nah! Benedict spürte beinahe wieder die ihn umfangende Hitze. Er nahm einen tiefen Atemzug und fuhr fort.

»Ich strebte durch die brennende Bibliothek und hinaus in den Gang. Obschon von fern Wehklagen und Geschrei zu mir drangen, war der Flur leer … bis auf einen Menschen – Edmund Percy.

»›Ihr habt den Schatz des Tiberius gerettet!‹, rief er. ›Bei der Heiligen Jungfrau. Ihr habt den Schatz!‹

Als er die verrußte Holzschatulle aus meinen angesengten Fingern nahm, dachte ich nur noch an eines – ich konnte sehen!« Benedict traf auf Catherines Blick. »Ich konnte sehen, und das Gesicht Eures Vaters war das Erste, was ich wahrgenommen habe.«

Sein Ross anspornend, preschte Wyntoun über Sand und Seegras an ihnen vorüber. Sobald er sich den Burgmauern näherte, brüllte er, man möge die eisenverstärkte Zugbrücke senken. Mit bitterbösem Blick beobachtete er Adriannes Ankunft, Gillie vor ihr im Sattel. Der Ritter hätte nicht zu sagen vermocht, wem von den beiden er mehr zürnte.

Adrianne ritt durch das bereits geöffnete Portal, und als die beiden Pferde Seite an Seite den niedrigen Torbogen passierten, vernahm Wyn Gillies kaum verständliches Murmeln, dass er seine Herrin habe beschützen wollen.

Am Fuß der Treppe zum Ostflügel saß der Ritter behände ab und hob Gillie aus ihren Armen. Der Innenhof war menschenleer, bis auf einige verschlafene Stallknechte, die sich der Pferde annahmen.

Gillies Kopf sank zurück, enthüllte das schlimm zugerichtete Gesicht, totenbleich im Mondlicht. Der Bursche musste die Burg zu Fuß verlassen haben, nachdem er sie hatte wegreiten sehen. Mitten im Winter, nachts, ohne Schuhwerk und so dürftig bekleidet wie dieser Knabe es war, durch einen halb zugefrorenen Strom zu waten ... er verdiente eine gehörige Tracht Prügel, damit er zu Verstand käme.

Zum Teufel, schalt Wyntoun sich, er hätte nicht mit Adrianne ausreiten dürfen. Und er hätte wissen müssen, dass der Bursche ihnen folgen würde. Seit ihrer Abreise von Barra hatte Gillie sie kaum je aus den Augen gelassen.

Sein Blick schoss zu ihr. Ihre Miene tief besorgt,

zeigte sie nicht den Anflug von Schuld über ihre unbedachte Handlung. Statt am Ufer zu verharren und Gillie in trockene Decken zu wickeln, hatte sie schlicht ihren Umhang um den im Fluss gefangenen Jungen gewickelt. Und dann war sie einfach losgeritten, ehe Wyntoun den Jungen zu sich auf den Sattel hatte holen können! Nun, Gillie wog fast so viel wie Adrianne, und doch war sie nachts über ihr unbekanntes Gelände galoppiert … ohne einen Gedanken an die möglichen Folgen zu verschwenden! Es grenzte an ein Wunder, dass keiner von den beiden vom Pferd gestürzt war.

Die Zähne zusammengebissen, strebte er langen Schrittes zum Wohnturm. Mit ihr würde er sich später auseinander setzen. Das sollte ihr eine Lehre sein! Indes traute er sich nicht recht zu, das Thema hier und jetzt zu erörtern. Er gemahnte sich zur Besonnenheit, redete sich ein, dass sie sich zunächst um Gillie würden kümmern müssen. Adriannes Handlungsweise würde er später erörtern. So erschien es ihm wahrlich am besten.

»Wenn Gillie aufgewacht ist, werde ich ein ernstes Wort mit ihm reden«, sagte sie, während sie an Wyntouns Seite in die Burg stürmte. »Solange ich hier bin, braucht er sich gewiss keine Sorgen um mich zu machen.«

»*Falls* er aufwacht!«, schnaubte er nach einem skeptischen Blick auf die reglose Gestalt in seinen Armen.

»Gewiss wird er wieder aufwachen!«, schrie sie entsetzt. »Er muss!«

»Ein bisschen spät für deine Besorgnis.« Wyntoun verlagerte das Gewicht des Jungen in seinen Armen und trommelte mit der Faust auf die gewaltige Eichentür. Ein verschlafener Diener riss diese auf, ehe der Burgherr ein weiteres Mal klopfen konnte. Als er durch den Türrahmen drängte, spähte Wyn zu Adrianne. Schmerz und Entsetzen spiegelten sich auf ihren Zügen, so als hätte er sie geschlagen.

Dennoch bedauerte er seine schroffen Worte nicht.

Wyntoun wandte sich zu dem Diener und deutete in Richtung Stiegenhaus. »Lauf in die Schlafkammer über meinen Gemächern und sieh zu, dass du das Kaminfeuer anfachst.«

»Für ihn, Mylord?«, erkundigte sich der Mann ungläubig, als er dem Ritter vorauseilte.

»Ganz recht, für ihn!«, brüllte Wyntoun ungehalten, den Diener die Steinstufen hinaufjagend.

Sobald der Highlander ihm folgte, war Adrianne an seiner Seite. »Jetzt verstehe ich. Nun, du kannst deine Übellaunigkeit an allen auslassen, wiewohl ich weiß, dass dein Ärger einzig mir gilt, weil ich an dem Fluss ...«

»Verantwortung, Adrianne! Bedeutet dir dieser Begriff auch nur irgendetwas?« So viel zu seinen guten Vorsätzen, ein klärendes Gespräch auf später zu vertagen, dachte er grimmig.

»Ich zeige Verantwortung, wenn es um das Wohlergehen anderer geht!«

»Reine Augenwischerei und weitab von der Wahrheit!«

»Wenn du auf die Lügen anspielst, die du auf Barra gehört hast, dann kann ich wirklich nur sagen, dass gewisse Umstände meine Handlungsweise rechtfertigten ... aber wen kümmert schon meine Sicht der Dinge?«

»Ich rede vom Hier und Jetzt, Adrianne. Von dem halb erfrorenen Jungen in meinen Armen. Bedenke doch nur, zu welchen Tollkühnheiten du den Burschen verleitest.«

»Tollkühnheiten? Ich habe ihm nicht gesagt ... ich

habe nicht einmal angedeutet, dass er uns heute Nacht folgen sollte!«

Sie erreichten den Treppenabsatz. Wyntoun gewahrte, wie der Diener aus der Kammer strebte.

»Ich hole noch Torfkohle, Sir!«, murmelte er im Vorbeilaufen.

»Nein ... das hast du nicht. Genauso wenig wie du Gillie vorgeschlagen hast, Barra gemeinsam mit dir zu verlassen, durch die gefährliche, eisige See zu schwimmen, um mein Schiff zu erreichen.«

»Bei meinem Wort, das habe ich nie getan!«

Das Brennholz, das der Bedienstete entzündet hatte, erhellte die Kammer. Glücklicherweise hielt die Kaminglut aus seinen eigenen Gemächern diesen Raum recht warm. Wyntoun legte den Jungen behutsam auf das Bett.

»Und du glaubst, damit endet deine Verantwortung? Nur weil du ihn nicht darum gebeten hast, denkst du, er würde dir nicht folgen?« Er schüttelte den Kopf, während sie gemeinsam versuchten, den Jungen aus seinen nassen Sachen zu schälen. Als Gillie stöhnte, wusste Wyntoun, dass dies die Vorboten eines Fiebers waren. Er senkte die Stimme. »Tatsache ist, dass du ihn gefragt *hast. Du* hast den Weg vorgegeben, und Gillie ist dir gefolgt.«

»Niemals würde ich Gillies Leben in Gefahr bringen ... oder das eines anderen Menschen!«

Er schnaubte angewidert. »Törichte Worte von der Meisterin unüberlegter Handlungen! Aus einem Käfig klettern, der an Kisimul Castle baumelt? Mitten in einem winterlichen Unwetter zu einem Schiff schwimmen? Ein Messer an die Gurgel eines Kriegers zu halten, der dir bei weitem überlegen ist?« Er stockte. »Einen Mann zu ehelichen, bei dem du unter gar keinen Umständen bleiben willst? Nein, Adrianne, du bist dem Jungen mit leuchtendem Beispiel vorangegangen. Du hast keinen Gedanken an die Gefahr verschwendet, keine Sekunde lang die Konsequenzen erwogen!«

»So magst *du* es vielleicht sehen. Aber ich habe meine Gründe für alles, was ich tue.« Sie funkelte ihn vernichtend an. »Und ich habe überlebt, oder etwa nicht?«

»Ja, das hast du. Aber was ist mit ihm?« Wyntoun gewahrte, wie sie die Lider senkte und sich dem Jungen zuwandte. »Er bewundert dich, Adrianne. Ob du es dir eingestehst oder nicht, Gillie betet dich an. Er würde dir blindlings bis ans Ende der Welt folgen, glücklich und ohne nachzudenken.«

Gemeinsam stopften sic die dicke Decke um den bibbernden Gillie.

»Darin liegt die Verantwortung, Adrianne! Deine Verantwortung für die anderen. Was du für dich entscheidest, ist deine Sache, wenn aber andere von dir abhängig sind ... dich bewundern ... dir bedingungslos folgen ... dann darfst du nicht einfach von einer Klippe springen, nur zum Beweis, dass du es kannst. Du musst immer damit rechnen, dass jemand hinter dir herspringt.« Er richtete sich auf und sah von ihr zu Gillie. »Ich kann dir nur dringend raten: Es wird Zeit, Adrianne, dass du aufhörst, nur an dich zu denken.«

Die Ritter des Schleiertuchs!

Nichola kannte das blaue Tuch ebenso gut wie ihr eigenes Familienwappen. Das gleiche blaue Vlies mit dem goldgestickten Saum hatte das Arbeitszimmer ihres Gemahls geschmückt, als sie ihn an jenem Tag nach London gebracht hatten. Seufzend dachte sie an ihn, an das Bild, das sie soeben in der brennenden Turmkammer vor Augen gehabt hatte.

Zögernd durchquerte sie die Kammer und streckte den Arm aus, um die goldene Kante des Tuches zu berühren. Es war das gleiche Tuch. Das Zeichen der Ritter des Schleiertuchs – jenes geheimen Ordens von Rittern und Geistlichen, dem Edward Percy seit seiner Jugend angehört hatte. Sie wusste auch genau, dass ihr Gemahl, so wie schon sein Vater vor ihm, den Eid geleistet hatte, der Jungfrau Maria zu dienen. Den Eid, den Schatz des Tiberius zu bewachen. Seit ihrer Heirat war Nichola klar gewesen, dass Edmund im Ernstfall sogar sein Leben für diese Sache lassen würde.

Sie schloss die Augen. Vielleicht hatte er letztlich genau das getan.

Das Knarren der Tür, die hinter ihr geschlossen wurde, ließ Nicholas Kopf herumschnellen.

»Sir Henry!« Die Erleichterung, ein vertrautes Gesicht zu sehen – einen Freund ihres Gemahls –, schwand rasch, als sie die ernste Miene des Ritters gewahrte.

»Mylady.« Henry Exton, den Nichola auf ungefähr fünfzig Jahre schätzte, stand kerzengerade wie eine spanische Lanze neben der geschlossenen Tür und verbeugte sich höflich vor ihr. Seine tiefe, kehlige Stimme kannte sie noch gut. »Ich bin überaus erleichtert, Euch unversehrt von der Feuersbrunst anzutreffen.«

»Was hat das alles zu bedeuten, Sir Henry?« Sie schickte sich an, zu ihm zu treten, verharrte jedoch unvermittelt, als der Engländer eine Hand hob. Seine stechend blauen Augen maßen sie gebieterisch, und sie empfand eine plötzliche Hilflosigkeit vor dem hoch aufgeschossenen Adligen. Henry Exton war ein Freund ihres Gatten gewesen – zeitweise sogar ein Schützling –, gleichwohl stand ihm die Antwort auf ihre Frage unmissverständlich ins Gesicht geschrieben. *Müsst Ihr da noch fragen, Mylady? Denkt Ihr, wir wissen nicht, was Ihr getan habt?*

Nichola suchte zu verbergen, dass ihre Wangen vor Verlegenheit brannten – indes vergeblich.

»Das Feuer ist gelöscht. In Kürze steht Eure Kammer wieder für Euch bereit.«

»Meine Kammer?« Ihre Verlegenheit schlug in unverhohlenen Zorn um. »Ihr denkt doch nicht etwa, dass ich wieder in dieses Gefängnis zurückkehre?«

»Ihr müsst unser ... mein Gast bleiben, Lady Nichola ... wenigstens vorübergehend.«

»Gast!«, höhnte sie verärgert und straffte sich. »Ihr entführt mich und haltet mich seit geraumer Zeit als Gefangene. Ohne menschliche Gesellschaft. Ohne jedwede Erklärung! Beraubt mich sogar der Luft zum Atmen. Eure vorbildliche Gastfreundschaft hat nachgelassen, Sir Henry. Behandelt Ihr Eure sämtlichen Gäste so?«

»Nein, Mylady. Euer Aufenthalt nötigt mich, einige Ausnahmen von der Regel zu billigen. Dafür bitte ich vielmals um Verzeihung.«

Sie kämpfte das plötzliche Bedürfnis nieder, sich auf ihn zu stürzen, ihn zu schlagen, ihm die arroganten blauen Augen auszukratzen.

»Wollt Ihr mir wenigstens ein paar Fragen beantworten?«

»Ich fürchte, das kann ich nicht, Mylady.«

Sie funkelte ihn an, maß die breitschultrige, gebieterische Gestalt neben der Tür. In seiner Jugend war er ein berühmter Kämpfer gewesen. Sein muskulöser Körper zeugte nach wie vor von unbändiger Kraft. Wenn er doch nur von der Tür weggehen würde, dann könnte sie an ihm vorbeischlüpfen. Sie könnte rennen. Sich durch die Tür flüchten. Die Stufen hinunter stürmen und im Dunkel der Nacht verschwinden.

Nein. Sie wusste genau, dass sie darauf nicht hoffen durfte.

Sie änderte ihre Taktik. »Ihr wart ein enger Vertrauter meines Gemahls, Sir Henry. Ihr seid uns stets ein willkommener Gast gewesen. Edmund hat immer wieder betont, ich solle Euch als einen seiner Verbündeten betrachten.«

»Es tut mir Leid, dass Ihr nicht eher auf seinen Rat gehört habt. Aber ich verspreche Euch, dass Ihr mich in Zukunft als Verbündeten ansehen werdet.«

»Wie kann ich das? Nachdem Ihr mich eingekerkert und mir keinerlei Erklärung für meine missliche Lage gegeben habt? Ist Freiheitsberaubung seit neuestem ein Akt der Freundschaft, Sir Henry? Ist das eine Art, wie die Ritter des Schleiertuchs ihre Verbündeten behandeln?«

Bevor er antworten konnte, lenkte ihn ein Pochen an der Tür ab. Nichola beobachtete, wie er diese einen Spalt öffnete; indes hatte sie keine Ahnung, mit wem er sich austauschte oder was gesagt wurde.

Schlagartig erkannte sie den Ernst der Lage. Man sah sie nicht länger als eine Verbündete! Nicholas Verstand raste, als sie darüber nachsann, wie die Ritter des Schleiertuchs ihre Handlungsweise nach dem Tod ihres Gemahls aufgefasst haben mussten. Sie war eine Frau, willens, den Schatz des Tiberius im Austausch für das Leben ihrer Töchter zu riskieren. Und das war – vordergründig betrachtet – genau das, was sie getan hatte. Sie hatte die Kartenskizze in drei Teile geteilt. Sie hatte ihre Töchter in die entlegensten Gegenden Schottlands geschickt und darauf gehofft, dass sie dort heiraten und heimisch werden würden. Die Kartenteile waren nicht Mitgift, sondern Teil ihrer Vergangenheit ... ein Teil ihres Erbes ... ihres Vaters. Etwas, um sie aneinander zu schweißen.

Und das war noch nicht das Ende ihres ›Verrats‹ gewesen. Nichola hatte ihren Töchtern die Wahrheit vorenthalten. Sie hatte ihnen mit keinem Wort erläutert, dass es nicht ihre Aufgabe sei, den Schatz des Tiberius zu schützen. Sie hatte ihnen nicht erzählt, dass er den Rittern des Schleiertuchs gehörte, einem Orden, der – soweit Nichola wusste – ihren Töchtern vollkommen unbekannt war.

Ihre einzige Ehrenrettung hatte darin bestanden, Wyntoun MacLean zum Gemahl für Adrianne zu bestimmen. Wenn ihre Pläne je Erfolg zeigen, wenn diese beiden jemals heiraten sollten, dann hätte Nichola wenigstens die Gewissheit, dass ein Teil der Karte wieder in den Besitz eines der Ritter des Schleiertuchs gelangt wäre.

Allerdings spielte das jetzt keine Rolle. Zweifellos werteten diese Männer ihr Handeln als Verrat gegen das Lebenswerk ihres Gemahls.

Sir Henry schloss die Tür. Dann, als der Engländer sich zu ihr umwandte, erschauerte sie. Ihr Gesicht glühte wie schon lange nicht mehr. Gewiss würde ihm das nicht entgehen. Sie sah es in seinen Augen. Seine blauen Tiefen signalisierten weder Hass noch Argwohn. Nein, ganz im Gegenteil. Verwirrt verharrte sie, stocksteif und mit angehaltenem Atem. Schweigend wandte Sir Henry den Blick von ihr ab; er riss die Tür weit auf und winkte sie hinaus.

Nichola trat einen Schritt vor, stockte einen Herzschlag lang, ehe sie hinaus auf die Galerie glitt. Der Gang war jetzt menschenleer. Es roch nach Rauch – er drang von der Treppe, die zu ihrer Linken lag.

Willkommen zurück im Gefängnis, schien er zu besagen. Einerlei, was Sir Henry noch vor Augenblicken überlegt und was sie in seiner Miene gelesen haben mochte, er war immer noch ihr Bewacher.

»Mylady, erlaubt, dass ich Euch begleite. Ich möchte Euch keine unnötigen Härten zumuten.«

Die Stimme des Ritters riss Nichola aus ihren Hirngespinsten, sie wandte sich zu ihrem Gastgeber und traf auf dessen Blick.

»Werdet Ihr dasselbe sagen, Sir Henry, wenn Ihr mich nach London, zu König Henry, begleitet? So sieht es Euer Plan doch vor, oder?«

»Diese Frage kann ich Euch nicht beantworten, Lady Nichola.«

»Muss ich noch lange Eure Gefangene bleiben? Gewiss vermögt Ihr mir darauf eine Antwort zu geben.«

»Nein, das vermag ich nicht, Mylady.«

»Dann seid Ihr also nicht allein verantwortlich, nicht wahr, Sir Henry?«

Trotz seines beharrlichen Schweigens kannte Nichola die Antwort bereits. Henry hatte im Auftrag der Ritter des Schleiertuchs gehandelt. Statt ihr zu helfen, hatte er sie verfolgt.

Der Ritter fasste höflich ihren Arm und führte sie über die Galerie. Am Treppenaufgang sträubte sich Nichola und wirbelte zu ihm herum.

»Bitte!«

Sie stellte fest, dass ihre beherzte Entschlossenheit unter der Last dieser neuen Entdeckung zusammenbrach. Sie war sich so sicher gewesen, mit dem Feuer in ihrem Gefängnis ein solches Chaos zu bewirken, dass sie auf Nimmerwiedersehen verschwinden könnte. Und jetzt das! Die Enttäuschung wuchs über sie hinweg, schmerzhaft ernüchternd.

»Bitte, Henry! Ich appelliere an Euer Ehrgefühl und an Eure Freundschaft mit meinem Gemahl. Beantwortet mir nur diese eine Frage: Sind meine Töchter vor dem Schicksal gefeit, das mich erwartet?«

Der Ritter wandte seine blauen Augen ab, fixierte die Stufen hinter ihr.

»Das, Nichola, liegt bei Euch.«

# 17. Kapitel

Adrianne brauchte niemanden, der ihr Vorhaltungen machte. Mit jedem Zittern, jedem Stöhnen des Jungen zerrte die Schuld an ihren Eingeweiden wie die Klauen eines Raubtieres.

Ein Feuer knisterte in der Kohlenpfanne. Sie hatten Gillie die nassen Sachen ausgezogen. Sein schmächtiger, fröstelnder Körper war in Berge von Decken gehüllt, und dennoch zitterte der Knabe wie ein Weidenblatt in einem Wintersturm.

Der schlaftrunkene Diener, der das Feuer entzündet hatte, war längst wieder schlafen gegangen. Wyntoun war ebenfalls hinausgestürmt. Sie sah sich um, auf der verzweifelten Suche nach weiteren Decken, die sie über den Jungen breiten könnte. Doch sie fand keine mehr. Sie legte ihre Hand auf seine kalte, klamme Stirn. Tiefe Verzweiflung wuchs über sie hinweg, höhlte sie innerlich aus. Der Morgen schien noch Stunden entfernt. Sie überlegte rasch, ob es dem Jungen helfen würde, wenn sie ihm etwas Warmes einflößte. Sie schüttelte den Kopf. Ihn allein zu lassen und in die Küche zu laufen war ausgeschlossen. Sie brachte es einfach nicht fertig, ihn hier zurückzulassen.

Ein Geräusch an der Tür ließ sie aufhorchen. Nach einem leisen Klopfen spähte Jeans faltiges Gesicht aus dem Dunkel. Erleichtert seufzend lief Adrianne zu der betagten Frau.

»Dem Himmel sei Dank, dass Ihr da seid!« Stützend bot sie der Alten ihre Hand. Jeans schwerer Gehstock fiel geräuschvoll zu Boden. »Woher wusstet Ihr, dass Ihr hier gebraucht werdet?«

»Wyntoun war bei mir.«

»Natürlich.«

Sie sah Adrianne lange an. »Ihr beide habt wohl nicht viel von Eurer Hochzeitsnacht, mein Mädchen.«

»Es ist alles mein Fehler«, platzte sie heraus. »Ich hätte wissen müssen, dass Gillie draußen vor unserer Kammer wachte. Ich meine, das arme Kind passt ständig auf mich auf. Er ist nachts immer da. Es ist so unverantwortlich von mir ...«

»Pst!«, sagte Jean streng. Sie legte einen Arm um Adrianne und wischte ihr mit schwieligen Fingern die Tränen fort. »Vorwürfe nützen niemandem. Ihr könnt Euch nicht um ihn kümmern, wenn Ihr selbst zusammenbrecht.«

Adrianne nickte und atmete tief ein, um sich zu sammeln.

»Also, immer eines nach dem anderen.« Auf ihren Gehstock gestützt, betrachtete sie stirnrunzelnd die junge Frau. »Ich möchte, dass Ihr sogleich in Eure Kammer geht und die nassen Sachen auszieht, ehe Ihr Euch den Tod holt. Fort mit Euch.«

»Aber ...«

»Keine Widerrede, mein Kind. Geht!« Jean wandte sich zum Bett. »Ich werde mich derweil um den Kleinen kümmern. Je eher Ihr geht, umso eher seid Ihr zurück. In der Zwischenzeit werde ich einiges vorbereiten, was den Burschen wieder auf die Beine bringt. Und nun sputet Euch!«

Adrianne rauschte die Stufen hinunter und stürmte in Wyntouns Gemächer. Alles war so, wie sie es verlassen hatten, der Ritter war nirgends zu sehen. Sie strebte zu einer riesigen Truhe, in der die neuen Gewänder lagen, die Bess und ihre Gehilfinnen auf Maras Geheiß für Adrianne genäht hatten.

Erst als sie das nasse Kleid und Unterzeug ausgezogen und trockene Sachen übergestreift hatte, merkte sie, wie kalt ihr doch gewesen war. Sie griff hinter ihren Kopf, um die Bänder zu schließen, und hastete wieder hinaus. Immer zwei Stufen auf einmal nehmend, strebte sie zu Gillies Kammer. Jean saß neben der Schlafstatt des Jungen. Sie hatte ihn auf Kissen gebettet und rieb ihm Öl auf die Brust.

»Wie geht es ihm?«

»Er schläft. Aber er hat bereits Fieber. Wenn der Kleine die Nacht übersteht, hat er morgen früh eine anständige Erkältung.«

Adrianne trat zu ihr. »Bitte sagt mir, was ich tun soll.«

»Setzt Euch für eine Weile zu ihm«, sagte sie. Unterdessen tränkte sie ein Leinentuch mit einem anderen Öl, das sie aus einem Horn goss. Behutsam breitete sie das Tuch über Gillies Brust. »Deckt ihn zu, wenn er fröstelt, und kühlt sein Gesicht und seinen Hals mit einem feuchten Tuch, wenn er einen Fieberschub hat. Nehmt dieses Öl, um das Tuch zu befeuchten.« Mühsam richtete die Alte sich auf. »Auf meinem Heimweg schaue ich noch kurz in der Küche vorbei und lasse Euch von einer Magd warmes Gerstenwasser hochbringen. Flößt ihm so viel davon ein wie eben möglich. In meiner Hütte werde ich eine Tinktur aus Sauerampfer und Honig bereiten, die Jack Euch herbringen kann. Gebt sie dem Jungen, wenn er zu husten anfängt.«

Adrianne lauschte gewissenhaft allen Anweisungen, die Jean ihr gab, und betrachtete die beiden Horngefäße mit den Heilölen.

»Ich begleite Euch nach unten«, erbot sie sich, als die Heilerin geendet hatte.

»Das schaffe ich schon allein.« Jean winkte ab und warf einen weiteren Blick zu Gillie. »Das Gesicht des Jungen …«

»Soweit ich weiß, ist es ein Geburtsfehler.« Die junge Frau betrachtete Gillies Gesicht, übel aussehend mit den schwärenden Wunden und Narben. Diesmal verbarg keine Wollkappe die geschundene Wange. »Aber er ist kein Unglücksbringer, Jean. Er ist nur ein junger Bursche.«

»Nein.« Die Alte schüttelte den Kopf. »Der Junge wurde nicht mit diesen Wundmalen geboren.«

»Was wollt Ihr damit sagen?«

»Belasst es jetzt dabei.« Jean wandte sich zur Tür. »Wir reden später darüber, wenn der Bursche das Fieber und die Erkältung überstanden hat.«

Wyntoun stand neben den riesigen Backöfen und sprach mit John, als die alte Jean in die Küche gehumpelt kam. Die beiden Männer verstummten und überließen ihr das Wort.

»Der Herr wird's schon richten«, erwiderte sie auf deren fragende Blicke. »Ich habe Leute wie diesen Jungen gesehen, die viel zu früh vor ihren Schöpfer treten mussten, und andere, die ein hohes Alter erreicht haben.«

Sie drückte Wyntouns Arm und sah zu ihm auf. »Nun, ich denke, Eure junge Gemahlin ist diejenige, die derzeit am meisten leidet.«

»Und wenn schon! Das hat sie sich selbst eingebrockt.«

Jean hob fragend eine Braue. »Es passt so gar nicht zu Euch, die Verantwortung von Euch zu weisen.«

Stirnrunzelnd wandte der Highlander seinen Blick auf die in den Öfen aufgeschichteten Holzscheite. »So habe ich das nicht gemeint. Seit ich Gillie als kleinen Bengel gefunden und nach Kisimul Castle gebracht habe, trage ich die Verantwortung für ihn. Und ich bin dem Jungen nicht gerecht geworden. Ich habe ihn dort gelassen, und man hat ihn schlechter behandelt als einen Hund.«

»Ihr beide habt ein Problem.« Kopfschüttelnd schlurfte Jean zum Feuer. Dort brodelte ein Wasserkessel am Ende eines langen Eisenhakens, und Jean nahm ihren Gehstock zu Hilfe, um ihn näher an sich zu ziehen. »Ihr und Adrianne seid so mit Eurer Vergangenheit beschäftigt, dass Ihr die Gegenwart völlig ausblendet.«

Die Hebamme drehte sich zu dem Highlander. »Heute ist Eure Hochzeitsnacht. Der Beginn eines neuen Zeitabschnitts.«

Sie beobachtete ihn, während er weiterhin ins Feuer starrte. Wyntoun MacLean war zu einem großen, stattlichen Mann herangereift. Für alle anderen war er der wagemutige Streiter von Barra, ihr Gebieter und zukünftiger Laird. Für Jean indes blieb er der junge Bursche mit den aufgeschürften Knien. Und aus lauter Respekt würde er sie niemals direkt ansehen, wenn er nicht ihrer Meinung war. Manche Dinge ändern sich eben nie, dachte sie bei sich.

»Ihr seid ein einflussreicher Mann, Wyn. Ein Mann von Welt. Gebildet und zehn Jahre älter als Adrianne. Und Ihr seid verständnisvoll.«

»Jean, ich habe keinen Nerv für diese ...«

»Ihr habt den Nerv«, schalt die Alte sanft. »Und Ihr *werdet* mich ausreden lassen.«

John, ihr Gemahl, entfernte sich vom Feuer und hob eine dicke Katze von einer Bank. Er verharrte bei der Tür, weit genug entfernt von seinem grollenden Herrn.

»Sie ist noch ein junges Ding, Wyntoun. Jung, rastlos und lebenshungrig. Ja, ganz recht. Sie möchte lernen ... und helfen ... und zu jemandem gehören.« Auf ihren Stock gestützt, atmete Jean schwer. »Denkt doch nur, was sie durchgemacht hat. Sie hat ihren Vater verloren. Ihr wisst doch selbst, wie Ihr Euch gefühlt habt als kleiner Junge, wenn Alexander draußen auf See war. Aber Ihr hattet Alan und all die anderen. Adrianne wurde von ihrer Mutter und ihren Schwestern getrennt. Wen hatte sie denn auf diesem gottverlassenen Barra? Eure Tante! Ihr selbst könnt deren prahlerisches Gehabe nicht einen Tag lang ertragen, berichtet mir John.«

Wyntoun wehrte sich nicht. Er widersprach ihr nicht. Gleichwohl gewahrte sie den stummen Kampf, der auf seinen Zügen wütete. Er war keineswegs überzeugt. Er wollte sich nicht überzeugen lassen.

»Habt ein wenig Geduld mit ihr, Wyntoun MacLean. Seht nicht einzig und allein ihre Fehler. Schätzt das Gute in ihr. Ich sage Euch, Wyn, nur wenige haben ein so mitfühlendes Herz wie diese Frau.«

Als er mit einem knappen Nicken verschwand, sah sie ihm nach. Mit dieser Ehe stimmte irgendetwas nicht. Sie erkannte es an Adriannes gedrückter Stimmung und an Wyntouns gehetztem Blick. Irgendetwas lag da im Argen. Und doch war unverkennbar auch Leidenschaft mit im Spiel.

Jean schüttelte den Kopf und spähte in die Flammen, worauf ihr Gatte zu ihr trat. Wenn sie doch nur mehr von den Heilkünsten verstehen würde. Sie brauchte eine Medizin, die diesen beiden das Herz öffnete. Sie seufzte.

Wenn es eine solche Medizin doch bloß gäbe!

Adrianne tauchte einen Leinenstreifen in die Schüssel, wrang ihn aus und tupfte die Schweißperlen von der Stirn des Jungen. Sie vernahm ein leises Wimmern. Unzusammenhängendes Gemurmel. Gillie wälzte den Kopf unruhig hin und her.

Zwei Nächte und ein Tag waren vergangen, und Gillie hatte noch immer hohes Fieber. Jean war am Morgen darauf wiedergekommen, hatte den Jungen untersucht und weitere Heiltinkturen dort gelassen. Auch Mara kam jeden Tag, allerdings galt ihre Sorge eher Adrianne. Entgegen der Anweisungen der alten Frau hatte sie sich geweigert, von Gillies Seite zu weichen.

Wie konnte sie das, hatte Adrianne eingewandt, wenn der Junge doch in einem Augenblick Schweißausbrüche hatte und im nächsten wie Espenlaub zitterte? Er brauchte sie.

Und sie hoffte auf irgendein Anzeichen der Besserung, suchte eine Läuterung von all der Schuld, die sie empfand.

Sie betrachtete den Jungen. Er war so hilflos. So bedauernswert. Adrianne vermochte ihre Tränen nicht niederzukämpfen, wenn sie den jungen Burschen sah, wie er von ständig wiederkehrenden Fieberschüben gepeinigt wurde.

»Es ist allein meine Schuld«, flüsterte sie gequält und streichelte sein Gesicht. Auf dem Bettrand sitzend, wachte sie darüber, dass er sich nicht im Fieberwahn die Laken abstrampelte. »Es tut mir Leid, Gillie. Es tut mir so Leid.«

Sie legte das feuchte Tuch auf seine Stirn. Der Junge entkrampfte ein wenig, murmelte jedoch weiterhin Unzusammenhängendes und weinte leise im Schlaf.

Sie war mit der Liebe zärtlicher Eltern gesegnet gewesen. Trotz allem, was sie angestellt hatte, hatte Adrianne stets Trost bei ihren Lieben gefunden, die über sie gewacht und die ihr verziehen hatten – einerlei, wie schlimm ihre Verfehlungen gewesen waren.

Als man ihr die Eltern genommen hatte, waren ihr immer noch die Schwestern geblieben. Erst auf der

Insel Barra hatte sie erfahren müssen, was Einsamkeit bedeutete.

Einsamkeit. Ablehnung. Die quälenden Zurechtweisungen derer, die einen nicht lieben. Fünf Monate lang hatte Adrianne dies auf Barra ertragen müssen. Gillie jedoch erduldete es zeit seines Lebens – zehn einsame Jahre lang.

Nie hatten ihn die Arme seiner Mutter umfangen. Nie hatte er den zärtlichen Blick eines stolzen Vaters gespürt. Keiner hatte ihn je geliebt oder umsorgt.

So einsam zu sein, wie dieses Kind es sein ganzes Leben lang gewesen war! Der Gedanke war niederschmetternd.

»Ich werde mich um dich kümmern«, murmelte sie, sanft die vernarbte Wange seines unschuldigen Gesichts streichelnd. »Ich verspreche dir, ich werde nie wieder so leichtfertig handeln, wie ich es getan habe, und dich in Gefahr bringen. Bitte, Gillie! Du darfst nicht sterben!«

Tränen erstickten ihre Worte. Adrianne wischte sie verdrießlich fort, ohne den Blick von dem Jungen abzuwenden.

Er war so blass. So geschwächt. Sie fürchtete, ihn zu verlieren, sollte das Fieber nicht alsbald sinken. Sie hatte Angst. Zum ersten Mal in ihrem Leben beherrschte dieses Gefühl Adriannes ganzes Denken. Was, wenn Gillie nicht überlebte? Was, wenn ihre Sorglosigkeit diesen unschuldigen Jungen das Leben kostete? Wenn Wyntoun nun Recht hatte mit dem, was er ihr vorgeworfen hatte?

»Bitte, Heilige Mutter Gottes ...« Adrianne sprach ein rasches, flehentliches Gebet. »Bitte hilf, dass es ihm besser geht. Gib ihm die Kraft, dies durchzustehen.«

»Ich denke, es wird Zeit, dass du nach unten gehst und ausruhst, junge Dame.«

Adrianne hatte weder das Aufspringen der Tür noch Maras Eintreten wahrgenommen. »Mir geht es gut. Ich brauche keine Ruhepause.« Ungeschickt wischte sie sich die Tränen fort.

Maras schmale Hand sank auf Adriannes Schulter. »Da bin ich anderer Meinung. Du hast seit mehr als zwei Tagen kein Auge zugetan. Du wirst krank werden, genau wie er.«

»Ich ruhe mich aus, wann immer Gillie schläft. Ganz bestimmt, Mara, du siehst doch, mit mir ist alles in Ordnung.«

»Ich sehe nichts dergleichen. Und das mit dem Ausruhen ist schlichtweg geschwindelt, meine Liebe. Ich weiß sehr wohl, dass du alle verscheuchst, die ich dir zu deiner Entlastung hochgeschickt habe. Und wenn ich persönlich nach dem Rechten schaue, ertappe ich dich jedes Mal dabei, dass du an seinem Krankenbett Wache hältst.«

»Ich kann ihn in diesem Zustand nicht allein lassen, Mara.« Adrianne beugte sich über das Bett und berührte Gillies Gesicht, da er erneut unruhig wurde. Ihre Berührung schien ihn zu besänftigen. »Ich bin der Grund, warum er hier ist. Ich bin der Grund, warum er um sein Leben kämpfen muss. Das Mindeste, das ich tun kann, ist hier zu bleiben und ihm zu helfen.«

»Vernunft! Vernunft!«, schnaubte Mara und setzte sich auf einen kleinen Schemel neben dem Bett. »In dieser Hinsicht weist deine Erziehung große Mängel auf. Hier drin ist es kalt.«

Gleichwohl war Adrianne nicht in der Stimmung für Maras Kritik. Sie wollte allein sein. Verantwortungsbewusstsein! Wyntoun hatte ihr vorgeworfen, dass ihr genau das fehlte. Verantwortungsbewusstsein! ... Und jetzt auch noch Vernunft!

»Hast du deinen Gemahl gesehen?

»Gewiss doch.« Adrianne hob den Becher Gerstenwasser an Gillies Lippen und goss etwas von der Flüssigkeit über seine eingerissenen, spröden Lippen. Der Junge spuckte, schluckte indes ein wenig.

»Wann hast du ihn zuletzt gesehen?«

»Ich war zu beschäftigt mit anderen Dingen, um mir das genau zu merken.« Adrianne wusste, dass sie kurz angebunden klang. Indes stand ihr nicht der Sinn nach Maras bohrenden Fragen in Sachen junge Ehe.

»Er hat sich zwei Nächte lang nicht auf der Burg blicken lassen. Seit er den Jungen hier in diese Kammer getragen hat ... und das weißt du ebenso gut wie ich.«

»Gewiss, aber in der ersten Nacht war er bei Auld Jean. Und Alan war gestern hier ... gegen Abend. Ich denke, er wollte sich nach Wyntoun erkundigen.« Adrianne wusste genau, wie lange der Highlander schon fort war. Nach allem, was sie sich an den Kopf geworfen hatten, war das auch kein Wunder. »Er weiß, dass er nicht mehr tun kann und dass der Junge in guten Händen ist. Sicherlich hat er wichtigere Dinge zu ...«

Mara schnaubte überaus undamenhaft. »Adrianne, du bist seine frisch angetraute Gemahlin. Er sollte wenigstens ein Dutzend Mal vorbeigeschaut haben, wenn nicht öfter.«

»Er wollte ja kommen«, schwindelte Adrianne. »Aber ich habe ihm mitteilen lassen, dass das nicht nötig sei. Ich wollte nicht, dass Gillie gestört wird. Ich habe ihm erklärt, dass uns alle Zeit der Welt bleibt, um einander zu sehen, wenn ... wenn der Junge wieder genesen ist.«

»Ganz recht, ihr habt noch ein langes Leben zu zweit vor euch.«

Trotz ihres zustimmenden Nickens hörte Adrianne

Maras süffisanten Unterton genau heraus. Die Gemahlin des alten Lairds ließ sich nicht so leicht zum Narren halten.

Eine unangenehme Gesprächspause schloss sich an. Die junge Frau starrte auf die Wand über Gillies Kopf, bemüht, Maras durchdringendem Blick auszuweichen. Ein haarfeiner Riss zog sich durch das Mauerwerk, den auch der neue Anstrich nicht verbergen konnte. Während sie wie gebannt dorthin blickte, tat sich der Riss auf, wurde zu einem finster gähnenden Schlund, der sie mit Haut und Haaren zu verschlingen drohte. Rasch spähte sie zu Mara.

Bitte. Nicht jetzt, betete sie stumm. Bitte, lieber Gott, lass Mara jetzt nicht fragen, was es mit dieser vorgeschobenen Ehe mit Wyntoun auf sich hat.

Adrianne war sich nicht sicher, ob sie die Kraft aufbrächte, diese grässliche Lüge weiterzuspinnen.

Mara brach das Schweigen. »Vermutlich gibt es nichts, was ich sagen oder tun könnte, damit du meinen Rat befolgst und dich ein bisschen zur Ruhe legst?«

Erleichtert spähte sie zu Mara und schüttelte den Kopf. »Mir fehlt wirklich nichts.«

Ein weiterer langer Augenblick verstrich, ehe die ältere Dame resigniert nickte und sich erhob. Sie beugte sich über das Bett und legte ihre blasse Hand auf Gillies Stirn. »Immer noch sehr heiß. Die alte Jean hat mir gesagt, dass du alles Erdenkliche für ihn tust, Adrianne. Aber gib ihm ruhig noch ein wenig von dem Gerstenwasser, und ich schicke dir Bege mit einem Tablett Essen für dich herauf. Und neue Torfkohle für das Feuer!«

»Im Augenblick habe ich keinen Hunger …«

»Aber ich möchte, dass du etwas isst, mein Kind!«, befahl Mara. »Ich billige vielleicht, dass du noch eine weitere Nacht ohne Schlaf zubringst, aber ohne Nahrung ist das unverantwortlich!«

Sie trat vor Adrianne. »Ich weiß genau, dass du kaum etwas angerührt hast von den Speisen, die ich dir hochgeschickt habe. Ich warne dich, Adrianne. Diesmal werde ich das Tablett persönlich inspizieren, von daher solltest du dich besser stärken, statt dir meinen Zorn zuzuziehen.«

»Wenn du meinst, Mara.«

»Pah! Und wenn du denkst, dass ich glaube, dass ...« Sie schlang ihre Pelzstola fester um ihre Schultern und wandte sich hoch erhobenen Hauptes zum Gehen. An der Tür verharrte sie und bedachte Adrianne mit einem forschenden Blick. »Ach übrigens, ich habe Bess gebeten, das Nachtgewand auszubessern, das du in deiner Hochzeitsnacht getragen hast.«

Adrianne lächelte schwach, in der Hoffnung, dass Mara ihre peinlich geröteten Wangen entgingen.

»Einige der Dienstmägde meinen, dass Ihr beide mehr Zeit gemeinsam verbringen solltet.«

Adrianne hob verwirrt den Blick.

»Ganz recht. Eure Gemächer nach der Hochzeitsnacht wieder herzurichten muss ein unglaubliches Vergnügen gewesen sein.« Mara öffnete die Tür, doch sie ging nicht hinaus. »Aber nicht alle Dienstmägde haben das so empfunden. Das blauäugige, blondhaarige Frauenzimmer mit Namen Canny scheint andere Vorstellungen von deinem Gatten zu haben.«

»Ich habe keine Ahnung, wovon du da redest, Mara.«

»Nein? Nun, vielleicht nimmst du dir ein wenig Zeit und redest einmal mit der kleinen Dirne.«

»Warum?«

»Nun, meine Liebe, von allen Clanfrauen ist Canny gewiss diejenige, die mehr Narben auf Wyns Körper entdeckt hat als alle anderen.« Mara trat in den Gang. »Du könntest das eine oder andere von dieser Frauensperson lernen.«

Adrianne drehte sich um und spähte in den zuckenden Feuerschein. Mit einem Mal war ihr ziemlich übel.

Die ersten goldenen Strahlen des Sonnenaufgangs strömten in die Turmkammer und flirrten durch feinste Aschepartikel, die auf den Deckenbalken lagen. Nichola beobachtete freudlos das Schauspiel von Licht und Schatten.

Der beißende Gestank des Qualms lag noch immer schwer im Raum und bereitete ihr Übelkeit. Es war der scharfe Geruch des Versagens. Auch die eisenverstärkte Tür war ein hässlicher Beweis für ihr gescheitertes Unterfangen. Nichola wälzte sich auf den sauberen Laken und starrte apathisch zu den verkohlten Deckenbalken.

Es war kalt. Eisig kalt. Dennoch deckte sie sich nicht zu.

Nachdem sie erfahren hatte, dass ihre Pläne für die Zukunft ihrer Töchter ernsthaft gefährdet schienen, war sämtlicher Kampfgeist von ihr gewichen. Zum ersten Mal seit ihrer Gefangennahme spürte sie die beklemmende Niederlage.

Ein Knoten formte sich in ihrer Brust, und sie legte einen Arm über ihr Gesicht. Sie fühlte die Tränen, die ihr unaufhaltsam aus den Augenwinkeln rollten. Sie benetzten ihre Wangen, ihre Schläfen.

Schuld. Schuld. Schuld. Schuld.

Wie konnte sie sich nur so in Henry Exton getäuscht haben?

Sie vernahm das Knarren einer Tür am Fuße der altersschwachen Stiege. Das gequälte Ächzen in den rostigen Angeln. Vermutlich die taube alte Frau, die

die Wendeltreppe hinaufstapfte. Diesmal machte sich Nichola indes nicht die Mühe, sich aufzusetzen. Warum, so überlegte sie, sollte sie zusehen, wie ihre Kerkertür geöffnet wurde? Vielleicht war es ihre einzige Verbindung zur Außenwelt, aber wozu sollte das gut sein?

Als junge, schüchterne Braut hatte Nichola Sir Henry Exton in Yorkshire kennen gelernt, kurz nachdem sie sich dort mit Edmund niedergelassen hatte. Sir Henry und seine junge Gemahlin Elizabeth hatten zu den vielen Gästen gezählt, die sie in jenen ersten Monaten besucht hatten. Sie erinnerte sich noch gut an das strahlende Gesicht der jungen, schwangeren Elizabeth ... und wie aufmerksam und galant der anziehende englische Ritter sich gegenüber seiner Braut verhalten hatte.

Wahrlich, sie waren ein beeindruckendes Paar gewesen, sinnierte sie. Schönheit und Kraft waren eine Verbindung eingegangen, die gewiss prachtvolle Nachkommen hervorbringen würde.

Wie jung sie doch damals alle gewesen waren, seufzte Nichola. Seltsam, dass ihre eigene Lebensauffassung sich einzig darum gedreht hatte, Erben zu gebären! Seltsam, töricht und blutjung!

Nach jenem ersten Besuch hatte sie Sir Henry und Elizabeth jahrelang nicht mehr gesehen. Allerdings hatte Edmund ihr von den Schicksalsschlägen berichtet, die ihre beiden Freunde gnadenlos heimgesucht hatten. Nichola hatte von Elizabeths verschiedenen Gebrechen erfahren, von dem Verlust der beiden Söhne – einer war bei der Geburt gestorben, der andere, noch ehe er drei Jahre alt geworden war.

Als stolze Mutter von drei gesunden Töchtern hatte sich Nichola beinahe für ihr eigenes Glück geschämt, als Elizabeth und Sir Henry ihr Herrenhaus einige

Jahre nach dem Tod des zweiten Kindes besucht hatten.

Nicholas Erinnerungen an diesen Besuch unterschieden sich erheblich von denen an jenes erste Treffen.

Der Verlust der Kinder war für beide schwerlich zu verwinden gewesen. Sir Henry war vorzeitig gealtert – tief eingegrabene Kummerfalten und das harte Leben eines Kriegers ließen sein Gesicht strenger wirken. Elizabeths Schönheit hingegen war einfach dahingewelkt ... Nachdem Nichola ihnen zwei Wochen lang Zerstreuung geboten hatte, war sie tief betrübt über die anhaltende, niederdrückende Melancholie gewesen, welche die Frau umgeben hatte. Die Besorgnis des Gatten hatte sich eindeutig auf die körperlichen Leiden seiner Gemahlin konzentriert, wenngleich Nichola schon damals erkannt hatte, dass Elizabeths Gemütszustand bei weitem bedrohlicher war. Gleichwohl hatte sie nur wenig ausrichten können, um ihren Gast aufzuheitern.

Sie waren gekommen und irgendwann wieder abgereist. Im Herbst desselben Jahres hatte Nichola von Elizabeths Tod erfahren, was weder sie noch Edmund sonderlich überrascht hatte.

Nichola hatte Sir Henry in den Jahren nach Elizabeths Tod wesentlich häufiger gesehen. Er hatte sie viele Male besucht und sich an der Gesellschaft ihrer eigenen Töchter erfreut. Sie sah wieder die Bilder vor sich – Catherine auf seinem Knie, lauschend und plaudernd. Henry, der Laura durch die Vorratskeller des Herrenhauses folgte, seine Hände auf dem Rücken verschränkt, mit betont aufmerksamer Miene, derweil sie ihm erklärte, wie das Getreide, die Bier- und die Weinfässer aufbewahrt wurden. Nichola lächelte schwach, als sie daran dachte, wie er mit dem Rücken zur Hofmauer gestanden hatte, Adriannes Holzschwert auf sein Herz gerichtet, während er die Kleine um Gnade angefleht hatte.

Obschon noch recht jung, hatte er nie wieder geheiratet, und das hatte ihr imponiert. Stattdessen hatte sich Sir Henry auf die Dinge konzentriert, mit denen sich auch ihr Gemahl beschäftigt hatte: politische Angelegenheiten, die den englischen Königshof betrafen, die heftige Auseinandersetzung mit dem tyrannischen Schatzkanzler Kardinal Wolsey, der erbitterte Kampf und die schreckliche Niederlage in der Schlacht bei Spurs und späterhin eine weitere Reise nach Frankreich, um an der Zusammenkunft der Könige teilzunehmen.

Aber das war noch lange nicht alles. Es gab andere Dinge. Geheimsachen, die den Rittern des Schleiertuchs vorbehalten waren.

So nah sich Nichola und Edmund auch gestanden hatten – in ihrer Ehe wie im Leben –, wenn es um den Geheimbund seiner geliebten Ordensbrüder gegangen war, war Nichola außen vor geblieben. Kein einziges Mal war sie zu ihren Zusammenkünften eingeladen oder hinzugebeten worden. Nie hatte sie auch nur ein Sterbenswort über die Ergebnisse ihrer Versammlungen erfahren. Da sie Edmund über alles geliebt hatte und sich seiner tiefen Zuneigung gewiss gewesen war, hatte sie keine Fragen gestellt. Sie wusste, dass die Ritter des Schleiertuchs für das Gute kämpften, und deshalb hatte sie ihren Gatten nicht bedrängt.

Mehr als zwanzig Jahre hatte sie sich daran gehalten und hätte das auch weiterhin getan, wäre nicht diese räudige Wolfsmeute vor ihrer Tür aufgetaucht. Alles war anders geworden, nachdem die Häscher des Königs ihren Edmund mitgenommen hatten. Jetzt musste sie ganz allein für den Schutz ihrer Töchter sorgen.

Aber wie sollte sie die Schritte erklären, die sie unternommen hatte, um Catherine, Laura und Adrianne nach der Festnahme des Vaters in Sicherheit zu wissen? Edmund war der Hüter der Kartenskizze gewesen, ein tiefer Vertrauensbeweis in den Reihen des Ritterordens. Wie könnte sie je rechtfertigen, dass sie die Karte, die zum Schatz des Tiberius führte, geteilt und aus der Hand gegeben hatte?

Nichola wusste, dass der Schatz nicht ihr gehörte. Einerlei, was sie jetzt sagte – oder wie sie sich zu rechtfertigen suchte –, ihre Handlungen würden von den Rittern des Schleiertuchs als Verrat aufgefasst werden.

Das musste auch der Grund sein, warum man sie entführt hatte und hier als Gefangene hielt. Aber ihre Mädchen! Catherine hatte geheiratet. Doch was war mit Laura und Adrianne? Würden ihre Pläne für die beiden genauso Früchte tragen wie zuvor für Catherine?

Nichola Erskine Percy war eine gebürtige Schottin, und obschon sie viele Jahre in England gelebt hatte, hatte sie stets einen regen Austausch mit ihrem Heimatland gepflegt. Und unter ebendiesen Menschen hatte Nichola die zukünftigen Ehemänner für ihre Töchter ausgewählt.

Für ihre Träumerin Catherine, die älteste und klügste Tochter, hatte Nichola John Stewart vorgesehen, den Earl of Athol und einen Cousin des Königs. Athol war ein gebildeter Mann und – so hoffte sie inständig – Manns genug, sich von seiner belesenen Gattin nicht einschüchtern zu lassen.

Für die bezaubernde Laura war Nicholas Wahl auf William Ross gefallen, den Gutsherrn von Blackfearn Castle. Williams sprunghafte Seele und sein Eigensinn stellten gewiss die vollkommene Herausforderung an Lauras Geschick, Probleme konsequent zu lösen.

Für ihre Unruhestifterin Adrianne hatte Nichola sämtliche Hoffnung in Sir Wyntoun MacLean gesetzt, den Streiter von Barra – ein Ritter und berüchtigter Pirat. Nur an der Seite eines Mannes, der noch abenteuerlustiger war als Adrianne, so glaubte Nichola, könnte diese ihr Glück finden. Dass der Streiter dem Orden des Schleiertuchs angehörte, war ein weiterer Vorteil und von Nichola wohl überlegt.

Die schwere Tür knirschte geräuschvoll in den Angeln, worauf Nichola sich aus ihren Gedanken riss und zur Wand blickte.

Sie konnte ihre stumme Bewacherin jetzt nicht anschauen – nach allem, was sie getan hatte. Sie hatte das Leben der greisen Dienerin ernsthaft in Gefahr gebracht! Was, wenn die Alte gestürzt wäre oder wenn ihre Röcke Feuer gefangen hätten? Wie hätte sie um Hilfe rufen können? Eine Woge der Scham wuchs über Nichola hinweg. Wie hatte sie nur so gedankenlos, so rücksichtslos sein können?

Sie hörte das Zuschnappen der Tür, doch anders als sonst vernahm sie nicht die schlurfenden Schritte auf den Dielen. Schweigen umfing den Raum.

Jeder Nerv ihres Körpers war in Alarmbereitschaft versetzt, gleichwohl blieb Nichola auf ihrer Pritsche liegen, spähte an die Steinwand ihres Turmkerkers, horchte.

Irgendwie schwante ihr, wer es war, und eine unerklärliche Vorahnung erfasste sie. Nichola richtete sich auf, schwang ihre Füße auf den Boden und starrte zu der Gestalt an der Tür. Ihr Besucher füllte den Türrahmen aus, seine burgunderrote Samttunika und Beinkleider wirkten im morgendlichen Dämmerlicht fast schwarz.

Wahrhaftig, sie kannte ihn. Der geschmeidige, katzenartige Gang – elegant und sicher, und doch augenblicklich sprungbereit. Dieser Mann hatte seinen Körper zeitlebens gestählt. Starke Arme kreuzten sich über einer trainierten Brust. Sie sah auf und gewahrte das markante, entschlossene Profil. Die wettergegerbte Haut und die Nase – mehrfach gebrochen – verliehen diesem anziehenden Gesicht nur mehr Charakter. Sie erwiderte den Blick seiner stechend blauen Augen, die sie mit unverhohlenem Interesse maßen.

Sie rappelte sich auf und tastete mit zitternder Hand nach ihrem Kragenband. »Sir Henry.«

»Zu viele Jahre, Nichola«, flüsterte der Ritter und strebte zu ihr. »Ich habe Euch zu viele Jahre begehrt, um eine Gelegenheit wie diese ungenutzt verstreichen zu lassen ...«

Alexander MacLean verharrte auf der Schwelle zu den Gemächern seines Sohnes und beobachtete, wie Wyntoun und Alan über der riesigen, auf dem Tisch ausgebreiteten Karte brüteten. Ihren gedämpften Stimmen und ihrem regen Gedankenaustausch entnahm er das Verständnis und Vertrauen, das die beiden einander schon von Kindheit an zollten.

MacLean grinste. Über die Jahre hinweg hatte sich daran nicht viel geändert.

Gewiss, sie hatten sich ziemlich unterschiedlich entwickelt. Alan, dessen Haar genauso früh ergraut war wie das seines Vaters, war schlank, aber kräftig, und besaß einen messerscharfen Verstand. Und Wyntoun, dachte er zufrieden, war groß, breitschultrig und gerissen genug, jeden Mann zu überwältigen – ob an Land oder auf See. Wyn war ein Sohn, auf den man stolz sein konnte – ein muskulöser Kerl mit dem Herzen eines Kriegers und dem Verstand eines Gelehrten. Die beiden Cousins waren einander seit ihrer frühesten Kindheit getreue Freunde geblieben.

Nun, auf ihre Weise waren es kleine Satansbraten gewesen. Stets hatten sie Streiche ausgeheckt und verflucht wirkungsvoll in die Tat umgesetzt. Wie das eine Mal, als die beiden kleinen Halunken den prämierten Kampfhahn des Abts gestohlen und gebraten hatten. Teufel noch! Alexander musste schmunzeln; er hatte eine hohe Entschädigungssumme leisten müssen, um die Drohung des alten Gauners abzuwenden, sie aus der Gemeinde auszuschließen. Und damals, als sie Colin Campbell, den Earl of Argyull, mit Schneebällen bombardiert hatten. Colin war von seinem Boot ans Ufer gesprungen und hatte die beiden rund um Loch Dan gejagt, sie fast in den Schneemassen vergraben, als er sie schließlich gepackt hatte ... und für den Rest seines Besuches darüber gelacht.

Ach, es gab viele solcher Begebenheiten, wahrlich ... diese kleinen Gauner! Und jedes Mal, wenn man sie an den Ohren in den Rittersaal geschleift hatte, so hatte jeder der beiden beteuert, der allein Schuldige zu sein. Viele Strafen hatte Alexander deshalb für beide verhängen müssen.

Seine Augen wurden schmal, als er der finsteren Tage gedachte, in denen sein Bruder Lachlan der Laird gewesen war. Er schüttelte diesen Gedanken ab, spähte zu den beiden jungen Männern. Da war noch etwas, das sich über die Jahre nicht geändert hatte. Die beiden wetteiferten wie stets um die Gunst desselben Mädchens.

Alexander räusperte sich und strebte in die Kammer.

»Frühaufsteher und angestrengte Arbeiter.« Alexander MacLean gewahrte das abgespannte Gesicht seines Sohnes, als Wyntoun den Blick von der Landkarte hob. »Wie ich höre, habt ihr zwei nicht einmal das Frühstück mit eurer Sippe eingenommen. Stattdessen plant ihr bereits eure nächsten Eroberungen. Also, wollt ihr Kaiser Charlie an diesem herrlichen Morgen Neuspanien abjagen oder lieber Irland diesem arroganten König Harry? Ich persönlich ziehe Irland vor – man kann mit seinen Nachbarn nicht vorsichtig genug sein, sage ich immer!«

Während Alan rasch die Karte zusammenrollte, umrundete Wyntoun den Tisch, um seinen Vater zu begrüßen. Nichts von alledem beunruhigte Alexander auch nur im Geringsten. Seit nunmehr fünf Jahren wollte er nichts, aber auch gar nichts mehr über die Raubzüge seines Sohnes erfahren.

In Wahrheit blieb dem MacLean kaum eine Wahl. Alexander teilte Maras Bedenken, dass er mit dem Piratentum in der Irischen See aufhören solle. Und er wollte nicht länger sehnsüchtig an seine Seeräuberzeit denken. Also hatte er schon vor Jahren entschieden, im Rittersaal entspannt die Füße hochzulegen und diesen Burschen die althergebrachten Clan-Geschäfte zu überlassen.

»Guten Morgen, Vater.« Wyntoun setzte sich auf die Tischkante. »Ich plane, die meiste Zeit des Tages abseits der Burg zu verbringen, deshalb arbeiten Alan und ich schon so früh am Morgen.«

»Aha, wo willst du denn heute hin?«

»Einige meiner Männer reiten mit mir nach Westen … zum Glen Forsa.«

»Den ganzen weiten Weg?«

»Gewiss, dort soll es einen Kleinbauern mit einem hübschen Fohlen geben, so wurde mir gesagt.«

»Ein hübsches Fohlen, soso! Nun, deine junge Gemahlin wird dich sicher gern begleiten.« Alexanders Blick war auf seinen Sohn geheftet. »Du nimmst Adrianne doch mit, oder?«

Wyntoun quittierte Alans abfälliges Schnauben mit

einem strafenden Blick und schickte sich zum Gehen an.

»Nein, Vater. Ich nehme sie nicht mit.«

»Und warum nicht?«, erkundigte sich Alexander rundheraus und stolzierte durch den Raum. Betont interessiert ließ er seinen Blick umherschweifen, ehe er fortfuhr und Wyntoun damit ganz bewusst in noch größere Bedrängnis stürzte. »Wie ich gehört habe, ist die Jungfer eine hervorragende Reiterin. Wenn ich mich recht entsinne, hast du selbst ihr Geschick auf die Probe gestellt – auf einem Pferd, meine ich – in keiner geringeren als eurer Hochzeitsnacht!«

Wyntouns Stirn legte sich in Falten, sein Blick verfinsterte sich. »Adrianne kümmert sich aufopfernd um den kleinen Gillie.«

»Mara hat mir berichtet, dass sein Fieber in der Nacht gesunken ist.« Er blieb stehen, nahm einen juwelenbesetzten spanischen Dolch vom Tisch und betrachtete diesen mit gespieltem Interesse. »Sie erzählte mir, dass deine kleine Braut stattdessen heute Morgen sehr kränklich wirkt.«

»Was willst du damit sagen? Was ist mit Adrianne?«

Seine offenkundige Besorgnis hellte Alexanders Stimmung beträchtlich auf. »Vielleicht solltest du Alan fragen, was mit ihr ist. Mir wurde gesagt, dass er sie jeden Abend besucht, um sich zu vergewissern, dass sie wenigstens etwas von ihrem Nachtmahl zu sich nimmt.«

Die Zornesröte in Wyns Gesicht war eine weitere zufrieden stellende Reaktion für den Laird. Alexander trat um den Tisch und setzte sich in den holzgeschnitzten Sessel.

»Vater, hör auf, dich in meine Angelegenheiten einzumischen. Zum Teufel, allmählich klingst du schon wie Mara!«

»Da hast du nicht ganz Unrecht, mein Junge. Aber lass dir um Himmels willen nicht reinreden. Und wo wir gerade dabei sind, vergiss, was ich über Adriannes Gesundheit gesagt habe.« Lässig jonglierte er den Dolch auf seiner Handfläche. »Wahrlich, wenn du sie selbst aufsuchen würdest ... Ach nein, mein Junge, bitte Alan einfach, das für dich zu übernehmen.«

Sich im Sessel zurücklehnend, beobachtete der MacLean die Erzürnung, die in Wyntouns ebenmäßige Züge trat. Mit einem nachdenklichen Stirnrunzeln überspielte der Laird seine Genugtuung an dem Missmut seines Sohnes.

»Immerhin ... Nach all dem Klatsch und Tratsch weiß der ganze Clan, dass du und deine Braut eine Aufsehen erregende Hochzeitsnacht hattet. Gut gemacht, mein Junge.« Mit einer Geste seiner Hand gebot er Wyntoun zu schweigen. »Und wenn du an dem Mädchen kein Interesse mehr hast, musst du mir das nicht erklären. So mancher Mann pflanzt die Saat seiner Nachkommen und wendet sich dann grüneren Weiden zu. Und wie wir beide wissen, gibt es mehr als eine Maid hier auf Mull, die dir gern das Gatter öffnet ... sozusagen.«

MacLean beobachtete Wyntoun, der fieberhaft auf eine Antwort sann. Bei allen Heiligen, dachte er bei sich, das ist überaus viel versprechend. Er hatte seinen Sohn noch nie sprachlos erlebt.

»Vater, meine Männer warten«, sagte der Ritter schließlich. »Euch einen guten Tag.«

Nachdem Wyntoun sich praktisch aus den Gemächern geflüchtet hatte, grinste Alexander breit zu dem Gürtel und dem Schwert seines Sohnes, die neben der Tür lagen. Ganz recht, der Junge musste wirklich gehen, sinnierte der Laird. Aber wohin ... nun, das war eine Überlegung wert.

# 18. Kapitel

Als der Ritter näher kam, wich Nichola zurück und sank auf ihr Bett. Sogleich stand er über sie gebeugt, seine Umklammerung unerbittlich, als er sie hochzog.

»Sir Henry«, murmelte sie, sich ihm entwindend. »Ich will nicht … Ihr … Ihr … Ihr solltet nicht … Euer Wort …« Nichola schnappte nach Luft. »Mylord, Eure Worte verwirren mich. Ich schlage vor, Ihr führt genauer aus, was Ihr damit meint.«

»Gewiss, Nichola, das werde ich«, sagte er ruhig. »Gewährt mir, dass ich ebendies tue.«

Für einen langen Augenblick verschmolzen ihre Blicke, und Nichola gewahrte darin nichts Beängstigendes. Sie hatte immer gewusst, dass Henry Exton willensstark und leidenschaftlich war, aber er war auch ein Ehrenmann. Sie hatte nichts zu befürchten, beruhigte Nichola sich. Ganz gewiss nicht von diesem Mann.

Doch als sie in seine blauen Augen spähte, wunderte sie sich über das eigentümliche Flattern in ihrem Bauch. Noch nie hatte sie einen anderen Mann als ihren Edmund begehrt. Es konnte nicht sein, redete sie sich ein, sich gegen ihre Empfindungen sträubend. Es durfte nicht sein.

»Ich möchte, dass Ihr eines wisst, Nichola. Ich wäre Euch fern geblieben, wenn Ihr nicht selbst herausgefunden hättet, auf wessen Anwesen Ihr festgehalten werdet.«

Seine starken Hände fassten ihre Oberarme, hielten sie auf Armeslänge von sich. Sie fühlte seine kräftigen Finger, die Glut, die ihre Schultern zu versengen drohte, dort, wo er sie berührte. Mit angehaltenem Atem gewahrte sie, wie die Hitze ihren gesamten Körper durchströmte.

»Aber jetzt wisst Ihr, wo Ihr seid«, fuhr er fort. »Und ich bin zu alt, um meine weiteren Jahre darauf zu verwenden, Euch nachzustellen.«

Nichola schüttelte nur vage den Kopf, sie traute ihrer Stimme nicht. Das Schlucken fiel ihr schwer, ihr Mund war staubtrocken. Bei der Heiligen Jungfrau, dachte sie, warum muss mein Herz nur so wild in meiner Brust schlagen?

Sie zwang sich zu einem Einwurf. »Was meint Ihr mit ›mir nachstellen‹?«

»Ich rede einzig mit dem Herzen, Nichola. Der Tod hat mir eine gute Gemahlin und Gefährtin genommen. Und seit ihrem Ableben hat einzig eine Frau mein Denken, mein Streben und Trachten erfüllt. Nur eine Einzige erquickt meine Seele, Nichola. Wenn ich durch die Berge reite, sehe ich ihre Gestalt vor mir. Umringt von Menschenmassen suche ich ebendiese Frau. Schließe ich nächtens die Augen, träume ich von ihr. Von Euch, Nichola. Euch allein.«

»Ich traue meinen Ohren nicht, Henry. Wie könnt Ihr … wie …? In all den Jahren? Ich bin … Ich war eine verheiratete Frau.«

»Wie wahr. Aber habe ich mich jemals ehrlos verhalten, trotz … trotz meines Begehrens? Habe ich je etwas Unschickliches getan oder gesagt, so lange mein Freund Edmund noch lebte?«

Seine Hände glitten über ihre Arme, streichelten sie. Nichola schloss die Augen, bemüht, das verräterische Prickeln zu unterdrücken, das ihren Körper überzog.

»Aber jetzt ist alles anders. Edmund ist von uns gegangen, und Ihr seid mithin ein Jahr Witwe. Ihr seid frei in Euren Entscheidungen.«

»Kaum genug Zeit, um …«

Er nahm ihre Hände in die seinen, unterbrach sie. »Lady Nichola, es ist ein offenes Geheimnis, dass Ihr völlig mittellos dasteht. Alles, was Euer Gemahl besaß – alles, was Euch und Euren Töchtern rechtmäßig gehören sollte –, hat die englische Krone eingefordert. Die meisten Frauen in Eurer Situation würden eine weitere Heirat planen, noch ehe die Gebeine der Gatten im Grab erkaltet sind.«

»Ich bin nicht wie die meisten Frauen«, erwiderte sie knapp.

»Wie wahr, das seid Ihr gewiss nicht«, sagte er weitaus sanfter.

Seine Finger glitten über ihr Gesicht, streichelten ihre Wangen, ihre Unterlippe. Sie öffnete den Mund zum Protest, brachte aber kein Wort heraus.

Im nächsten Augenblick waren seine Lippen auf den ihren, bezwangen ihren Mund, und Nichola hatte Mühe, nicht den Boden unter den Füßen zu verlieren, war sie doch innerlich aufgewühlt.

Sie hatte die Lider geschlossen, sah ihn indes im Geiste vor sich, sein markantes Gesicht nur einen Atemhauch von ihrem entfernt. Sie fühlte sich, als hätte er sie gebrandmarkt ... innerlich und äußerlich.

Und plötzlich durchzuckte es sie wie ein Blitzstrahl aus heiterem Himmel – sie hatte es immer schon gewusst. Bei jedem seiner Besuche. Jedes Mal, wenn er ihren Namen ausgesprochen, ihre Hand berührt hatte. In all den Jahren. Sie hatte es immer gewusst.

»Jetzt, da ich Euch meine Gefühle offenbart habe, Mylady, bitte ich Euch nur, meinen Antrag zu überdenken. Ich will Euch meinen Namen geben, meine Zuneigung und sämtliche Leidenschaft, die ein Mann für eine Frau empfinden kann ... ein ganzes Leben lang. Und ich verspreche Euch, Nichola, ich werde Euch vor allen drohenden Gefahren beschützen.« Als er verstummte, blieb ihr Blick auf seine trainierte Brust gerichtet. Sie traute sich nicht aufzusehen. »Und diese Gefahr kommt mit jedem Tag näher, meine Liebe, und letztlich bin ich der einzige Mensch, der Euch davor bewahren kann.«

Zärtlich hob er ihr Kinn an, sodass beider Augen sich erneut begegneten.

»Erhört mich, aus welchem Grund auch immer … aber erhört mich.« Aus seinem Blick sprach tiefe Zuneigung, eine Zuneigung, die er so lange hatte unterdrücken müssen. »Ich erwarte Eure Antwort, Nichola. Und ich schwöre Euch, Ihr werdet mich nicht wieder ein Leben lang warten lassen.«

Catherine ließ sich von den drei Augenpaaren nicht erschüttern, die sie anstarrten, als hätte sie den Verstand verloren.

»Ihr solltet einsehen, dass meine Idee wirklich Sinn macht«, sagte sie zu ihrer Schwester Laura, die beinahe noch skeptischer wirkte als Athol und William. »Benedict ist die einzige uns bekannte Person, die den Schatz des Tiberius gesehen … und berührt hat. Wenn wir ihm unsere beiden Kartenteile zeigen, kann er uns möglicherweise Anhaltspunkte liefern, wo er verborgen liegt. Vielleicht hat er bereits eine Ahnung von dessen Versteck. Womöglich versteht er sogar die verschlüsselten Hinweise. Das wissen wir erst, wenn wir ihn gefragt haben.«

Laura schüttelte den Kopf. »Ich traue Benedict nicht recht, Catherine. Und ich bin mir auch nicht sicher, ob Mutter ihm wirklich vertraut hat. Sonst hätte sie ihn doch bitten können, uns zu begleiten, als wir England verlassen mussten.« Laura legte eine Hand auf Catherines Arm. »Ich weiß, dass wir nur wenig Zeit haben, trotzdem bin ich dagegen, dass wir in eine mögliche

Katastrophe hineinrennen. Ich schlage vor, wir warten, bis Adrianne eintrifft. Sie wird gewiss bald hier sein, und dann werden wir uns Klarheit verschaffen.«

»Und was sollen wir tun, wenn sie kommt?«, wandte Catherine ein. »Keiner von uns weiß genau, was uns erwartet. Was, wenn wir die Kartenskizze haben, eine Truppe zur Bergung des Schatzes entsenden und sich dann herausstellt, dass er verschwunden ist? Was können wir dann tun, um unsere Mutter zu befreien?«

»Um Lady Nichola wird sich bereits gekümmert.«

William of Blackfearns Antwort kam für die beiden Schwestern überraschend. Der Clanführer der Ross blickte von einem Gesicht zum anderen und fuhr fort: »Wyntoun MacLean hat sich nicht nur an die Fersen deiner Schwester geheftet, Adrianne. Er hat auch nach dem Aufenthaltsort eurer Mutter geforscht.«

»Aber er war doch auf der Insel Barra!«

William nickte seiner Frau zu. »Ganz recht. Und von dort ist er nach Duart Castle auf der Isle of Mull gereist, wo er wegen seiner ... Beziehungen zu den westlichen Inseln Informationen zu sammeln gedachte, und weiter in den Süden, zur Grenze und darüber hinaus.

»Beziehungen zu Seeräubern?«, erkundigte sich Catherine skeptisch. »Beziehungen, wie sie nur der Streiter von Barra haben kann?«

»Warum hast du uns das nicht erzählt, William?«, fragte Laura.

»Ich wusste nicht genau, was er vorhatte, mir war lediglich klar, dass Wyn uns nicht im Stich lassen oder eure Mutter noch weiter gefährden würde. Aber da ist noch etwas, das ihr über Wyntoun MacLean wissen solltet.« Er stockte, spähte zu Athol. »Auch er ist ein Ritter des Schleiertuchs.«

»Ein Ritter des Schleiertuchs?«, fragte Catherine alarmiert. »Wer sind diese Ritter?«

Der Earl of Athol umfasste die Hand seiner Gemahlin. »Eine Gruppe von Rittern, die einer höheren Macht unterstehen als einem Monarchen. Es handelt sich um eine geheime Bruderschaft, die gerüchteweise mehr Macht haben soll als Schottland, England und Frankreich zusammen.«

»Wie kommt es dann, dass wir noch nie von diesen Rittern gehört haben?«

Die Verwirrung der beiden Schwestern nahm noch zu, als sie die Blicke gewahrten, die ihre Gatten austauschten.

»Manchmal kennen nicht einmal wir diejenigen, die uns nahe stehen«, versicherte Athol. »Ich für meinen Teil glaube, dass euer Vater ein Mitglied dieser Bruderschaft war.«

»Da bin ich mir ganz sicher«, versetzte William schlicht. »Wyntoun ist zwar mein Freund, aber er hätte uns niemals so schnell seine Hilfe zugesichert, wenn ihn das Schicksal von Edmund Percys Familie unberührt ließe. Diese Ritter wachen über ihre Sippen. Wyntoun beschützt nicht nur eure Schwester. Mithilfe seiner Ordensbrüder wird er herausfinden, wo sich eure Mutter aufhält.«

»Wartet.« Catherines Blick glitt von einem Highlander zum anderen. »Woher wisst ihr … dass unser Vater ein Mitglied dieser Bruderschaft gewesen ist? Uns wurde nie von einem solchen Männerbund erzählt.«

»Was ich weiß, habe ich … nun ja, von Wyntoun erfahren.« William setzte sich neben seine Gemahlin, nahm ihre Hände in die seinen. »Der Orden des Schleiertuchs ist ein Geheimbund. Viele ziehen seine Existenz in Zweifel und halten ihn lediglich für ein Fantasiegebilde, ersonnen von tapferen, gerechtigkeitsliebenden Rittern, die für die Schwachen und Bedürftigen eintreten wollen.«

»Aber es gibt ihn wirklich«, bekräftigte Athol. »Er wurde in Palästina gegründet, während des ersten großen Kreuzzuges. Alldieweil einige Ritter mit vereinten Streitkräften versuchten, die im Heiligen Land eroberten Königreiche zu halten, sollen ebendiese Männer – die Ritter des Schleiertuchs – sich zusammengetan haben, ihr Schwert im Namen der Gerechtigkeit und für diejenigen zu schwingen, die sich nicht selbst verteidigen konnten.«

»Wie ist es möglich, dass unser Vater ein Mitglied dieses Ordens war?«, erkundigte sich Laura.

»Weil *sein* Vater ... und *sein* Großvater vielleicht auch schon Ritter des Schleiertuchs gewesen sind«, antwortete William. »Verdienste und Herkunft sind für den Beitritt unablässig. Manch einer, der gefragt wird, entscheidet indes für sich selbst, dass er nicht würdig ist.«

Der Clanführer der Ross erhob sich unvermittelt und trat zum Kamin, worauf alle schweigend seinen breiten Rücken maßen.

»Aber ...«, murmelte Catherine schließlich. »Aber unser Vater war Engländer, und Wyntoun MacLean lebt hier.«

»Wie ich bereits erwähnte«, hub Athol an, »ist die Zugehörigkeit weder an Landesgrenzen noch an eine Loyalität zu irgendeinem Regenten gebunden.«

»Ein weiterer Grund, weshalb sie ihre Existenz geheim halten«, warf William Ross mit einem Blick auf die anderen ein. »Für einen Monarchen gibt es nichts Bedrohlicheres als eine Gruppe von Kriegern in seinem Königreich, die sich vor nichts fürchten und die unter einem Banner vereinigt sind, das nicht seine Farben trägt. Was meint ihr, warum König Henry eure Familie so abgrundtief hasst?«

Catherine und Laura sahen sich für einen langen

Augenblick schweigend an, unvermittelt an gewisse Dinge in ihrer Kindheit erinnert. Winzige Dinge, wie die geheimnisvolle Kammer in ihrem Haus, die die drei Schwestern nicht betreten durften. Und die kriegerisch anmutenden, verschlossen wirkenden Männer, die ihr Herrenhaus – manchmal sogar in riesigen Gruppen – aufsuchten. Diese vermummten Gestalten waren Ritter, ganz recht, und immer ohne Familienanhang. Sie verschwanden in dem verbotenen Raum, trafen sich dort mit ihrem Vater, ritten mitten in der Nacht aus und kehrten nie zurück.

»Und du meinst, dass unser Vater ein Mitglied war?«, wandte Catherine sich an William.

»Ja. Meines Wissens hat Wyntoun MacLean Edmund Percy zweimal getroffen … vermutlich sogar noch häufiger.«

»Wyntoun hat unseren Vater gekannt?«, entfuhr es Laura.

»Selbstverständlich.«

»Ich kann einfach nicht glauben, dass unsere Mutter davon nicht gewusst hat«, sagte Catherine plötzlich.

»Nun«, erwiderte William, »ich glaube schon, dass eure Mutter die Freunde eures Vaters kannte.« Die beiden Männer tauschten Blicke aus. »Andererseits ist es schwierig zu sagen, ob sie um Wyntouns Zugehörigkeit wusste, als sie die Ehemänner für euch drei aussuchte.«

»Ehemänner!« Catherine blickte entgeistert zu Laura. »Hast *du* Mutter jemals der Kuppelei verdächtigt?«

»Erst nachdem ich vermählt war.« Laura schenkte ihrer Schwester ein Lächeln. »Ich frage mich, ob wir von einer weiteren Heirat erfahren werden … auf der Insel Barra!«

»Adrianne? Heiraten?« Schmunzelnd spähte Catherine in die Kaminflammen. »Ich kann mir bildhaft vorstellen, wie chaotisch ein solcher Haushalt wäre.«

»Wenn das Mädchen so wild und ungestüm ist, wie ihr beteuert, ertränkt Wyntoun MacLean sie vielleicht einfach auf hoher See«, schmunzelte William und meinte dann trocken: »Aber er wird uns zumindest ihren Teil der Karte zukommen lassen.«

Die beiden Schwestern strahlten einander an.

»Nur zu«, versetzte Laura, »solange er uns ihren Kartenteil schickt.«

Fackeln flackerten durch die frostige Nachtluft und warfen lange Schatten auf das Mauerwerk des hohen Turms, als die drei Reiter ihre Rösser in den Innenhof trieben. Hinter ihnen tänzelten zwei Fohlen an langen Lederleinen; ihre verschwitzten Leiber schimmerten im sprühenden Licht der Flammen.

Frühwinterliche Dunkelheit hatte sich schon vor Stunden über Duart Castle gebreitet, und nach der Geräuschkulisse zu urteilen, die aus den hohen Fensterschlitzen im Rittersaal drang, war das Nachtmahl bereits in vollem Gange. Als er vom Pferd sprang, vernahm er das dröhnende, alles übertönende Lachen seines Vaters. Er fragte sich, ob Adrianne wohl bei ihnen sei. Eher unwahrscheinlich, entschied er.

Nachdem drei Stallburschen die Pferde in Empfang genommen hatten, verharrte Wyntoun noch eine Weile inmitten des Burghofs.

»Geht schon vor, Leute«, rief er, schlug einem von ihnen auf die Schulter und nickte zum Saalportal. »Ich habe eure knurrenden Mägen lange genug ertragen müssen. Geht und esst. Ich stoße alsbald zu euch.«

Er drehte sich um und beobachtete, wie die Pferde und seine neuen Fohlen in den Stallungen verschwanden. Prächtige Jungtiere. Das Stutenfohlen war ein bisschen zu wild, dachte er bei sich. Es brauchte eine starke Hand.

Seine Lungen mit der Winterluft füllend, spähte er zu den Türmen der Burg, die finster in den sternenklaren Himmel hinaufragten. Die einladend geöffnete Tür zum Rittersaal war ein willkommener Anblick für einen erschöpften, hungrigen Reisenden. Gleichwohl glitt Wyntouns Blick unversehens zum Ostflügel. Stirnrunzelnd starrte er auf die verschlossenen Läden, hinter denen eine ziemlich eigensinnige junge Frau ganz gewiss neben dem Bett eines kranken Burschen wachte.

Während seines Ritts über die Weiten der Insel hatte Wyntoun sich wieder und wieder eingeredet, dass er das Richtige tat. Bei der Heiligen Jungfrau, sich von Duart Castle fern zu halten war doch ein verdammter Erfolg. Nicht dass er die Fohlen wirklich gebraucht hätte – der Reitstall der MacLeans war der beste an der schottischen Westküste.

Nein, er hatte sich ihr bewusst fern gehalten. Er hatte weder Jeans Worte beherzigt noch die Provokationen seines Vaters. Er war einfach davongeritten. Hatte dem Verlangen nicht nachgegeben, ihr den Hof zu machen, mit ihr zu tändeln, sie in seinen Armen zu spüren, die weiche, elfenbeingleiche Haut zu berühren und diese rosenfarbenen Lippen zu küssen. Nein, entschied er im Stillen, es war in der Tat ein Sieg, dass er nicht hier gewesen war und eine Schlacht geschlagen hatte, die er ohnehin verloren hätte – letztlich hätte er sie in jenes kalte Ehebett getragen und jede störende Umhüllung abgestreift, bis nur noch Haut und Fleisch ihre rasenden Herzen voneinander getrennt hätte.

Seltsamerweise fühlte er sich weit entfernt von einem Triumph. Wie schal und leer manche Siege doch sein konnten.

Wyntoun nahm einen tiefen Atemzug und stieß die Luft als bleiche Nebelwolke aus. Halt ein, befahl er sich insgeheim. Er war ein vernunftgeprägter Mensch, beherrscht, stolz auf sein Planungsgeschick und seine Lebensführung. Er konnte tun und lassen, was er wollte, kommen und gehen, wann er wollte!

Also, was war mit ihm geschehen? Nach den wenigen kurzen Stunden in Adriannes Gesellschaft, in jener ersten Nacht nach ihrer Hochzeit, hatte er erkannt, dass dieses ungestüme, eigenwillige kleine Luder eine überaus alarmierende Wirkung auf ihn ausübte. Sobald er sie berührte, konnte er nicht mehr klar denken. Seine Logik versagte, und sein Verstand konzentrierte sich nur noch auf eines, auf .... Adrianne Percy.

Er spähte zu den schmalen Turmfenstern. Sie hatten Gillie in einem wahrhaft ungünstigen Moment entdeckt. Wiewohl der Highlander dem Jungen eine rasche Genesung wünschte, wusste er, dass ihn dieser Vorfall vor sich selbst geschützt hatte. Er hatte eine zweite Chance erhalten, seine fünf Sinne zusammenzunehmen und seine Einstellung zu dieser vorübergehenden Eheschließung zu überdenken.

»Sie ist noch da.«

Beim Klang von Colls brummiger Stimme riss Wyntoun sich von dem Gemäuer los und wandte sich zu seinem erfahrenen Seemann. Der Mann kratzte sich den kahlen Hinterkopf und zog dann seine Wollmütze auf.

Er blinzelte zu dem Fenster, das sein Dienstherr beobachtet hatte. »Und dem Jungen geht es schon viel besser. Das Fieber ist fast weg, er ist zwar noch ziemlich geschwächt, aber Auld Bege meint, dass er in ruhige Gewässer treibt.«

Wyn nickte. »Sehr gut. Der Junge verdient einen ruhigen Seegang. Er hat es überlebt, als man ihn über

Bord geworfen hat. Er hat die halbe Nacht in einem eisigen Fluss gelegen.« Betreten seufzend fuhr er fort. »Berichte mir, Coll, was erzählen sich die Leute darüber, dass Gillie Unglück bringt?«

»Kein Sterbenswort, Käpt'n.« Wieder kratzte Coll sich den Kopf und grinste breit. »Soweit ich sehe, hat der Bursche nichts zu befürchten. Jeder weiß, dass er ein Liebling von Euch und Mistress Adrianne ist, aber ...«

Der Seemann zögerte und nickte dann zu den hohen Fenstern im Ostflügel. »Aber Ihr solltet mit Eurer Braut sprechen, Wyn, wenn das so bleiben soll. Wenn Mistress Adrianne sich weiterhin so verhält wie bisher, wird der Junge einen bösen Spitznamen bekommen, noch ehe er sein Krankenbett verlassen kann.«

»Was soll das heißen?«

»Jeder auf Mull weiß, dass das Mädchen nicht von Gillies Seite gewichen ist, seit Ihr ihn in Eurer Hochzeitsnacht halb erfroren zurückgebracht habt. Alle tuscheln darüber, dass sie nicht ... na ja, nicht wieder in ihr Ehebett zurückkehrt.« Coll spähte zur Küche. »Und ich hab diese Klatschbase Makyn heute Morgen ordentlich angefahren, als ich hörte, wie sie den anderen in der Küche weismachen wollte, dass Eure Gemahlin verhext sein muss. Dass sie nicht von der Seite des Jungen weichen tut und keinen mit ihm allein lässt – nicht mal für einen Augenblick –, das wär nicht normal, hat sie gesagt, bevor ich ihr die Ohren lang gezogen hab.«

»Manche Leute müssen sich einfach in alles einmischen. Gillie wird noch früh genug wieder auf den Beinen sein, und das sollte diese Lästermäuler zum Verstummen bringen.«

»Gewiss, Käpt'n. Wie wahr. Aber das Problem ist nicht der Junge, sondern Mistress Adrianne. Das

Mädchen sieht mit jedem Tag mitgenommener und verstörter aus.«

Den Rest konnte Wyntoun sich denken – die Gerüchte, die bereits unter diesen einfältigen, abergläubischen Leuten kursierten. Wenn Adrienne krank würde, dann nur, weil Gillies böser Zauber Besitz von ihrem Körper ergriffen hätte. Und ob sie nun erkrankte oder nicht, die Lästermäuler würden sie bereits tot und begraben sehen, noch ehe der Bursche wieder auf zwei Beinen stehen könnte. Nach einem weiteren Blick zu den Turmfenstern fragte er sich, warum sie einfach nicht merkte, dass sie Gillie mit ihrem Verhalten neuem Ungemach aussetzte.

Wyntoun strebte zum Eingang.

»Soll ich eine der Dienstmägde anweisen, im Saal ein Gedeck für Euch aufzulegen?«

»Nein, Coll. Im Augenblick steht mir der Sinn nicht nach Essen. Ich muss etwas erledigen, das wichtiger ist als Speis und Trank.«

# 19. Kapitel

»Wie auf Wolken gebettet«, flüsterte Gillie schläfrig und lächelte zu Adrianne, bevor ihm die Augen zufielen.

»Träume süß, Gillie«, murmelte sie zärtlich.

Während der Junge in tiefen Schlummer sank, spielten ihre Finger mit seinem dunklen Schopf, die Augen auf die Narben gerichtet. Sie konnte es kaum erwarten, mit Auld Jean über das zu sprechen, was sie an jenem ersten Abend in dieser Kammer geäußert hatte. Jean hatte gesagt, dass Gillie nicht mit den Narben, Eiterbeulen und dem weißlich schimmernden Schorf geboren worden sei. Sie hatte sogar angedeutet, dass es Heilung für den Jungen geben könne; Adrianne war sich ganz sicher. Wie schön wäre es doch, wenn er diesen Fluch abschütteln könnte, der ihn seit frühester Kindheit zeichnete!

Da ihre Eltern fest an die Macht des Wissens geglaubt hatten, war Adrianne in der Welt der Bücher herangewachsen. Aber auch ohne die Weisheiten der alten Philosophen hätte sie sich nicht vorzustellen vermocht, dass sie sich anders gegenüber Gillie verhalten hätte – wie es so viele taten. Mit nur wenigen Ausnahmen hatte das arme Geschöpf zeit seines Lebens die Härten und Grausamkeiten von Menschen ertragen müssen, die eigentlich fromm und gut waren. Es war ihr unbegreiflich, wie der Glaube an Übersinnliches und an die Mächte der alten Religionen die Herzen der Menschen gegenüber den Bedürfnissen anderer verschloss. Wir nennen uns Christen, und doch behandeln wir ein Kind so ungerecht. Wovor haben wir denn alle Angst?, sinnierte sie, den Blick auf das Gesicht des Knaben geheftet. Es war ein Gesicht wie jedes andere.

Sie zog ihre Hand fort und erhob sich. Nur zwei Schritte lagen zwischen ihr und dem einzigen Sessel neben dem Bett, indes hatte sie kaum die Kraft, diesen zu erreichen. Sie ließ sich in das Möbel sinken und lehnte ihren Kopf an den holzgeschnitzten Rücken.

Aber Gillies Leben, so schwor Adrianne sich insgeheim, würde nicht vertan sein. Genauso wenig wie ihr eigenes. Es war so, wie ihr Vater es einmal umschrieben hatte: »Es zählt nicht, dass wir auf dieser Welt sind, sondern was wir daraus machen.« Adrianne war entschlossen, Gillies Persönlichkeit zu formen.

Und ... vielleicht ... würde sie damit auch für sich selbst etwas tun.

Die Kammertür glitt leise auf, und Adrianne senkte den Blick, als die alte Bege tadelnd auf das nicht angerührte Essenstablett schaute.

»Mistress!«, schimpfte die Dienstmagd gepresst, als sie sah, dass der Junge bereits schlief. »Glaubt ja nicht, dass ich das für mich behalten werde. Ein Blick von Lady Mara morgen früh, und sie wird wissen, dass Ihr zu wenig esst und zu wenig schlaft. Das ist nicht recht, Mistress, ich sag's Euch, denkt also nicht, dass ich das geheim halte. Nein, ich nicht.«

Die Frau murrte und grummelte in einem fort, während sie Gillies leeren Teller auf Adriannes Tablett stellte. »Vermutlich wollt Ihr mir weismachen, dass Ihr dem Kerlchen geholfen habt, seinen Teller zu leeren.«

»Nein, Bege. Er hat alles allein aufgegessen. Ist es nicht schön?«

»Hm.« Sie verharrte, maß den Jungen, bevor sie Adrianne viel sagend musterte. »Und falls Ihr Euch wundern solltet, Euer Gemahl ist zurück.«

»Ist er das?«, meinte Adrianne gedehnt.

»Ja, und er ist nicht allzu glücklich, munkelt man in der Küche. Sir Wyntoun hat im Rittersaal eine Menge Fragen gestellt, was Ihr in den letzten Tagen getan habt und was nicht.«

Noch einen Tag, hatte Adrianne sich heute Abend vorgenommen. Höchstens zwei, vielleicht. Sie musste einfach hier bleiben, bis Gillie wieder auf den Beinen war. Sobald der Junge genesen wäre, könnte sie die Maskerade, die sie und Wyntoun ersonnen hatten, fortführen. Aber jetzt war sie ohnehin zu müde, um sich derart umfassenden Problemen zu stellen.

»Und wer würde ihm das verübeln, das frage ich Euch?«, murmelte Bege, derweil sie zu dem Kohlenöfchen trat. Adrianne sah ihr zu, wie sie einen weiteren Brocken Torfkohle in die Flammen warf. »Hat man je gehört, dass eine Braut sich weigert, das Ehebett mit ihrem Gatten zu teilen? Dass sie sich von ihm fern hält? Ts, ts, Mädchen! Ihr solltet Euch schämen!«

Adrianne wollte Bege zwar nicht korrigieren, dennoch war es Wyntoun, der sich von ihr fern hielt, dachte sie. Eine Woche war vergangen, und er hatte Gillies Kammer nicht einmal betreten. Sicher, es gab Entschuldigungen. Alan überbrachte sie ihr tagtäglich mit dem größten Vergnügen: Wyntoun musste nach Norden aufbrechen, um die Instandsetzung einer abgebrannten Mühle zu begutachten. Oder nach Süden, um das Torfstechen zu überwachen. Oder nach Westen, um sich Pferde oder Schafe anzusehen, oder um auf Jagd zu gehen oder … was auch immer. Schon seit Tagen war sie überzeugt, dass er überall hinging, nur um einen Besuch bei Gillie zu vermeiden. Oder um sie zu meiden … nicht dass es ihr irgendetwas ausgemacht hätte.

Sie war einfach zu müde, zu erschöpft, als dass es sie gekümmert hätte. Das redete sie sich zumindest ein.

Ihre Hochzeitsnacht hatte ganz offensichtlich nicht stattgefunden. Ihr Ritt zu den Anhöhen, die den mondbeschienenen See überblickten, war nichts weiter als ein Traum. Was sie in seinen Armen empfunden hatte, musste schlicht Einbildung gewesen sein. Und Maras Anspielung, dass sie entschlossen gegen ›jene Frauenzimmer‹ und deren Interesse an Wyntoun vorgehen müsse, konnte nur ein entsetzlicher Albtraum sein.

Das Gesicht in den Händen vergraben, beugte sie sich vor; unterdes machte sich die alte Dienerin in der Kammer nützlich. Ihr Körper schmerzte, weil sie seit Tagen nicht ausgeruht, nicht in einem anständigen Bett geschlafen hatte. Das Wirrwarr in ihrem Kopf würde sich vermutlich bis an ihr Lebensende nicht lichten. Einerlei, sie musste wenigstens versuchen, ein verantwortungsbewusster Mensch zu sein. Vielleicht würde sie sich dann eines Tages Gillies Wertschätzung verdienen.

Es hätte alles so leicht sein können, aber sie war so verwirrt … so müde.

»Bege, ich möchte, dass du die Nacht hier bei Gillie verbringst.«

Die Stimme ihres Gemahls riss Adrianne aus ihrer Apathie.

»Gewiss, Mylord. Das habe ich der Mistress jeden Abend angeboten.«

Eingetrockneter Lehm bedeckte seine Stiefel und Beinkleider; Tartan und Hemd waren ebenfalls staubig von der Reise. Und trotz alledem sah Wyntoun MacLean einfach fabelhaft aus. Adrianne spürte ein Kribbeln in der Magengegend und straffte sich in ihrem Sessel, als ihr Gemahl durch die Kammer strebte. Er sah nicht zu ihr. Er beachtete sie gar nicht.

Wyntoun trat an das Bett und betrachtete für einen langen Augenblick den schlafenden Jungen, ehe er ihm mit einer Hand übers Haar fuhr.

»Wie geht es ihm?«

Bege antwortete ihm rasch und bereitwillig. »Heute scheint es ihm schon viel besser zu gehen, Mylord. Jean, die Hebamme, war heute Morgen hier und hat dies auch gesagt. In der Tat hat der Kleine etwas eingeweichten Hafermehlkuchen gegessen und ein bisschen Gerstenbrei.« Stirnrunzelnd spähte die Alte zu Adrianne. »Ich wünschte, ich könnte das Gleiche für diese ausgemergelte Spitzmaus von Eurer Gemahlin sagen.«

»Halte deine Zunge im Zaum, Bege«, knurrte er.

Darauf sah er zum ersten Mal zu ihr, und Adriannes

Herz schien auszusetzen. Die Kammerwände verschwammen ihr seltsam vor Augen, und sie gewahrte nur noch das wilde Pochen in ihrer Brust … und ihn. Wyntouns grüne Augen bohrten sich in die ihren, forschend, seine Miene finster, abweisend.

Es war eher nebensächlich, dass er ihr nach so vielen Tagen immer noch grollte. Die Empfindungen, die ihr Bewusstsein eben jetzt dominierten, konzentrierten sich allein auf ihn. Es schmerzte beinahe körperlich, wie sehr sie ihn in den vergangenen Tagen vermisst hatte.

»Und du, Adrianne, schläfst heute Nacht in unseren Gemächern.«

»Aber Gillie …«

Bege fiel ihr sogleich ins Wort, ihr Ton seltsam höflich. »Ich habe Sir Wyntoun bereits zugesagt, dass ich die Nacht hier am Bett des Jungen verbringe, Mistress. Es geht ihm schon viel besser. Was immer er braucht, ich bin da und werde es ihm geben.«

»Ich …« Sie wollte erneut argumentieren, doch Wyntouns unheilvolle Miene ließ sie verstummen. *Unsere* Gemächer, hatte er ausdrücklich betont. Wenn sie sich weigerte, wäre das eine offene Ablehnung Wyntouns. Als würde sie öffentlich ihre Ehe in Abrede stellen. Adrianne nagte an ihrer Unterlippe, sann über die Folgen nach. Sie würde nach dieser gemeinsamen Tortur abreisen, er würde bleiben. Es wäre falsch, seine Autorität zu untergraben, indem sie ihn jetzt zurückwies.

Sie seufzte. Wer sagte denn, dass sie ihre Handlungen nicht durchdachte?

»Wenn es dir wirklich nichts ausmacht«, sagte sie zu Bege, bevor sie sich widerwillig erhob. »Aber du musst mir versprechen, dass du mich holst, falls er sich unruhig im Schlaf wälzt … oder das Fieber wieder steigt!«

»Gewiss, Mistress. Das werde ich. Ihr braucht Euch keine Sorgen zu machen.« Die Bedienstete scheuchte sie ausgelassen zur Tür.

Adrianne schwante, was in der Alten vorging. Auld Bege konnte es vermutlich kaum erwarten, Mara diese Neuigkeit mitzuteilen. Sie spähte über ihre Schulter zu Gillie ... und zu Wyntoun, der noch immer neben dem Bett verharrte.

»Ich komme nach, Adrianne«, murmelte er nach einem auffordernden Nicken zur Tür. »Du gehst voraus.«

Während sie langsam durch den Gang zu der Wendeltreppe lief, hatte sie mit einem Schwächeanfall zu kämpfen. Ihre Knie zitterten, als sie die erste Stufe nahm. Ihr Körper war schlaff und matt, weil sie sich kaum bewegt und zu wenig gegessen hatte. Ja, sogar ihr Gewand zog sie nach unten, als wäre es nass und die Taschen mit Steinen gefüllt. Von einem sonderbaren Schwindelgefühl erfasst, hielt Adrianne sich mit einer Hand am Mauerwerk fest, derweil sie sich die Stufen hinuntertastete.

»Und, wäre dies nicht auch ein gefundenes Fressen für die Clanmitglieder, das man Gillie unterschieben könnte?«

Adrianne stieß einen überraschten Seufzer aus, als ihr Gemahl sie umfasste und in seine Arme hob. Sie umklammerte seinen Nacken, da sie infolge der schnellen Bewegung Sterne vor den Augen sah. »Was ... was könnte man Gillie unterschieben?«

Als er die Treppe hinunterschritt, betrachtete sie ihn. Selbst im Dämmerlicht des Stiegenhauses gewahrte sie seine finstere, nachdenkliche Miene.

»Sind die Gerüchte nicht schon schlimm genug, dass Gillie dir das Leben aussaugt, um selbst wieder zu Kräften zu kommen? Wenn du aus unerfindlichem

Grund die Treppe hinuntergestürzt wärest, hätte es ganz gewiss geheißen, dass der arme Bursche dich hinuntergestürzt habe, zur Strafe, weil du von seiner Seite gewichen bist.«

»Was für ein Geschwätz!«, rief sie ungläubig. »Was soll dieser Unfug?«

Er zuckte die Schultern und setzte seinen Weg über die Treppe fort.

»Du kannst mich wieder runterlassen, weißt du«, zischte sie. »Ich bin sehr wohl in der Lage, allein zu gehen.«

»Du beliebst zu scherzen. Aber es gefällt mir.«

Etwas besänftigt, versuchte Adrianne dennoch, seinen Worten nicht allzu viel Bedeutung beizumessen. Sie hielt sich an ihm fest und schwieg. Der maskuline Duft von Meer und Leder war berauschend, und es musste an ihrer Erschöpfung liegen, dachte sie, denn sie legte ihren Kopf an seine Brust, als sie die Treppe ins Erdgeschoss nahmen.

»Wie können die Leute nur so Unsinniges über Gillie denken?«

»Meine Untergebenen sind einfache Menschen ...«

»Ich nicht minder«, fiel sie ihm ins Wort. Sie hob den Kopf, suchte seinen Blick. »Nenn mir einen vernünftigen Grund.«

Sein Blick war sanft, doch er sagte nichts. Noch wenige Schritte, und sie waren in seinen Gemächern ... *ihren* Gemächern. Als er mit seiner Schulter die Tür zu der äußeren Kammer aufdrückte, verspürte Adrianne ein heißes Prickeln in ihrer Mitte. Unvermittelt fragte sie sich, ob er beabsichtigte, dort fortzufahren, wo sie in ihrer Hochzeitsnacht aufgehört hatten.

Darauf war sie nicht vorbereitet. Bei der Heiligen Jungfrau, sie wusste nicht einmal, wie sie sich hätte vorbereiten sollen. Oh, es war alles so verwirrend!

»Grundsätzlich hast du das alles verursacht, natürlich unbedacht.«

Hellhörig geworden, schrak sie in seinen Armen hoch und starrte ihn fassungslos an. »Was meinst du damit?«

Mit seinem Fuß drückte er die Tür zu ihrer Schlafkammer auf.

»Für jemanden zu sorgen und sich dabei selbst aufzuopfern sind nicht ein und dasselbe.«

Er hob sie auf das Bett, und sie richtete sich in Sitzhaltung auf, als er sich über sie beugte.

»Du stellst meine Geduld auf eine harte Probe!« Sie stieß seine Hände zurück, die unter ihr nach dem Laken griffen. »Hör auf, in Rätseln zu sprechen. Erklär mir stattdessen, was los ist.«

Er beachtete sie nicht weiter, sondern schob ihre Arme fort, worauf sie rücklings auf die weiche Matratze sank.

»Und ich dachte, du wärest so müde, dass ich meine Chance nutzen könnte – ohne deine Widerrede.«

Ihr Mund war auf einmal staubtrocken. »Deine Chance nutzen?«

»Ja, ganz recht.« Seine spöttisch zuckenden Mundwinkel entgingen ihr nicht. »Dich belehren. Dich aufrütteln, derweil du schweigend dasitzt und meinen Ausführungen andächtig und gehorsam lauschst.« Er griff unter sie, schlug die Decken zurück. Unversehens lag sie auf einem Leinenlaken, und er fasste einen ihrer Füße und streifte ihren Schuh ab. Fassungslos und fasziniert zugleich beobachtete sie, wie er erst einen und dann den anderen zu Boden warf. Behutsam schob er ihre Röcke bis zu den Knien hoch, nestelte an den Strumpfbändern und rollte geschickt die Strümpfe herunter.

So würdevoll wie eben möglich setzte Adrianne sich

auf und zog abfällig schnaubend ihre nackten Füße unter ihren Körper.

»Wenn du diese Art der Belehrung meinst, Wyntoun MacLean, dann bist du ein miserabler Lehrer.«

»Vielleicht solltest du dir erst ein Urteil bilden, wenn du die ganze Lektion kennst.«

Adriannes Gesicht war glutheiß, eine Reaktion, die so gar nicht zu der prickelnden Gänsehaut passte, die ihren Körper durchfuhr.

»Du lenkst vom Thema ab! Wir wollten von Gillie sprechen.«

Er stand über sie gebeugt, seine Fäuste in die von einem Kilt bedeckten Hüften gestemmt. »Nach deinen anfänglichen Torheiten – deinem Verhalten in der Nacht, als wir den Burschen fanden – hast du dich wahrhaft bewundernswert um ihn gekümmert. Aber« – er stockte, löste sein Langschwert von dem breiten Ledergürtel und legte es beiseite – »meine Untergebenen kennen dich leider nicht so, wie ich dich kenne. Sie können deine Handlungsweise deshalb nicht verstehen.«

Adrianne hob fragend eine Braue. Irgendwie klang es fast wie ein Kompliment. Sie schüttelte den Kopf. »Und ich verstehe nicht, was es damit auf sich hat, dass Gillie mir das Leben aussaugen soll. Ich bin hier, wohlauf und quicklebendig!«

»Du verstehst das nicht, weil du mir nicht zuhörst«, sagte er schroff. »Begreifst du denn nicht, dass du, wenn du Tage und Nächte an der Seite des Jungen verweilst und niemanden in seine Nähe lässt, diejenigen ausschließt, die er in seinem Leben wirklich braucht? Ob es dir gefällt oder nicht, Adrianne, es ist das Volk der MacLeans, mit dem er zusammenleben und arbeiten wird, wenn er älter ist. Diese Leute und nicht du sind es, deren Anerkennung – deren Zuneigung – er gewinnen muss. Und, noch wichtiger, er braucht ihr Vertrauen.«

Adrianne mochte nicht wieder darüber nachsinnen, wie es wäre, wenn Gillie sich allein durchs Leben schlagen müsste. Sie schluckte. Nein, selbst bei dem Gedanken an den kleinen Kerl, hilflos gegen die Härten einer Welt, die so grausam und abweisend sein konnte, wollte sie den aufsteigenden heißen Tränen nicht nachgeben.

Mit sanfterer Stimme fuhr er fort: »Wahrlich, jetzt senkst du den Blick, aber du weißt genau, dass ich Recht habe. Und um alles noch schlimmer zu machen: was tust du während deiner Krankenpflege? Ich verrate es dir. Du vernachlässigst dich selbst. Du achtest nicht auf deine eigene Gesundheit. Und was soll das Burgvolk anderes denken, als dass die junge Gemahlin verzaubert scheint? Und nicht von ihrem Gemahl – wie man es erwarten sollte –, sondern von einem kleinen Jungen, der so sonderbar anmutet wie kaum ein anderes menschliches Wesen.«

Wyntoun fasste ihr Kinn und drehte ihr Gesicht, bis ihre Blicke sich trafen. »Sie denken, dass Gillie der Grund ist, dass hier schwarze Magie am Werk ist, da keiner von ihnen deine Verwandlung versteht.«

Von ihren Tränen überwältigt, schob sie seine Hand fort. »Wenn sie so blind sind, verdienen sie es nicht, dass Gillie bei ihnen ist.«

»Dann sag mir doch, wohin er gehört.«

»Zu mir!«, schluchzte sie, ihre Tränen fortwischend. »Ich nehme ihn mit … wohin ich auch gehen werde! Ich werde mich um ihn kümmern.«

»Und du meinst, das ist der richtige Weg für einen Knaben, der zum Mann heranreift? Du denkst, das macht ihn glücklicher? Durch das Leben zu gehen, ohne eine Heimat – ohne einen Clan, zu dem man gehört?« Ihre eigenen Gedanken in Worte kleidend, setzte Wyntoun sich auf das Bett und neigte sich über sie. »Adrianne, glaubst du wirklich, dass Gillie sich sein ganzes Leben lang hinter deinen Röcken verstecken kann?«

»Ich kann ihn beschützen! Ich vermag ihm Sicherheit zu geben, bis er für sich selbst eintreten kann.«

»Hör mir zu, Weib. Gillie braucht keinen Schutz, sondern Anerkennung. Ihn zu verstecken ist keine Antwort. Er muss unter Menschen gehen, sie müssen sehen, dass er nicht anders ist als sie. Das ist die einzige Lösung für den Burschen.«

Ihre Tränen rannen unaufhaltsam, gleichwohl begriff sie bei all dem Ungemach seine Logik. Trotz ihrer Beschützerinstinkte sah sie den Sinn seiner Worte ein. Schließlich war auch sie in vieler Hinsicht anders gewesen als ihre Schwestern, und trotzdem hatte ihre Familie sie nie vor einer Welt behütet, in der sie unbedingt Erfahrungen hatte sammeln wollen. Sicher, sie hatte einige empfindliche Rückschläge einstecken müssen, aber das war nur gut so gewesen. Und natürlich hatte sie niemand ins offene Messer laufen lassen.

Sie umschlang die Knie – die weiche Wolle ihrer Röcke kratzte in ihrem Gesicht. Von Schluckauf und Schluchzern durchzuckt, ging ihr Atem unregelmäßig. Noch nie in ihrem Leben, dachte Adrianne vage, hatte sie sich so elend gefühlt.

»Ich bin eine entsetzliche Versagerin ... in allem, was ich tue!«

Als er näher rückte, vernahm sie sein kurzes, freudloses Auflachen über ihre verzweifelte Verteidigung. Sie fühlte, wie sein Arm sie umschlang, ihren Kopf an seine Schulter bettete.

»Du hast lediglich in einem entsetzlich versagt, nämlich, wie du mit dir selbst umgegangen bist.« Mit seinem Handrücken wischte er ihr die Tränen fort. »Du brauchst ein bisschen Schlaf, Adrianne. Ja, ein wenig wohlverdiente Ruhe ist genau das Richtige, würde ich meinen.«

Sie weinte leise an seiner Brust. »Aber was ist mit all den Schwierigkeiten, die ich Gillie eingebrockt habe? Wie kann ich den Schaden wieder gutmachen?«

»Mach dir darüber jetzt keine Sorgen, mein Mädchen.« Er hauchte einen Kuss auf ihr Haar, schob sie zurück auf die Kissen und deckte sie bis zum Kinn zu. »Gillie hat das Fieber besiegt, aber er braucht noch ein bisschen Zeit bis zu seiner völligen Genesung. Das lässt den anderen genug Gelegenheit zu helfen. Schon bald wird die gesamte Burgbevölkerung den Jungen kennen, und alles wird gut werden. Und jetzt schlaf ein wenig.«

Wyntoun wollte sich erheben, doch sie fasste seine Hand. Seine Miene war düster und gedankenversunken, als er zu ihr hinuntersah.

»Willst du nicht bleiben?«, fragte sie zaghaft. »Nur für ein Weilchen. Einfach ... bei mir bleiben?«

Mit angehaltenem Atem gewahrte sie sein bewegtes Mienenspiel, bis er schließlich nickte.

Adrianne verwendete keinen weiteren Gedanken darauf, dass sie bekleidet unter den Decken lag und er obenauf. Viel bedeutsamer war, wie er beschützend seinen Arm um sie legte, sie an sich zog, ihren Kopf an seine Brust schmiegte. Innerhalb von Augenblick fand ihre Hand die seine, ihre Finger schlangen sich ineinander.

Als sie einschlief, vernahm sie den Rhythmus seines Herzens, gleich einer stummen Antwort.

»Ich bleibe.«

# 20. Kapitel

Wäre sie ein bisschen stärker und größer und vielleicht ein bisschen breiter – oder wenigstens bewaffnet –, dachte Adrianne bei sich, dann hätte sie den Mann gewiss aus dem Weg räumen können. Aber wie die Dinge jetzt lagen, fühlte sie sich eher wie ein Spatz im Angesicht eines Falken. Der Mann war ein Ungetüm.

»Was meint Ihr damit – ich darf nicht weiter?«

Der Seemann namens Bull mied Adriannes Blick und starrte stattdessen über ihren Kopf hinweg.

»Regt Euch nicht auf, Mistress. Es ist so, wie ich es Euch sage. Der Streiter hat angeordnet, dass ich Euch nicht durchlassen darf.«

»Wollt Ihr mir weismachen, dass Sir Wyntoun Euch befohlen hat, diese Treppe zu blockieren?«

»Ganz recht, Mistress. Genau so verhält es sich.«

»Ist Gillie noch oben?«

»Ja, Mistress. Und es geht ihm schon viel besser ... soll ich Euch sagen.«

Sie war froh um die Nachricht, dass Gillie auf dem Weg der Besserung war, dennoch wollte sie sich den Jungen gern selber anschauen. Darum versuchte sie seitlich an dem Mann vorbeizuschlüpfen, doch er verlagerte ebenfalls sein Gewicht. Sofern sie diese Treppe zu passieren gedachte, würde sie den Mann überwältigen müssen.

»Gibt es noch einen weiteren Treppenaufgang, den ich nicht kenne, Bull?«

»Nein, Mistress.«

»Ich habe Bege lediglich gebeten, in der Nacht nach ihm zu sehen, denn die arme Frau muss sich gewiss ausruhen.«

»Oh, Lady Mara hat sich darum gekümmert. Die Krankenwache der alten Bege endete gestern Morgen. Darauf hat Makyn für einen halben Tag übernommen. Danach das hübsche Küchenmädchen mit den feuerroten Haaren. Und dann …«

Adrianne fuchtelte mit ihrer Hand vor Bulls Gesicht. »Was heißt ›gestern Morgen‹, Bull? Wie lange habe ich denn geschlafen?«

»Nun, Mistress« – der Mann zog seine Mütze vom Kopf, um sich am Schädel zu kratzen –, »ich hatte die Morgenwache, vor mir war Ian an der Reihe, davor Tosh, und …«

»Wie lange war das?«, fragte sie, hellhörig geworden. Kein Wunder, dass sie heute Morgen dermaßen ausgehungert gewesen war. Sie hatte das Frühstück, das ihr im Vestibül ihres Gemahls aufgetragen worden war, bis auf den letzten Bissen aufgefuttert.

»Hmmm, ich würde sagen, Ihr habt den gestrigen Tag verschlafen … und die letzte Nacht.«

Adrianne schloss die Augen und schlug sich an die Stirn. Sie hatte nicht vorgehabt, so lange fern zu bleiben. Jetzt musste sie sich auf das konzentrieren, was vor ihr lag. Sie legte eine Hand auf Bulls Oberarm. Er war hart wie Granit und kräftiger als ihre Taille.

»Umso mehr Anlass für mich, Gillie heute Morgen aufzusuchen. Findet Ihr nicht, Bull?«

Das Gesicht des Seemanns lief rot an, dennoch starrte er weiterhin ungerührt über ihren Scheitel hinweg. »Der Streiter sagt, dass ich nicht zum Denken auf dieser Welt bin, Mistress. Ich darf Euch nicht durchlassen.«

»Und wenn wir es schlicht als unser kleines Geheimnis betrachten? Ich stecke nur den Kopf in sein Zimmer und …«

»Tut mir Leid, Mistress. Befehl ist Befehl.«

Sie würde gewiss nicht mehr so gluckenhaft sein wie in den Tagen zuvor. Adrianne dachte, sie hätte Wyntoun das klar gemacht. Sie wollte Gillie doch nur sehen! Nur ganz kurz. Und dann hatte sie anderes zu erledigen. Sie wollte die alte Jean besuchen, um ihr für die tatkräftige Unterstützung zu danken und um sich nach dem Gesicht des Jungen zu erkundigen. Natürlich gab es auch noch andere im Dorf, denen sie einen Besuch abstatten wollte, nachdem sie jetzt wieder auf den Beinen war – Agnes und Gerta, die Witwe Meggan und ihre große Kinderschar.

»Bull, ich hab's! Ihr kommt einfach mit und sorgt dafür, dass mein Besuch nur kurz ist.«

Der Mann schüttelte störrisch den Kopf. »Nein, Mistress. Befehl des Streiters.«

»Bin ich die Einzige, die Gillie nicht besuchen darf, oder müsst Ihr jeden verscheuchen, der zu dem Jungen will?« Das war ihre letzte Hoffnung. Vielleicht hatte Wyntoun sämtliche Besuche untersagt.

Der Mann kratzte sich am Kinn und trat einen kleinen Schritt zurück. »Nur *Euch*, Mistress.«

»Wo … ist … mein Gemahl?«, brachte sie so ruhig wie eben möglich zwischen zusammengebissenen Zähnen hervor.

»Er … der Burgherr, meine ich, hat einen anstrengenden Tag, Mistress. Er lässt Euch ausrichten, ob Ihr Lady Mara bis zu seiner Rückkehr nicht vielleicht ein bisschen Gesellschaft leisten wollt.«

Adrianne verschränkte die Arme vor der Brust und sah den Mann durchdringend an. »Bull, ich bin sicher, Ihr wisst um meinen Ruf als unverbesserliche Unheilstifterin.«

»Gewiss, Mistress.«

»Dann wisst Ihr auch, dass ich im Falle einer Provokation sogar die Burgmauern erklettern könnte, um zu meinem Ziel zu gelangen. Dann brauchte ich diese Treppe gar nicht, die Ihr so eifrig bewacht. Nun, Bull, habe ich das Wort ›Provokation‹ erwähnt?«

»Gewiss, Mistress.«

»Also, die Burgmauern zu erklettern dünkt mich kaum unheilvoll, aber wenn ich die Gelegenheit nutzen und in dem neuen Burgflügel mein Unwesen treiben würde ... wenn ich so viel zerstören würde, dass mein Gemahl den gesamten Flügel instandsetzen müsste ...« Sie sah sich überaus geschäftig um. »Und wisst Ihr auch, wer für den Schaden verantwortlich wäre ...?«

»Er ist auf dem Turnierplatz, Mistress«, platzte Bull rasch heraus. »Eigentlich wollte er ausreiten, aber wegen der unsicheren Wetterverhältnisse arbeitet unser Herr mit seinen Männern.«

»Habt Dank, Bull. Ihr habt mir sehr geholfen.«

»Ihr wollt doch nicht etwa die Burg abfackeln, Mistress?«

»Nicht, solange Ihr Wache habt, Bull«, strahlte sie. »Jedenfalls nicht heute Morgen.«

Die Körper der schmutzigen, halb nackten Krieger dampften vor Anstrengung, als sie sich durch die offenen Stalltüren schoben. Sie hatten hart gekämpft mit ihren Waffen, und jetzt vermischte sich der Schweiß ihrer Leiber mit dem Regen und glänzte auf ihren Gesichtern und entblößten Schultern. Der Tag war kalt, grau und feucht, der dichte Nebel ging in gelegentliche Schauer über; gleichwohl herrschte Hochstimmung im Stall, als die Männer sich gegenseitig lachend und lärmend mit Wasser aus den Kübeln übergossen.

Wyntoun bahnte sich einen Weg durch die ausgelassene Männerschar und nahm einen Kübel Wasser von einem der Stallburschen in Empfang. Die Burgwachen seines Vaters – viele von ihnen verdiente Seeleute, die jahrzehntelang unter Alexanders Schiffsbanner gekämpft hatten – waren hervorragende Übungspartner für seine Seemannschaft, von denen einige ihren Schlagabtausch freundschaftlich im Innern der Stallungen weiterführten.

»Ich glaube, wir waren zu lange fort, Käpt'n«, brüllte Ian zu Wyntoun. »Diese Graubärte sind so verdammt alt geworden, dass sie kaum noch eine Waffe gerade halten können.«

»Verdammt alt geworden, meinst du?«, erwiderte ein breitschultriger Krieger in mittleren Jahren und machte eine obszöne Geste. »Also, ich hab eine Waffe, die steht kerzengerade und ganz von allein, wenn du es genau wissen willst ... anders als das kleine, mickrige Ding, das du mit dir rumträgst!«

Unter johlendem Gelächter von den beiden Gruppen prallten die beiden Streithähne zusammen, wie zwei Kampfstiere, und rauften auf dem freien Platz neben den Stalltüren. Ihr freundschaftliches Scharmützel entlockte Wyntoun ein Schmunzeln, derweil er aus sicherer Entfernung kopfschüttelnd zuschaute. Er setzte sich auf einen umgestülpten Eimer und inspizierte den langen Schnitt auf seinem Oberarm, der zwar nicht tief war, aber heftig blutete.

»Soll ich mir das einmal anschauen, Sir Wyntoun?«

Verblüfft aufblickend, gewahrte er die blonde Canny, die ein sauberes Hemd für ihn brachte. Zehn Jahre zuvor hatte der Streiter von Barra ihre gesamte Familie vor einem dänischen Piratenschiff an der schottischen Ostküste gerettet. Damals war sie noch ein Kind gewesen, inzwischen jedoch hatte sie sich zu einem selbstbewussten, hübschen Frauenzimmer entwickelt. Es war ein offenes Geheimnis, dass das Mädchen nicht bereit war, ihre Schwärmerei für Wyntoun aufzugeben; ihr Starrsinn indes, sowohl Adrianne als auch die Eheschließung zu ignorieren, veranlasste Wyntoun, ein ernstes Wort mit ihr zu reden.

»Nein, Canny. Lass das Hemd hier und geh zurück ins Haus.«

»Ihr müsst besser auf Euch Acht geben, Herr. Ein Schnitt kann sehr tief gehen.« Den Körper nach vorn geneigt, streifte die Hand der jungen Frau seinen muskulösen Arm, derweil ihre üppigen, festen Brüste fast den tiefen Ausschnitt ihrer Bluse sprengten. Sie senkte die Stimme zu einem kehligen Flüstern. »Wie Ihr wisst, bin ich recht geschickt, wann immer der Speer tief geht.«

Wyntoun hätte taub und blind sein müssen, um Cannys unverhohlenes Angebot übergehen zu können. Er sah ihr ungerührt in die blauen Augen. »Nein, Canny. Ich habe jetzt eine Gemahlin, die sich um diese Dinge kümmert.«

Ihre Lippen öffneten sich leicht, als ihr Blick auf seine entblößte Brust fiel und dann tiefer schweifte. Ihre Augen wanderten zurück zu seinem Gesicht, hielten seinem Blick stand.

»Ich weiß nicht, wie die Engländerin Eure Verletzung behandeln will, Wyn, wo sie doch nicht einmal Euer Bett hütet.«

Die Freimütigkeit der jungen Frau war so beeindruckend wie ihr Körper, dachte er bei sich, und zu ihrem eigenen Besten würde er sie zurechtweisen müssen.

In gewisser Weise erleichterte es Wyntoun festzustellen, dass Canny ihn nicht im Geringsten interessierte. Gleichzeitig erfüllte ihn die Einsicht mit Bestürzung, dass seine Gefühle für Adrianne eine solche Wandlung genommen hatten und er ein so attraktives und überaus williges junges Mädchen wie Canny verschmähte. Zum Teufel, dachte er bei sich, darüber würde er gelegentlich ein bisschen nachdenken müssen.

Gleichwohl erhob sich der Streiter von Barra kopfschüttelnd, worauf Canny vorgab, das Gleichgewicht zu verlieren, und sich ihm an den Hals warf. Der Kübel fiel krachend zu Boden, und die beiden stolperten in Stroh und Schmutz, Cannys üppiger Körper wie hingegossen auf dem seinen.

»Teufel noch, Jungfer...!«

»Ich habe nicht vergessen, was für ein großartiger Liebhaber Ihr seid, Wyn«, säuselte sie ihm ins Gesicht, ehe sie ihre Lippen fest auf die seinen presste.

Sobald er sie flink auf den Rücken gerollt und sich aus ihrer Umarmung geschält hatte, gewahrte er, dass das Gejohle und Gelächter seiner Männer verstummt war.

Noch bevor er sich umdrehte, wusste Wyntoun, dass jemand ihn beobachtete.

»Adrianne«, seufzte er. Sie stand inmitten einer Gruppe halb nackter Krieger, die meisten von ihnen doppelt so breit wie sie.

Genau wie die Männer betrachtete sie das Schauspiel, die Arme vor der Brust verschränkt. Hätten ihre Augen nicht Blitze gesprüht, hätte man sogar mutmaßen können, dass sie ruhig und völlig unbeeindruckt bei dem Anblick des lüsternen Mistkerls von einem Gemahl blieb, der sich im Stroh mit einem heißblütigen Frauenzimmer wälzte.

Canny tauchte an Wyntouns Seite auf, doch Adrianne trat einen aufgebrachten Schritt nach vorn, prallte mit ihm zusammen und schlug die Hand der Frau von seinem Arm. Coll beugte sich unversehens vor und nahm Canny in seine Obhut.

»Ich glaube, du hast für heute genug Ungemach

angezettelt, Kleine.« Der stämmige Seemann sprach zwar leise, doch in der bedrohlichen Stille der Stallungen blieb nichts ungehört. Als er sie ins Freie führte, hätten Adriannes Blicke Canny töten können, bevor sie sich Wyntoun zuwandte.

»Hinaus mit euch allen!«, brüllte Wyntoun scharf, seinen Blick nicht von Adrianne nehmend.

Murrend trollten sie sich. Das Schauspiel, das nun folgen würde, wäre gewiss ein willkommenes Thema bei einem Becher Bier, gleichwohl wollte keiner von ihnen Wyntouns aufbrausendes Temperament zu spüren bekommen. Innerhalb von Augenblicken waren die Stallungen leer bis auf die Pferde in ihren Boxen und einen tollkühnen Spatz, der auf den Deckenbalken zirpte.

Er hatte nichts Verwerfliches getan, gemahnte Wyntoun sich. Nach ihrem zornesumwölkten Blick zu urteilen hatte Adrianne aber bereits voreilige Schlüsse gezogen. Damit konnte er umgehen. Allerdings vermochte er ihre Reaktion nicht vorauszuahnen und hielt sich bedeckt. Dass Gefahr im Anzug war, sah er auf Anhieb.

Wyntoun beobachtete, wie sie zu Schwert und Schild stolzierte, die an der Wand lehnten. Sie hob die Waffe auf.

»Wir sollten unsere Auseinandersetzung ohne Waffen regeln.«

Sie wirbelte das Schwert spielerisch durch die Luft, als wollte sie ein Gefühl für dessen Gewicht bekommen. Das Schwert weiterhin umklammernd, drehte sie sich zu ihm um.

»Adrianne!«, schnaubte er. »Handle nicht unbesonnen.«

Ihre zornesfunkelnden Augen bohrten sich in die seinen. »Wenn ich unbesonnen handelte, hätte ich diesem Luder mit einem Stein das Herz herausgetrennt. Oder ich hätte sie an ihrem störrischen gelben Haar aus diesen Stallungen gezerrt und sie in einem Käfig vor den Mauern von Duart Castle baumeln lassen.« Das Schwert beschrieb einen weiteren Bogen durch die Luft, und sie trat einen Schritt näher. »Sagt mir eines, Sir Wyntoun, fändet Ihr es unbesonnen, wenn eine Frau – nach kaum zwei Wochen Ehe – Gewalt anwenden würde beim Anblick ihres Gatten in den Armen einer anderen?«

Die Arme vor der Brust verschränkt, wich der Ritter nicht vom Fleck. »Und, ist eine Frau hier, die das von sich behaupten kann?«

»Ich *habe* einen Mann gesehen, der noch vor Augenblicken auf einem Frauenzimmer lag, oder etwa nicht?«

Wyntoun ließ sie nicht aus den Augen, derweil er an seiner Taktik feilte. Der Winkel, in dem Adrianne die Waffe hielt, würde vermutlich jeden Angriff vereiteln.

Er hätte gewiss *nicht* gebilligt, dass Canny mit ihren Verführungskünsten fortfuhr. Trotzdem konnte er Adriannes Verärgerung nachvollziehen – man hatte ihr Respekt zu zollen, solange sie als seine Gemahlin galt. Andererseits war sie die einzige Person, die zweimal eine Waffe gegen ihn erhoben hatte, bar jeder Furcht vor den Folgen, und das erzürnte ihn maßlos.

»Wie ich sehe, hast du unsere Vereinbarungen hinsichtlich dieser Eheschließung bereits vergessen.«

Seine Stimme klang überaus unterkühlt, und seine Worte zeigten sogleich Wirkung. Ein Anflug von Enttäuschung flog über ihr hübsches Gesicht. Doch sie senkte die Waffe nicht. Nicht einen Zoll.

Ihre Augen wurden schmal. »Nun gut. Dann kannst du also tun und lassen, was du willst … und ich auch.«

»Wie du magst, Eheweib.«

Sie nickte. »Hmmm, für jedes Frauenzimmer in deinem Bett ... einschließlich dieser erbärmlichen Kreatur ... *nehme* ich mir einen beliebigen Mann meiner Wahl.«

Wyntoun versteifte sich, ein eisiger Schauer lief ihm über den Rücken. Und dieser Mann, so schwor er sich, würde bis zum Jüngsten Tag suchen müssen, wollte er seine sämtlichen Körperteile wieder finden.

»Du schuldest mir noch eine Antwort, Gemahl.« Wieder surrte die Waffe durch die Luft.

»Gewiss, gewiss. Aber ich sage dir eines: Den Männern des Streiters von Barra ist ihr Leben mehr wert als ein Techtelmechtel mit seiner Gattin.«

Ihre Augen blitzten auf. »Du glaubst nicht, dass ich den Preis wert bin? Du denkst doch nicht im Ernst, dass sich keiner von denen verführen lassen würde?«

Trotz der erhobenen Waffe trat Wyntoun unbeirrt näher. »Adrianne, ich will dich nicht vor eine Herausforderung stellen«, drohte er leise.

»Ich glaube doch. Und ich werde dir beweisen, dass du dich täuschst.«

Sie warf das Schwert zu Boden und wandte sich abrupt in Richtung Stalltür, doch er war sogleich neben ihr, umklammerte schmerzhaft ihren Arm.

»Lass mich los, Wyntoun!« Hochmütig warf sie den Kopf zurück. »Verstehst du denn nicht? Ich habe Verpflichtungen. Liebhaber, die ich betören muss.«

»Adrianne!«, schnaubte er und riss sie herum, bis sie ihn anschauen musste.

Bei allen Heiligen, sie war die geborene Aufwieglerin. Wyntoun betrachtete sie für einen langen Augenblick, bemüht, seine fünf Sinne beisammen zu halten. Es wäre so überaus verführerisch, sie fest in seine Arme zu schließen und diese schmollenden Lippen zu bezwingen.

»Bei Gott, du bist die starrköpfigste Jungfer – das störrischste Geschöpf –, das ich kenne.«

»Fang nicht wieder davon an. Diesmal bin ich gewiss nicht diejenige, die einen Dämpfer verdient hat.«

»Adrianne, wenn du mir nur einen Moment zuhören würdest …«

»Spar dir deine Worte, Wyntoun MacLean.« Sie schob seine Hände fort, baute sich vor ihm auf und tippte mit dem Zeigefinger auf seine entblößte Brust. »Ich gebe nichts um die Vereinbarungen, die wir im Rahmen unserer Eheschließung getroffen haben! Und es interessiert mich einen feuchten Kehricht, welche Bedürfnisse du als Mann haben könntest! Solange du mein Gemahl bist, wirst du dich tugendsam, höflich, zuvorkommend und aufmerksam verhalten. So wie es sich für den Ehemann einer Percy schickt.«

»Ist dem so? Nun, das werde ich, Adrianne Percy, wenn du anfängst, dich einer MacLean-Gemahlin würdig zu erweisen.«

Sie stellte sich auf Zehenspitzen und brüllte ihm ins Gesicht: »Ich habe mich wie eine solche verhalten, du lüsterner Aufschneider.«

»Das hast du vermutlich geträumt, du launischer Kobold.« Er schob ihre Hand fort und maß sie düster. »Du hast dich dermaßen zurückgezogen, dass du nicht einmal merkst, dass dein Scheitern als Ehefrau zum Lieblingsthema der Burgbewohner zählt.«

Eine tiefe Röte flog über ihr makelloses Gesicht, und sie blieb für eine lange Weile stumm.

»Sie reden ständig von der Hochzeitsnacht, ist es nicht so?«, brach sie schließlich das Schweigen.

Sein Fehler war, dass er sich nur zu gern von ihrer Schönheit ablenken ließ. Das tiefe Strahlen in ihren faszinierend blauen Augen schien ihn noch jedes Mal umzuwerfen.

»Ist dem so?«, wiederholte sie scharf.

»Nicht ganz«, murmelte er halbherzig, sich dessen gewärtig, dass er ihre Auseinandersetzung nicht so weit hätte führen dürfen. Schließlich war er derjenige, der Distanz hatte wahren wollen, und jetzt beschuldigte er sie für sein Bemühen, nicht mit ihr allein sein zu müssen.

Und ›Bemühen‹ war der treffende Begriff, überlegte er im Stillen. Vor zwei Nächten war es die Hölle auf Erden gewesen. Sie in seinen Armen zu halten, ihren seligen Schlummer zu beobachten, derweil sein Verstand so viele Bilder heraufbeschworen hatte, wie er sie zu nehmen gedachte. Stunde um Stunde hatte seine Vernunft eine aussichtslose Schlacht mit seinem Verlangen geschlagen. Er *musste* sie nehmen, sie zu der seinen machen.

Er hatte sich wie ein Besessener gefühlt, und doch hatte er sich dazu gezwungen, sie zu verlassen und einmal mehr auf sichere Distanz zu gehen.

»Du zögerst mit deiner Antwort, also muss es stimmen.« Adrianne schien sich ein wenig beruhigt zu haben, doch ihr Mienenspiel signalisierte Gefühle, die er nicht zu deuten wusste. Sie trat einen Schritt zurück. »Ich habe es satt, mich zu grämen, wie viele Frauen dich in ihre Betten locken wollen. Der ganze Klatsch und Tratsch bereitet mir Übelkeit. Vermählt mit einer gefühlskalten Jungfer … ich kann es fast hören. Der bedauernswerte Streiter, seiner Hochzeitsnacht beraubt, von seiner eigenen törichten Braut zurückgewiesen.«

Ihr Gesicht war wie ein Fenster zu ihrer gepeinigten Seele, und Wyntoun brachte es nicht übers Herz, sie mit ihrem Kummer allein zu lassen.

»Adrianne, was du eben gesehen hast, war nicht, was du …«

»Natürlich nicht. Es reicht jetzt«, sagte sie tonlos, über seine Worte hinweggehend. »Eine verheiratete Frau muss ihre Unschuld früher oder später aufgeben. Was mich betrifft, so werde ich schlicht ohne leben müssen, wenn diese ganze Tortur vorbei ist. Ich werde sie bestimmt nicht vermissen.« Seinem Blick ausweichend, stapfte sie an den Stallboxen entlang. »Komm schon, Wyn! Mit etwas Glück ist die letzte Box zur Linken leer.«

Um Fassung bemüht, starrte Wyntoun ihr nach.

»Adrianne!« Schließlich folgte er langen Schrittes. Er war sich unsicher, ob er sie richtig verstanden hatte. Und doch, die Aussicht, sie hier und jetzt zu verführen, erregte ihn immens. »Adrianne, ich schwöre, es wird mein Tod sein!«

Als er sie einholte, war sie bereits in dem leeren Stall verschwunden. Ihn fixierend, griff sie nach hinten, um die Spitzenbänder ihres Gewandes zu öffnen.

In der Stalltür stehend, starrte er sie nur an, sprachlos und gegen seine Erregung ankämpfend. Es hatte keinen Sinn – er spürte, wie er unter seinem Kilt erigierte.

»Wie du schon weißt, habe ich so etwas noch nie gemacht«, murmelte sie verschämt, seinen Blick meidend. »Aber da du bereits halb nackt bist, wird dies vermutlich auch von mir erwartet. Obschon ich mich nicht daran erinnern kann, dass sie ihre Kleider abgelegt haben – in meiner Jugend, als ich jene Mägde mit den Männern beobachtet habe.«

Er verfolgte mit seinen Blicken, wie das Gewand aufklaffte und der Saum des weißen Unterkleides hervorblitzte. Er musste schlucken.

»Ich muss mich lediglich darauf besinnen, dass es ja nur ein Körper ist. Du zeigst mir deinen ohne Scham, also kann es so verwerflich nicht sein, wenn du meinen siehst.« Sie schob das Kleid von ihren Schultern und über ihre Hüften, bis es ihr zu Füßen sank. Als sie sich straffte, konnte Wyntoun seinen Blick nicht losreißen von den dunklen Spitzen ihrer vollen Brüste, die sich als Reaktion auf die Kälte unter dem hauchfeinen Unterkleid abzeichneten.

Ihre Arme waren lang, glatt und geschmeidig, ihre Beine wie anmutig geformtes Porzellan unter dem dünnen Leinenstoff. Sein Blick verweilte auf den knospenden Erhebungen ihrer Brüste, ihrer Taille und dem Dreieck ihrer Scham, als sie die Arme hob und ihre lockige Haarpracht löste.

»Wenn wir diese Stallungen verlassen, will ich kein Wort mehr davon hören, dass ich meinem Gemahl meinen Körper verweigert hätte. Sag mir bloß, wann ich schreien soll – ich soll doch schreien, oder?« Ihr rabenschwarzes Haar umschmeichelte ihre Schultern wie schimmernde Seide. »Und nach dem heutigen Tag werde ich im Beisein all deiner Leute fortfahren, die Verführerische zu spielen, sodass absolut kein Zweifel mehr daran besteht, in wessen Bett du jede Nacht kriechst.«

Er war erregt und sah keine Hoffnung, zu seinem gesunden Menschenverstand zurückzufinden. Gleichwohl hatte er ein schlechtes Gewissen, wenn er an die Zukunft dachte. Noch hielt ein dünnes Band das Gewand über ihrem Busen zusammen, doch sie öffnete rasch den Knoten. Sie verschränkte die Arme, fasste das Kleidungsstück an den Schultern und wollte es hinunterstreifen.

»Halt ein, Adrianne!«, brachte Wyntoun mit rauer, belegter Stimme hervor. »Denk doch erst einmal nach, Frau. Wir können es nicht tun und dann einfach unserer Wege gehen.«

»Willst du mich nicht?«

»Doch, aber das ist nicht der Punkt. Jeder Mann würde dich wollen.«

»Dann willst du mich also.«

»Selbstverständlich! Aber mein Vergnügen wäre dein Untergang. Ich kann dir das nicht antun, Adrianne.«

Er gewahrte, wie sie die Tränen zu verbergen suchte, die in ihre blauen Augen traten. »Ich glaube dir nicht. Du hasst mich so sehr, dass du nicht einmal einen Augenblick der Zweisamkeit ertragen kannst. Bin ich so verabscheuungswürdig? Um so vieles reizloser als die Legionen von Frauen, die du in deinem Leben verführt hast?«

Ein Teil von ihm wollte lachen, doch er fasste sich sogleich wieder. Indes fiel es Wyntoun schwer, sein Handeln zu steuern, das heiße Begehren in seiner Brust zu unterdrücken. Wie konnte es geschehen, dass er derart für diese Frau empfand?

Wyntoun trat zu ihr, riss sie unversehens in seine Arme. Seine Lippen gierig, schmeckte er ihre Tränen, koste ihr Gesicht, bezwang ihre Lippen. Und das war nur der Anfang der glutvollen Leidenschaft, die sie in ihm entflammte.

»Sag mir noch einmal, dass du mich willst.« Sie zog ihren Mund fort, streichelte mit ihren Fingern sein lockiges Brusthaar. »Sag mir, dass du mich begehrenswert findest.«

»Dies sollte deine sämtlichen Zweifel auslöschen.« Er nahm ihre Hand von seiner Brust und führte sie zu seinem Kilt, wo beider Körper so sehnsüchtig einer Vereinigung harrten. Sie zögerte kurz, bevor sie den Mut fand und unter den Wollstoff glitt. Ein unterdrücktes Stöhnen entwich seiner Kehle, sein Mund verschmolz mit dem ihren.

»Sag es noch einmal, Wyntoun«, murmelte sie verschämt, während ihre Hand sich auf eine aufreizende Entdeckungsreise begab, die ihn auf eine harte Probe stellte.

»Ich möchte in dir versinken, Adrianne. Ich begehre dich mehr als jede andere Frau in meinem Leben.«

»Das klingt viel versprechend«, wisperte sie an seiner Brust. »Nun, es steht dir frei, mich zu nehmen. Ich bin deine Gemahlin.«

Das war ein Irrglaube, warnte Wyntoun sich im Stillen. Ein fataler Irrglaube. Gleichwohl prallte jede Warnung von ihm ab. Er hob sie in seine Arme und strebte zur nächstbesten Wand des Stalles.

»Ist das Stehen vor einer Wand die Stellung, mit der man in Schottland anfängt?«

»Eine von vielen«, sagte er rau, das Dekolleté ihres Unterrocks umklammernd. Der Stoff zerriss sogleich, glitt herab zu ihrer Taille. Seine Augen hefteten sich auf ihre vollen Brüste, die sich mit jedem ihrer aufgewühlten Atemzüge hoben und senkten. Sie war gewiss die atemberaubendste Frau, die er je gesehen hatte.

»Und das Herunterreißen von Kleidungsstücken der Ehefrau, ist das ein weiterer empfehlenswerter Anfang?«

In seiner Verblüffung konnte er nicht anders, als schmunzelnd zu ihr aufzuschauen. Ihr verwunderter, aufmerksamer Blick zeugte davon, dass sie es ganz offensichtlich ernst nahm mit ihren Fragen.

»Empfehlenswert? Adrianne, es ist ein Begehren, das du selbst in mir geschürt hast ... schon in der Nacht unserer Vermählung.«

»Ich war das?«

»Ganz recht. Indem du das durchschimmernde Nachtkleid zerrissen hast, das du eigentlich für mich hättest tragen sollen.«

Er sah, wie ihre blauen Augen unmerklich flackerten, und ihren Lippen entwich ein leises Stöhnen, als seine Daumen mit den rosig knospenden Spitzen spielten. Seine pulsierende Männlichkeit an ihren Leib gepresst, glitt eine seiner Hände langsam über die weiche Haut ihres nackten Bauches.

»Ist dir kalt?«, flüsterte er, als sie unmerklich erschauerte.

Sie schüttelte den Kopf. »Mir ist glühend heiß. Und ich fühle mich ... ich weiß gar nicht, wie sich dieses Gefühl in Worte kleiden lässt.«

Er küsste ihre Lippen, seine Zunge glitt in ihren feucht lockenden Mund. Wieder wanderten seine Hände zu ihrem Dekolleté, zu dem makellosen Brustansatz. Als sie ihre Finger in seinem Haar vergrub, umschloss sein Mund die perlengleiche Erhebung ihrer Büste, labte sich an ihrer Süße.

»Warte! Da ist ... da ist etwas, das ich noch tun muss«, flüsterte sie atemlos, als er das zerrissene Hemdchen fasste und es über ihre Hüften streifen wollte. »Es muss da etwas geben, womit ich dich ... verrückt machen kann ...«

Er wartete nicht, sondern glitt mit einem Finger in ihre feuchte Grotte und beobachtete, wie sich ihre Augen verwundert weiteten.

»Wahrhaftig ... du sagst mir besser schnell, was es ist ... oder ... oder ich ... ich schwebe gen Himmel und verlasse dich ...«

»Adrianne, wann hörst du endlich auf mit diesem unverständlichen Gemurmel?«, erkundigte er sich sanft, ihren Mund mit seinem Kuss besiegelnd. Sie erbebte am ganzen Körper, ihr Atem ging immer kürzer, ihre kleinen Seufzer verwandelten sich in ein lustvolles Stöhnen. Plötzlich bäumte sie sich unter seiner Hand auf und schrie.

Wyntoun riss sie in seine Arme, hob sie hoch, und

sie klammerte sich an seinen Körper. Er fühlte, wie ihr Körper, überrollt von den Wogen der Lust, erschauerte, und er bettete sie auf das Stroh.

»Ich wollte nicht, dass dein erstes Mal so unbequem wäre wie das hier.« Er kniete neben ihr, seine Hände zu Fäusten geballt, derweil er sein Verlangen zu mäßigen suchte. Sie war von einer Vollkommenheit, die er nie für möglich gehalten hätte. Zärtlicher als in seinen kühnsten Träumen. Und williger als in seinen wildesten Fantasien.

»Ich entsinne mich, Wyn«, erwiderte sie leise, »dass die Vorkehrungen für unsere Hochzeitsnacht luxuriöser waren. Aber dummerweise habe ich diese Gelegenheit vertan.«

Ihre Augen von Leidenschaft umwölkt, versuchte sie erst gar nicht, ihren Körper vor seinen verzehrenden Blicken zu verbergen. Stattdessen hob sie einladend ihre Arme. Er löste seinen Kilt, warf ihn zu Boden.

»Adrianne, nichts wird wie vorher sein«, mahnte er, derweil ihre Augen seine hoch aufgerichtete Mannhaftigkeit fixierten. Sie stützte sich auf den Ellbogen auf und tastete zaghaft nach ihm. »Adrianne ...«

Die Worte blieben ihm im Halse stecken, als eine kosende Hand sein hartes, erregtes Glied streichelte. Sein kleiner Freund pulsierte unter ihrer Berührung. Ihre Hand glitt von der Wurzel bis zur Spitze und zurück.

»Das ist ja fantastisch. Du bist faszinierend!«

»Und du bringst mich fast um den Verstand, weißt du das? Wenn du mich berührst, verliere ich die Beherrschung und vergesse meine guten Vorsätze.«

Wyntoun glitt auf ihren Körper. Instinktiv öffneten sich ihre Schenkel, um ihn in sich aufzunehmen. Er wusste, dass er sanft und behutsam vorgehen musste, doch sie vereitelte sein Vorhaben. Adrianne wälzte sich unter ihm. Er gewahrte das Begehren hinter den gesenkten Lidern, in den wollüstig geteilten Lippen, wie sie sich aufbäumte, um ihn zu empfangen. Seine erregte Spitze neckte ihre feuchte Öffnung.

»Dies *wird* alles ändern«, warnte er wieder, ihr Gesicht in seine beiden Hände nehmend. Er fixierte sie, bis er sich sicher war, dass sie ihm auch zuhörte. »Von nun an, Adrianne … ist es für immer.«

Er gewahrte die berückende Sinnlichkeit in ihren blauen Tiefen. Sie nickte, und er drang in sie ein, nahm ihr die Unschuld.

Anders als von ihm erwartet, schrie Adrianne nicht auf, doch ihre Fingernägel, die sich in seine Schultern gruben, zeugten von dem ihr zugefügten Schmerz.

Sie war unglaublich eng, und Wyntoun, tief in ihrem Schoß, verharrte reglos. Er wartete, brachte sich an die Grenzen seiner Leidensfähigkeit, derweil er seinen wild entflammten Körper zu beherrschen suchte.

»Du scheinst diese Vereinigung nicht so sehr genossen zu haben wie ich unsere Tändelei auf den Klippen, Wyntoun.«

Sein befreites Lachen kam aus tiefster Seele, Tränen rollten ihm über das Gesicht, während er verzweifelt versuchte, reglos in ihrer süßen Mitte zu verharren.

»Du hast mich nicht begehrenswert gefunden.« Sie stieß ihn an der Schulter, als er nicht aufhörte zu lachen und kein Wort herausbrachte. »Ich habe dich gebeten, mir gewisse Dinge zu zeigen … dann hätte ich dir mehr Vergnügen bereiten können. Diesmal hast du meine Gefühle wirklich verletzt, Wyntoun Mac Lean.«

Die Strafe folgte auf den Fuß, da sie sich anschickte ihn wegzustoßen. Immer noch lachend, packte er ihre Fäuste, die auf ihn eintrommelten, hob sie über ihren

Kopf und hielt sie mit unnachgiebiger Hand umschlossen. Ihre hoch gereckten Brüste wippten verlockend vor seinem Mund, doch er spähte einzig in ihre blauen Tiefen, die sich mit Tränen füllten.

Er küsste ihre Wangen, ihre Nase, ihren Mund, ehe er abermals tief in sie eindrang. Als er den Kopf hob, sah sie ihn erstaunt an.

»Wir sind noch nicht fertig mit unserem Liebesakt, Adrianne.«

»Oh! Aber du hast aufgehört.«

»Nur so lange, bis der Schmerz vergeht. Für dich, damit du dich an meinen Körper gewöhnst.«

Eine tiefe Röte stieg ihr in die Wangen, doch er ließ nicht zu, dass sie den Kopf abwandte, sondern erforschte einmal mehr die weiche Süße ihres Mundes.

Alsbald bewegten sich ihre Hüften unmerklich unter seinem Gewicht. Weiterhin mit seiner Beherrschung kämpfend, löste er sich von ihren Lippen.

»Der Schmerz hat bereits nachgelassen. Und für die Zukunft ...« Sie stöhnte, da er sich behutsam zurückzog und dann tief in sie stieß. »Ich ... ich bin weitaus härter im Nehmen, als du glaubst ... o je!«

»Ist dem so?«, keuchte er, um Körperkontrolle bemüht, da sie ihre Lenden anspannte, sich rhythmisch auf und ab bewegte. Ihr Blick entrückt, durchfluteten sie Wogen der Leidenschaft.

Seine ganze Disziplin schwand augenblicklich, als er ihre sinnlich geöffneten Lippen und das lustvolle Stöhnen gewahrte. Er vermochte sich nicht mehr zurückzuhalten. Wyntoun glitt aus ihr, drang wieder in sie ein. Er ließ ihre Hände los, fasste unter sie, umschloss ihr Gesäß, derweil sich ihre Beine instinktiv um seine Schenkel schlangen. Als der Rhythmus ihres Liebesreigens alles andere ausblendete, fanden sich beider Lippen zu einem innigen Kuss. Wieder und wieder drang er in sie ein, schneller und schneller, zuckend und keuchend.

Und dann erreichte die Leidenschaft ihren Höhepunkt in einer Schwindel erregenden Ekstase, welche die Liebenden alles um sie herum vergessen ließ. Ihre Körper verschmolzen miteinander, wurden in himmlische Höhen empor getragen ... an einen golden strahlenden Ort, einzig für sie bestimmt.

Lichtjahre später, als Wyntoun Adrianne umschlungen hielt, lächelte er zu dem Spatz hoch oben auf dem Dachbalken, der sie mit schief gelegtem Köpfchen beäugte. Er streichelte ihr langes Haar, betrachtete ihr hübsches Gesicht. In seinem Herzen spürte er die unendliche Glückseligkeit, die tiefe Zufriedenheit um das Wissen, dass er nun für immer zu der anmutigsten und begehrenswertesten Frau auf dieser Erde gehören würde.

Sein Lächeln schwand. Wahrlich, könnte er doch nur die Zeit anhalten.

# 21. Kapitel

Aufgebracht schlenderte sie durch die Kammer in ihrem Turmkerker, lauschte auf Geräusche, welche die Rückkehr des Ritters ankündigen könnten.

Nach dem unverhofften Besuch von Sir Henry hatte Nichola Percy zwei Tage und zwei Nächte darüber nachgegrübelt, was zwischen ihnen geschehen war. Von Schuldgefühlen gepeinigt, hatte sie sich auf ihrer Schlafstatt hin und her geworfen, war ruhelos auf und ab gelaufen, betend und brütend. Und dann, als ein schwarzer Nachthimmel einem neuen Morgengrauen gewichen war, hatte ihre Vernunft gesiegt.

Rein zufällig hatte Nichola entdeckt, dass die schwere Eichentür nicht länger verriegelt war. An jenem Morgen hatte die stumme Dienerin ihr das Frühstück gebracht. Nach ihrem Fortgehen hatte die Gefangene bemerkt, dass der Riegel tatsächlich nicht mehr von außen vorgeschoben worden war. Als Nichola die Tür aufgedrückt hatte, hatte sie überdies festgestellt, dass die Treppe zu ihrem Gefängnis nicht bewacht wurde. Geräuschlos die Tür schließend, hatte Nichola einen weiteren, unsäglichen einsamen Tag verbracht. Und jedes Mal, wenn die Alte kam und ging, war die Tür unverriegelt geblieben.

Schließlich, als sich der Abend dahinzog, fand Nichola den Mut, durch die Tür zu schlüpfen und sich klopfenden Herzens die Wendeltreppe hinunter zu schleichen. Wie weit würde sie kommen? Vielleicht, so dachte sie, hatte Sir Henry beschlossen, sie mehr als Gast denn als Gefangene zu sehen.

Sie stand bereits vor der Tür zu Sir Henrys Arbeitszimmer, als sie den Wachposten am Ende des Ganges erspähte. So viel zu ihrer Hoffnung auf Freiheit, sinnierte sie und verharrte abrupt. Der am Treppenaufgang postierte Fußsoldat blickte durch das hohe, schmale Fenster in den dämmrigen Innenhof. Er sah nicht auf.

Nichola konnte sich nicht überwinden weiterzugehen, sich zurückzuziehen kam aber ebenso wenig infrage. Einen Herzschlag lang verweilte sie schweigend, dann betrat sie entschlossen Sir Henrys Arbeitsgemach.

Die Kammer war leer, genau wie an dem Tag, als der Ritter sie hier vorgefunden hatte. Sie sah sich ein weiteres Mal um, betrachtete den Schreibtisch – diesmal sauber und ordentlich –; das goldgesäumte, blaue Vlies und der Schild hingen an der Wand, das Sofa stand vor dem Kamin. Der Raum war gemütlich und wohlig warm.

Was sollte sie Sir Henry sagen? Ganz gewiss wartete er auf ihre … auf eine Antwort.

Ihr Gesicht brannte wie Feuer, wenn sie darüber nachsann. Sie hatte nichts Verwerfliches getan, beruhigte Nichola sich. Sie war ihrem Gemahl in all den gemeinsamen Ehejahren treu gewesen. Sie hatte Henry Exton in keinster Weise ermutigt, damals nicht und auch jetzt nicht.

Wenn sich ihre Beziehung gewandelt hatte – was offensichtlich der Fall war – so war *er* derjenige, der die Veränderungen herbeigeführt hatte. Ganz recht, *er* war für die sonderbaren Gefühle verantwortlich, die sie in den letzten Tagen bestürmt und tief bestürzt hatten. Er war der allein Schuldige.

Nichola tastete mit ihren Fingerspitzen über ihren Mund. Henry Exton hatte sie so leidenschaftlich geküsst, dass sie noch immer die Glut seiner Liebkosung auf ihren Lippen fühlte. Sie ignorierte das verräterische Flattern in ihrer Magengegend, die winzigen Schmetterlingsflügel.

So viele Fragen harrten einer Antwort. Sir Henry hatte fortwährend auf die drohende Gefahr hingewiesen und darauf, dass die Zeit ein entscheidender Faktor sei. Wenn sie seinen Worten trauen konnte, mit denen er seine tiefe Zuneigung zu ihr bekundet hatte, dann, bei allen Heiligen, verdiente sie die entsprechenden Antworten!

Wieder konzentrierte sie ihr Augenmerk auf ihre Umgebung. Sie mussten sich auf einem Anwesen von Sir Henry befinden. In Northumberland etwa? Eher unwahrscheinlich. Weiter südlich? Wohl auch nicht.

Sie setzte sich auf das Sofa vor dem Kamin, sprang jedoch auf, als sie Stimmen im Gang vernahm.

Henry Exton öffnete die Tür, und als Nichola sein anziehendes Gesicht gewahrte, hatte sie einen entsetzlichen Augenblick lang Mühe, das Prickeln in ihrer Magengegend niederzukämpfen.

»Lady Nichola.« Seine Stimme klang freudig überrascht. Er verharrte unschlüssig auf der Schwelle, dann strebte er zu ihr.

Als sie zaghaft vortrat, bemerkte sie den in eine Mönchskutte gewandeten Geistlichen hinter dem Ritter. Obwohl sie den Priester nicht kannte, besagte sein Blick, dass er sehr wohl wusste, wer *sie* war. Forschend spähte sie zu Sir Henry, doch dieser wandte sich rasch dem Priester zu.

Nervös ihre Hände knetend, verharrte Nichola mitten im Raum, während der Ritter und sein Begleiter bei der Tür einige gedämpfte Worte wechselten. Unversehens verschwand der Gottesmann, und Sir Henry schloss die Tür.

Sobald sich der Ritter ihr zuwandte, senkte Nichola den Blick auf ihre gefalteten Hände. Der Raum wurde von goldenem Feuerschein erhellt, und jedes Detail im Raum zeichnete sich plötzlich scharf und deutlich ab, angefangen von der Pergamentrolle auf dem Schreibtisch bis hin zu ihrem eigenen Schatten, der vor ihr auf dem gewobenen Binsenteppich tanzte. Als sie den Blick schließlich auf ihren Gastgeber richtete, wunderte sie sich über das erregende Prickeln, das nun ihre Arme, ihren Rücken überlief.

Er betrachtete sie, und dies nicht so beiläufig, wie sie gehofft hatte. »Kann ich Euch eine kleine Stärkung oder etwas Wein anbieten, Mylady?«

»Danke, nein, Sir Henry. Deswegen bin ich gewiss nicht gekommen.«

Als er einen Schritt in ihre Richtung machte, wich sie unwillkürlich hinter seinen Schreibtisch zurück. Dennoch ließ es sich nicht leugnen: Wie sonderbar ihre Empfindungen und wie unvorhersehbar ihre körperlichen Reaktionen auf seine bloße Gegenwart auch sein mochten – es war ihr unsäglich unangenehm, mit ihm allein in diesem Raum zu sein. Und wenn sie an das Gewesene zurückdachte, fühlte sie sich plötzlich wie ein Reh, das den Jäger fixiert. Aber, so redete sie sich ins Gewissen, sie war aus freien Stücken hier.

»Ich bin jedenfalls froh, dass Ihr gekommen seid, Nichola.«

Sie fing seinen Blick auf, der sie so glutvoll maß, dass es Körper und Seele entflammen ließ. Nichola wusste, dass sie jetzt schnell das Wort ergreifen müsste, ansonsten wäre sie restlos verloren.

»Henry…« Sie räusperte sich und drehte sich zu ihm, die Finger fest miteinander verflochten. »Ich bin gekommen, weil ich auf der Suche nach Antworten bin.«

»Wie Ihr bereits wisst, kann ich Euch nur sehr wenig enthüllen.«

Nachdenklich beobachtete sie den Ritter, der zum Kamin schritt und mit dem Rücken zu ihr stehen blieb. »Was ich erfahren möchte, hat nichts mit meinen Fragen von neulich zu tun.«

Eine dunkle Braue forschend gehoben, harrte Henry ihren weiteren Ausführungen.

»Meine Fragen haben mit dem … mit dem zu tun, was Ihr in … in meiner Kammer gesagt habt.«

»Sprecht Ihr von meinem Antrag?«

Sie wrang ihre Finger ineinander, bedachte ihn mit einem verstohlenen Blick. »Ich habe über Eure Worte nachgedacht … und da ist vieles, was ich … was ich nicht verstehe.«

»Dann fragt.« Seine Stimme klang ruhig … und irgendwie sanft.

Tief einatmend straffte Nichola die Schultern und blickte durch den Raum zu ihm. »Ich bitte Euch, die gegenwärtigen Probleme für einen Augenblick beiseite zu schieben.«

Er nickte.

»Sir Henry, ich kenne Euch seit vielen Jahren als einen geschätzten Freund meines Gemahls. In den letzten zwei Tagen habe ich lange und intensiv darüber nachgedacht, wie Edmund in einer ähnlichen Situation gehandelt hätte, ich meine, wenn man die Gemahlin seines Freundes verfolgt … gejagt hätte …« Sie beobachtete sein Mienenspiel. Ein Schatten flog über sein Gesicht, und sie krauste die Stirn. »Henry, ich möchte, dass Ihr genau wisst, dass ich trotz aller Härten … trotz aller Unwägbarkeiten in meinem Leben niemals billigen würde, dass mich ein Mann aus Mitleid zur Frau nimmt … oder aus Ritterlichkeit … oder gar aus einem Gefühl der Verpflichtung heraus!«

»Ritterlichkeit hat meine Gefühle für Euch nie beeinflusst, Mylady. Auch nicht Verpflichtung. Und ganz gewiss nicht Mitleid, Nichola.«

»Welche Beweggründe habt Ihr dann?«, fragte sie scharf. »Ich bitte Euch, Sir, mir darzulegen, was Ihr mit dieser Heirat bezwecken wollt.«

»Ich dachte, ich hätte mich eindeutig zu meinen Gefühlen bekannt.« Er straffte sich, trat einen Schritt auf sie zu. »Gleichwohl würde ich mich glücklich schätzen zu wiederholen …«

»Sir, mäßigt Euch. Ich muss einen kühlen Kopf bewahren.« Sie hob abwehrend eine Hand und bedeutete dem Ritter zu bleiben, wo er war. »Ich bitte Euch, Henry, versetzt Euch einmal in meine Lage und bedenkt die … die Verwirrung, die mich umfängt.«

Zunächst sagte er nichts. Doch während er sie betrachtete, milderte ein Lächeln die scharfen Linien um seine Augen.

»Es stimmt mich froh«, sagte er schließlich sanft, »von dieser Verwirrung zu erfahren. Aber vielleicht solltet Ihr mir Eure Zweifel enthüllen.«

Nichola schloss kurz die Augen, bevor sie fortfuhr. »Henry, Ihr wisst besser als jeder andere, dass mir nach Edmunds Tod alles genommen wurde und dass ich keine Aussicht habe, unseren Besitz je zurückzuerlangen. Mein Reichtum ist dahin, und die Männer des Königs verfolgen mich. Ich habe keine Freunde am englischen Königshof, die mich unterstützen würden. Niemand würde es wagen, in Gegenwart des Königs meinen Namen auszusprechen. Und daran hat sich nichts geändert.«

»Das alles berührt meine Entscheidung nicht, Mylady.«

»*Was* ist es dann, Sir Henry? Ich bin nicht so vermessen zu glauben, dass ich mit meinen vierundfünfzig Jahren noch eine Schönheit bin.« Dieses Mal wagte sie es nicht, ihm in die Augen zu blicken. »Und wenn man bedenkt, was Euch in Eurer Position – und bei Eurem Reichtum und Namen – wirklich am Herzen liegen sollte, so kann ich Euch das nicht bieten. Henry, ich bin zu alt, um Kinder zu gebären. Und genau das braucht Ihr: eine junge Frau, die Euch Erben schenken kann.«

»Dass ich keinen Stammhalter habe, hat mich in all den Jahren nicht beschäftigt.«

»Aber es sollte Euch beschäftigen«, scha[illegible] sanft. »Ihr seid wahrlich schneidig und anziehend genug, um eine treffliche Partie zu machen – nicht mit mir, Gott behüte!, sondern mit einer weitaus jüngeren Frau. Vielleicht kann ich Euch sogar helfen. Ich habe für jede meiner drei Töchter eine mögliche Eheschließung arrangiert – ob ich damit Erfolg habe, weiß ich noch nicht. Aber wenn Ihr erlaubt, kann ich gewiss auch etwas für Euch in die Wege leiten.«

»Nichola, ich brauche keine Kupplerin!«

Sie krauste die Stirn, verunsichert, dass in seinen blauen Augen der Schalk blitzte. »Also gut, wenn Ihr es nicht lassen könnt.«

»Ich will es gern versuchen.«

Sie wollte zurückweichen, als er näher kam. »Henry, ich dachte, ich hätte mich klar ausgedrückt. Ich bin nicht die Frau, die Ihr sucht.«

»Und ich dachte, ich hätte mich ebenfalls klar geäußert.« Er fasste ihre Hände, vereitelte ihre Flucht. »Ihr, Nichola, seid die einzige Frau, die ich begehre.«

Sie öffnete den Mund zum Protest, worauf er ihre Lippen mit einem Kuss besiegelte, der sie wie ein Blitzstrahl durchzuckte. Als er sich schließlich von ihr löste, zitterten ihr die Knie, ihr Körper war so kraftlos, dass er sie stützen musste. Sie hatte entsetzliche Schwierigkeiten, wieder Haltung anzunehmen.

»Ich will dich, Nichola. Meine Zuneigung … nein, meine Liebe, gilt seit langem nur dir.«

»Ich verstehe das nicht …« Sie schüttelte den Kopf. »Wenn man mein Alter bedenkt … mein …«

»Ich bin fünf Jahre älter als du. Aber selbst wenn du fünf Jahre älter wärest als ich … oder zehn … zwanzig … es wäre mir einerlei. Trotz aller Unzulänglichkeiten, die du zu verkörpern meinst, liebste Nichola – für mich bist du vollkommen. Ich hätte nie zu hoffen gewagt, dass dieser Traum wahr werden könnte.«

Seine kraftvollen Hände umschlossen ihr Gesicht, und sie spähte in Augen, tiefblau wie das Azur des Himmels.

»Heirate mich, Nichola. Gewähre mir dieses Glück.«

Für einen langen Augenblick schwieg er. »Gib dir wenigstens die Chance, eines Tages mit mir glücklich zu werden.«

Eines Tages, wiederholte sie im Stillen. Eines Tages. Wie konnte sie ihm vermitteln, dass sie dies im Grunde ihres Herzens bereits wusste, es sich aber selbst nicht eingestehen wollte? Eines Tages. Sie atmete tief ein und schüttelte widerstrebend den Kopf.

»Einerlei, was ich mir für mich wünsche... Zwei meiner drei Töchter dort draußen ... ihr Leben und ihre Sicherheit sind – soweit ich weiß – immer noch in Gefahr. Henry, ich mag nicht ... nein, ich will nicht über meine eigene Zukunft nachdenken, solange die meiner Töchter nicht gesichert ist.«

Die Stirn in tiefe Falten gelegt, spähte er zu dem blauen Schleiertuch an der Wand. Nichola, die ihn beobachtete, gewahrte den inneren Kampf, den er mit sich ausfocht. Ihr war sonnenklar, dass es Dinge gab, die ihre Töchter betrafen und die Henry Exton ihr nicht enthüllte – nicht enthüllen durfte, ob des Schwurs, den er dem Orden des Schleiertuchs geleistet hatte.

»Dann heirate mich um ihretwillen«, sagte er schließlich, seinen Blick auf ihr Gesicht geheftet. Sie las die Entschlossenheit in seinen Augen.

»Ich weiß nicht, was du meinst!«

»Ich habe dich schon viel länger hier behalten, als ich das eigentlich sollte. Wenn du meinen Antrag ablehnst, werde ich schon sehr bald keinen Einfluss mehr auf deine Zukunft haben. Und wenn du gehst« – seine Fingerknöchel streichelten sacht über ihre Wangen –, »werde ich nicht mit dir in Kontakt treten können. Dann bist du für mich verloren. Wie dem auch sei, ich bitte dich, wenigstens an deine Töchter zu denken.«

»Was ist mit ihnen?«, fragte sie entsetzt.

»Dir ist sicherlich klar, dass sie inzwischen um deine Gefangennahme wissen.«

»Gewiss«, log sie, doch der Schock schnürte ihr die Kehle zu.

»Dann weißt du auch, dass sie dich suchen wollen.«

»Nein, das werden sie *nicht!*« Nichola versuchte, überzeugend zu klingen, gleichwohl wusste sie, dass sie kommen würden, eigensinnige und liebende Kinder, die sie nun einmal waren.

Und Henry kannte ihre Töchter genauso gut, von daher verstand sie sein wissendes Nicken. »Nein, natürlich nicht.« In seiner Stimme schwang sanfte Ironie. »Bedenke doch, Nichola, statt sie englisches Gebiet durchforsten zu lassen, wo sie allergrößten Gefahren ausgesetzt sind, wäre es da nicht besser, wenn sie dich hier im Grenzgebiet auffänden? Hier machen sie vermutlich als Erstes Station, um sich meiner Unterstützung zu versichern.«

Also dort war sie gelandet – im Grenzgebiet zwischen England und Schottland, in dem kleinen Schloss, das Sir Henry in den Cheviot Hills besaß, nicht weit von den riesigen dunklen Wäldern mit ihren marodierenden Söldnerheeren!

Ihr Verstand raste. »Und ihr wollt ihnen eine Falle stellen? Ist es das, was der Ritterorden plant? Ihnen etwas anzutun? Und du« – sie maß ihn angewidert –, »du hast dich mit ihnen verschworen?«

»Würde ich so reden, wenn ich daran Anteil hätte?« Sein Blick fest und unbeirrt, schüttelte er den Kopf. »Nein, Nichola. Niemals würde ich dir und deinen Töchtern etwas anhaben wollen. Aber siehst du nicht ein, dass ich auch sie beschützen kann, wenn du meine Frau wirst? Ich würde sie wie meine eigenen Kinder lieben.«

Er hielt inne, hob ihr Kinn an, bis sie ihm in die

Augen blickte. »Umso mehr Grund für dich, mich zu heiraten. Tu es für sie. Heirate mich, um sie zu schützen.«

Im Geiste erwog sie das Für und Wider. Gewiss trafen Henrys Ausführungen in weiten Teilen zu. Die Zeit lief ihnen davon. Und sie hatte länger hier verweilt als in allen anderen Verstecken.

Nichola atmete entschlossen ein. »Also gut, Henry. Wie lange brauchst du, um die entsprechenden Vorkehrungen für diese Eheschließung zu treffen?«

Henry Extons Miene hellte sich auf. Und Nichola hoffte beinahe verzweifelt, dass es ein Anflug von Glück sei, der sich in seinen Zügen spiegelte.

»Warte hier, Liebste, ich werde den Priester holen. Wir werden umgehend heiraten.«

# 22. Kapitel

Es stand nicht zum Besten in der Hütte der Heilerin, und Adrianne krauste besorgt die Stirn. Alles war sauber, dachte sie bei sich. Dieselben Geschenke schmückten Fenstersimse und Tisch. Dieselben duftenden Kräuter und Blüten hingen zum Trocknen über dem Herd. Und doch, irgendetwas fehlte. Lebensfreude, menschliche Wärme.

Adrianne schöpfte einen Becher Brühe aus einem Topf über der Feuerstelle und brachte ihn zu Jean. Die greise Hebamme setzte sich mühsam auf ihrer Schlafstatt auf und nahm dankbar das Getränk aus den Händen der jungen Frau.

»Ich sollte aufstehen und mich nützlich machen.«

»Daran dürft Ihr nicht einmal denken, Jean«, sagte Adrianne, spülte zwei Holztiegel in einer riesigen Waschschüssel ab und stellte sie auf ein Regal. »Ihr ruht Euch so lange aus und schont Eure Beine, bis es Euch wieder besser geht.«

»Ich will nicht, dass Ihr meinetwegen Mühe habt, junge Dame.«

Adrianne band ein Kräuterbündel auf dem Tisch zusammen. »Ihr macht mir keine Mühe.«

»Bei der Heiligen Jungfrau, Ihr seid ein rechter Dickkopf.« Jean betrachtete sie mit einer Zuneigung, die ihren mürrischen Ton Lügen strafte. »Aber, wenn ich ehrlich bin, möchte ich Euch gar nicht anders haben. Ihr seid gütiger als all die anderen.«

Adrianne fragte nicht nach, wen die Heilerin meinte, sie wusste nur, dass die alte Frau ihren Gatten nicht mit den anderen in einen Topf warf. Sie kam seit einer Woche jeden Tag her und hatte mit angesehen, dass der betagte Seemann morgens nur widerstrebend zum Kai unterhalb der Burg stapfte.

Im Innern der Hütte indes fand Adrianne eine alte Frau, die zusehends dahinschwand.

Und gestern hatte sie endlich das Problem der Heilerin erkannt. Vielleicht war es ihr Anblick gewesen oder etwas in ihren Äußerungen. Adrianne hätte es nicht genau zu sagen vermocht, dennoch war sie sich inzwischen sicher, dass sie die Ursache für das Gebrechen ihrer Freundin kannte.

Einsamkeit.

Ihre Beine machten ihr schon seit längerem zu schaffen. Plötzlich mit dem Gedanken an die eigene Sterblichkeit konfrontiert, hatte Jean – zum ersten Mal in ihrem Leben, schätzte Adrianne – aufgehört, an ihr Leben und an ihre Zukunft zu glauben.

Da sie und John keine Kinder hatten, kamen natürlich auch keine Enkel zu Besuch, an denen sie sich hätten erfreuen können. Niemand kam zu ihnen, es sei denn, man hatte ein Problem und suchte ihre Hilfe.

Dieser Winter war kalt, und wegen all ihrer Altersleiden hatte Jean keinen rechten Lebensmut mehr.

Während sie die Kräuterbündchen aufhängte, spähte Adrianne zu der im Bett liegenden Frau und wünschte sich, ihr fiele eine Lösung ein. Jean sah auf und erhaschte ihren Blick.

»Hört auf, an meiner Feuerstelle herumzuwerkeln, und leistet mir ein wenig Gesellschaft.«

Rasch wischte Adrianne den Arbeitstisch sauber und setzte sich gehorsam neben die alte Frau. Jeans faltige Finger fassten die der Jüngeren. »Sagt, habt Ihr dem Jungen die Medizin gegeben?«

»Ich habe sie so aufgetragen, wie Ihr gesagt habt, und erst gestern meinte Gillie, dass sein Gesicht nicht mehr so juckt wie sonst.«

»Aber er trägt noch immer diese Wollmütze auf seiner Haut?«

»Ja, seine sämtlichen Sachen sind aus Wolle, wie bei allen anderen. Und Ihr hattet Recht, ich habe mir seine Ellbogen und seine Kniekehlen angesehen. Auch dort hat er Narben und offene Wunden.«

»Nun, im Augenblick können wir nicht viel für ihn tun. Vor diesen Winterstürmen würde ihn kein Leinenhemd schützen. Aber salbt das Gesicht des Jungen nur weiterhin mit den Ölen. Wenn der Frühling kommt, seht zu, dass Wyntoun dem Jungen erlaubt, Leder zu tragen.«

Adrianne und Jean sprachen öfter von Gillie. Nachdem die Hebamme das Gesicht des Jungen in jener Unglücksnacht eingehender betrachtet hatte, hatte sie geschlossen, dass er ein ernstes Hautproblem haben müsse. Jean hatte so etwas schon bei einem anderen

Baby festgestellt, dessen Mutter bei der Geburt gestorben war. Man hatte dem Säugling Kuhmilch gegeben, worauf er einen entsetzlichen Ausschlag bekommen hatte. Das Kind hatte sich gekratzt und fürchterlich geweint. Und da war eine bedauernswerte Nonne in dem Kloster am Firth of Lorn; sie hatte ähnliche Pusteln und Geschwüre, wann immer sie Wolle auf der Haut trug. Das erbarmungswürdige Geschöpf hatte fast den Verstand verloren, so sehr juckte es sie.

Jean wusste, dass Gillie ein Findelkind war, und sie fragte sich, ob der Junge wohl gegen Kuhmilch und Wolle allergisch sei. Da er ständig diese Wollmütze trug, würde der Juckreiz vermutlich nie nachlassen. Solange Adrianne ihn kannte, hatte er sich im Gesicht gekratzt, am Hals, an den Beinen – überall da, wo seine Haut mit Wolle in Berührung kam.

»Und Ihr wisst genau, dass es auf der Insel keine anderen Gerber gibt?«

Jean schüttelte den Kopf. »Dylan ist der Einzige, und so lange er hier ist, hat MacLean ihn während der Wintermonate aufs Festland geschickt.«

Enttäuscht wollte Adrianne sich erheben und wieder ihren Tätigkeiten nachgehen, doch die Heilerin fasste sanft ihren Arm.

»Hat man Euch schon erzählt, dass Canny nächste Woche nach Oban geht?«

»Ja, Wyntoun hat es mir heute Morgen gesagt.« Adrianne nahm den Becher von Jeans Schoß. »Sie nimmt es mir gewiss übel, dass ich sie von ihrer Familie fortreiße ...«

»Sie hat hier keine Familie, mein Mädchen«, wandte Jean ein. »Ebendieser Dylan, der Gerber, ist ihr Vater, und der Mann verbringt mehr Zeit in Oban als hier in Duart Castle. Und sie kennt dort mehr Leute als hier. Wenn es nicht zu ihrem eigenen ...« Sie schüttelte den Kopf. »Lassen wir das. Glaubt mir einfach, dass sie dort besser aufgehoben ist, wo ihr Vater ein Auge auf sie haben kann. Sie muss nicht hier sein und sich und andere in Schwierigkeiten bringen.«

Adrianne stellte den Becher auf den Tisch, irgendwie erleichtert, dass sie sich nicht mehr wegen dieser dreisten Person würde grämen müssen. Zwischen ihr und Wyntoun war in der letzten Woche vieles geschehen. Und das wollte sie sich erhalten.

»Ich sehe Eurem Gesicht an, dass sich die Wogen zwischen Euch und Eurem Gemahl geglättet haben.« Jeans Worte rissen die junge Frau aus ihren Überlegungen. »Denkt nicht mehr an Canny. In weniger als zwei Wochen wird dieses Frauenzimmer nur mehr eine unangenehme Erinnerung für Euch sein.«

Adrianne nickte, dennoch schwirrte ihr Canny weiterhin im Kopf herum. Sie dachte an den Vater der jungen Frau. Ein Gerber, hatte Jean gesagt. Ein Handwerker, der Leder lieferte, aus dem man neue Sachen für Gillie schneidern könnte. Dieser Dylan war der Schlüssel zu der Erkenntnis, ob sich das Hautbild des Jungen bessern würde, wenn er nicht mehr diese zerlumpten Wollsachen tragen müsste. Und Gillies Gesundheit war es wert, dass sie die Mühen auf sich nahm, mit der Frau zu reden.

In der Tat, sie würde mit Canny reden müssen.

Falsches Spiel. Verrat. Lug und Trug.

Noch während der Mönch brütend in das Kaminfeuer im Rittersaal gestarrt hatte, war ihm die Erleuchtung gekommen – so als hätten die Engel zu ihm gesprochen.

Noch jetzt, da er zum fünften Mal innerhalb einer Stunde vor der Arbeitszimmertür des Earls of Athol stand, vernahm Benedict ihre Worte. Ganz recht, alles deutete auf ein Doppelspiel. Und wer kannte sich in solchen Dingen besser aus als er?

Stirnrunzelnd und im Stillen fluchend, dachte der Mönch an Wyntoun MacLean. Benedict bereute schon fast, dass er dem Streiter von Barra etwas von seinen Plänen hinsichtlich Tiberius enthüllt hatte. Welcher Teufel hatte ihn da bloß geritten! Und er musste auf Nummer Sicher gehen. Benedict durchbohrte mit seinen Blicken die Tür. Wenn die gedämpften Stimmen im Arbeitsgemach des Grafen doch nur ein bisschen deutlicher wären!

Als der Streiter Benedict getroffen hatte, in der Krypta der Burg Ironcross, einen halben Tagesritt südlich, hatte der Pirat ihm seine Unterstützung zugesagt, eine der Percy-Schwestern zu übernehmen. Sicher, der Mönch hatte Ironcross verlassen, nachdem Sir Wyntoun in das Gebiet der Ross weitergeritten war, wo Laura sich verborgen hatte. Gleichwohl, wenn irgendeine Nachricht eingetroffen wäre, hätte er umgehend davon gehört. Und was hatte er gehört? Nichts!

Und nur weil er sich das Vertrauen von Catherine Percy Stewart erschlichen hatte, hatte er erfahren, wie viel Hoffnung man in den Streiter von Barra setzte. Ohne ein Wort darüber zu verlieren, war der hinterhältige Halunke zu den westlichen Inseln gesegelt, um die jüngste Tochter aufzuspüren und mit dem letzten Teil der Schatzkarte zurückzukehren. Ohne ein Wort darüber zu verlieren!

Die Stimmen in seinem Kopf flüsterten Benedict zu, dass ihn dieser Schuft betrogen habe. Der Streiter von Barra wusste bereits zu viel.

Verrat, dein Name ist MacLean!

Benedict suchte seinen rasenden Zorn zu mäßigen. Wie lange gedachten diese Narren noch in dieser Kammer zu bleiben?

Am Vormittag hatte er die erschöpften Fremden einreiten sehen. Die ganze weite Strecke von der Westküste, hatte eine Küchenmagd ihm erzählt, nachdem die Männer flugs in das Arbeitszimmer des Grafen gescheucht worden waren. Und dort verweilten sie seit nunmehr zwei Stunden.

»Was wollt Ihr hier, Mönch?«

Benedict drehte sich um und sah Adam, den illegitimen Bruder des Grafen, scharf an. Wie stets spiegelte die finstere Miene des Highlanders unverhohlenen Abscheu vor Benedict. Während er sein Gegenüber maß, überlegte der Mönch, ob dessen Feindseligkeit von den vielen Jahren herrührte, die er in englischer Gefangenschaft zugebracht hatte. Stirnrunzelnd wies er den Gedanken von sich. Was kümmerten ihn schon die Gefühle eines dreckigen Highlanders?

»Ich … ich habe die Gräfin gesucht.«

»Und habt Ihr sie auch all die anderen Male gesucht, die Ihr heute Morgen vor dieser Tür herumgelungert seid?«

»Ganz recht«, antwortete Benedict bedachtsam, während er seine Verärgerung über den schroffen Ton des Highlanders zu mäßigen suchte.

»Lasst ihr doch durch einen der Diener eine Nachricht überbringen.«

»Was ich ihr zu sagen habe, ist wichtig.«

Argwöhnisch schossen Adams Brauen nach oben. »Wie wichtig?«

»So wichtig, dass ich es ihr selbst mitteilen sollte.«

Mit höhnischer Miene machte Adam einen Schritt in Benedicts Richtung, worauf dem Mönch die Nackenhaare zu Berge standen. »Vielleicht ist Eure Nachricht so wichtig, dass wir gemeinsam in das Arbeitsgemach meines Bruders vordringen und eine Zusammenkunft unterbrechen sollten, die Euch nichts angeht … oder wollt Ihr diese lieber weiterhin hier draußen belauschen?«

Benedict erstarrte; vergeblich tastete seine Hand nach dem kleinen Dolch, der im Ärmel seiner Priestertracht versteckt war.

»Da bist du ja, Adam!«

Benedict trat zurück, als Adams eisiger Blick zu der jungen Frau schweifte, die durch den Gang kam. Die liebreizende Mistress Susan, eine entfernte Verwandte des Grafen und die Zukünftige dieses Halunken. Sein Hohnlächeln verbergend, gewahrte der Mönch die Veränderung in der Miene des Highlanders. So sanft. So verletzlich. Nun, er würde es ihm schon noch heimzahlen, dachte Benedict bei sich und verbeugte sich knapp vor der Frau.

»Guten Tag, Vater Benedict. Adam, hat man dir gegenüber erwähnt, dass die MacLean-Gefolgsmänner heute Nacht im Rittersaal schlafen? Wenn sie in den Wachquartieren nächtigen sollen, müsste man doch die Männer des Grafen davon in Kenntnis setzen – finde ich.«

»Nicht nötig. Soweit ich weiß, werden sie nach Westen weiterreiten, sobald ihre Unterredung hier beendet ist.« Adams Hand ruhte auf dem Arm seiner Braut. »Da ist zufällig noch eine andere Sache, über die ich mit dir reden möchte …«

Der Mönch hatte genug gehört. Also waren es Anhänger des MacLean-Clans! Beweis genug, dass Sir Wyntoun ihn ins offene Messer jagen wollte.

Er entfernte sich von den beiden, hastete durch den Gang. Nicht mehr lange, und er selbst würde in ebendiese Kammer gebeten werden. Und dann wüsste er keine Antwort auf die Anschuldigungen, die dieser verfluchte Streiter gewiss in seinen mitgesandten Schriftrollen erhoben hatte.

Während er und Alan die Anhöhe zur Burg erklommen, betrachtete Wyntoun die spiegelglatte Eiskruste, die sich auf dem frisch gefallenen Schnee bildete. Stirnrunzelnd spähte er zu seinem Schiff, das in der Bucht vor Anker lag und dessen Leinen und Takelage gewiss ebenfalls verharscht waren.

Nun, dachte er bei sich, keine noch so dicke Eisschicht würde ihn von seiner Reise abhalten können. Zu viel stand auf dem Spiel! Er und Alan hatten sich am Morgen vergewissert, dass das Schiff startklar wäre, sobald der Befehl aus den Highlands käme. Nein, es war schon mehr als Frost vonnöten, um ihn aufzuhalten.

»Mach dir keine Sorgen wegen der Witterung, Wyn«, sagte Alan, als könnte er die Gedanken seines Cousins erraten. »Ich denke, dieser Sturm von Südwesten ist längst vorübergezogen, wenn wir die Segel setzen. Und selbst wenn es ein Unwetter geben sollte – diese alte Fregatte hat schon so manchen Schuss vor den Bug eingesteckt. Wir sind bereit, durch die Stürme zu segeln, wenn du den Befehl gibst.«

Die Burgmauern ragten vor ihnen auf, und der Ritter beobachtete die Geschäftigkeit im Hof hinter dem Torbogen.

»Wir müssen segeln ... ob Adriannes Schwestern unserem Vorschlag nun zustimmen oder nicht.« Er wandte sein Gesicht nach Norden, runzelte finster die Stirn. »Verdammt, wenn wir doch nur wüssten, was da vor sich geht!«

»Meinst du, sie werden ihre Kartenteile nicht herausgeben?«

Wyntoun erwog diese Möglichkeit wohl zum tausendsten Male und schüttelte seine Zweifel ab. »Nein, Alan. Sie machen mit.«

»Und was ist mit Adrianne? Glaubst du immer noch,

dass es eine gute Idee ist, sie hier zurückzulassen, derweil wir uns auf die Suche nach der Mutter und dem Schatz machen?«

Der Highlander spähte zu den Turmzinnen. Vor seinem geistigen Auge sah er seine hübsche Braut, die er noch vor Tagesanbruch verlassen hatte, nackt unter den Leinenlaken. Sie hatte geblinzelt, und in ihren himmelblauen Tiefen hatte er das sinnliche Strahlen nach einer Liebesnacht erspäht.

»Zeit zum Aufstehen?«, hatte sie gefragt. »Jean wartet bestimmt schon auf mich.«

»Nein, mein Schatz. Es ist noch sehr früh. Schlaf weiter.« Er hatte sie zärtlich geküsst, und sie war wieder eingeschlummert. Nie zuvor hatte er eine solche Leidenschaft empfunden wie bei dieser Frau. Er hätte sie ständig verführen mögen. Das Verlangen beherrschte seinen Körper, sein Verstand war von ihr durchdrungen.

Und wann immer sie zusammen waren, schenkte sie ihm so viel Zuneigung, wie er sie gewiss nicht verdient hatte.

»Willst du sie zurücklassen?«, wiederholte Alan.

»Mir bleibt keine Wahl. Die Sache mit der Gefangenschaft ihrer Mutter muss geklärt sein, bevor sie die Wahrheit erfährt.«

Als sie durch den Torbogen in den Burghof schritten, schwante Wyntoun, dass sein Cousin längst nicht fertig war.

»Warte.« Alan streckte eine Hand vor, um ihn aufzuhalten. Sein ernstes Gesicht wirkte noch nachdenklicher als sonst, derweil er die richtigen Worte suchte.

»In Ordnung, Alan. Sag, was du zu sagen hast. Ein Politiker wirst du ohnehin nie.«

»Also gut.« Er blickte sich um, bevor er zu reden anhub. »Wyn, mir ist bewusst, wie du für sie empfindest. Wenn das hier alles vorüber ist, weiß ich nicht, wie die Bruderschaft …« Bei diesem Begriff senkte er die Stimme. »Ich weiß nicht, wie sie dein Verhalten ihr gegenüber aufnehmen werden. Davon einmal abgesehen ist mir klar, dass deine Gefühle für sie weitaus tiefer sind als zu dem Zeitpunkt, da du deine Pläne entwickelt hast.«

»Worauf willst du eigentlich hinaus?«, fragte Wyn schroff.

»Nur dies.« Der Schiffsmeister sah seinen Cousin fest an. »Ich denke, es wird nicht einfach für dich werden, sie nachher gehen zu lassen. Was, wenn sie dir nicht verzeiht, Wyn?«

Wyntoun hatte das Bild von Auld Jeans Hütte vor Augen, und er dachte an seine hübsche Braut, umgeben von Kräuterbündeln, Tiegeln und Geschenken, die der greisen Heilerin aushalf.

»Dann muss ich eben dafür sorgen, dass sie es tut«, brummte er und wandte sich ab.

Der Gerber lebte unterhalb der Felsen, am Nordrand von Glen Forsa, wo der Fluss ins Meer mündete.

In Gedanken wiederholte Adrianne die Wegbeschreibung und lenkte ihr Pferd weiter über den verharschten Pfad. Eine Stunde Ritt, hatte Canny ihr tags zuvor erklärt; kurz darauf hatte Adrianne beobachtet, wie die junge Frau in das kleine Boot geklettert war, das sie weg von Duart Castle und nach Oban in ihr neues Zuhause bringen sollte.

Adrianne hatte die Zusammenkunft vorgeschlagen, weil sie die Zwistigkeiten mit Canny aus der Welt hatte schaffen wollen. Und Canny hatte als Erste geredet – tränenreiche Worte der Entschuldigung. Ganz anders als die Reaktion, die Adrianne erwartet hatte. Das Gespräch mit Canny hatte die beiden Frauen nicht nur ausgesöhnt, sondern Adrianne auch wertvolle Informationen geliefert.

Canny hatte gerüchteweise gehört, dass Adrianne einen Gerber suchte. Und um die Schatten der Vergangenheit auszulöschen, so hatte Canny gesagt, wolle sie der Herrin die Wegbeschreibung zur Hütte ihres Vaters hinter der Scallastle Bay geben, wo Dylan des Öfteren fachmännisch gegerbte Lederhäute zurückließ, wenn er nicht auf der Insel weilte. Ganz gewiss würden dort genug liegen, um einen Jungen von Gillies Statur einzukleiden. Adrianne solle sich ruhig nehmen, was sie brauche; sie sei schließlich die Gemahlin des jungen Burgherrn. Die Entfernung zu Dylans Hütte und zurück sei, so die junge Frau, nicht mehr als ein Fußweg von einem Tag. Nein, sie wisse nicht, wie lange es zu Pferd dauern werde ... eine Stunde oder zwei, schätze sie.

Adriannes Entscheidung, sich an diesem Morgen auf den Weg zu machen, fiel wie üblich spontan. Sie musste früh aufstehen, Jean aufsuchen, Besorgungen im Dorf machen und Agnes besuchen, Kevins glückstrahlende, schwangere Frau. Dann erwähnte Jean, dass sie etwas in Sorge sei, da sie ›kein Sterbenswort von Barbara‹ gehört habe, einer jungen Bauersfrau, deren kleines Gehöft ›in der Bucht von Scallastle‹ liege.

Adriannes Vorschlag, einen Vorrat von Jeans Medizin mitzunehmen, überraschte die Hebamme. Auf der anderen Seite plante Wyntoun, den Großteil des Tages auf seinem Schiff zu verbringen, um es gemeinsam mit Alan seetauglich zu machen. Gewiss, so dachte sie bei sich, lag der Bauernhof auf dem Weg zu der Gerberhütte, aber das brauchte sie niemandem auf die Nase zu binden. Und als sie eines von Wyntouns Pferden aus den Stallungen holte, wagte es keiner der Stallburschen, der jungen Gemahlin des Streiters Fragen zu stellen.

Der Besuch bei Barbara war kurz. Das Wetter verschlechterte sich zusehends, und Adrianne wollte auf alle Fälle noch vor ihrem Gemahl wieder auf der Burg sein. Die Bauersfrau hatte sich für die Medizin bedankt, die gewiss den Husten lindern würde, der ihren Gemahl schon seit Wochen quälte. Jetzt, da sie entlang der Klippen ritt, spürte Adrianne den eisig peitschenden Regen auf ihrem Gesicht. Sie hatte doppelt so lange bis zu dem Gehöft gebraucht und genauso lange, um hierher zu gelangen. Indes, weit und breit keine Spur von dem Fluss, der in den Glen Forsa münden sollte.

Das Pferd strauchelte, fing sich jedoch wieder. Die junge Frau zerrte am Zaumzeug, um das Ross vom Abhang fortzulenken. Tief unter ihnen brach sich eine wild wogende See Unheil dröhnend vor den Klippen.

Die Möglichkeit weit von sich weisend, dass Canny sie angelogen haben könnte, zog Adrianne den Umhang fester um sich und ritt weiter.

»Soweit ich von Bege gehört habe, hat Eure Gemahlin die Burg heute Morgen kurz nach Euch und Alan verlassen.«

Tartan und Kilt vom Regen durchnässt, fuhr Wyntoun sich mit der Hand übers Gesicht und wandte sich von Mara an eine der Dienstmägde. »Makyn, sieh in den Gemächern im Ostflügel nach, ob Mistress Adrianne vielleicht dort ist.«

Die Frau knickste und huschte davon.

»Vielleicht ist sie schnurstracks zum Umkleiden dorthin gegangen.« Doch selbst für seine Ohren klangen diese Worte wenig glaubhaft.

»Du könntest in Jeans Hütte nachschauen«, schlug Mara vor. »Jeden Morgen geht das Mädchen …«

»Ich weiß. Und ich bin bereits dort gewesen!« Wyntoun, voller Vorfreude, Adrianne wieder zu sehen, war als Allererstes dorthin gegangen. »Jean hat mir erzählt, dass Adrianne Medizin für sie fortbringt.«

»Wyn, du weißt doch, wie deine Frau ist«, räumte Mara verschmitzt lächelnd ein. »In diesem Augenblick sitzt sie vermutlich in irgendeiner Bauernhütte, ein halbes Dutzend Waisen am Rockzipfel, und verteilt Hammeleintopf, der eigentlich für sie bestimmt ist.«

An jedem anderen Tag, aber nicht heute, sinnierte Wyntoun. Ein bohrendes Gefühl in seinen Eingeweiden vermittelte ihm, dass irgendetwas nicht stimmte.

Es traf zu, dass Adrianne bei den meisten Mitgliedern des MacLean-Clans bereits willkommen war. In vieler Hinsicht hatte sie sich schon jetzt weitaus besser eingelebt als Mara nach zwanzig Ehejahren mit Alexander. Insgeheim bewunderte Wyntoun seine Gemahlin. Trotz ihrer adligen Herkunft schien sie nie vor Menschen niederer Abstammung zurückzuschrecken, seien sie nun krank oder einfach bedürftig. Sicherlich lag es an dem keltischen Blut, das in ihren Adern floss. Was hatte sie allein schon für Gillie getan!

»Gillie!«, sagte er laut, als eine atemlose Makyn kopfschüttelnd aus dem Ostflügel gerannt kam. Wyntoun schnellte zur Tür herum. »Sie muss mit Gillie in den Stallungen sein.«

Hastig durchquerte er den mit Graupel bedeckten Innenhof in Richtung Stallungen. Das Wetter schien sich mit jeder Minute zu verschlechtern. Seit er wieder auf der Burg war, hatte sich der Graupelschauer in schweren, nassen Schnee verwandelt. Seine Kiefer aufeinander gebissen, fluchte Wyntoun im Stillen und schwor sich, dass er sie weder schelten noch ihr eine Gardinenpredigt halten werde; stattdessen würde er alles Erdenkliche tun, wenn sie nur in Sicherheit wäre.

Seine Beklommenheit wuchs, als Alan aus den Stallungen gerannt kam.

»Ich habe dich gesucht.«

»Geht es um Adrianne?«, erkundigte sich Wyntoun. Das Herz hämmerte in seiner Brust.

Der Schiffsmeister nickte und deutete in Richtung der Burgtore. »Sie hat sich heute Morgen ein Pferd aus dem Stall geholt. Alford beteuert, dass sie noch nicht zurückgekehrt ist.«

»Wohin wollte sie?«

»Zu einem Gehöft nahe der Scallastle Bay. Vermutlich irgendeine Medizin abgeben.«

Wyntoun strebte in die Stallungen und zu seinem eigenen Ross. »Wenn sie nach Scallastle geritten ist, müsste sie inzwischen zurück sein.«

»Wyn, du kennst doch Adrianne«, wandte Alan ein und folgte ihm. »Sehr wahrscheinlich hat sie dort einen Besuch abgestattet und die Zeit vergessen. Diese Leute würden sie bei diesem Sturm gewiss nicht zurückreiten lassen.«

»Ich kenne Adrianne.« Geschickt warf Wyntoun einen Sattel auf den Rücken seines Pferdes. »Trotzdem habe ich keine Ahnung, was dieses verflixte Frauenzimmer als Nächstes anstellen wird. Ich weiß nicht, ob sie während des Unwetters dort geblieben ist, aber vermutlich müssten sie sie festbinden, wenn sie es sich in den Kopf gesetzt hat zu gehen.«

Wyntoun führte sein Pferd aus dem Stall und saß geschmeidig auf.

»Cousin, wenn ich die Gedanken dieses kleinen Wirrkopfs lesen könnte, wäre mein Leben sehr viel einfacher!«

Der Winterhimmel wölbte sich klar und blau über Balvenie Castle in den Highlands weit im Norden, und die beiden Percy-Schwestern erhoben sich, als Athol und William das gräfliche Arbeitsgemach betraten.

Die beiden Männer hatten darauf beharrt, dass ihre Gemahlinnen zunächst unter vier Augen über Wyntoun MacLeans Brief und seinen Lösungsvorschlag diskutieren sollten, wie sie den Schatz des Tiberius und ihre Mutter aufspüren könnten. Catherine und Laura brauchten indes kaum Zeit für ihre Entscheidung.

»Wenn eine von uns dreien für diesen Plan stimmt, dann Adrianne«, bekräftigte Laura.

»Uns geht es einzig um ihre Sicherheit«, fügte Catherine hinzu. »Aber auch das ist nach ihrer Vermählung mit Sir Wyntoun geklärt.«

»Und ihr beide seid bereit, Euren Teil der Karte an den Mann ... und an eure Schwester herauszugeben?«, fragte William.

»Warum nicht, wenn Adrianne und unser neuer Schwager bereit sind, sich auf die Suche zu begeben? Offen gestanden sollte Catherine nicht reisen, und ich bezweifle auch, dass ich viel dazu beitragen könnte.«

Catherine nickte zustimmend. »Unsere größte Sorge ist, wie wir die Kartenteile von hier nach Duart Castle schicken sollen.«

»Eine Gruppe unserer erfahrensten Krieger wird Wyntouns Männer zurück nach Oban begleiten.« Der Earl of Athol trat an seinen Schreibtisch und hob ein geöffnetes Schriftstück auf. »Etwas in Wyntouns Brief gibt mir allerdings sehr zu denken.«

Als er Catherine den Brief reichte, trat Laura hinter ihre Schwester.

»Und was, John?«, erkundigte sich seine Frau.

»Wyntoun kennt Benedict von den Rittern des Schleiertuchs«, wiederholte er den Wortlaut des Schreibens.

»Das überrascht mich ebenfalls«, bekräftigte Laura,

die stirnrunzelnd über die Schulter ihrer Schwester spähte. »Sir Wyntouns Ausführungen hinsichtlich des Mönchs klingen wenig Vertrauen erweckend.«

William Ross nickte. »Wenn man bedenkt, dass Benedict derjenige war, der Tiberius vor den Flammen gerettet hat, dann müsste die Bruderschaft ihn doch ins Vertrauen gezogen haben.«

Athol strebte zur Tür und spähte in den Gang. Nachdem er sie geschlossen hatte, wandte er sich abermals zu den anderen. »Wyntouns Brief ist eindeutig eine Warnung vor diesem Mann. Auch wenn er zugibt, dass er die Beweggründe hinter der Tat des Mönchs nicht ganz versteht, so betont er doch ausdrücklich, dass wir uns vor diesem Mann hüten sollen.«

»Benedict will den Schatz des Tiberius für sich selbst, und deshalb hat er heimtückisch versucht, sich die Dienste des Streiters zu erkaufen«, versetzte William Ross ärgerlich. »Für mich ist das Grund genug, ihm zu misstrauen.«

»Er weiß, was sich hinter dem Schatz verbirgt, William. Was sollte ein Einzelner damit anfangen wollen?«

William musterte seine Gemahlin. »Dieser Mann hat die Macht gespürt, die der Schatz innehat. Er hatte unendlich viel Zeit, um zu planen, wie er sie einsetzen wird.«

»Woher wusste Sir Wyntoun, dass Benedict hier ist?«, wollte Catherine wissen.

»Ich denke nicht, dass er das weiß ... zumindest war er sich nicht vollkommen sicher«, antwortete Athol. »Aber wenn die beiden sich in der Krypta von Ironcross Castle getroffen haben, dann scheint es nur logisch, dass der Mönch als Nächstes Balvenie aufsuchen würde, weil Laura und Catherine hier sind.«

»Wir sollten Benedict fragen. Vielleicht gibt es eine simple Erklärung für das alles.« Catherines Stimme klang hoffnungsvoll, doch die Mienen der anderen waren missmutig.

»Ich habe nach ihm geschickt, derweil du und Laura den Vorschlag von eurer Schwester erörtert habt. Aber ich weiß nicht, warum ...« Athol riss die Tür wieder auf und sah sich einem grimmig dreinblickenden Krieger gegenüber, der soeben hatte anklopfen wollen.

»Also, Tosh? Habt ihr ihn gefunden?«

»Nein, Mylord. Wir haben überall gesucht, aber er scheint wie vom Erdboden verschluckt. Der Mönch ist fort!«

Das Pferd, erschöpft von dem Tagesritt, scheute am Rand der Klippen. Tief unten rollte die See vor die felsige Küste und erzeugte ein naturgewaltiges Schauspiel aus Schaum und Gischt. Adrianne war klar, dass sie das Tier niemals über den Saum der Felsen würde treiben können, und überdies bezweifelte sie auch, dass das Ross den glitschigen Pfad nach unten bewältigen würde. Die heftigen Graupelschauer, die orkanartig auf sie niedergingen, vermischten sich mit großen Flocken nassen Schnees, der an Ross und Reiterin klebte, ehe er schmolz.

Nur einen Steinwurf entfernt von den Klippen fand Adrianne einen Unterschlupf für das Tier. An einer Stelle, wo zwei gewaltige Findlinge Schutz vor dem Wind boten, band sie das Ross an einigen dort wurzelnden Krüppelkiefern fest. Sie selbst kehrte zu den Klippen zurück und spähte auf das Dach der verlassenen Hütte hinunter, ehe sie mit dem gefahrvollen Abstieg über die eisbedeckten Felsen begann.

Als sie sich dem Grund näherte, entdeckte sie zu ihrer Überraschung einen weitaus bequemeren Weg, der zu dem felsigen Küstensaum führte. Wie merkwürdig, dachte sie, dass Canny kein Wort davon erwähnt hatte. Bestimmt nahm der Gerber diesen Pfad, wenn er kam und ging.

Durchnässt bis auf die Haut, strebte Adrianne dennoch zielstrebig zur Tür der Gerberhütte. Vor einigen Tagen hatte sie mit Bess, der Schneiderin, über ihr Vorhaben gesprochen. Bess hatte sich bereit erklärt, alles für den Burschen zu nähen, was die junge Herrin sich nur wünschte. Die Frau hatte schon mit Leder gearbeitet und versicherte Adrianne, dass sie die entsprechenden Ahlen und Nadeln hätte. Sie brauchte nur noch das Leder von Adrianne, und die Aufgabe schiene so gut wie erledigt.

Aus dem Abzug in dem Hüttendach drang kein Rauch, indes stand die Tür einladend offen. Als ihr ein Windstoß ins Gesicht fuhr, zog Adrianne die Kapuze ihres Umhangs tiefer. Sie musste nur noch hineingehen, sich nehmen, was sie brauchte, und dann wieder verschwinden. Das nagende Gefühl in der Magengegend bedeutete der jungen Frau, dass der Tag bereits fortgeschritten war; auch wollte sie noch vor Einbruch der Nacht wieder auf Duart Castle und bei ihrem Gatten sein.

Schlagartig verharrte Adrianne und schluckte, denn kein anderer als Wyntoun stand stumm und anklagend im Türrahmen.

Sie hätte es vorgezogen, wenn er gebrüllt und sie angeschrien hätte. Der schweigende, zornige Anblick war indes weitaus bedrohlicher und vorwurfsvoller und jagte ihr einen Schauer über den Rücken, eisiger als der Wintersturm.

Er sah aus, als wollte er einen Eiszapfen von der Hütte abbrechen und ihr diesen mitten ins Herz stoßen. Der Blick seiner Augen hätte töten können.

»Wyntoun«, brachte sie gequält hervor, zu den Klippen spähend, die sie soeben hinabgestiegen war.

»Ich bewältige diese Felsen schneller als du.«

Sie bedachte ihn mit einem verblüfften Seitenblick, dann starrte sie auf das aufgewühlte Meer.

»Dort stehen deine Chancen noch schlechter.«

Schuldbewusst hielt sie ihm ihre Hand hin.

»Versuch's erst gar nicht. Das nehme ich dir nämlich nicht ab.«

Einfach entsetzlich, wie er sie inzwischen durchschaute. Adrianne hob unmerklich den Kopf, entschlossen, sich dem Donnerwetter zu stellen.

»Also, ich bekenne mich schuldig«, rief sie ihm zu. »Ich bin hergekommen, weil ich etwas Gutes tun wollte, aber das war wohl ein Fehler.«

Sie fragte sich, ob er dort im Türrahmen stehen bleiben und sie in dem Unwetter erfrieren lassen wollte.

»Ich hätte dir sagen müssen, wohin ich gehe. Ich hätte jemanden bitten sollen, mich zu begleiten.« Sie sah sich um, fieberhaft nachsinnend, was sie noch anbringen könnte. »Ich hätte auf besseres Wetter warten müssen für meinen Ausritt?«

Allmählich fiel ihr nichts mehr ein.

»Du findest, dass ich leichtsinnig war. Du findest, dass ich spontan und unüberlegt gehandelt habe. Also gut, ich gebe es zu.«

Schaudernd und innerlich aufgewühlt, riskierte sie es, seinen zornigen Blick zu erwidern. Bevor sie die Ehe vollzogen hatten, war es ihr leicht gefallen, ihm in Situationen wie dieser die Stirn zu bieten. Sie hatte ihn schlichtweg angefahren, noch ehe er den Mund hatte aufmachen können, und ihm klipp und klar gesagt, dass er keine Macht über sie besitze. Schließlich existierte ihre Eheschließung nur auf dem Papier.

Diese Taktik funktionierte jedoch nicht mehr, denn ohne jeden Zweifel war alles anders geworden.

»Komm herein!«

Wie ein Schaf, das zur Schlachtbank geführt wird, dachte sie bei der Vorstellung an die Häute in der Gerberhütte.

Er drehte sich um und verschwand in der Dunkelheit der Hütte, und einen heiklen Augenblick lang dachte sie an Flucht. Indes siegten ihr Mut und ihre Intelligenz, und sie folgte ihm.

Als Adrianne die Hütte betrat, stand Wyntoun an der hinteren Wand, mit dem Rücken zu dem einzigen, mit Blenden verschlossenen Fenster. Riesige Bottiche in unterschiedlichen Größen standen rings um die Asche einer Feuerstelle, inmitten der einzigen Kammer. Weitere stapelten sich an den Wänden, und große, fleckige Holzrahmen für das Spannen und Bearbeiten der Felle standen gleich daneben. Sie schob ihre Kapuze in den Nacken und maß das dämmrige Innere auf der Suche nach den ihr zugesagten Lederhäuten.

»Weißt du, was ich mit dir machen würde, wenn du einer meiner Männer wärst?«

Ihr Blick schoss nach oben. »Mich gewähren lassen? Mir einen guten Ritt wünschen ... natürlich in der Hoffnung, dass du wenigstens dein Pferd zurückbekommst?«

»Ich würde dich hinter dieses Pferdes binden«, schnaubte er, »und dich bäuchlings nach Duart Castle schleifen! Und dann ließe ich dich in einem der Kerker verrotten... wenn ich dich nicht zuerst erhängen würde.«

»Du meinst, du würdest mich zuerst erhängen ... und *dann* in den Kerkern verrotten lassen?«

»Versuch ja nicht, mich noch mehr zu erzürnen, als dir ohnehin schon gelungen ist, Adrianne.«

»Wenn das stimmt«, sagte sie so leichthin wie eben möglich, »dann ist es wirklich schade, dass ich deine liebende Gemahlin bin. Denk doch nur, welches Spektakel dir da entgeht!«

Sie musste sich zwingen, stehen zu bleiben, als er mit langen Schritten zu ihr trat. Er fasste ihre Schultern, und sein kraftvoller Griff schmerzte; dennoch ließ sie sich nichts anmerken.

»Bist du wirklich so naiv, nicht zu merken, was für ein Chaos du ständig anrichtest? In welche Gefahr du dich selbst bringst?« Er schüttelte sie, ließ sie los und trat zurück. »Was war ich für ein Narr zu glauben, dass du dich ändern würdest, wenn wir das Ehebett teilen! Niemand ändert sich. Das weiß schließlich jeder. Wir sterben so, wie wir geboren wurden. Wir können unseren Charakter nicht ändern.«

Adrianne starrte ihn an. Noch nie hatte sie ihn so erlebt, noch nie hatte er seine Verärgerung so vehement zum Ausdruck gebracht.

»Du irrst«, sagte sie leise. »Die Menschen ändern sich. Gillie hat sich geändert. Und du auch.«

»Nein, wir bleiben stets dieselben. Unser Charakter ändert sich nicht. Wir schließen lediglich die Augen vor deinen Fehlern. Wir nehmen dich so hin, wie du bist.«

»Hinnehmen …«

Wyntouns harsche Worte kränkten sie zutiefst. Sie hatte einen Kloß in ihrer Kehle, und Tränen brannten ihr in den Augen. Sie wich einen Schritt zurück. Tiefe Enttäuschung spiegelte sich auf ihrem Gesicht.

*Hinnehmen*. Man nimmt ein lästiges Übel hin – einen Splitter im Fuß oder einen Stolperstein, oder ein schwelendes Feuer. Mehr bedeutete sie ihm wohl nicht. An diesem Punkt waren sie also angelangt.

Adrianne fühlte, wie sämtliche Kräfte sie verließen; dennoch wollte sie nicht kampflos aufgeben.

»Wir haben einen Fehler gemacht«, brachte sie

mühsam hervor. »Nein, das ist nicht richtig. *Ich* habe einen Fehler gemacht. Ich habe dich überredet – dich zu dieser Heirat gedrängt – und später dann überzeugt, eine Lüge zu vollziehen.«

Sein Gesicht maskenhaft starr, öffnete er den Mund, doch sie hob abwiegelnd eine Hand.

»Lass mich ausreden.« Sie atmete gepresst ein. »Du behauptest, dass ich mich seit meiner Geburt nicht geändert habe. Du denkst, ich bin noch immer dieselbe, die ihre Familie in Yorkshire terrorisiert hat. Dasselbe wilde Geschöpf, das deine Tante dir in Barra anvertraut hat.«

Abrupt wandte sie sich zu der geöffneten Tür, wischte sich eine Träne fort.

»Was immer du glauben magst, Wyntoun MacLean, ich bin *nicht* mehr so wie früher. Ich bin nicht mehr das Mädchen, das vor langer Zeit seine Heimat verlassen musste. Das bei Nacht und Nebel aus einer Abtei in Yorkshire geflüchtet ist. Nein, seit ich gezwungen war, mein Zuhause, meine liebe, verständnisvolle Familie zu verlassen, musste ich mit anderen Menschen zusammenleben und deren Zuneigung gewinnen. Ich habe dies auf Barra versucht, leider umsonst. Jede meiner guten Taten wurde als Bosheit ausgelegt, jede Hilfeleistung als Ungehorsam. Also habe ich mich geändert, und vermutlich nicht zum Besseren hin. Aber dann … aber dann ist etwas geschehen.«

Adrianne drehte sich zu ihm um. Der Wind heulte nicht mehr um die Hütte, und die Stille in der dämmrigen kleinen Hütte stand wie eine Wand zwischen ihnen, bis sie schließlich das Schweigen brach.

»Als ich nach Duart Castle kam und deine Gemahlin wurde, dachte ich, ich brauchte nicht mehr um Verständnis zu betteln. Zum ersten Mal seit der Festnahme meines Vaters fühlte ich mich sicher bei deinen

Leuten. Mehr noch, mein Leben hatte wieder einen Sinn. Hier bei Alexander und Mara … und so vielen anderen wurde ich nicht ständig an meine Fehler erinnert. Sie akzeptierten mich. Also habe ich versucht, mit den veränderten Lebensumständen zu wachsen. Ich wollte Menschen helfen, ihnen ihr Dasein erleichtern. Dafür habe ich keinen Dank erwartet. In gewisser Weise empfand ich mich ein wenig wie Auld Jean. Eine Heilerin. Geben und nicht nehmen. Und jetzt erklärst du mir lang und breit, dass ich wieder einmal versagt habe. Man nimmt mich hin, sagst du.«

Mit zitternden Fingern wischte sie sich die Tränen fort.

»Aber ich verzage nicht. Ich habe eine Heimat und einen Lebenssinn gefunden … hier drin.« Sie tippte auf ihre Herzgegend. »Also *habe* ich mich geändert. Ich bin anders als in Yorkshire … oder auch in Barra. Und wenn du das nicht einsiehst – wenn du mein neues Ich nicht erkennst –, dann habe ich mich bitterlich in dir getäuscht.«

Sie wandte sich ab, zog den nassen Umhang fester um ihren Körper. »Wir werden einfach so tun, als wäre diese Ehe nie vollzogen worden. Wir werden so vorgehen, wie du es letztlich vorgeschlagen und geplant hast. Es war töricht und vermessen von mir zu denken, ich könnte die Gemahlin des berühmten Streiters von Barra sein. Es war falsch von mir zu glauben, du würdest mich so sehen …«

Ihre Kehle zog sich schmerzhaft zusammen, und sie brach ab, zog die Kapuze über ihren Kopf und spähte zur Tür. »Ich habe den Weg hierher gefunden, ich finde ihn auch zurück. Und wenn das hier vorbei ist, werde ich Duart Castle den Rücken kehren, und du bist wieder frei.«

# 23. Kapitel

Sobald Nichola die Holzblenden entriegelte und aufdrückte, fegte der Winterwind ins Zimmer wie ein siegreicher Held.

Sie schloss die Augen ob der plötzlichen Helligkeit und sog die Luft tief in ihre Lungen. Der kalte Wind tat gut auf ihrer glutheißen Haut, vermochte ihre Verwirrung jedoch nicht zu lindern.

Heirat! Nähe! Haut an Haut. Das Begehren eines Männerkörpers, hart und fordernd ... aber auch beglückend! Sie hatte die Vergnügungen innerhalb der Ehe nicht vergessen, das Gefühl, einen Mann in sich zu spüren. Bei allen Heiligen, sie hätte nie damit gerechnet, dass ihr Leben eine solche Wendung nehmen würde. Schuld und Vergnügen waren eng miteinander verknüpft, verwoben wie die Zweige von Distel und Rose.

Sie trat von dem offenen Fenster zurück und spähte auf das damastbezogene Bett, das sie nun schon seit zwei Wochen teilten. Vierzehn Tage lang hatte Henry ihre Wünsche berücksichtigt und sie nicht bedrängt. Die ganze Zeit war er ein überaus galanter Ritter gewesen, ein liebenswerter Gefährte, ein ausgesprochen großzügiger Mann, der sie mit traumhaften Geschenken überhäufte. Während dieser zwei Wochen war er wieder der Freund geworden, wie sie ihn von früher kannte.

Letzte Nacht indes war etwas geschehen. Ein Augenblick der Schwäche ... Ein Sehnen, das sie nicht hatte niederkämpfen können. Ein inneres Feuer, das zwischen ihnen aufgeflammt war. Ein Begehren, so tief, dass sie ihn nicht hatte zurückweisen können.

Sie hatte ihn nicht zurückweisen wollen.

Den Blick auf das leere Bett geheftet, flammten sinnliche Bilder vor Nicholas geistigem Auge auf. Henry, der ihre Kleider abstreifte. Noch jetzt errötete sie bei dem Gedanken an seine Erektion, so heftig und pulsierend für sie. Und an sein Liebesspiel, zärtlich und sanft. Henry war es gelungen, ihre Bedenken zu zerstreuen.

Dann kamen andere Bilder, weitaus lustvollere. Henry, tief in ihr, hielt sie auf seinem Schoß umfangen, koste ihren Busen. Sie dachte an ihr eigenes Stöhnen und fühlte eine erneute Woge der Lust. Wieder und wieder hatte er sie verführt, sie in eine Ekstase versetzt, die sie nie zuvor erlebt hatte ... nicht einmal in den Armen des Mannes, den sie so viele Jahre lang geliebt und geschätzt hatte.

Schließlich hatten sie gemeinsam den Zenit ihrer Lust erreicht, eine Glückseligkeit, die Nichola fast ihrer Sinne beraubte. Noch jetzt vernahm Nichola ihre lustvollen Schreie in die Nacht hinaus. Noch jetzt fühlte sie, wie er in sie eindrang, bis sie schließlich eng umschlungen ihren rauschhaften Höhepunkt genossen hatten.

Und dann hatten sie einfach wieder von neuem angefangen.

Nichola schlug die Hände vors Gesicht und schüttelte den Kopf. Was war nur los mit ihr? Wieder trat sie zum Fenster, füllte ihre Lungen mit der eisigen Luft, suchte die Tollheiten auszublenden, die ihr in den Sinn kamen. Woher rührte dieses Begehren? Wie hatte dieser Mann es so leicht erkennen ... und so leidenschaftlich erwidern können?

Nichola drehte sich um, lehnte sich mit dem Rücken an den Fenstersims. Wie sollte sie damit umgehen? Die Heirat war nicht das Problem, sondern die ungeahnte

Intimität. Sie hatte die naiven Gesichter ihrer Töchter vor Augen. Sie würden entsetzt sein – und das mit Recht – über den Betrug an ihrem Vater! Wahrlich, mit dieser Heirat hatte sie sich – ihren Körper und ihre Seele – an einen anderen Mann verkauft.

Auf ein leises Pochen an der Tür hin schrak Nichola zusammen und schloss schnell die Läden. Am Morgen, als sie aufgewacht war und das Bett neben ihr leer vorgefunden hatte, hatte sie Henry eine Nachricht übermitteln lassen. Sie wollte einen Priester sehen. Sie wollte beichten und ihr sündiges Herz ein wenig erleichtern.

Wieder klopfte es, und diesmal bat sie einzutreten. Auf das Knarren der alten Angeln hin wandte Nichola das Gesicht zur Tür.

Ihr entfuhr ein freudiger Seufzer, als sie die ihr vertraute Gestalt erspähte.

»Benedict!«

Lebhafte Erinnerungen an drei Tage vor der afrikanischen Küste wurden in Wyntoun wach. Es war jetzt vier Jahre her. Er und Alan hatten gerade eine Ladung Gold von einem schwer angeschlagenen portugiesischen Frachter geraubt. Als sie in Richtung Heimat in See gestochen waren, hatte sein Cousin erklärt, dass, wenn Wyntouns Glück anhalte, die neue Universität in Glasgow eine der schönsten – oder hatte er reichsten gesagt? – in Europa sein werde. Das war gewesen, bevor der Wind abgeflaut hatte.

Drei Tage lang hatten sie in jener unsäglichen Hitze gebrütet. Kein Lüftchen war gegangen. Keine Wellenbewegung, so weit das Auge reichte. Noch nie hatten sich drei Tage so entsetzlich lang hingezogen.

Bis jetzt.

Die drei Tage, seit Adrianne aus der Gerberhütte

stolziert war, waren gewiss die längsten in Wyntouns Leben.

Sie hatte die Hütte verlassen und die Felsen erklettert, ohne ihn noch eines Blickes zu würdigen. Ohne seine Hilfe hatte sie die Burg erreicht.

Und er hatte sich nicht vom Fleck gerührt. Er war sich vorgekommen wie ein hirnloser Tölpel – er hatte nichts gesagt, sondern ihr nur sprachlos nachgeschaut. Warum war er nicht Manns genug gewesen ihr zu gestehen, dass ihre Worte ihn berührten? Er war ein unverbesserlicher Esel, ein herzloser Halunke, dass er ihr nicht ins Wort gefallen war und ihr zu verstehen gegeben hatte, dass ihr Pakt geendet hatte, allerdings anders als vorgesehen. Sie hatten die Ehe vollzogen, also gab es kein Zurück mehr.

Erst jetzt begriff Wyntoun MacLean, was das Wort *Frustration* wirklich bedeutete.

Sie hatte ihr gemeinsames Bett verlassen. Und sie ging ihm aus dem Weg. Er sah sie nur noch im Rittersaal zu den Mahlzeiten. Einmal war sie durch die Burgtore an ihm vorbeigerauscht. Er hatte ihr nachgesehen, wie sie über die Hügel zu Auld Jeans Hütte gestapft war.

Zur Hölle mit ihm, wenn er es nicht versucht hätte, die Mauer des Schweigens zwischen ihnen einzureißen! Wenn er nicht alles probiert hätte, um ihre Zuneigung zurückzugewinnen! Er hatte genug Leder mitgebracht, um zehn Burschen wie Gillie damit auszustaffieren. Er hatte Bess, die Schneiderin, zu Adrianne hochgeschickt. Er hatte Coll angehalten, den Burschen in Fechten und Segeln zu unterweisen. Er hatte Gillie sogar den Vorschlag gemacht, sein Page zu werden.

Als er sie im Rittersaal gesehen hatte, war ihm nichts Besseres eingefallen, als dämlich zu grienen und zu grinsen, bis ihm die Kiefer wehgetan hatten. Aber sie hatte ihm nur einen verfluchten Brief geschrieben – das Ding war noch förmlicher als eine päpstliche Bulle – und ihm nicht einmal ein winziges Lächeln geschenkt.

Wyntoun MacLean war ein gebeutelter Mann. Er vermisste seine Frau … verzweifelt.

»Willst du den Rest des Abends hier stehen und ins Feuer starren? Oder wollen wir uns diese Kartenteile ansehen?«

Er drehte sich um und gewahrte die drei Kartenteile, die vor Alan ausgebreitet lagen. Die beiden fehlenden Stücke waren am Morgen eingetroffen. Die beiden Schwestern hatten sie umgehend von Balvenie Castle abgesandt.

Und jetzt erwog Wyntoun sogar die Möglichkeit, sie Adrianne zu zeigen. Sich in ihrem strahlenden Lächeln zu sonnen, in dem neu gewonnenen Vertrauen, dünkte ihn ein Geschenk des Himmels. Aber wie lange würde dieses Vertrauen währen, nachdem er ihr so vieles verschwiegen hatte? Würde sie noch lächeln, wenn sie entdeckte, dass die Ritter des Schleiertuchs hinter der Gefangennahme ihrer Mutter steckten? Oder wenn sie herausfände, dass Wyntoun selbst die Bruderschaft angewiesen hatte, Nichola Percy aufzugreifen?

Er strebte zu seinem Schreibtisch. Besser, wenn er damit noch wartete. Wartete, bis er Nichola befreien und den Schatz des Tiberius in die Obhut der Ritter des Schleiertuchs übergeben könnte. Danach wollte er zurückkehren und alles daransetzen, seine Gemahlin zurückzugewinnen.

Wenn sie ihn dann noch haben wollte.

Die Tür zu seiner Vorkammer war verschlossen und verriegelt, die Läden ebenfalls. Als Wyntoun sich gemeinsam mit Alan über die Kartenteile beugte, versuchte er den Lärm zu überhören, der aus dem Rittersaal zu ihnen drang.

Für heute Abend hatte Adrianne irgendetwas geplant. Mit Mara. Wyntoun hatte ihre Vorbereitungen im Rittersaal verfolgt, aber letztlich beschlossen, darüber hinwegzusehen. Was es auch sein mochte, er würde ohnehin nicht daran teilhaben, es sei denn, seine Gemahlin weihte ihn ein. Alexander und Mara hatten einige Bedienstete zu ihm geschickt, die ihn hartnäckig hinzu baten. Aber er hatte auch seinen Stolz. Wenn er teilnehmen solle, so erklärte er Mara schließlich, dann müsse ihn Adrianne persönlich einladen.

Und Wyntoun wusste genau, dass das nie geschähe.

Vor ihm auf dem Schreibtisch lagen die drei Kartenteile – an den Rändern zusammengefügt.

»Das verfluchte Ding ist so ungenau.«

»Ich hätte nichts anderes erwartet von Edmund Percy.« Wyntoun zog eine brennende Kerze heran und suchte sich einzig auf die Karte zu konzentrieren. »Der Schatz des Tiberius befindet sich in Glasgow, da können wir ganz sicher sein. Die Symbole von Lachs und Ring auf Adriannes Skizze bezeugen das.«

»Sobald wir in Clyde vor Anker gehen, sollten sich die meisten anderen auch dort eingefunden haben. Mit etwas Unterstützung von den älteren Rittern der Bruderschaft gelingt es uns vielleicht, einige dieser rätselhaften Linien zu deuten.«

Die grünen Augen des Highlanders blieben auf die Karte geheftet. Sie zu entziffern war nicht das Problem. Einen klaren Kopf zu bewahren und den zunehmenden Seelenschmerz zu verwinden – das waren weitaus größere Herausforderungen.

Wyntoun und seine Gefolgsleute wollten am nächsten Morgen in See stechen, um den Schatz zu bergen und Nichola Percy die Freiheit zurückzugeben.

Zum Teufel! Er vermisste sie schon jetzt und war noch nicht einmal fort. Wieder versuchte er sich auf seine Mission zu konzentrieren. Mit skeptischer Miene wandte er sich an Alan.

»Hast du irgendwas gehört, irgendein Gerücht im Dorf oder in der Burg, das den wahren Anlass für unsere Reise preisgibt?«

Alan schüttelte den Kopf. »Nein, die Zusammenkunft mit den Kurieren des Grafen in Oban verlief reibungslos, Wyn. Und auf Mull weiß keiner, dass unsere Gesandten von Balvenie Castle zurückgekehrt sind.«

Wyntoun blickte auf die Karte. »Ich möchte, dass man Adrianne ausrichtet, dass unsere morgige Reise nicht länger als eine Woche dauert ... und dass wir zurück sind, noch ehe eine Reaktion von ihren Schwestern eingetroffen ist.«

Alan maß ihn nachdenklich. »Warum sagst du ihr das nicht selbst?«

»Ich würde ja, wenn sie mir nur zuhörte!«, schnaubte Wyntoun und stieß sich vom Tisch ab. »Ich werde veranlassen, dass Alexander heute Abend mit ihr redet. Und in einer Woche kann er nochmals mit ihr reden. Ihr von den ungünstigen Windverhältnissen erzählen und von den Schwierigkeiten, die Dauer einer Seereise einzuschätzen.«

Wenn sie doch nur mit ihm redete, dachte Wyntoun. Wenn sie ihm doch nur Gelegenheit gäbe, sich für seine harschen Worte zu entschuldigen. Großer Gott, er hatte nichts Falsches gesagt, aber er hatte sich überaus ungeschickt ausgedrückt.

Alans Worte unterbrachen seine Gedankengänge. »Ich habe diesen Burschen, Gillie, beobachtet. Ich denke, er ist so weit genesen, dass er uns begleiten kann.«

Wyntoun nickte; unterdessen faltete er sorgfältig die

Kartenskizzen und stopfte sie in eine Ledermappe. »Er ist meine einzige Verbindung zu Adrianne. Ich würde diesen Burschen zum König von Jerusalem krönen, könnte ich mir damit ihre Zuneigung sichern.«

Alan lachte. »Ich muss dich allerdings warnen. Der Junge ist noch kein Seemann.«

»Ich weiß, aber er wird seine Sache gut machen. Er ist kräftig, und auf unserer Passage von Barra hat er die raue See wie ein alter Seebär weggesteckt. Und es war keine leere Versprechung, dass ich den Jungen zum Pagen nehmen werde. Dem Burschen muss endlich einmal etwas Gutes in seinem Leben widerfahren.«

Ein Klopfen an der Tür ließ die Köpfe der beiden Männer herumschnellen. Wyntoun schritt zur Tür und hob den Riegel. Einer seiner Seeleute steckte seinen gewaltigen Schädel ins Zimmer.

»Ihr werdet im Saal gebraucht, Kapitän.«

»Wer braucht mich, Bull?«

Der Mann riss seine Mütze herunter und kratzte sich den Kopf. »Der Laird wird bald eintreffen, und Mistress Mara …«

»Wer hat dich geschickt, Bull?«

»Ich denke, das darf ich Euch nicht sagen, Herr.«

»Du denkst zu viel, Bull.«

»Sagt, was Ihr wollt, Käpt'n, aber die Drohungen Eurer Gemahlin sind weitaus gefährlicher. Von daher verzeiht mir, dass ich nichts verrate.«

Wyntoun nickte nachdenklich. »Nun, warum gehst du nicht wieder in den Rittersaal und erklärst ihr – oder wer auch immer dich geschickt hat – dass dein Herr nicht kommen wird?!«

»Aber das kann ich nicht, Herr! Das ist unmöglich, und ich …«

»Ich habe einen besseren Vorschlag. Warum gehst du nicht hinunter und erzählst Mistress Adrianne, dass ich mit meinen Leuten tage und den restlichen Nachmittag … und Abend hier zu arbeiten gedenke.«

Bull sah sich skeptisch im Raum um. »Aber hier ist keiner außer Sir Alan.«

»Du denkst schon wieder, Bull.«

»Ganz recht.« Der Mann kratzte sich abermals den Kopf und trat zurück.

»Sag ihr, dass ich keine weiteren Unterbrechungen dulde. Verstehst du mich, Bull? Keine Störung mehr!«

Auf das heftige Nicken des Seemanns hin drückte Wyntoun ihm die Tür vor der Nase zu.

»Ich dachte, du *wolltest* das Mädchen sehen.«

Wyntoun drehte sich zu seinem Cousin um. »Natürlich. Bull ist der Zehnte, den sie heute zu mir schickt. Ich hoffe, sie kommt irgendwann selbst.«

»Ich kann dir sagen, was passiert«, grinste sein Cousin. »Auf diese Weise kannst du …«

»Ich will es gar nicht wissen«, fiel Wyntoun ihm ins Wort. »Also, können wir jetzt …«

Wieder klopfte es. Sanfter als Bulls riesige Pranken. Der Highlander trat neben die Tür und bedeutete Alan zu öffnen.

»Einen Augenblick«, rief der Schiffsmeister und nahm seine Schiffskarte, bevor er den Riegel öffnete.

»Alan …« Adriannes Stimme klang gefasst. »Ich hatte gehofft, du würdest eine Nachricht von mir an …«

»Ich kann nicht, Adrianne. Er ist zu beschäftigt mit all diesen Leuten da drinnen.« Alan riss die Tür weit auf und trat in den Gang. »Geh doch selbst hinein und rede mit ihm.«

Sobald sie in den Raum spähte, fasste Wyntoun ihre Handgelenke und zog sie hinein. Er schob sie hinter sich und trat gleichzeitig die Tür mit seinem Stiefel zu.

»Was hast du vor?«, fragte sie gepresst, bemüht, ihre Hand zu befreien. Er ließ sie los, blieb jedoch mit dem

Rücken zur Tür stehen und versperrte ihr den Fluchtweg. Sie wich ein paar Schritt zurück, die blauen Augen zornesumwölkt. »Außer dir ist niemand hier.«

Bei Gott, ihr Antlitz war Balsam für seine geplagte Seele. »Ich habe gedacht, du wolltest mich sehen.«

»Ich wollte ... ich muss mit dir reden. Aber Bull hat gesagt, du wärst ›von mindestens hundert Gefolgsleuten‹ umgeben.«

Ihre Wangen waren gerötet. Sie mied seinen Blick. Er fragte sich, was sie wohl tun würde, wenn er sie einfach in seine Arme nähme und leidenschaftlich küsste. Wenn er sie hochheben und in ihr gemeinsames Bett tragen würde. Er spähte zu dem kleinen Dolch, den sie am Gürtel trug. Vermutlich würde er dessen Spitze zwischen seinen Rippen spüren.

»Hundert Leute ...?«, wiederholte sie.

»Sie müssen dir im Gang begegnet sein.«

Stirnrunzelnd beobachtete sie, wie er den Riegel vorschob.

»Adrianne«, er trat einen Schritt auf sie zu, »wir müssen miteinander reden.«

Ihre Stirn glättete sich, doch als sie ihn unverwandt musterte, gewahrte Wyntoun ihren kummervollen Blick.

»Zwischen uns ist alles gesagt.« Sie wich zurück, bis sie an seinen Schreibtisch stieß. »Es sei denn, du willst mich fortschicken, bis ...«

»Du gehst nirgends hin.« Er kam einen weiteren Schritt auf sie zu, und sie trat hinter den Schreibtisch, um Abstand zu gewinnen. »Du gehörst zu mir, wie ich zu dir gehöre. Wir bleiben ein Leben lang zusammen – für immer.«

»Ich weigere mich, zu jemandem zu gehören, der mich nicht will.« Ihr versagte die Stimme, und Wyntoun gewahrte den verräterischen Tränenschleier in ihren Augen. »Ich werde bei niemandem bleiben, der einzig meine Fehler sieht. Ich will nicht, dass man mich einfach nur ›hinnimmt‹.«

»Ich war aufgebracht, und …« – er trat näher – »und ich konnte nicht mehr klar denken. Ich habe mich völlig hilflos gefühlt, auf der Suche nach dir. Ich wusste nicht, wo du warst. Ob du in Gefahr schwebtest. Die Vorstellung, du könntest verletzt in irgendeiner Schlucht liegen … oder dass dich Abtrünnige über die Moore verfolgt hätten … ich … Adrianne, das alles ist so neu für mich. Ich habe mir noch nie solche Sorgen gemacht, dass es mich körperlich geschmerzt hätte.«

Er sah, wie sie den Kopf senkte. Tränen, schimmernd wie winzige Kristalle, rollten über ihre seidenweichen Wangen. Er trat hinter den Schreibtisch und verharrte einen Schritt vor ihr.

»Ich wusste, dass du Leder für Gillie besorgen wolltest. Ich wusste auch warum. Aber du hast mich nie um Hilfe gebeten. Du hast es nie für nötig befunden, mir deine Wünsche zu nennen. Und dann, als ich herausfand, dass du verschwunden warst …« Wyntoun sehnte sich danach, sie zu berühren. »Ich will dich, Adrianne, ich brauche dich. Was ich in Dylans Hütte gesagt habe, war mehr als ungebührlich. Ich wollte dich verletzen – auch du solltest leiden. Indes habe ich seit jenem Tag weitaus mehr gelitten. Ich kann nicht leben ohne dich. So einfach ist das.«

»Auch ich habe gelitten«, gestand sie leise, mit weiterhin gesenktem Kopf. »Und ich hätte dich um Unterstützung bitten sollen. Ich dachte nur, deine Zeit wäre zu kostbar …«

»Für dich ist mir nichts zu kostbar.« Er streichelte ihre Wange, wischte ihr die Tränen fort. Darauf hob er ihr Kinn an und sah in ihre blauen Augen. »Ich bitte dich, Adrianne, verzeih mir.«

Sie trat zu ihm, fiel ihm geradewegs in die Arme. »Ich bin diejenige, die um Verzeihung bitten sollte.«

»Meine Güte, Adrianne, du hast mir so gefehlt«, murmelte er und zog sie fest an seinen Körper. Seufzend entzog sie sich ihm. »Ich habe in der Kammer über dieser geschlafen, nur an dich gedacht und verzweifelt in mein Kissen geweint. Und dann, heute Morgen, als ich von deinem Aufbruch erfahren habe, von deiner Reise ...«

»Genug jetzt davon.« Seine Lippen ertasteten die zarte Haut ihrer Halsbeuge. »Ich möchte dich verführen.«

»Aber das geht nicht«, sagte sie alarmiert und schob ihn von sich. »Zumindest nicht jetzt. Ich habe für heute Abend etwas geplant und brauche deine Hilfe.«

»Es ist erst Nachmittag. Bis zum Abend bleiben uns noch Stunden.«

»Aber ich muss noch eine Menge vorbereiten. Und ich muss dir von meinem Plan erzählen, weil ich ...«

»Das kannst du jetzt tun!« Er lehnte sich gegen den Schreibtisch und zog sie an sich. »Aber ich sterbe, wenn du mir schon wieder das Vergnügen nimmst, dich in meinen Armen zu halten.«

Sie fuhr ihm mit den Fingern durch das kurze Haar, betrachtete sein Gesicht; ihr Blick verharrte auf seinen Lippen. »Dafür haben wir später noch Zeit.«

»Das reicht nicht.« Seine Hände glitten über ihren Rücken, über ihre Kehrseite. Er fühlte die feste, wohlgeformte Rundung durch ihr grünsamtenes Gewand. Sanft drückte er sie an sich, bis sie sich an seinen Körper schmiegte. »Drei Tage. Du hast mich drei ganze Tage lang leiden lassen.«

»Na und, meinst du, du hast mehr gelitten als ich?« Sie strahlte ihn an. »Meinst du, ich hätte vergessen, wie du mich in Leidenschaft entbrennen lässt?«

»Tue ich das, mein kleiner Hitzkopf?« Seine Hände glitten höher, ertasteten die Bänder ihrer Robe.

Ihre weichen Hände umschlossen sein Gesicht. »Du bist ein Halunke, Wyntoun MacLean, denn die Antwort ist dir doch sonnenklar.«

»Mein Erinnerungsvermögen hat nachgelassen. Warum hilfst du mir nicht ein bisschen auf die Sprünge?« Er zog ihr Gesicht zu seinem Mund und küsste sie.

Worte waren vergessen. Sie erwiderte den Kuss, derweil er die Rückenbänder ihres Kleides löste und die entblößte Haut streichelte. Als er Gewand und Unterkleid über ihre Schultern schob, spürte er Adriannes Zunge, die ihn neckte. Sein Verlangen wuchs, als er ihr leises Stöhnen vernahm.

»Ich will dich anschauen«, sagte er rau und schob sie von sich. Er zerrte am Ausschnitt ihres Kleides, verfolgte, wie es über ihren Busen glitt, die zarten Spitzen entblößte. »Bei allen Heiligen, Adrianne, du bist vollkommen.«

»Das sagst du nur, weil ich deine Frau bin und du mich vermisst hast. Ich bin nicht makellos. Ich habe eine Narbe auf dem Knie. Eine auf meinem Rücken. Ein kleines Geburtsmal an meiner Hüfte.«

»Auch das habe ich vermisst.« Er küsste sie erneut, während ihre Finger sich in sein Haar krallten. Lustvoll hauchte er Küsse auf ihr Dekolleté bis hin zu ihrem Brustansatz.

Sie schmiegte sich an ihn, ihr Blick sinnlich entrückt. »Du hast Recht. Heute Nacht ist nicht genug.«

Als er ihren Busen liebkoste, gruben sich ihre Finger in seine Schultern. Wyntoun öffnete den Schwertgürtel, warf ihn zu Boden.

Er nahm sie bei der Hand, führte sie zu dem holzgeschnitzten Stuhl vor dem Kamin und zog sie auf seinen Schoß. Sie erschauerte, als er ihre Röcke hob und mit einer Hand die Innenseite ihres Schenkels streichelte. »Ich wollte das schon gestern Abend tun, als du mich während des Nachtmahls geflissentlich ignoriertest.«

Geräuschvoll zog sie den Atem ein, als seine Finger in sie eindrangen, ihre sinnlich-weibliche Mitte ertasteten. »Das wäre mein Untergang gewesen.«

Wyntoun verlagerte ihr Gewicht auf seinem Schoß, bis sie rittlings auf ihm saß. Er schob seinen Kilt beiseite und presste seine pulsierende Mannhaftigkeit in ihre feuchte Grotte. Als er in sie eindrang, öffnete sie leise seufzend ihre Lippen.

Er küsste ihre Halsbeuge und versuchte an alles Mögliche zu denken, nur um sein wollüstiges Verlangen zu bezähmen. Adriannes Hände umschlangen seine Schultern, ihre Röcke umwogten die beiden wie eine Decke.

»Tu mir das nie wieder an. Geh nie wieder fort.«

Ihre Lippen neigten sich auf die seinen, eine süße Folter. Er bäumte sich in ihr auf.

»Nie wieder«, wisperte sie darauf.

Er hob sie leicht an und glitt wieder in sie, diesmal tiefer. Lächelnd gewahrte er ihr lustvolles Stöhnen.

»Wir sind für einander bestimmt. Hier …« Er tastete nach unten, zu dem Punkt, wo ihre Körper miteinander verschmolzen. »Und hier.« Er berührte beider Herzen. »Alles andere wird sich schon finden.«

Sie errötete und bog ihren Körper zurück, um ihn anzusehen. Die Bewegung raubte ihm fast die Beherrschung. Langsam hob und senkte sie sich auf seinem Schoß, nahm ihn tief in sich auf.

»Für immer!«, hauchte sie.

Er hielt ihre Taille umfangen und blickte in ihre unglaublich blauen Augen, entrückt vor Leidenschaft. Da sie instinktiv wussten, dass ihre gemeinsame Zukunft ungewiss war, hatten sie einander bislang nie ihre Zuneigung eingestanden. Aber jetzt, da er die Wärme in ihrer Stimme gewahrte, wollte Wyntoun nichts anderes, als ihr ewige Liebe schwören … und dies auch von ihr hören. Ob er sie verdiente oder nicht.

Denn stärker noch als die Fleischeslust, die ihn in diesem Augenblick erregte, empfand Wyntoun ein anderes Begehren. Es war ein Traum, der ihn geplagt – gemartert – hatte, seit er Adrianne vor mehr als vierzehn Tagen in den Stallungen verführt hatte. Es war der brennende Wunsch, den Kampf zwischen seinem Kopf und seinem Herzen zu beenden.

Sie wand sich auf seinem Schoß, obwohl er ihre Taille fest umschlossen hielt. Sein Gesicht in beide Hände nehmend, hauchte sie einen sanften Kuss auf seine Lippen. »Du kennst mich bereits besser, Wyntoun, als alle anderen. Ich kann meine Gefühle nicht verbergen. Ich lasse mich stets von meinem Herzen lenken.«

»So bist du nun einmal, mein Schatz.«

Ihre Augen füllten sich mit Tränen.

»Ich weiß, du hältst mich für impulsiv und tollkühn. Aber ich will versuchen, mich zu bessern.« Sie atmete tief ein. »Ich will versuchen, dir eine gute Ehefrau zu sein.« Wieder bewegte sie sich auf ihm. Ihre Lippen streiften sacht die seinen. »Ich liebe dich, Wyntoun. Ich liebe dich mehr …«

Ihr Liebesbekenntnis war sein Verderb. Wie von Sinnen nahm er sie. Sein Mund bezwang den ihren mit einem langen, stürmischen Kuss. Doch sie revanchierte sich dafür. Ihre Finger bohrten sich in seine Schultern. Ihr Körper zuckte, wollte ihn tiefer in sich spüren.

Kraftvoll und geschmeidig erhob sich Wyntoun. Ihre Schenkel um seine Taille gespannt, trug er sie die wenigen Schritte zu seinem Schreibtisch. Dort setzte er sie behutsam auf den glatten Holzrand und entzog sich ihr sogleich. Wortlos kniete er sich vor sie, küsste die Innenseiten ihrer Schenkel und erkundete das Dreieck ihrer Scham. Bestürzt über diese Intimität schrie sie auf und schrak hoch. Doch er hielt sie fest und setzte sein süßes Martyrium fort.

Wyntoun brachte es nicht fertig, ihr sein Herz auszuschütten. Er wollte die Wahrheit nicht enthüllen, die von seinem Verrat zeugte. Zumindest wollte er damit warten, bis die Gelegenheit günstiger wäre. Erst wenn ihre Mutter zu ihr zurückkehrte, war er reingewaschen von seiner Schuld. Dann – erst dann – könnte er ihr seine Liebe beweisen.

Jetzt durfte sie einzig die Leidenschaft erfahren, die er für sie empfand.

»Oh, Wyntoun!«

Ihr Körper erbebte unter den ungestümen Wogen der Lust, ihre Hände umklammerten verzweifelt die Tischplatte. Darauf erhob er sich und führte seine pulsierende Männlichkeit zu den intimen Zonen, wo sein Mund gewesen war. Als er tief in sie eindrang, erfüllten Adriannes Lustschreie die Kammer. Ihre Hüften mit beiden Händen umfassend, stieß er sie wieder und wieder, schneller und schneller, und als seine Erlösung nahte, rief sie seinen Namen.

Sobald sein Atem wieder ruhiger ging, kuschelte sie sich in seine Arme, hauchte Küsse auf seinen Hals.

Sein Blick fixierte etwas über ihrem Kopf: Die Mappe mit den Kartenskizzen zu dem Schatz des Tiberius lag auf dem Tisch. Das gefettete Leder glänzte im Feuerschein, beschuldigte ihn des Verrats, den er mit dieser Ehe begangen hatte.

Wyntoun MacLean schmiegte sie fest an sich, wohl wissend, dass ihm nur noch wenig Zeit bliebe, Unrecht in Recht zu verwandeln.

# 24. Kapitel

Das ausgelassene Jubelgeschrei des versammelten Clans hallte von den Wänden im Rittersaal wider. Den Blick der alten Jean würde Adrianne ihr Lebtag nicht vergessen.

Flankiert von Wyntoun und John, ihrem Gemahl, spähte die Hebamme fassungslos durch den zum Bersten gefüllten Saal, ehe sie ihren Gefühlen freien Lauf ließ. Tränen rollten ihr über beide Wangen. Mit zitternden Händen umarmte sie den Ersten, der aus der lachenden und johlenden Menschentraube auf sie zutrat.

Adrianne stand etwas abseits und wischte ihre eigenen Tränen fort, während die alte Frau zu einem Ehrenplatz auf der Empore des Lairds geführt wurde. Jean saß neben einem strahlenden Alexander MacLean, John neben Lady Mara.

»Als du mich gebeten hast, Auld Jean in deinem Auftrag anzulügen, hatte ich keine Ahnung von deinen Plänen.«

Adrianne lächelte, als ihr Gemahl ihr mit seinem Daumen eine Träne fortwischte.

»War es schwierig, sie dazu zu bewegen?«

»Nicht, als ich erklärte, du wärest krank. John und ich haben sie auf mein Pferd gehievt, und dann gab sie Befehle wie die leibhaftige Äbtissin. Sobald ich in Richtung Burg strebte, wies sie John an, zurück zur Hütte zu laufen, um Kräuter und einige Öle zu holen. Sie hat ihm allen Ernstes verboten, stehen zu bleiben und mit jemandem zu schwatzen.«

Bei der Vorstellung musste Adrianne lachen.

»Oh, das ist für dich.« Sie holte ein Amulett aus silbern bemalten Eicheln an einem Lederband hervor und schlang es um Wyntouns Hals.

»Silberne Eicheln?«

Sie deutete auf ihr eigenes Halsband. »Alle Leute, die Jean jemals verarztet, die sie geheilt oder gepflegt hat, tragen Silber.« Sie deutete auf die große Gruppe von Clan-Mitgliedern, die goldene und silberfarbige Eicheln um den Hals trugen. »Und alle, die sie auf diese Welt geholt hat, tragen goldfarbene Eicheln.«

»Verstehe. Aus der winzigen Eichel wächst die mächtige Eiche. Es symbolisiert alles, was sie für den Fortbestand der Sippe getan hat.« Seine Finger verflochten sich mit den ihren, und sie errötete, als er sie voller Bewunderung maß und einen Kuss auf ihre Hand hauchte. »Du hast gute Arbeit geleistet, Adrianne. Du hast alles daran gesetzt, dass Auld Jean sich wieder gebraucht und geliebt fühlt.«

Sie spähte zu Boden. »Es ist nicht allein mein Verdienst. Ich hatte jede Menge Hilfe. Aber diese Zusammenkunft … sie dient nicht nur dazu, dass Jean all ihre wahren Kinder wieder sieht. Sie ist auch für ebendiese gedacht.«

Adrianne wandte sich zu der Empore, da soeben ein Eichenstamm, doppelt so hoch wie Alexander MacLean, auf einer Karre in den Saal geschoben und vor den Stuhl der Heilerin gestellt wurde. John und der Laird stützten sie, als Mara sie zum Rand der Empore geleitete.

»Es ist wie bei dem frühen Glauben an die heilige Eiche. Sie steht für die Urmutter, und wir sind ihre Kinder.« Wyntoun nickte und grinste sie schelmisch an. »Ich denke, meine Taube, dass du dies nicht bei den Mönchen in Yorkshire gelernt hast.«

Adrianne lächelte und drückte den Arm ihres Gatten fester; unterdes kamen all diejenigen mit Amuletten aus vergoldeten Eicheln zu dem Stamm. Jung und alt, Frauen und Männer traten vor die Heilerin und küssten ihre Hand, ehe sie ihre Halsbänder an die Eichenzweige hingen. Viele bedankten sich bei ihr. Gelächter erhob sich, da die Hebamme die eine oder andere Episode aus der Kindheit ihrer Schützlinge zu berichten wusste. Jean und ihr Mann wurden eingeladen, deren Hütten und Gehöfte zu besuchen.

»Und alle meinen es ernst«, flüsterte Wyntoun zu Adrianne. »Es sind gute Menschen. Sie mussten nur an den Schatz erinnert werden, den sie so gedankenlos hingenommen haben.«

Sie nickte und spürte die Glut seines Blicks. Als sie aufsah, gewahrte sie in seinen grünen Augen mehr Leidenschaft als am Nachmittag in seinen Gemächern, mehr Zuneigung, als sie je für möglich gehalten hätte. Und sie spürte, wie ihr Herz ins Flattern geriet.

»Ihr seid an der Reihe, Herr.« Eine Stimme hinter ihnen zerstörte den Zauber des Augenblicks. Beide blickten zu der Empore und stellten fest, dass die Clan-Mitglieder mit den goldfarbenen Eicheln ihre Begrüßungszeremonie beendet hatten.

»Bist du bereit, Mylady?« Wyntoun bot ihr seinen Arm.

Adrianne, die ihrer Stimme plötzlich nicht mehr traute, nickte unter Tränen und trat gemeinsam mit ihrem Mann vor den Baldachin. Sie hingen ihre Amulette zu den anderen an den Baum.

Doch als die Heilerin beider Hände zusammenlegte und ihre Gesichter in stummer Segnung berührte, da wusste Adrianne, dass ein Neuanfang vor ihnen lag.

Als die Kerze neben dem Bett zu flackern begann, betrachtete Wyntoun ein letztes Mal die Vollkommenheit von Adriannes entblößten Schultern, die unter der

Decke hervorlugten. Eine schwarze Locke ringelte sich über ihr schlummerndes Gesicht, und er kämpfte das Verlangen nieder, sie zurückzuschieben und ihre Lippen zu küssen. Die Erinnerung an ihre wilde Liebesnacht bei Kerzenschein kehrte zurück, erfüllte seine Sinne, brachte seine Lenden instinktiv zum Pulsieren.

Aber es war nicht nur das. Es war die wahre Liebe zwischen ihnen. In ihren Worten, ihrem Seufzen, ihren Taten. Und diese Empfindungen hatten beide mit Macht ergriffen.

Er hatte gewusst, dass es für eine ganze Weile ihre letzte gemeinsame Nacht sein würde, und er hatte jeden kostbaren Augenblick genossen.

Adrianne Percy war sein Schatz. Die Liebe seines Lebens. Sie hatte ihn mit einer so ungeahnten Leidenschaft erfüllt, dass es ihn noch immer verblüffte. Schon jetzt sehnte er den Tag herbei, an dem diese Reise hinter ihm läge. Dann, ja dann würde er ihr sein Herz öffnen.

Ein unangenehmes Engegefühl in der Brust, schenkte Wyntoun MacLean seiner Gemahlin ein letztes Lächeln. Bei Gott, er wollte sie nicht verlieren. Niemals!

Indes war es der Streiter von Barra, der sich erhob und gefasst aus der Kammer schritt.

Alans Mannschaft war emsig damit beschäftigt, das Schiff seeklar zu machen, als Wyntoun das Deck betrat. Kleine Boote fuhren hin und her, um die letzten Vorräte vom Ufer zu holen. Gillie, eifrig darauf bedacht, sich nützlich zu machen, war sogleich an Wyntouns Seite, nachdem dieser die Kartenskizzen in seine Kabine gebracht hatte und wieder an Deck aufgetaucht war.

»Ich werde dafür sorgen, dass du mit Meister Coll zusammenarbeitest«, erklärte Wyntoun dem Jungen, als Alan zu ihnen stieß. »Keiner versteht mehr von der Seefahrt als Coll, Gillie. Von diesem Mann kannst du eine Menge lernen.«

Gillie, der seine Aufregung kaum verbergen konnte, nickte und hielt seine neue Lederkappe fest, da eine frühmorgendliche Böe über das Schiff ging. Er sah richtig schneidig aus in den Sachen, die Adrianne für ihn hatte anfertigen lassen. Komplett in Leder mit Unterwäsche aus Leinen. Wyntoun schlug ihm anerkennend auf den Rücken. Er interessierte sich brennend dafür, ob diese Kleidung Gillies Ekzem lindern würde. Wortlos drehte sich der Junge um und hielt Ausschau nach dem erfahrenen Seemann.

»Coll ist noch am Ufer, aber wir haben einige junge Burschen in unsere Mannschaft aufgenommen«, verkündete Alan und trat zu ihnen. Er deutete auf mehrere Knaben, die sorgfältig zusammengerollte Seile unter Deck brachten. »Warum gesellst du dich nicht zu ihnen und plauderst mit ihnen, bis er an Bord kommt?«

Mit einem knappen Nicken trollte sich Gillie zu den anderen.

»Der Bursche scheint mir recht aufgeweckt.«

»Warum ist Coll noch an Land?«, wollte Wyntoun wissen, nachdem an Bord alles vorbereitet war. »Der Wind wird bald drehen.«

»Gewiss. Dann wird er zurück sein. Der Laird hat nach ihm geschickt.«

»Ich frage mich, was mein Vater von ihm will.«

»Wer weiß? Ah, gut.« Alan deutete auf Coll und einen weiteren Jungen, die an Bord kletterten. »Da ist er … und er hat den Sohn des Schmieds mitgebracht. Dann kann es ja losgehen.«

Wyntoun spähte zu dem Burschen, der dem alten

Seemann an Deck gefolgt war. Aus dieser Entfernung hätte er ihn nicht erkannt.

»Diese verdammte Brise!« Alan blickte zum Eingang der Bucht. »Wir werden weiter westlich segeln müssen als ursprünglich geplant, Wyn. Sobald wir Colonsay Island passiert haben, können wir Richtung Osten kreuzen …«

Wyntoun schenkte Alans Worten kaum Gehör, sondern fixierte stattdessen den Jungen, der Coll begleitet hatte. Die Zögerlichkeit des Burschen und die Rücksichtnahme des alten Seebären stimmten Wyntoun misstrauisch.

Das würde Adrianne doch wohl nicht wagen, oder? Abrupt entfernte er sich von Alan. Der auffrischende Wind schlug ihm ins Gesicht, als er zur Reling des Achterdecks gelangte. Die Stimmen der Burschen und Colls laut gebrüllte Anweisungen drangen zu ihm.

»Hier, mein Junge! Nein, nicht so!«, schrie Coll einen der neuen Burschen an. »Ich habe deinem Vater erklärt, dass du dir deine Heuer verdienen wirst, und das wirst du auch, sonst soll dich der Teufel holen! Wenn du meinst, dass ich … hier, halt die Leine so! Wenn du loslässt, wird der Streiter dich auspeitschen und als Fischköder hernehmen. Kapiert, mein Junge?«

»Jawohl, Sir«, krächzte dieser. Der Junge steckte mitten im Stimmbruch.

Coll warf dem Halbwüchsigen einen Seesack zu und schob ihn weiter. »Bring meine Sachen unter Deck und beeil dich, oder ich sorge dafür, dass der Kapitän dich windelweich prügelt.«

Der Bursche trollte sich geschwind, und Coll wandte sich zu dem an der Reling stehenden Ritter.

»Wer ist dieser neue Matrose?«, erkundigte sich Wyntoun, sobald Coll über das Hauptdeck zu ihm schlenderte.

Der alte Seemann wandte sein faltiges Gesicht ab und kratzte sich sein Kinn. »Och, verdammt nutzlos, denke ich. Es ist der Sohn des Hufschmieds … aus Ulva.«

Wyntoun beobachtete, wie der Bursche die Leiter hinunterkletterte. Er erinnerte sich an den alten Hufschmied, aber nicht, dass er einen Sohn gehabt hätte.

»Der Laird meint, dass die Gattin des Schmieds sich letzte Woche darüber beschwert hat, dass der Junge nur Unfug anzettelt. Und jetzt sucht sie eine Möglichkeit, wie er sich nützlich machen kann, denn das Handwerk seines Vaters sagt ihm nun mal nicht zu …«

»Lasst mich raten«, knurrte Wyntoun seinen Gefolgsmann an. »Mein Vater hat dem Burschen umgehend eine Beschäftigung auf diesem Schiff angeboten.«

»Ihr wisst doch, wie der Laird ist, Wyn.« Coll grinste ihn schuldbewusst an. »Für ihn gibt es nichts Besseres, als einen jungen Burschen zum Seemann zu machen.«

»Und was hatte es damit auf sich, dass ich ihn auspeitschen werde?«

»Man muss ihnen ein bisschen Angst machen, dann gehorchen sie besser.« Coll spähte zu den Rudern, wo die Männer ihre Plätze einnahmen. »Ich kümmer mich drum, dass der Bursche zu tun hat und nichts anstellt.«

Wyntoun spähte über seine Schulter, da Alan die Seeleute anwies, den Anker zu heben und die Segel zu setzen. »Wie heißt der Junge überhaupt?«

»Adam«, erwiderte Coll mit einem knappen Nicken und wandte sich zum Gehen. »Wenn die Segel gesetzt sind, werde ich ihn zu Euch schicken, dann könnt Ihr Euch selbst ein Bild machen.«

Wyntoun sah dem alten Seemann nach. Dann spähte er skeptisch die Leiter hinunter, über die der Bursche verschwunden war. Irgendetwas stimmte nicht mit dem Jungen. Er schüttelte den Kopf. Er hätte Coll sein Leben anvertraut. Der Alte diente Wyntoun, seit er selbst zur See fuhr. Und davor hatte er in Alexanders Diensten gestanden.

Kopfschüttelnd spähte er zur Küste. Sie würde es nicht wagen. Nicht nach der letzten Nacht. Adrianne vertraute ihm. Sie glaubte fest daran, dass Wyntoun aufbrechen und zu ihr zurückkehren würde, noch ehe die Nachricht ihrer Schwestern aus dem Norden käme.

Seinen Blick auf die Leiter geheftet, tauchte Gillie vom Unterdeck auf und rannte dienstbeflissen zu Coll, um sich neue Anweisungen zu holen. Gillie musste diesem Adam auf dem Weg nach oben begegnet sein.

Wyntoun grinste dem Jungen nach. Wäre Adrianne an Bord, hätte Gillie seine Herrin nicht verlassen – nicht für alles Gold dieser Erde.

Alan rief von der Reling nach Wyntoun, und der Highlander warf einen letzten Blick in Richtung der Leiter. Nein! Adrianne war nicht seetauglich. Sie wäre nie an Bord gekommen, es sei denn, sie hätte sich auf die Suche nach ihrer Mutter begeben wollen ... und Wyntoun war sich sicher, dass er in dieser Hinsicht jeden Argwohn zerstreut hatte.

Er strebte über das Deck zu seinem Schiffsmeister. In diesem Augenblick erwachte Adrianne vermutlich aus tiefstem Schlummer. Bei dem Gedanken, wie sie sich aus seinem Bett erhob, musste Wyntoun grinsen.

Skeptisch beäugte der erfahrene Seemann die junge, in zerlumpte Männerkleidung gehüllte Frau, die soeben ihren gesamten Mageninhalt in einen Kübel erbrach.

»Ich sag's Euch, Mistress, ich sollte Euch jetzt gleich in die Kajüte Eures Gemahls bringen. Wenn ich nur den Verstand einer Qualle hätte, würd ich ...«

»Nein, Meister Coll«, stöhnte sie, kaum in der Lage,

ihren Kopf vom Rand des Kübels zu heben. Sie hatte die viel zu große Kappe von ihrem Schopf genommen, und einzelne Locken – zuvor fest geflochten und auf ihrem Kopf festgesteckt – hatten sich gelöst und umrahmten ihr kränklich grünes Gesicht. »Ihr habt selbst gesagt, dass wir es ihm frühestens am Spätnachmittag beichten dürfen. Andernfalls wendet er das Schiff und bringt mich zurück nach Mull.«

»Gewiss, Mistress. Aber das tut er erst, nachdem er meinen Kadaver über Bord geworfen hat.«

Wieder krümmte sie sich über dem Kübel. Kurz darauf wischte sie sich den Mund an dem rauen Ärmel ihres Wollhemds ab und sah zu ihm auf. »Ihr tragt keine Schuld, und das werde ich ihm unumwunden erklären. Als Ihr mich mitnahmt, habt Ihr lediglich den Befehl des alten Laird befolgt.«

»Und Ihr meint, das wär die Lösung des Problems?« Der Alte beugte sich über sie, löste Adriannes Finger vom Rand des Kübels und schob ihr einen sauberen hin. »So aufgebracht wie der Streiter sein wird, wird er keine Gnade walten lassen … und damit meine ich für *niemanden*!«

Ein leichtes Schlingern des Schiffes, und sie kniete abermals über dem Eimer. Coll schüttelte den Kopf.

»Ich kann nicht glauben, dass ich mich da mit hab reinziehn lassen. Ich hätt schlicht nein zu dem Laird sagen müssen. Ich dien jetzt seinem Sohn. Und *Ihr*, Mistress« – er bedachte sie mit einem vorwurfsvollen Blick –, »ich weiß nicht, womit Ihr den Laird und seine Gemahlin verzaubert habt, dass sie sich so bereitwillig auf eine solche Schelmerei einlassen.«

Sie hatte ihn einfach nicht allein fortlassen wollen. Nicht jetzt. Nicht nach allem, was in den letzten Tagen geschehen war. Sie hatte bei ihm sein wollen. Gestern Abend, als das Fest für Jean in vollem Gange gewesen war, hatte Adrianne sich ein Herz gefasst und Mara in ihren Plan eingeweiht. Und diese hatte ihre Idee gut aufgenommen, denn alle in der Burg schienen die tiefe Zuneigung zwischen den frisch Vermählten zu bemerken.

Jetzt, einmal mehr von Übelkeit geplagt, schalt Adrianne sich indes für ihre Unvernunft. Eines Tages, dachte sie angesäuert, würde sie auf Wyntoun hören.

»Ich hätte … ich hätte das nicht tun dürfen, Coll. Ich bin nicht seetauglich.«

»Vertraut mir, Mistress, das wird wieder.« Voller Mitgefühl hob Coll eine Decke vom Boden auf und schlang sie um Adriannes Schultern.

Das Schiff schlingerte und schwankte, und Adrianne stöhnte erneut. »Seid Ihr auch ganz sicher, dass man mich hier unten nicht entdeckt?« Sie spähte durch den schwach erhellten Schiffsrumpf, der bis auf einige aufgestapelte Fässer, ein paar zusätzliche Segel und mehrere grob gezimmerte Ruder leer war.

»Ganz sicher, Mistress.« Coll erhob sich und schlug einige Segel auseinander. »Aber für den Fall, dass einer runterkommt, deckt Euch einfach damit zu. Bis zum Abend seid Ihr hier sicher. Kann sein, dass sich der eine oder andere von den Burschen hier unten einen Schlafplatz suchen will, aber ich pass auf.«

»Hoffentlich müssen wir nicht bis zum Abend warten.«

»Nein, Mistress. Das Schiff nimmt bei diesem Wind ordentlich Fahrt auf.« Er legte die Stirn in Falten, als sie sich, heftig erschauernd, wieder in den Kübel erbrach. Er hoffte, dass sie wenigstens noch bis zum Mittag durchhielte. »Aber lasst mich Gillie zu Euch schicken, damit er ein Auge auf Euch hat.«

Sie schüttelte heftig den Kopf. »Er weiß nicht, dass ich an Bord bin, und so soll es auch bleiben. Der arme

Junge braucht nicht noch mehr Schwierigkeiten, als er ohnehin schon hat.« Eine ihrer Hände griff in die Tasche ihres Wollhemds. Sie zog einen kleinen Beutel heraus. »Lady Mara hat mir dies heute Morgen mitgegeben. Ein Pulver, das ich in etwas Wasser aufgelöst trinken soll, um meinen Magen zu beruhigen ... für den Fall, dass ich seekrank werde.«

»Tja, ich würd sagen, der Fall ist jetzt eingetreten, Mistress, denn ich hab in all den Jahren auf See noch keinen gesehen, den es schlimmer erwischt hätte als Euch.« Er nahm den Beutel aus ihrer zitternden Hand. »Ich werde das Pulver für Euch auflösen. Bin gleich zurück.«

# 25. Kapitel

Die spanische Galeone nahm rasch Kurs auf Wyntouns kleinere Karavelle. Wyntoun, der neben Alan an der Reling stand, spähte über die stürmisch bewegte See.

»Sieh dir diese Farben an, Wyn. Es sind hinterhältige, hundsgemeine Dänen!«, schnaubte der Schiffsmeister. Die Mittagssonne hatte sich durch die grauen Morgennebel gekämpft, und die Flagge des größeren Schiffes war infolge der rasch schwindenden Entfernung gut erkennbar. »Ein bisschen größenwahnsinnig, dass sie eine so prachtvolle Trophäe von einem Schiff genommen haben. Sieh nur, wie tief sie im Wasser liegt. Diese Mistkerle täten besser daran, ihren Kurs zu halten und in Richtung Heimat abzudrehen. Die wissen wohl nicht, mit wem sie es hier zu tun kriegen.«

»Auf jeder anderen Reise würde ich mich glücklich schätzen, dieses Schiff und seinen goldgefüllten Bug zu kapern. Aber ich will jetzt keine Schlacht. Wir sind auf der Suche nach einem anderen Schatz.«

»Also, Wyntoun, ich glaube nicht, dass sie uns eine Wahl lassen. Sie haben Kurs auf uns genommen, und du weißt selbst, dass wir ihnen bei diesen Windverhältnissen nicht entkommen können.«

Wyntoun fixierte weiterhin die feindliche Galeone. Die Kanonen im Bug waren ganz gewiss auf sein Schiff gerichtet. Überdies sah er Männer an Bord, bewaffnet und kampfbereit. Rasch schweifte sein Blick über den Horizont, auf der Suche nach dem dänischen Schiff, das die Galeone gekapert hatte, aber weit und breit war nichts zu sehen. Das bedeutete, dass sich noch eine ganze Reihe Spanier auf dieser Galeone befinden mussten, die das Schiff zwangsweise für die Dänen manövrierten. Keine sonderlich beherzte Streitkraft.

»Sei's drum, Cousin. Selbst aus dieser Entfernung sehe ich, dass sie Blut riechen.«

»Tja, aber es wird ihr eigenes Blut sein.«

Wyntoun grinste. »Wahrhaftig, Alan, es wird Zeit, dass wir unsere Flotte mit einer Galeone schmücken.«

Der Streiter von Barra peilte blitzschnell die Lage. Schon bald würden sich die Schiffe nah genug sein, dass die Galeone das Feuer eröffnen könnte. Nach der Geschwindigkeit und dem Kurs des größeren Schiffes zu urteilen wäre Wyntoun jede Wette eingegangen, dass die Galeone leicht wenden und sich parallel zu seiner Karavelle stellen würde. Das gäbe den Dänen reichlich Gelegenheit, auf sie zu feuern, bis sie schließlich entschieden, das Schiff zu stürmen.

»Hart backbord, Alan. Sie haben ihre gesamten Kanonen auf diese Seite manövriert, von daher sollten wir sie von der anderen Seite angreifen! Kreuze durch ihr Kielwasser und so nah an ihrem Heck vorbei, wie du kannst.«

»Aye, aye, Sir«, erwiderte Alan mit leuchtenden Augen. »Wir werden ihnen ein bisschen Farbe vom Heck kratzen!«

Schnell wurden die Befehle erteilt, und innerhalb von Augenblicken schwenkte die schneidige Karavelle um, scheinbar auf Kollisionskurs mit der Galeone. Die Panik an Bord des dänischen Schiffes war offensichtlich. Männer strömten an Deck, kletterten in die Takelage.

»Coll!«, brüllte Wyntoun. »Macht die Kanonen an Steuerbord und Backbord einsatzbereit! Und postiert die Männer an den Enterleinen!«

»Gewiss, Mylord«, brüllte der greise Seemann zurück und wandte sich seinen Pflichten zu. Von dort, wo er stand, sah Wyntoun, dass seine Krieger bereit waren, auf das Deck der Galeone auszuschwärmen.

»Wyn, wir werden ein paar Treffer von den anderen ...«

Alans Warnung wurde von dem Donnern der Kanonen überlagert, die das Feuer auf die herannahende Karavelle eröffneten. Eine Kugel peitschte über einen Wellenkamm, krachte in den Schiffsrumpf. Wyntoun sah nach oben, als zwei weitere Geschosse durch das Takelwerk schossen.

»Feuer!«, brüllte er.

Das Dröhnen des Kanonenfeuers war ohrenbetäubend, dichter Rauch hüllte die Schiffe ein. Als die Karavelle kaum mehr als eine Länge vom Feind entfernt war, torpedierten die Kanonen der Galeone das kleinere Schiff mit einem Kugelhagel, der ein Dutzend Highlander in die Knie zwang.

Es blieb keine Zeit, um den entstandenen Schaden

festzustellen. Die beiden Schiffe waren sich so nah, dass Wyntoun Entsetzen und Angst, aber auch den Siegeswillen von den Gesichtern der Dänen ablesen konnte. Augenblicke später wurde die Galeone am Bug getroffen, und als die Karavelle in deren Kielwasser kreuzte, durchtrennte das Bugspriet des schottischen Schiffes die dänische Flagge am Achtersteven des Feindes.

»Hart nach Lee!«

Die Karavelle schwenkte blitzschnell um, Holz krachte auf Holz. Das feindliche Schiff – durch die Segel der Karavelle vorübergehend in dessen Windschatten – verlangsamte und die Enterhaken sausten durch die Luft. Die schottischen Kanonen feuerten weiter und hinterließen blutige Schneisen auf den feindlichen Decks.

Mit dem wilden Schlachtruf ihrer keltischen Vorfahren schwangen sich die Männer von Mull über die Reling und auf die Galeone. Wyntoun hatte sich nicht getäuscht. Die Spanier hatten kein Interesse an einem Kampf, und die Dänen waren zu wenige, um angemessen Widerstand zu leisten. Innerhalb von Augenblicken war die blutige Auseinandersetzung beendet; der Streiter von Barra stand an Deck des gekaperten Schiffes und inspizierte das Ausmaß der Zerstörung.

»Sir Wyntoun!«, schrie Gillie vom Deck der Karavelle. »Meister Coll ist verletzt!«

Seinen Kriegern Befehle zubrüllend, packte Wyntoun eine Leine und schwang sich zurück auf die Karavelle. Alan und Gillie kauerten über der hingestreckten Gestalt des alten Seemanns.

»Coll!«

Alan hob den Kopf. »Mir scheint, der alte Seebär hat eine vor den Schädel bekommen.«

Coll stöhnte, versuchte sich aufzusetzen, nur um ohnmächtig zurückzusinken.

»Wird er wieder gesund, Mylord?«, erkundigte sich Gillie ängstlich.

»Es bedarf schon mehr als das, um den alten Coll umzuhauen, mein Junge«, erwiderte Wyntoun zuversichtlich nickend. Als er sich umdrehte, um zwei Matrosen anzuweisen, nach Coll zu sehen, stürmte ein junger Bursche von unten hoch.

»Meister Alan, unten dringt Wasser ein!«

»Was sagst du da?«

»Es stimmt, Turk hat mich hochgeschickt. Ich soll Euch sagen, dass das Schiff sinkt. Der ganze Rumpf ist zertrümmert!«

Die beiden Männer stürmten nach unten und stellten fest, dass das untere Drittel des Bootsrumpfes bereits mit Meerwasser gefüllt war. Innerhalb von Sekunden erteilte Wyntoun seine Befehle.

»Verfluchte Dänen!«, schnaubte er grimmig. »Alan, bring alles, was Beine hat, auf die Galeone. Wenn du fertig bist, schneiden wir die Seile ab.« Er spurtete die Leiter hinauf. »Ich muss die Karten und ein paar andere Dinge aus meiner Kajüte holen.«

In weniger als einer Stunde waren alle an Deck der Galeone und das Schiffswrack so gut wie geräumt. Das unter spanischer Flagge gebaute Schiff hatte kaum Schaden genommen, und die überlebenden Feinde wurden unter Deck bewacht.

»Du hattest Recht mit dem Beutegut, Wyn«, sagte Alan grimmig grinsend, als der Ritter an Bord kletterte. »Das Schiff ist zum Bersten gefüllt mit Gold und Silber und Truhen voller Smaragde und Rubine aus Neu-Spanien.«

Wyntoun klopfte seinem Cousin zufrieden nickend

auf die Schulter, das Augenmerk auf sein neues Schiff gerichtet. »Was meinst du, können wir mit diesem Kleinod in See stechen?«

»Aber Wyn, das schaffen wir doch mit verbundenen Augen.«

Grinsend reichte er Alan die Ledermappe mit den Kartenskizzen. »Stell dies sicher. Und zähl die Seeleute und die Burschen durch. Wir müssen die Karavelle so schnell wie möglich lostrennen.«

Wyntoun passierte das Deck, wo Gillie neben Coll saß. Die Kopfverletzung des Seemanns war mittlerweile verbunden, seine Gesichtsfarbe und seine Atmung hatten sich normalisiert. Der alte Mann stöhnte und versuchte angestrengt, das Bewusstsein wieder zu erlangen.

»Es wird ihm schon bald wieder besser gehen, Gillie.« Er tätschelte dem Jungen zuversichtlich die Schultern und straffte sich. »Überlass den alten Halunken sich selbst und hilf beim Aufräumen.«

Darauf trat Wyntoun an die Reling, wo Enterleinen weiterhin mit der Karavelle verbunden waren. Stirnrunzelnd maß er das zerstörte Schiff. Auch wenn diese neue Trophäe kostbar war, so bedrückte es ihn doch, seine Karavelle sinken zu sehen. Er hatte das schmucke kleine Schiff durch viele Stürme gelenkt und so manchen Kampf auf dessen Decks ausgefochten.

Der Highlander kletterte über die Reling der Galeone, sprang an Bord des schwer beschädigten Schiffs und warf einen wehmütigen Blick auf die verlassenen Decks.

Die Karavelle hatte zwei Generationen von MacLeans gute Dienste geleistet. Erst Alexander und dann Wyntoun. Auf der Treppe, die zu seiner Kajüte führte, wurde der Highlander von seinen Erinnerungen übermannt. Er verharrte und blickte hinauf zum Takelwerk.

Sie war nicht mehr zu retten – das wusste er. Aber wenigstens würde sie sterben wie ein verdienter Krieger, dachte er bei sich.

Bei Wyntouns Rückkehr auf die Galeone erwartete Alan ihn bereits. »Wir haben alles durchgezählt. Wir haben nur Jock verloren – der arme Kerl –, und dem jungen Jemmy fehlen ein paar Finger. Ansonsten sind wir gesund und munter – bis auf ein paar Schnittwunden, Kratzer und Verbrennungen ... und den verletzten Coll.«

»Ist Coll noch immer bewusstlos?«, erkundigte sich der Highlander, ein Bein über die Reling schwingend.

»Ja. Gillie wacht über ihn wie eine Glucke. Aber der alte Seebär murmelt ständig irgendwas von einem gewissen Adam.«

»Ach ja, richtig. Adam, der Sohn des Schmieds«, bekräftigte Wyntoun.

»Wer?«

»Adam ... der Sohn vom alten Hufschmied ...« Mit zusammengekniffenen Augen spähte der Highlander über das Deck. »Der Bursche, den Coll angeschleppt hat.«

»Ich kenne keinen Adam. Der Sohn von unserem Schmied heißt Robbie.« Er sah sich ebenfalls um. »Aha. Da ist er ... beim Ankerspill.

Unversehens verfinsterte sich Wyntouns Miene.

»Der Teufel soll sie holen!«, knurrte er, setzte über die Reling und landete auf dem Deck der Karavelle.

»*Adrianne!*«, brüllte er.

Der Highlander stürmte nach vorn, zu den Quartieren seiner Mannschaft. Als er sich in den Laderaum vorwagte, ging das sinkende Wrack ächzend und seufzend weiter auf Grund.

Vielleicht war es das Engegefühl, das vergleichbar einem Schraubstock seine Brust umspannte, vielleicht aber auch das plötzliche Unwohlsein, das in seinem Innern aufflammte. Wie dem auch sei, Wyntoun war schlagartig klar, dass sie an Bord sein musste – als Adam verkleidet – und im Begriff, mit seinem eigenen Schiff unterzugehen.

»*Adrianne!*«

Die Kabinen waren leer, und er kehrte in Windeseile auf das Hauptdeck zurück. Der Lukendeckel stand offen, und er sprang hinab in den düsteren Rumpf. Seine Stiefel traten in ein faulig riechendes Gemisch aus Unrat und Salzwasser.

»*Adrianne!*«, rief er nochmals.

Fässer trieben in dem ansteigenden Wasser, und Wyntoun zwängte sich an diesen vorbei. Innerhalb von Augenblicken stand er hüfthoch in der eisigen Brühe. Das Schiff senkte sich bedrohlich, das Wasser stieg höher und höher.

»Wyn!«, brüllte Alan vom Oberdeck. »Wir müssen sie jetzt losschneiden!«

»Adrianne, wo bist du?«, rief der Highlander, seinen Cousin ignorierend.

Wyntoun glaubte, einen schwachen Aufschrei vernommen zu haben.

Schlagartig versteifte er sich. Sein Herz hämmerte in der Brust. Woher war der Laut gekommen?

Die Zeit drängte. Auf gut Glück watete Wyntoun durch das mittlerweile brusttiefe Wasser in Richtung einiger Fässer, die polternd vor ein Schott prallten.

»Adrianne!« Wieder rief er ihren Namen.

Ihr leises Wimmern sagte ihm alles. In einer einzigen Kraftanstrengung schob er die Fässer beiseite, doch weit und breit war nur Brackwasser zu sehen.

Eine eiskalte Hand berührte ihn irgendwo unterhalb des Knies, worauf er in die schwarzen Fluten eintauchte.

Sie war dort. Mit Armen und Beinen kraftlos umherrudernd, bemühte sie sich, ihren Kopf zwischen den tanzenden und trudelnden Fässern über Wasser zu halten.

Wyntouns Arm umspannte ihre Taille, zog ihren Rücken an seine Brust. Instinktiv versuchte sie sich zu wehren, doch da tauchten sie bereits an der Oberfläche auf. Und Adriannes tiefer Atemzug war das angenehmste Geräusch, das Wyntoun je gehört hatte. Er drehte sie geschwind in seinen Armen, streichelte ihr Gesicht, lauschte auf ihren Atem, vergewisserte sich, dass sie nicht verletzt war. Er wusste, dass seine Hände ungeschickt, sein Handlungen überstürzt waren, gleichwohl überlagerte die beinah lähmende Angst, dass er sie fast verloren hätte, alle Vernunft.

»*Wyn*!«

Alans Schrei vom Oberdeck riss Wyntoun aus seinen Gedanken. Das Wasser drang immer schneller ein, und Adrianne sank wie leblos an seine Brust. Wyntoun hob sie über seinen Kopf und watete zur Leiter.

»Was, zum Teufel …?«, versetzte Alan, über die Öffnung gebeugt, als Wyntoun die Leiter hinaufkletterte und Adrianne hochstemmte. »Bei allen …«

»Darf ich vorstellen, Adam, der Sohn des Schmieds – mit anderen Worten, meine Gemahlin!«

»Nicht schon wieder!« Alan richtete Adrianne in Sitzhaltung auf, derweil Wyntoun an Deck stieg. »Hat irgendeiner gewusst, dass sie an Bord war? Bei allen Heiligen, fast wären wir ohne sie gesegelt. Sie wäre ertrunken, und wir hätten es nie erfahren!«

»Lassen wir das, bis wir auf der Galeone sind. Sieht aus, als würde der Kahn jeden Augenblick absaufen.«

Überstürzt verließen sie die Karavelle, und Wyntoun ignorierte den Aufruhr, als sie an Bord des neuen Schiffes gingen und er sie in eine Kajüte trug, den fassungslosen Gillie im Schlepptau.

»Schneid sie los, Alan«, rief der Ritter über seine Schulter, bevor er mit seiner Gemahlin verschwand.

Unten befahl er Gillie, sich umzudrehen, dann streifte er Adrianne die nassen Sachen ab und wickelte sie in warme Decken. Einmal blinzelte sie, sah zu ihm auf und lächelte. Darauf schloss sie die Augen und schlummerte friedlich ein.

Und er konnte nicht mehr tun, als neben ihr zu sitzen und ihre Hand zu halten. Zum Henker mit ihm, er kam sich vor wie ein Narr, dass er seinen Instinkten nicht gefolgt war, als sie an Bord gekommen war – aber Gott sei Dank hatte man ihm eine zweite Chance gegeben. Er durfte nicht einmal daran denken, wie sein Leben aussähe, wäre sie mit der Karavelle untergegangen.

Adrianne war ihm wichtiger geworden als sein eigenes Leben. Und der Teufel sollte ihn holen, wenn er nicht noch härter daran arbeitete, dass sie sich seiner tiefen Liebe bewusst wurde. Mochte er für ewig in der Hölle schmoren, wenn es ihm nicht gelänge, einen besseren Gatten abzugeben.

# 26. Kapitel

Adrianne schlug die Augen auf und blinzelte verstört zu dem dunklen Deckengebälk aus Eichenholz. Rankendes Efeu und Rosen waren in leuchtendem Grün, Rot und Gelb auf die sichtbaren Balkenteile gemalt, und sie lächelte bei der Vorstellung, dass raue Seeleute derart Liebliches zu schätzen wüssten.

Sie legte eine Hand auf ihre Stirn. Es war ein Wunder. Das Kopfweh, das sie gleich nach dem Aufwachen verspürt hatte, war wie weggewischt. Der Boden bewegte sich nicht mehr in gewaltig anschwellenden Wogen unter ihr. Sie schmeckte nicht länger bittere Galle, wann immer das Schiff schlingerte. Sie streckte die Arme und bewegte die Füße. Ihre Zehen schabten über Leinenlaken, und sie lächelte.

Und dann überwältigte sie Panik!

Heilige Mutter Gottes, sie wollte Wyntoun doch noch erzählen, dass sie an Bord seines Schiffes war. Zu spät! Sie setzte sich abrupt auf und sah sich um. Diese Kammer war gewiss keine Schiffskabine und schon gar nicht der Laderaum der Karavelle!

Die Erkenntnis traf sie wie ein Schlag ins Gesicht. Sie war im Frachtraum gewesen. Der alte Coll war mit einem Krug Wasser zurückgekehrt. Sie entsann sich noch, dass sie Maras Medizin in einem Zug ausgetrunken und sich kurz darauf unendlich müde gefühlt hatte. Im Dämmerzustand hatte sie noch gedacht, dass der Schlaf bei ihrer entsetzlichen Seekrankheit ein wahrer Segen wäre.

Sie hatte von Seeschlachten und Kanonenfeuer geträumt. Und dann von Wasser. Ein unglaublich eisiger Wasserschwall hatte sie mit Wucht überrollt. Schlangen waren aus der Tiefe aufgestiegen, hatten sich um ihre Arme und Beine gewunden und sie nach unten gezogen. Ihre Lungen hatten nach Sauerstoff gelechzt, und sie hatte sich zur Wehr gesetzt. Auf einmal hatte ihre Seele körperlos auf den dunklen Wassern geschwebt und beobachtet, wie ihre sterbliche Hülle in den Strudeln des Ozeans versank.

Aber dann … hatte sie Wyntouns Rufen gehört. Wie

ein Erzengel, aufgetaucht aus einem fernen, irdischen Paradies, hatte seine Stimme sie zurückgeholt von den Pforten des Himmels.

Adrianne hatte nicht gezögert. Sie hatte gewusst, dass sie zu ihm gehörte. Sie hatte ihm helfen müssen, sie zu finden … sie zu retten. Und sie hatte eine Hand ausgestreckt, und ihr Gemahl hatte sie festgehalten!

Mit zitternden Fingern betastete Adrianne ihr Gesicht. Sie erinnerte sich schwach seiner Hände, die sie in warme Decken gehüllt hatten. Sie hatte die Augen aufgeschlagen und seine angstvolle Miene gewahrt – tiefe Besorgnis hatte sich in seinen grünen Tiefen gespiegelt. Da hatte sie gewusst, dass sie in Sicherheit war. Er hatte sie gerettet.

Darauf war sie wieder eingeschlafen …

Sie ließ die Hände sinken und betrachtete abermals die ihr unbekannte Kammer. Ein riesiges Bett, ein geschnitzter Stuhl mit einem bestickten Kissen, eine gewaltige Truhe an einer Wand. Das Feuer in einer Kohlenpfanne schien frisch geschürt. Sie wandte den Kopf und bemerkte ein einziges, mit Blenden verschlossenes Fenster. Von draußen hörte man den stürmischen Seewind.

Adrianne warf die Laken zurück und setzte ihre Füße auf den mit einem geflochtenen Binsenteppich bedeckten Boden. Sie war barfuß. Statt der Jungenkleidung, mit der sie sich vor ihrem Aufbruch in Duart Castle getarnt hatte, trug sie jetzt ein warmes, langärmeliges Nachthemd.

Als sie zu dem Fenster schlenderte und die Läden öffnete, war sie froh um das Wärme spendende Kleidungsstück. Die eisige Winterluft schlug ihr ins Gesicht. Sie warf die langen schwarzen Locken über ihre Schultern und spähte zu dem Küstenstreifen, der unter ihrem Fenster sichtbar wurde. Ihr Blick fiel auf

Wehrmauern, einen breiten, graugrünen Strom und eine Heidelandschaft mit Kiefern und Gesträuch.

Sie meinte auf einer Anhöhe zu sein. In einer Burg auf einem Felsmassiv, berichtigte sie sich, als sie sich aus dem Fenster lehnte und rechts und links trutziges Mauerwerk erspähte, das hoch über dem Fluss aufragte. Den Blick suchend auf den Strom geheftet, fand Adrianne indes keinen Hinweis auf Wyntouns Schiff.

»Er hat mich schnöde zurückgelassen«, murmelte sie verdrießlich. Er musste hier angelegt haben – wo auch immer sie jetzt war – und sie einfach abgesetzt haben, ehe er seine Reise fortsetzte.

Gleichwohl stand es ihr nicht zu, sich über seine Handlungsweise zu beklagen. Sie hatte sich wieder einmal falsch verhalten. Auf ihre unverbesserliche Art hatte sie spontan gehandelt und die Folgen nicht bedacht.

Aber das Schiff!, überlegte sie entsetzt. Verschwommene Erinnerungen an die Karavelle, durch deren zersplitterte Planken Wasser eingedrungen war, tauchten auf. Was war mit Wyntouns Schiff passiert? Hatte sie das alles nur geträumt? Und wie war sie hierher gelangt?

Sie trat vom Fenster weg und spähte durch die fremde Kammer, auf der Suche nach etwas zum Anziehen. Sie hastete zu der Holztruhe, wollte diese schon öffnen, als die Kammertür aufsprang und Adrianne eine elegant gekleidete, silberhaarige Frau gewahrte.

Adrianne schob ihr zerzaustes Haar beiseite und nickte der Fremden zögernd zu.

»Guten Morgen«, sagte sie verhalten.

»Guten Tag, Mistress. Ich muss Euch leider sagen, dass bereits Nachmittag ist.« Die sanfte Stimme der Frau klang einladend freundlich. Sie hielt ein grauwollenes Gewand im Arm, Strümpfe und Schuhe in der Hand.

»Meine Name ist Bridget, ich führe hier den Haushalt.« Als sie Adriannes sehnsüchtig auf das Kleid gerichteten Blick bemerkte, lächelte sie. »Wie ich höre, sind Eure eigenen Sachen auf der Reise verloren gegangen. Deshalb bringe ich Euch ein Gewand von Lady Celias Tochter. Sie hat ungefähr die gleichen Maße wie Ihr, sollte ich noch erwähnen.«

»Lady Celia?«, erkundigte sich Adrianne, nahm dankbar das Kleid von der älteren Frau in Empfang und trug es zum Bett. Sie sah Bridget fest an. »Darf ich fragen, wo ich hier bin? Und wer ist Lady Celia?«

»Aber gewiss, Lady Celia Campbell! Ihr seid auf Dumbarton Castle, Mistress. Diese Burg gehört dem Earl of Argyll, Lord Colin Campbell. Natürlich ist Kildalton Castle der Hauptsitz der Familie.« Bridget strebte zu dem geöffneten Fenster. »Es war ein Glück, dass der Graf und seine Gattin daheim waren, als Ihr ankamt. Dort unten fließt der River Clyde.«

»Nahe Glasgow?«

»Ganz recht, Mistress. Nur wenige Stunden davon entfernt, bei gutem Wind und mit einem wendigen Boot.«

Während die Frau die Läden schloss, maß Adrianne heimlich das Gewand und ihre Besucherin. Sie hatte eine ganze Menge über den mächtigen Colin Campbell und seinen Einfluss auf die schottische Politik gehört. Und über seine mutige Gemahlin – die Kämpferin, die dem Infanten Jamie nach der Schlacht von Flodden Field das Leben gerettet hatte.

Aber wie war sie hierher, in die Nähe von Glasgow, gelangt?

»Hat mein Gemahl mich hergebracht?«

»Ja, Mistress.«

»Aber ich dachte … ich dachte, die MacLeans und die Campbells verstünden sich nicht besonders gut?«

Bridget senkte den Blick. »Mistress, ich weiß nur, dass es Dinge gibt, die selbst die heftigsten Widersacher einen können.«

»Wisst Ihr, wohin mein Mann gegangen ist?«

»Gegangen?« Die ältere Frau trat zu der Truhe und nahm für Adrianne einen Tartanschal in den Farben der Campbells heraus. »Nun, er ist immer noch hier, Mistress. Lord Colin und Lady Celia haben in der vergangenen Woche eine ganze Reihe von Besuchern empfangen.«

Das war das Beste, was die Frau bislang gesagt hatte. Also war Wyntoun nicht so aufgebracht gewesen, dass er sie schnöde zurückgelassen hatte. Geschwind zog sie Strümpfe und Schuhe an. Sie musste ihn sehen. Musste ihm alles erklären. So wie er sie an Deck des Schiffes vorgefunden hatte … sie musste jede Menge Verwirrung gestiftet haben.

Meister Coll! Ihr Herz sank ins Bodenlose. Der arme alte Seemann hatte vermutlich Wyntouns ganze Verärgerung zu spüren bekommen.

Fragen über Fragen schwirrten Adrianne im Kopf herum; unterdes schloss Bridget schweigend die Rückenbänder des Gewandes. Adrianne war sich darüber im Klaren, dass sie alle Schuld trug. Wahrlich, und das aus lauter Liebe zu ihm. Sie musste ihn sehen. Ihm alles erklären.

Ihre Frisur halbwegs in Ordnung zu bringen war eine Tortur. Und wieder kam die Ältere ihr zu Hilfe, nötigte sie sanft auf einen Stuhl, während sie ihr Haar flocht.

»Lady Celia wartet bereits im Rittersaal. Sie freut sich darauf, Euch kennen zu lernen. Seit ihrer Ankunft von Kildalton Castle ist sie sehr beschäftigt, aber ich weiß, dass sie sich ausgiebig nach Euch erkundigt hat …«

Bridget plauderte munter weiter; unterdessen überlegte Adrianne fieberhaft, wie sie ihrem Gemahl dies alles erklären sollte. Er musste zornig auf sie sein. Dass sie sich auf seinem Schiff versteckt hatte, war gewiss wie ein Schlag ins Gesicht für ihn gewesen, hatte sie doch wieder einmal sein Vertrauen missbraucht.

Sobald die alte Frau die letzten Strähnen frisiert hatte, sprang Adrianne auf und huschte, eine Entschuldigung murmelnd, zur Tür. Dort verharrte sie unvermittelt und warf der belustigten Bridget einen fragenden Blick zu.

»In welche Richtung muss ich gehen?«

»Die Räumlichkeiten auf Dumbarton sind ein bisschen unübersichtlich, weil die Burg auf einem Felsmassiv steht. Aber geht in diese Richtung, denn es gibt nur ein Treppenhaus. Von dort aus gelangt ihr ins Untergeschoss. Haltet Euch rechts, dann findet Ihr alsbald den Rittersaal.«

»Ich kann Euch gar nicht genug danken«, erwiderte Adrianne mit einem flüchtigen Lächeln.

»Und achtet nicht auf die Hunde. Sie sind alt und fried…«

Doch da sauste Adrianne schon durch den engen Gang.

Die Burg schien wesentlich früher erbaut worden zu sein als Duart Castle, doch der Geruch von Mörtel und Putz vermittelte Adrianne, dass die alte Festung frisch renoviert war. Oben auf dem Treppenabsatz wäre sie beinahe mit einem verblüfften Dienstboten zusammengestoßen, ungefähr in Gillies Alter und beladen mit Torfkohle. Ein schwarzer Hund trottete ihm nach.

»Guten Tag, Mistress!« Der sommersprossige Junge grinste sie an.

»Guten Tag.« Lächelnd presste Adrianne sich an das Mauerwerk, um den Burschen vorbeizulassen.

»Kann ich Euch irgendwie zu Diensten sein, Mistress?«

Adrianne überlegte kurz und nickte dann.

»Das kannst du in der Tat. Ich suche meinen Mann, Sir Wyntoun MacLean. Ist er vielleicht im Rittersaal?«

»Nein, von dort komme ich gerade, Mistress.« Der Bursche schüttelte entschieden den Kopf. »Er und Lord Colin und die anderen Männer sind noch immer in der Waffenkammer des Weißen Turms versammelt.«

»Und wo ist diese Waffenkammer?«

»Am Fuß dieser Treppe findet Ihr eine Tür in den Hof. Wenn Ihr der Wehrmauer folgt und ein Stückchen den Hügel hinaufgeht, könnt Ihr den Turm schon sehen.«

Adrianne krauste die Stirn, dachte laut nach. »Wenn dort so viele versammelt sind, warte ich wohl besser im Rittersaal.«

Der Bursche mischte sich zaghaft ein. »Sie sind seit heute Vormittag dort, ohne einen Bissen zu essen. Ich würde sagen, wenn Ihr dort ankommt, sind sie vielleicht fertig.«

Adrianne musste ihren Gemahl unter vier Augen sprechen. Sie musste ihn überzeugen – nein, zu der Einsicht zwingen –, dass sie keinen Vertrauensbruch hatte begehen wollen. Draußen zu warten, bis die Männer ihre Zusammenkunft beendeten, war vielleicht eine Lösung. Sie könnte mit ihm reden, sobald die anderen in den Rittersaal zurückgekehrt wären.

Sie dankte dem sommersprossigen Knaben, strebte die Stufen hinunter und hinaus ins Freie.

Die Luft war empfindlich kühl und der Tag gleißend hell im Licht der Nachmittagssonne. Auf der anderen Seite des Innenhofs gewahrte sie einige aus Segeltuch und Holz zusammengenagelte Unterstände; eine Reihe von Kriegern umlagerte drei oder vier Kochfeuer. Keiner schien sie zu beachten, als sie dem Verlauf der Mauer folgte.

Schon bald darauf erspähte Adrianne auf dem steilen Berg den Turm, der allerdings nicht weiß war. Das Gestein war ebenso graubraun verwittert wie die übrige Burg, indes war es der einzige Turm weit und breit. Nichts deutete auf ein Ende der Zusammenkunft hin, und niemand hielt Wache, als Adrianne näher kam und vor der Eichentür des Turms verharrte.

Der Wind hatte aufgefrischt und zerrte heftig an ihrem wollenen Gewand; selbst der umgelegte Schal konnte die Kälte nicht abhalten. Überdies war Adrianne ein wenig erschöpft von dem Aufstieg. Sie rieb sich die Arme und hüpfte von einem Fuß auf den anderen. Sie durfte nicht krank werden und mit Fieber darniederliegen! Das hätte ihrem Gemahl gerade noch gefehlt.

Nach einem weiteren Blick auf die Turmtür drückte Adrianne diese entschlossen auf und spähte in das dämmrige Innere. Als sie niemanden entdecken konnte, nahm sie allen Mut zusammen, schlüpfte hinein und schloss die Tür gegen den eisigen Wind.

Von oberhalb der schmalen Wendeltreppe, die entlang des Mauerwerks nach oben führte, vernahm sie eine gedämpfte Unterredung. Was gesagt wurde, verstand sie nicht, doch sie hörte aufgebrachte und ruhige Stimmen, erzürnte und sachlich-nüchterne. Und dann drang Wyntouns Stimme an ihr Ohr.

Adrianne nahm die ersten Stufen und gelangte auf eine schmale Galerie mit einer massiven, eisenverstärkten Eichentür. Kein Laut drang aus dem Innern, und sie spähte hinauf zum nächsten Geschoss. Die Eichentür vor ihr war verschlossen, dennoch schien es hier um einiges wärmer. Sie nagte an der Unterlippe, unentschlossen, ob sie in der wärmeren Kammer oder auf der Galerie warten sollte.

Unvermittelt setzte die Diskussion wieder ein; einige Männer suchten die anderen zu übertönen. Grenzgebiet … Henry … Percy …

Sie schnappte ihren Familiennamen auf, doch blieb ihr der Sinn der Unterhaltung unklar. Und dann erhob sich eine sonore Stimme über die anderen.

»Wir dürfen nicht billigen, dass Ihr dies im Alleingang erledigt, Henry.«

Bekräftigende Zurufe wurden laut.

»Nichola ist vielleicht willentlich gegangen.«

Adrianne errötete nervös vor der Tür, ihre Hände auf dem Riegel.

»Niemals. Nicht nach unserer Heirat.«

»Dann hat man sie eben zur Gefangenen gemacht. Sie wurde von denjenigen hintergangen, denen sie vertraute.«

»Aus freien Stücken wäre sie niemals mit diesem Mönch gegangen. Sie wurde überwältigt, ich sag's Euch!«

Bevor sie noch wusste, was sie tat, betrat Adrianne die Kammer. Ein stattlicher Ritter in Kettenhemd maß sie verblüfft und wich beiseite, um sie einzulassen. Der Geruch von Kerzen schwängerte die Luft. Ritter, Krieger und Geistliche erhoben sich und betrachteten sie für Augenblicke schweigend. An der Wand, über Borden mit Hellebarden, Speeren und Schwertern, prangte ein riesiges Kreuz. Darüber hatte man sorgfältig ein goldgesäumtes, blaues Schleiertuch drapiert.

Ihr Blick auf das Tuch geheftet, wurde eine Erinnerung in ihr wach. Es kam ihr irgendwie bekannt vor … vertraut. Sie wandte sich zu den versammelten Männern.

»Ihr habt von Nichola Percy gesprochen.« Sie vermochte das eigentümliche Zittern in ihrer Stimme nicht zu unterdrücken. Plötzlich hatte sie weiche Knie. Sie trat einen Schritt vor und fuhr beherzter fort: »Wenn Ihr Neuigkeiten von meiner Mutter habt, muss ich sie wissen.«

Einhelliges Schweigen war ihre einzige Antwort. Als ihr Blick über die schlachtgeprüften, von Narben gezeichneten Gesichter schweifte, schlug ihr Kälte, ja Abneigung entgegen.

»Meine Schwestern und ich haben Nachricht erhalten, dass sie bereits in England aufgegriffen wurde, und jetzt muss ich etwas völlig anderes hören ...«

Die Worte blieben ihr fast in der Kehle stecken. Noch nie in ihrem Leben hatte sich Adrianne so sehr als Eindringling gefühlt wie jetzt. Nicht einmal die Äbtissin von Barra hatte ihr so viel Ablehnung entgegen gebracht. Und doch erinnerten sie all jene Männer an Edmund Percy, ihren Vater. Wieder fiel ihr Blick auf das Kreuz.

Ah ... das war es! Frauen war der Zugang verboten! Die Ermahnungen in ihrer Kindheit schossen Adrianne durch den Kopf.

»Sie hat jedes Recht, es zu erfahren.«

Die entschlossene, kraftvolle Stimme erhob sich irgendwo zu ihrer Rechten. Wyntoun! Tief einatmend focht Adrianne die Tränen der Erleichterung nieder, die in ihre Augen traten. Ein erstauntes Raunen ging durch die Menge.

»Adrianne und ihre Schwestern haben am meisten gelitten. Sie *müssen* es erfahren.«

Erst als Wyntouns warmer, fester Arm ihre Taille umspannte, merkte sie, dass sie zitterte. Sie fühlte ihn neben sich, wagte aber nicht aufzublicken, aus Furcht, auch noch den letzten Rest Haltung einzubüßen.

»Haben die Percy-Frauen noch nicht genug Schaden angerichtet?« Der feindselige Ton des grau gewandeten Priesters neben dem Kreuz rüttelte Adrianne auf.

»Es ist gewiss nicht rechtens, sie für ihr eigenes Unglück verantwortlich zu machen, Sir Peter.« Sie kannte diese Stimme. Es war derselbe Mann, der zuvor Nicholas Namen ausgesprochen hatte. Eine überaus vertraute Stimme. Trotzdem wagte sie es nicht, sich umzudrehen und zu dem Mann zu schauen. »Wir wissen von nichts Nachteiligem. Und sollte ein Schaden entstanden sein, dann sind wir dafür verantwortlich. Ganz recht, wir, die Ritter des Schleiertuchs, müssen uns die Schuld geben, dass wir uns nicht besser um die Familie unseres Mitbruders gekümmert haben – nach seinem Tod aus der Hand von Henry Tudor!«

Seinen erhitzten Worten folgte lautstarkes Für und Wider. Starr wie eine Statue verharrte Adrianne an ihrem Platz. Es war ein Wunder, dass sie noch atmen konnte.

»Entfernt die Frau aus dieser geheiligten Zusammenkunft«, entfuhr es einem der älteren Ritter. »Möge man ihr eine Nachricht überbringen, die wir für angemessen halten.«

»Hinaus mit der Frau!«, brüllte ein anderer.

»Die Tochter gehört nicht hierher.«

»Sie dringt in unseren heiligen Zirkel ein!«

»Sie bleibt!« Wyntouns scharfe Worte ließen die Anwesenden verstummen. Einen Herzschlag lang schloss Adrianne die Augen, um die Tränen zurückzudrängen. Ihre Finger verflochten sich mit den seinen. »Es ist ihre Familie, über die wir hier sprechen. Und es geht um das Leben ihrer eigenen Mutter.«

»Das bricht mit unserer Tradition«, schnaubte der Priester, den sie Sir Peter nannten. »Als Frau verdient sie es nicht, vor den Rittern des Schleiertuchs zu sprechen.«

»Meine Gemahlin, Adrianne Percy, hat sich jedes Recht *verdient*, hier vor Euch allen zu stehen.« In Wyntouns Entgegnung schwang unterschwelliger Zorn mit. »Sie verdient es vermutlich eher als einige andere von Euch.«

Verstohlen zu ihm aufblinzelnd, gewahrte sie, wie Wyntouns stechender Blick die Anwesenden taxierte.

»Sie ist eine Frau, wie wahr. Und doch im Grunde ihres Herzens ein Krieger. Sie ist eine Kämpferin und Heilerin, eine Bewahrerin des Guten, wie ihr Vater vor ihr.« Als ein Raunen laut wurde, mäßigte Wyntoun die Stimme; sein Blick maß jeden Einzelnen. »Wir sollten uns ein Beispiel nehmen an dieser Frau. Sie ist tapfer, aufopfernd und so standfest im Dienste unserer Sache, wie auch wir es sein sollten.«

Adrianne spürte, wie Wyntouns Worte sie mit neuer Lebensenergie erfüllten. Sie fühlte seine Kraft, die sie durchströmte, während sie seine Hand umklammert hielt.

»Es gab schon einmal eine Frau, die nach diesen Grundsätzen lebte.« Der Blick ihres Mannes fixierte Kreuz und Schleiertuch. »Ich ersuche die Ritter des Schleiertuchs zu billigen, dass Adrianne Percy MacLean bleibt.«

Lautes Gemurmel erhob sich in der Kammer.

»Ich bin dafür.« Diesmal spähte Adrianne zu dem Ritter, der zuvor für den Schutz ihrer Mutter und ihrer Familie eingetreten war. Sie vermochte ihre Wiedersehensfreude kaum zu verbergen, als Sir Henry Exton aus der Gruppe trat und sich neben sie stellte.

»Ich stimme ebenfalls dafür«, drang eine tiefe Stimme aus den Reihen der Versammelten. Adrianne gewahrte einen greisen, stämmigen Highlander, der sich von einer Wand abstieß und zu ihnen strebte. Die kunstvoll geschmiedete Spange an seiner Schulter und sein selbstbewusstes Auftreten ließen Adrianne vermuten, dass es sich bei diesem Verbündeten um Lord Colin Campbell, den Earl of Argyll, handelte.

Hatte man sie zuvor vehement abgelehnt, so stimmten doch jetzt mehr und mehr Ordensbrüder für ihre Teilnahme. Die Gesichter der Männer, die für sie Partei ergriffen, verwischten hinter einem Tränenschleier, gleichwohl wusste Adrianne, dass dies nicht der rechte Zeitpunkt für Gefühlsausbrüche oder Dankesworte wäre. Dieses Mal musste sie die Stärke beweisen, die ihr Gemahl ihr wortreich bescheinigt hatte.

Sir Peter, der aufwieglerische Geistliche neben dem Kreuz, war der Letzte, der ihr schließlich seinen Segen gab.

Adrianne befleißigte sich, möglichst viel von dem aufzunehmen, was die Versammlungsmitglieder ihr darlegten. Allmählich wurden ihr das Wirken der Ritter des Schleiertuchs und die lebenslange Ordenszugehörigkeit ihres Vaters bewusst. Die Erinnerungen an ihre Kindheit. All die Besuche von Gelehrten, Geistlichen und Rittern aus ganz Europa.

Sie erzählten ihr, dass der Schatz des Tiberius nicht der Familie Percy gehörte. Ihr Vater war lediglich Träger ihres heiligen Vertrauens gewesen – der *Hüter der Karte,* hatten sie ihn genannt. Was freilich viele von ihnen aufbrachte, war der Umstand, dass ihre Mutter die Karte des Tiberius in drei Teile geteilt und ihren nach Schottland geflüchteten Töchtern gesandt hatte. Statt Nichola jedoch zu verurteilen, vermochten viele Ritter ihre Schutzvorkehrungen nachzuvollziehen; andere versicherten ihr, dass sie ihre Mutter finden und aus der Hand des Feindes befreien würden.

Eine Information traf Adrianne indes wie ein Blitzstrahl aus heiterem Himmel: Die Entführung ihrer Mutter war von den Rittern des Schleiertuchs vorsätzlich geplant und ausgeführt worden, um wieder in den Besitz der Schatzkarten zu gelangen. Zu keiner Zeit hatten sie das Ansinnen verfolgt, Nichola an König Henry von England auszuliefern. Man hatte sie heimlich von einer Burg zur nächsten gebracht, und ihr letzter Aufenthaltsort war das Anwesen von Sir Henry Exton im Grenzgebiet gewesen.

»Und dort, Adrianne, hat Eure Mutter meinen Heiratsantrag angenommen. Wir sind vor ungefähr einem Monat getraut worden.« Sir Henrys blaue Augen spiegelten seine Seelenpein. »Aber den Schutz, den ich ihr mit meinem Eheschwur ausdrücklich zugesagt hatte, vermochte ich ihr leider nicht zu bieten. Lady Nichola ist trotz meiner intensiven Bemühungen verschwunden.«

»Sir Henry, habt Ihr denn keine Vorstellung, wo sie sein oder wer sie entführt haben könnte?« Das waren die ersten Worte, die Adrianne seit Betreten des Turmgemachs äußerte.

Henry sah sie fest an. Ihre Blicke tauschten eine stumme Botschaft aus, die beide verstanden. In seinen Augen las sie die Dankbarkeit, dass sie diese Eheschließung gut hieß. Er war ihrer Familie immer ein enger Freund gewesen. Adrianne wusste, dass er von dieser Haltung niemals abweichen würde.

»Vielleicht hat man sie in einen Hinterhalt gelockt. Am Morgen ihres Verschwindens hatte sie um eine Unterredung mit einem Geistlichen gebeten.« Nachdenklich runzelte er die Stirn. »Ich hatte zwar keine Kenntnis von seiner Ankunft, aber ich glaube, dass Benedict zu ihr kam, der Mönch, der Euren Eltern und Eurer Familie wohl vertraut ist.«

»Bis vor kurzem war Benedict ein geschätztes Mitglied dieser Bruderschaft«, fügte Wyntoun hinzu. »Wir haben mittlerweile jedoch den starken Verdacht, dass diesem Mönch einzig seine eigenen Interessen am Herzen liegen.«

»Uns ist zu Ohren gekommen, dass Benedict sich während der Gefangenschaft Eures Vaters heimlich mit Thomas Cranmer, dem Erzbischof von Canterbury, getroffen hat,« räumte einer der Ritter ein.

Sir Henry Extons Blick blieb auf Adriannes Gesicht geheftet. »Der Schatz des Tiberius ist für jene außerhalb unseres Zirkels seit jeher schon mehr Mythos als Realität gewesen. Wir glauben, dass Benedict Thomas Cranmer aufgesucht hat, um die Existenz des Schatzes zu bestätigen und um Unterstützung zu erbitten – auch finanzieller Natur – für die Umsetzung seiner Pläne. Der Ruhmesglanz, einen solchen Schatz zu besitzen, würde gleichermaßen auf sie alle abstrahlen.«

»Nachdem sein anfängliches Bestreben, deine Schwestern zu überwältigen, scheiterte«, erklärte Wyntoun, »muss er sich für eure Mutter entschieden haben. Der Mönch denkt, dass die Entführung von Nichola ein wirksames Druckmittel hinsichtlich des Tiberius sein wird.«

»Aber wohin würde er sie bringen?« Ihre Wangen zornesrot, gewahrte Adrianne, dass ihr Kampfgeist zurückkehrte. »Meinst du, er hat sie an Henry Tudor oder Erzbischof Cranmer ausgeliefert?«

»Noch nicht. Wie wir von Freunden erfahren haben, die dem englischen Königshof nahe stehen, hat Henry Tudor keine Ahnung von dem Schatz des Tiberius und von Erzbischof Cranmers Machenschaften mit Benedict.« Colin Campbell stand etwas abseits der Gruppe, die Adrianne umgab, und alle blickten zu ihm. »In Nicholas Geiselnahme sieht dieser Mönch seine einzige Chance, Euch und Euren Schwestern die Kartenteile abzupressen. Wir wissen zwar noch nichts Genaues, aber wir haben heute Morgen eine Nachricht erhalten, dass Benedict in Gesellschaft einer Bande Abtrünniger gesichtet wurde, die bis vor kurzem unter dem Banner des verstorbenen Sir Athur Courtenay dienten. Sie reisten gen Süden, nach Kilmarnock in Ayrshire.«

»Ist es denn nicht möglich, ihn irgendwie aufzuhalten?«, entrüstete sie sich und trat ein paar Schritte auf den Earl zu, ehe sie sich wieder Wyntoun zuwandte. »Gewiss können sie noch nicht weit gekommen sein.«

Wyntoun nickte zustimmend. »Allerdings gibt es in Ayrshire eine ganze Reihe von trutzigen Festungen, wo sie eure Mutter verbergen könnten. Und bevor wir Benedict in die Enge treiben, muss vorab gewährleistet sein, dass Nichola bei einem Angriff nicht verletzt wird. Benedict ist ebenso skrupellos wie hinterhältig. Gewiss wird er eure Mutter vorschicken, um einen Anschlag auf sein Leben abzuwenden.«

Colin Campbell stimmte ihm zu. »Überdies müssen wir in Erfahrung bringen, wie weit Thomas Cranmer die Sache mit dem Schatz des Tiberius verfolgt. Soweit ich weiß, harrt der Erzbischof darauf, dass Benedict ihm die Siegestrophäe bringt, sodass Cranmer sie höchstpersönlich dem König überreichen kann. Allerdings dürfen wir uns da nicht sicher sein, und das Letzte, was wir wollen, ist eine Situation, in der englische Truppen gegen schottische Krieger anrücken. Wir sind noch nicht bereit für ein weiteres Blutbad.«

Adrianne war klar, dass der Earl of Argyll von der Schlacht bei Flodden Field sprach, wo zehntausend Männer an einem Tag den Tod gefunden hatten. Sie kannte die Geschichte von ihrer Mutter.

»Er wird Nichola Percy nichts antun«, warf ein anderer Ritter ein. »Nicht solange die Chance besteht, dass er sie gegen den Schatz eintauschen kann.«

»Benedict weiß genau, dass sich die Ritter des Schleiertuchs nie wieder vom Schatz trennen werden … koste es, was es wolle!«

Wyntoun nickte Sir Peter Wrothsey, dem finster dreinblickenden Geistlichen, bekräftigend zu. »Aber er weiß auch um die Entschlossenheit der Percy-Töchter und ihrer Ehemänner. Er weiß, dass sie alles daransetzen werden, Lady Nichola zu befreien.«

Sekundenlang maß Adrianne Wyntouns Gesicht. Seine verschlossene Miene spiegelte keinerlei Regung. Gleichwohl wusste sie, dass es für ihre Mutter keine Befreiung wäre, wenn der Schatz des Tiberius an Benedict oder an Thomas Cranmer oder an Dritte ginge.

Das Tageslicht, das durch die hohen, schmalen Fenster einfiel, wurde bereits schwächer, als die Zusammenkunft schließlich endete. Adrianne blieb mit Wyntoun, Sir Henry und Colin Campbell zurück, nachdem die anderen aufgebrochen waren.

Die grauen Schläfen des Grafen von Argyll zeugten von seinem fortgeschrittenen Alter, und dennoch besaß er die Vitalität ewiger Jugend. Er nahm ihre Hand freundschaftlich in die seine.

»Ich bin so stolz auf Euch, wie Euer Vater es wäre, weilte er heute unter uns. Ihr habt seinen Kampfgeist und seine Courage geerbt.« Er ließ ihre Hand los und fasste Wyntouns Arm, väterlich lächelnd. »Ihr habt gute Arbeit geleistet, Streiter. Besser als wir je zu hoffen gewagt hätten.«

Argyll nickte Sir Henry zu. »Celia brennt darauf, Euch alle kennen zu lernen. Gesellt Euch alsbald zu uns.«

Als der Graf die Kammer verließ, spürte Adrianne Sir Henrys Hand auf ihrem Arm.

»Adrianne«, sagte er ernst, »ich weiß, dass Ihr von Euren Schwestern diejenige gewesen seid, die Eurem Vater am nächsten stand. Ich erinnere mich noch gut, wie Eure Mutter sagte, Ihr wäret der Sohn, den Edmund nie hatte.«

Sie lächelte bekümmert. Tief in ihrem Herzen hatte sie sich so manches Mal gefragt, ob das vielleicht der Grund wäre für ihre Spontaneität, ihre Unerschrockenheit angesichts drohender Gefahren oder für ihr diebisches Vergnügen, etwas zu tun, was ihren Schwestern nie in den Sinn gekommen wäre.

»Ich möchte, dass Ihr wisst, dass ich Edmund tiefen Respekt gezollt habe. Ich habe seine Freundschaft in Ehren gehalten. Und wann immer ich als Gast in Eurer Familie weilte, habe ich nie einen ungebührlichen Gedanken hinsichtlich Lady Nichola gehegt.« Henrys Worte klangen nach einem aufrichtigen Geständnis. »Aber die Jahre sind ins Land gegangen, und ich empfinde eine tiefe Zuneigung für Eure Mutter ...«

Kopfschüttelnd trat sie zu ihm. »Mir müsst Ihr nichts erklären, Sir Henry.«

Auf seine verblüffte Miene hin umarmte sie ihn stürmisch. Seine Arme umschlossen sie wie Bänder aus Stahl. »Ich weiß, dass Ihr meinem Vater und uns anderen ein getreuer Freund gewesen seid. Und ich weiß, was für ein unschätzbarer Gefährte Ihr meiner Mutter jetzt sein könnt. Also bitte, erklärt Euch nicht.« Sie sah zu ihm auf, bis sie seinem Blick begegnete. »Nichola hat sich für Euch entschieden, und das ist alles, was meine Schwestern und ich wissen müssen.«

Als sie sich aus seinen Armen löste, fasste Wyntoun ihre Hand.

»Ich reite umgehend nach Süden«, sagte Sir Henry.

»Meine Männer sind Benedict bereits auf den Fersen. Wir werden Vorsicht walten lassen und zuschlagen, wenn die Zeit reif ist.«

»Das werdet Ihr gewiss.« Sie nickte zuversichtlich, fühlte sie doch die Kraft, die von ihrem Gemahl auf sie überging.

Nachdem Henry die Rüstkammer verlassen hatte, blieben nur noch Adrianne und Wyntoun zurück. Ihr Blick schweifte durch den befremdlich anmutenden Raum zu dem heiligen Kreuz und dem blauen Tuch. Sie gedachte des Respekts, den die Ritter ihrem Gemahl gezollt hatten. Er war gewiss ein Held für sie – ein Streiter für ihre Sache –, und Adrianne schämte sich für alles, womit sie ihm das Leben schwer gemacht hatte.

Sie musste ihm so vieles erklären. Die zahllosen Missverständnisse entwirren. Inzwischen war ihr vieles klarer geworden – Wyntouns Beweggründe, warum er die Kartenteile an sich bringen wollte, um sie dann den Rittern des Schleiertuchs auszuhändigen. Und dann war da noch ihr ausgeklügelter Plan, nach dem er sie zur Frau genommen hatte.

Tja, es gab einiges zu erklären, und sie wusste gar nicht, wie und wo sie anfangen sollte! Was, wenn er nicht bereit wäre, ihr zu verzeihen?

»Adrianne!« Seine sehnige Hand hob ihr Kinn an, bis ihre Blicke miteinander verschmolzen. »Wir müssen reden.«

»Es gibt kein Schiff«, platzte sie heraus, entschlossen, ihm nichts zu verschweigen. »Zumindest kein Schiff, das dir auch nur irgendwie nutzen könnte. Wirklich ... ich habe gelogen! Es tut mir so Leid, Wyntoun, aber ich musste lügen, um dich zu überzeugen ...«

»Was für ein Schiff?«, fragte er verständnislos.

»Die Galeone, die ich dir versprochen habe … die meinem Vater gehörte. Die, von der ich dir erzählt habe, dass sie auf der Isle of Man vor Anker liegt.« Ihre Wangen brannten angesichts dieses Schuldeingeständnisses. »Ich habe gesagt, dass du sie haben kannst, wenn du mir hilfst, meine Mutter zu retten.«

»Adrianne …«

Sie schüttelte den Kopf, nicht willens, ihn anzusehen. »Ich habe dich angelogen. Ich weiß, ich habe gesagt, dass meine Schwestern und meine Mutter dir das Schiff überlassen würden. Ich habe gesagt, dass sie liebend gern ihre Besitzansprüche an dich abtreten würden.« Sie rang die Hände. »Bitte, versteh mich nicht falsch. Das würden sie auch wirklich gern tun, aber es *gibt* kein Schiff, das auch nur irgendeinen Wert hätte.«

Er öffnete den Mund, doch sie presste ihre Finger auf seine Lippen. Sie würde ihm alles, wirklich alles enthüllen, denn sie musste sich von der Last der Schuld befreien, die sie so lange bedrückt hatte.

»Verstehst du, es gab einmal eine neue Galeone, die mein Vater hatte bauen lassen. Aber er bekam nie die Gelegenheit, sie zu segeln. Wegen eines Missgeschicks an Deck brannte das Schiff noch im Hafen aus, kurz vor der eigentlichen Fertigstellung.« Wie gebannt blickte sie auf ihre Schuhspitzen. »Ich habe dich belogen, weil ich wusste, dass du eine neue Galeone haben wolltest und …«

»Adrianne, ich kannte deinen Vater durch die Ritter des Schleiertuchs … und ich wusste auch um sein Pech mit der ausgebrannten Galeone.« Wyntoun fasste ihre Hand, seine Stimme wurde sanfter. »Mir war bewusst, dass meine Männer keine Galeone erwartete, sobald unsere Suche beendet wäre.«

Sie starrte ihn mit offenem Mund an. »Du wusstest um meine Lüge … und hast mich dennoch geheiratet?«

»Ganz recht. Und ich muss dir auch etwas gestehen. Noch bevor du mich gefragt hast, wusste ich, dass ich dich heiraten würde. Es war die einzige Möglichkeit, das Vertrauen deiner Schwestern zu gewinnen und an die Kartenskizzen zu kommen, die eure Mutter euch geschickt hatte.«

Zorn keimte in ihr auf, legte sich aber sogleich wieder, als sie ihm in die Augen sah. Adrianne gewahrte, dass Wyntoun keine Geheimnisse mehr zwischen ihnen haben wollte, und ihr ging es ebenso. Er wählte seine Worte mit Bedacht, und sie spürte sein Zaudern, als er, den Blick auf sie geheftet, ihre Wange sanft streichelte.

»Ich hätte dich ohnehin geheiratet. Du hast doch gewiss bemerkt, dass ich von deiner Schönheit, deinem Witz und deiner Lebenslust fasziniert war. Und später dann … habe ich mich in dich verliebt. Hoffnungslos, wahnsinnig in dich verliebt. Du bist mein Leben, Adrianne. Mein Ein und Alles.«

Die Tränen in ihren Augen und ihre rosig überhauchten Wangen waren wie ein süßer Sieg. Doch Wyntoun war noch nicht fertig. Sie sollte alles wissen. Er legte den Arm um sie und zog sie an sich. Sie würde ihm nicht entkommen, bis sie alles erfahren hatte.

»Adrianne, mein Handeln hat deine Mutter in Gefahr gebracht.«

»Gewiss nicht, die Ritter des Schleiertuchs haben ihre Festnahme befohlen«, erwiderte sie sanft.

»Auf mein Ersuchen hin.« Sie erstarrte in seinen Armen, und er umschlang sie noch inniger. »Ich war zu Gast in Blackfearn Castle, weil deine Schwester Laura meinen Freund, William Ross, geheiratet hat. Der Mönch Benedict hatte bereits Kontakt zu mir aufgenommen, und ich deckte seine verworrenen Pläne auf. Die Zeit drängte, und wenn wir die Kartenskizzen nicht fänden, würde Benedict oder irgendein anderer Schatzsucher vor uns Erfolg haben.«

»Du hättest uns fragen können, und wir hätten sie dir gegeben.«

»Wirklich? Warum hättet ihr uns trauen sollen – einer Gruppe euch unbekannter Männer? Und dem Streiter von Barra, einem Piraten, dessen Beweggrund sicherlich Gewinnsucht wäre?«

Sie starrte ihn nur an – und sagte nichts.

»Die Ritter des Schleiertuchs haben mich auserwählt, den Schatz zurückzubringen, und ich sah meine einzige Chance darin, dich und deine Schwestern zu überzeugen, dass Lady Nichola bereits der Gnade von König Henry ausgeliefert wäre.«

»Du hast Mutters Entführung befohlen?«

»Ja, weil ich wusste, dass du und deine Schwestern alles daransetzen würdet, sie zu befreien.« Wyntoun sah ihr fest in die Augen. »Natürlich wollte ich nicht, dass ihr irgendetwas zustößt. Lady Nichola ahnte es zwar keine Sekunde lang, aber anfangs war sie bei Freunden in der Nachbarschaft untergebracht. Und später dann bei Verbündeten deines Vaters. Sie war eine vom englischen König Verfolgte, also musste sie häufig ihr Versteck wechseln. Wir wollten nicht, dass sie in Feindeshand fiele. Und so gelangte sie irgendwann auf den Herrensitz von Sir Henry Exton im Grenzgebiet.«

Er wischte ihr eine einsame Träne von der Wange. »Ich spreche mich nicht von der Schuld frei, sie an Benedict verloren zu haben, aber ich glaube wirklich, dass sie bei uns sehr sicher war.«

Für einen langen Augenblick hielt Adrianne den Kopf gesenkt, und er wartete mit angehaltenem Atem auf ihre Reaktion. Sie musste ihm einfach vertrauen – mehr noch, er wollte ihre Liebe zurückgewinnen.

»Du hattest die drei Kartenteile bereits, als du Duart Castle verlassen hast, nicht wahr?«

»Ja.« Er nickte. »Die Kuriere, die ich nach Balvenie Castle entsendet hatte, kehrten mit den Karten zurück. Aber ich durfte dir nicht davon erzählen oder dich mitnehmen. Mein Plan sah vor, zuerst die Sache mit Nicholas Gefangennahme zu klären, bevor ich dir reinen Wein einschenken wollte.«

Schließlich sah sie auf. »Hast du den Schatz gefunden?«

»Nein! Wir sind erst gestern in den Hafen eingelaufen, und ich hatte noch keine Gelegenheit, die Symbole auf der Karte zu deuten.«

»Darf ich bleiben und dir beistehen?«

»Nicht einmal die Tore der Hölle könnten uns jetzt noch trennen!«

Ihre Augen wurden schmal. »Und auf welcher Seite der Höllentore siehst du mich, wenn ich fragen darf?«

Er grinste befreit. »Du sagst mir, auf welcher Seite mein hübscher Wirrkopf steht ... denn dort will auch ich sein!«

Sie sah ihn weiterhin skeptisch an, doch er gewahrte den Schalk in ihren Augen. »Wenn du denkst, dass du mich auf diese Weise überrumpeln kannst ...«

»Wie denn sonst, kleine Amazone?« Begehren durchströmte ihn. Er wollte sie erneut umarmen, doch sie schob ihn von sich.

»Na schön. Fangen wir damit an, dass du mich nie ... nie ... nie ausschelten darfst, weil ich als blinder Passagier auf deinem Schiff war.«

»Hmmm.« Allein schon der Gedanke brachte ihn innerlich auf. »Weißt du überhaupt, wie gefährlich das war?«

Sie stellte sich auf die Zehenspitzen und funkelte ihn an. »Nie! Nie! Schon vergessen?«

Er unterdrückte das Verlangen, sie zu küssen, musste aber schmunzeln.

»Noch etwas, mein kleiner Zankapfel?«

»Du wirst nie ... nie ... nie wieder ohne mich in See stechen, wenn du auf eine längere Reise gehst?«

»Aber du bist nicht seetauglich, mein Schatz.«

»Ich werde es lernen«, meinte sie gedehnt.

Er schüttelte den Kopf. »Eine Schiffspassage wie diese birgt Gefahren, die ich nicht vorherzusehen weiß.«

»Gab es Gefahren?«, fragte sie.

»Nur ein kleines Geplänkel mit irgendwelchen dänischen Halunken, die uns unsere Karavelle unter den Füßen weggeschossen haben!«

»Oh! Und wie ist es ausgegangen?«

»Dank der Dänen sind wir jetzt stolze Besitzer einer neuen spanischen Galeone.«

»Hat es Verletzte gegeben?«, erkundigte sie sich besorgt.

»Wir haben einen Seemann – Jock – verloren und ein paar Finger.«

»Das tut mir Leid«, flüsterte sie kleinlaut. »Und Gillie? Wie geht es ihm?«

»Der Junge hat sich tapfer gehalten. Das Einzige, was ihn vermutlich nervös gemacht hat, war, dass Auld Coll schon zu Beginn eins vor den Kopf bekommen hat ... aber Coll hat einen Bullenschädel!«

Sie nickte erleichtert. »Wo sind deine Leute jetzt? Wo ist das Schiff?«

»Alan hat die Galeone ... und Gillie ... nach Duart Castle zurückgebracht. Die gesamte Mannschaft schien versessen darauf, das Schiff zu segeln.«

»War es ein heftiger Kampf, Wyntoun? Habe ich viel verpasst?«

Er lachte. »Nicht der Rede wert.«

»Siehst du? Mich dabei zu haben war überhaupt kein Problem.« Adrianne lächelte verschämt, da ihr noch etwas anderes einfiel. »Ich denke, du solltest mich immer mitnehmen. Überleg doch mal, wie schön das wäre.«

»Schön, sagst du?« Wieder regte sich sein Körper. Er umfasste sie, und diesmal schmiegte sie sich in seine Arme. »Lass mich nachdenken. Tag und Nacht ein Auge auf dich haben. Sehr schön, wahrhaftig. Den von dir angerichteten Schaden zu begrenzen. Wie wunderschön.« Ihre Hand glitt über seine Brust und umschlang seinen Nacken. »Dich zu verführen, wann immer ich dich begehre ... das ist natürlich wahnsinnig schön, jetzt da du es erwähnst.«

Wieder reckte sie sich auf die Zehenspitzen und küsste ihn so leidenschaftlich, dass seine Zweifel bald wie weggewischt waren. Bevor er jedoch jegliche Kontrolle über sich verlor, beendete Wyntoun den Kuss und schaute ihr in die tiefblauen Augen.

»Heißt das, dass du mir verzeihst?«

Wyntoun hatte irgendwann einmal gehört, dass die Augen die Fenster zur Seele seien. Ein Blick zu Adrianne, und er wusste, dass dies zutraf.

»Wyn, nach dem heutigen Tag würde ich dir alles vergeben.« Sie umarmte ihn ungestüm. »Du hast mir beigestanden. Hast mich verteidigt. Für meine Rechte gekämpft. Bei allem, was mir wert und teuer ist, Wyntoun MacLean, liebe ich dich mehr als mein Leben. Und heute hast du mir deine Liebe eingestanden. Es ist alles verziehen!«

# 27. Kapitel

»Der Schatz des Tiberius ist ein weiteres Evangelium. Ein Evangelium, von der Jungfrau Maria selbst erzählt!«

Adrianne stand ihrer Gastgeberin gegenüber.

Lady Celia Muir Campbell war genau so, wie Adrianne sie sich immer vorgestellt hatte – der Inbegriff von Schönheit, Selbstbewusstsein und Anmut. Und sie war ganz offensichtlich klug. Sie hatte Adrianne aus dem Rittersaal gewinkt und in ihren eigenen Salon gebeten.

Beide wussten, dass Wyntoun Adrianne schon in Kürze abholen würde, denn einige Ritter des Schleiertuchs wollten sich erneut zusammensetzen, um die verschlüsselten Symbole auf der Karte zu entziffern. Sie war ihrem Gemahl dankbar, dass sie daran teilhaben durfte, aber augenblicklich hätte sie nichts und niemand von Lady Celia losreißen können.

»Was ich über Tiberius weiß, ist ein buntes Gemisch aus Gerüchten, Mythen und Informationen, die Colin mir im Lauf der Jahre anvertraut hat.« Trotz der geschlossenen Tür senkte Lady Celia die Stimme. »Gläubige und Träumer meinen, dass allein das Pergament schon Kräfte innehabe.«

»Welcher Art?«

»Mystische Kräfte. Wundersame Kräfte. Heilkräfte«, antwortete Celia. »Einerlei, ob es stimmt, jedenfalls besitzt es zeitweise Kräfte. Denn derjenige, der über es verfügt und es für seine Zwecke einsetzt, kann Massen von Gläubigen in ganz Europa beherrschen.«

»Ein Manuskript.« Adrianne hielt den Atem an. Ihre Haut glühte. »In all den Jahren, während der meine

Schwestern und ich die Heilige Schrift studiert haben, hat man uns nie von der Existenz eines Marien-Evangeliums erzählt.«

»Niemand redet darüber. Niemand weiß es.« Celias kluge dunkle Augen leuchteten trotz des Dämmerlichts.

Adrianne strich mit klammen Fingern über ihren Rock. »Und, sind es wirklich die Worte der Heiligen Jungfrau?«

Celia nickte. »Mein Gemahl hat das Manuskript vor vielen Jahren gesehen, bevor es wieder versteckt wurde. Die Geschichte ist die Marias – sie hat diese in ihren letzten Lebensjahren einem Schreiber erzählt. Sie beginnt an dem Punkt, wo sie herausfindet, dass sie guter Hoffnung, aber ohne Gemahl ist. Es ist ein ausführlicher Bericht – der Kampf, das Leid, der Aufstieg und Fall ihres Sohnes und seiner Lehren, seine neuerliche Anerkennung, die Jahre seiner großen Taten, der Veränderungen und schließlich ... die Tage des Friedens.«

Den Blick auf ihre Hände gerichtet, lauschte Adrianne fasziniert, wie Lady Celia fortfuhr mit der turbulenten Geschichte, die sich um den Schatz und um Edmund Percys Rolle in jener Angelegenheit rankte.

Die junge Frau dachte an die Bedeutung eines solchen Manuskripts für die Gegenwart. Im Hinblick auf Henry Tudors Gefolgsleute, die die Klöster im Süden brandschatzten und plünderten, und auf die zerstrittene Kirche in Europa besaß eine solche Reliquie gewiss Macht. Wer immer sie sein Eigen nannte, vermochte ungezählte Menschen zu beherrschen. Ihren Geist. Ihren Glauben.

Schlagartig begriff sie Benedicts wahre Motive. Es war so einfach. Er wollte Macht.

Adrianne verstand jetzt, warum es von einigen als

Verrat angesehen worden war, dass ihre Mutter die Karte geteilt und in die hintersten Winkel Schottlands geschickt hatte. Trotzdem glaubte sie felsenfest daran, dass es Nichola einzig um die Sicherheit gegangen war. Wenn Wyntoun ihnen beistand, das wusste Adrianne, würde der Name ihrer Mutter letztlich wieder ohne jeden Makel sein. Nichola Percy … oder besser Nichola Exton … war keine Missetäterin.

»Lady Celia, wisst Ihr, wie es dazu gekommen ist, dass mein Gemahl Mitglied dieser Bruderschaft wurde?«

Celia lachte. »Es ist gut, dass Ihr diese Frage stellt, denn Sir Wyntoun würde sich niemals seiner Taten brüsten.«

»Gute Taten?«

»Aber gewiss doch. Neben seiner herausragenden Tapferkeit als Krieger hat Wyntoun MacLean riesige Summen von seiner Seeräuberei für den Bau der neuen Universität in Glasgow gestiftet. Da diese meinem Gemahl sehr am Herzen liegt, weiß ich genau, dass der Großteil dessen, was der Streiter von Barra als Pirat erworben hat, für Erziehung und Bildung aufgewendet wird. Und ich möchte besonders hervorheben, dass Wyntoun die Universität von St. Andrews nie vergessen hat, die er selbst besucht hat. Er und mein Gemahl wollen hier im Westen eine Einrichtung gründen, wo die Kinder von Bürgern, Bediensteten und Bauern unterrichtet werden. Zweifellos liegt es an seiner Tapferkeit und Großzügigkeit, dass die Ritter des Schleiertuchs ihn hinzugebeten …«

Auf ein Klopfen an der Tür hin verstummten die Frauen. Beide lächelten den hünenhaften Ritter an, der, sie argwöhnisch beäugend, die Kammer betrat.

Die Rüstkammer im Weißen Turm erstrahlte im hellen Licht unzähliger Fackeln. Inmitten des Raums standen drei Gestalten tief versunken über einen Tisch gebeugt.

Neugierig musterte Adrianne die Gruppe und lächelte dem schmächtigen Mann neben ihr höflich zu. Jener Baron Avandale war nicht nur ein Ritter des Schleiertuchs, sondern auch ein entfernter Verwandter von John Stewart, dem Gemahl ihrer Schwester Catherine.

»Wie viel wisst Ihr darüber, Mylady?«

»Wenig«, erwiderte Adrianne bescheiden. Sie entfernte sich vom Kamin und trat näher zu den dreien an dem Tisch. Der Baron wich nicht von ihrer Seite.

»Ich darf Euch sagen, dass der Schatz des Tiberius ein heiliges Manuskript ist, verfasst in der alten Sprache der Aramäer. Das Manuskript wurde in der Stadt des Tiberius, in Palästina, gefunden, von Fulk von Anjou, dem König von Jerusalem, im siebten Jahr seiner Regentschaft, im Jahre 1138 Unseres Herrn.«

Die junge Frau nickte, den Blick auf Wyntoun geheftet, der eine Reihe von Kartensymbolen auf ein Pergament übertrug. Colin Campbell und der Geistliche, Sir Peter Wrothsey, unterstützten ihn leise diskutierend bei seiner Arbeit.

»Vor vielen Jahren gerieten die Ritter des Schleiertuchs in Sorge darüber, dass das Manuskript Schaden nehmen und zu Staub verfallen könnte«, fuhr der Baron fort. »Man traf eine Entscheidung … es sollte übersetzt werden. Edmund Percy bekam die Aufgabe zugewiesen, das Manuskript zum Zwecke der Übersetzung und Konservierung an sich zu nehmen. Das Dokument war von jeher im Besitz eines der Ritter gewesen, der es zu schützen und für die Nachwelt zu bewahren hatte. Man beabsichtigte, diese Tradition für die nächsten fünfhundert Jahre beizubehalten ... oder bis zu einer Zweiten Wiederauferstehung. Als Mitglied des Ordens und als Fachgelehrter für alte Sprachen wurde Euer Vater zum nachfolgenden Hüter des Tiberius ernannt.«

Adriannes Vater, seinerzeit noch ein junger Mann, war die beste Wahl für diese Aufgabe gewesen. Er war ein Gelehrter und gleichzeitig ein Ritter des Schleiertuchs. Er erhielt den Auftrag, das Manuskript in Griechisch und Latein zu übersetzen und – nach langer Diskussion – auch ins Englische.

Obschon Adrianne bereits vieles aus ihren Gesprächen mit Lady Celia erfahren hatte, lauschte sie schweigend, den Blick auf Wyntouns Aufstellung geheftet. Ein in den Boden gestecktes Kreuz. Ein M mit einem Kruzifix darüber. Der Buchstabe A wiederholte sich ... zehn Mal. Eine verschnörkelte 7 in einem Quadrat ...

»Edmund Percy sollte den Schatz und diese Karte, die Ihr hier vor Euch seht, verstecken.« Der Baron deutete auf die Skizzen, über denen die drei anderen brüteten. »Es gibt noch eine Kopie von dieser Karte, aber sie liegt unter der Krypta des Petersdoms in Rom vergraben, unter dem berühmten Altar, der dort errichtet wird ... das heißt, wenn der französische König und der heilige römische Herrscher den Weiterbau billigen.«

Adrianne fuhr fort, ihren Gemahl bei der Arbeit zu beobachten. Eine Zeichnung von einem Hund. Ein Herz. Eine Glocke und ein Vogel. Verblüfft gewahrte sie, dass die Symbole Wyntoun kaum beeindruckten.

»Wie Ihr vermutlich wisst, hat Euer Vater den Schatz nach Norden gebracht, nachdem die Übersetzungen abgeschlossen waren. Dort machte er Station in dem Kloster, wo Benedict das Dokument angeblich aus den Flammen gerettet haben soll. Daraufhin brachte Edmund Percy es hierher ... und wurde zum *Hüter der Karte* ernannt.«

»Sehr interessant«, murmelte Adrianne und trat neben ihren Gatten. Wyntoun schenkte ihr ein zuversichtliches Lächeln, ehe er sich wieder seiner Aufgabe zuwandte.

Sie betrachtete die Landkarte, auf der sich eine dicke schwarze Linie mit Symbolen um einen Haken mit einem Punkt am Ende schlängelte.

»Bedeutet das M mit dem Kreuz eine Kirche ... oder sogar eine Kathedrale, was meint Ihr?« Der Geistliche ergriff erstmalig das Wort.

»Dies ist keine Karte von Glasgow«, sagte Wyntoun entschieden.

»Wie bitte?« Sir Peter blickte nervös auf.

»Dies ist eine Skizze der Kathedrale von Glasgow«, erklärte der Ritter. »Die wiederholten Buchstaben S und C stehen für das offene Dachgebälk.«

»Und die kunstvolle Sieben in dem Quadrat?«, erkundigte sich Colin Campbell.

»Das Schnitzwerk der sieben Todsünden und der sieben Zeitalter des Menschen über dem Chorgestühl.«

Das Wissen ihres Gemahls erfüllte Adrianne mit Stolz.

»Der Hund, das Herz, die Glocke und der Vogel?«, wollte Sir Peter wissen.

»Der Hund und das Herz? Das sind zwei Symbole für das selbe Wort ... Mungo. Es kann entweder bedeuten ›mein Hund‹ oder ›geliebtes Herz‹. Die Glocke. Der Vogel. Der Lachs und der Ring. Dies sind die Wunder von St. Mungo.« Wyntouns grüne Augen blitzten auf, spiegelten verhaltene Begeisterung, als er Adrianne anschaute. »St. Mungo liegt in der Kathedrale von Glasgow bestattet.«

Tiefes Schweigen legte sich über die Gruppe. Adrianne beobachtete die Mienen der Männer. Wyntoun – zuversichtlich und entspannt. Colin Campbell – gewissenhaft, ernst und tatkräftig. Der Geistliche, Sir Peter Wrothsey – nervös, kaum fähig, seine Erregung zu verbergen.

»Würde Edmund Percy den Schatz in der Krypta eines Heiligen vergraben?«

Adrianne hatte Baron Avandales Anwesenheit fast verdrängt. Sie harrte darauf, dass jemand seine Frage beantwortete, doch keiner reagierte darauf. Sie drehte sich zu Wyntoun, der sich auf die Karte konzentrierte. Eine breite Linie, die sich um den augenfälligen Haken mit dem Punkt schlängelte.

»Wir dürfen die Krypta nicht öffnen«, antwortete er schließlich. Adrianne sah ihn ungläubig an.

»Dafür brauchten wir die Einwilligung und die Anwesenheit des Erzbischofs von Glasgow.« Colin Campbell nickte bedachtsam. »Ich denke, das wird sich vermutlich innerhalb einer Woche bestimmt regeln lassen.«

»Also dann in einer Woche«, murmelte Wyntoun, nachdenklich Adriannes Hand fassend. »Nachdem wir so lange gewartet haben, kommt es auf eine Woche auch nicht mehr an.«

Die Ironie des Schicksals war einfach zu köstlich.

Der arrogante Streiter von Barra und der allmächtige Colin Campbell – beide hatten versagt. Sie hatten schlicht und einfach versagt.

Diese beiden dreckigen Highlander hatten hochmütig-herablassend über Jahre hinweg ihre Macht ausgeübt. Nun, jetzt waren sie am Ende.

Benedict wollte schon schadenfroh kichern, doch das Lachen blieb ihm in der Kehle stecken. Stattdessen feixte er grimmig in das Gesicht des vor ihm stehenden Priesters.

Sir Peter Wrothsey gab ein bellendes Lachen von sich. »Die Grabstätte des Heiligen!«, wiederholte er. »Diese Narren denken, dass der Schatz in Mungos Grab verborgen liegt.«

Benedict setzte sich vor den Kamin, den Blick auf die glimmenden Holzscheite geheftet. Endlich, nach all der Zeit. Er hielt ihn fast schon in Händen. »Und Ihr seid Euch ganz sicher wegen dieses anderen Symbols?«

Der Priester nickte entschieden. »Die breite Linie, die sich um den Haken schlängelt.«

»Eine Schlange!«, zischte Benedict. »Eine schwarze Natter.«

»Ja, sie deutet auf das Seitenschiff von Blacader«, bekräftigte Sir Peter. »Diese Narren haben das Naheliegende übersehen. Der Haken ist ein Hirtenstab … ein Bischofsstab. Die weiteren Symbole stehen für die Kathedrale und der Punkt am Ende des Stabs für das Versteck des Schatzes. Dessen bin ich sicher!«

Aufgeregt rang der Mönch die gichtgekrümmten Hände. »Erzbischof Blacader hat das Seitenschiff vor ungefähr dreißig Jahren ausbauen lassen. Um den Zeitpunkt herum, als Edmund Percy den Schatz nach Norden gebracht hat!«

»Er ist dort. Und harrt nur darauf, dass Ihr ihn rettet, so wie schon einmal vor dreißig Jahren.«

Grinsend wandte Benedict sich an Wrothsey. »Ihr habt gute Arbeit geleistet, mein Bruder. Erzbischof Cranmer wird überaus angetan sein, wenn er von Euren Bemühungen für unsere Sache erfährt. Dafür werdet Ihr gut belohnt werden.«

Der Geistliche umklammerte das Kruzifix an seinem Gürtel und nickte salbungsvoll. »Aber die Zeit läuft uns davon. Am Freitag werden sie die Gruft von Sankt Mungo öffnen. Und wenn sie den Schatz nicht finden, werden sie sich wieder den Symbolen auf der Karte widmen.«

»Wenn nicht schon früher. Aber so lange werden wir nicht warten. Morgen um diese Zeit halte ich den heiligen Tiberius in meinen Händen.« Benedicts Blick glitt zur Tür, durch welche die aufgebrachte Stimme Nichola Percys drang; sie saß am Ende des Ganges hinter Schloss und Riegel.

»Und was habt Ihr mit ihr vor?«, erkundigte sich Sir Peter.

»Wir werden sie gemeinsam nach England bringen, zum Erzbischof von Canterbury, der kann sie dem König übergeben.« Ein heimtückisches Grinsen glitt über Benedicts Züge. »Aber warum all die Mühen? Vielleicht sollten wir einfach ihren Kopf nehmen.«

Wrothseys um das Kruzifix gelegte Fingerknöchel traten weiß hervor. »Ihren Kopf?«

»Denkt doch nur, was für eine Plage sie auf der Reise wäre. Der König will ihren Kopf, und den liefern wir ihm.« Benedicts Augen weiteten sich vor Genugtuung über seinen Geistesblitz. »Ich verlasse Glasgow. Ihr, mein Mitstreiter von Gottes Gnaden, werdet dieses heimtückische Frauenzimmer töten und ihr Haupt in einem Sack mitbringen. Nehmt die Lanark Road nördlich von Glasgow. Ich treffe Euch dort, wenn ich in der Kathedrale fertig bin.«

»Also abgemacht, Benedict. Wir werden uns auf der Lanark Road treffen.«

Der Mönch erhob sich und humpelte zur Tür. Von dort wandte er sich abermals an den Geistlichen.

»Es wird fantastisch werden, Sir Peter. Ich werde den Schatz des Tiberius präsentieren. Und Ihr den Kopf der meist gehassten Widersacherin des Königs.

Es wird erhebend sein, ich sag's Euch! Ruhmreich! Dies wird unser triumphaler Augenblick werden!«

# 28. Kapitel

Als es gegen Abend ging, legte sich dichter Nebel, grau wie eine Mönchskutte, über die Stadt. Kurz vor Mitternacht hüllten undurchdringliche Nebelschwaden die Männer ein, die in aller Heimlichkeit und mit gedämpftem Ruderschlag den Clyde überquerten. Östlich von Bridgegate, wo englisches Kanonenfeuer zwanzig Jahre zuvor die Stadtmauern zerstört hatte, pirschten sich die schweigenden Männer bis nach Glasgow vor.

Insgesamt zwölf Männer huschten durch die schlafende Stadt. Vorbei am Marktkreuz strebten sie in nördliche Richtung und nahmen die Anhöhe zu der im Dunkel liegenden Kathedrale. Bewaffnet und gut bezahlt waren diese Söldner – und bereit, für den wertvollsten Schatz der Christenheit zu morden.

Am Seiteneingang zerstreuten sich alle bis auf einen. In Windeseile hatte jeder von ihnen den ihm zugewiesenen Platz eingenommen. In einem Alkoven neben dem Portal. Hinter einer Baumgruppe. Oder bei der alten Holzbrücke, die den Graben überspannte.

Benedict wartete, bis sie fort waren, dann betrat er allein die Kathedrale von Glasgow. Diesen Augenblick wollte er mit niemandem teilen.

Im Innern angelangt, bewegte er sich zielstrebig. Benedict kannte den Weg. Selbst um diese Stunde brannten ungezählte Kerzen in dem Gotteshaus; dennoch war es dunkel und kalt, wenn kein Tageslicht durch die riesigen, bleiverglasten Fenster einfiel. Die Bögen über ihm schufen eine höhlenartige Atmosphäre. Einmal blieb er stehen, übermannt von dem Gefühl, in einer Krypta oder Katakombe zu sein. Benedict legte die Stirn in Falten und sah sich um; seine Hand tastete zu dem Dolch an seiner Hüfte. Die Kathedrale war menschenleer. Er zwang sich zum Weitergehen und erreichte blitzgeschwind das Blacader-Seitenschiff.

Jeden anderen hätten die anmutigen weißen Bögen des Kirchenschiffs in ihren Bann gezogen. Doch für Benedict zählte einzig der Schatz. Er nahm einen Kienspan aus einer Wandhalterung und zündete diesen an einer Kerze an.

Der Mönch verharrte inmitten des Seitenschiffs, sein Blick schweifte über die farbenprächtig bemalten, steingemeißelten Mauervorsprünge, die eine Linie oberhalb der Bogengänge bildeten. Nach seinem Dafürhalten befand sich über ihm keinerlei Versteck. Doch dann fiel sein Blick auf eine riesige goldene Platte, welche die Vorderseite eines Marmoraltars schmückte. Über dem Altar, in einem Alkoven, stand eine Statue der Jungfrau Maria. Sie trug einen blauen, goldgesäumten Schleier.

»Aber natürlich! Er ist hier ... hier!« Seine Stimme hallte von den gewaltigen Mauern wider. »Du gehörst mir ... mir!«

Benedict hinkte zu dem Altar und kniete vor der goldenen Platte nieder. Mit zitternder Hand berührte er die Gravur einer schwarzen Natter, die sich um einen Bischofsstab wand. Er lächelte. Das lange Ende des Hirtenstabs mutete wie ein Federkiel an.

Und die Spitze eines solchen Federkiels ruhte auf einem aufgeschlagenen Buch!

Wutschnaubend spähte der Mönch zu der Statue über dem Altar. »Dreißig vertane Jahre ... einfach verschwendet ...«

Unwirsch zerrte er an dem goldenen Paneel. Er legte die Fackel auf den Steinboden, benutzte seinen Dolch, um die schwere Platte frei zu kratzen. Mehr brauchte er nicht zu tun, denn sie glitt sogleich aus ihren Eisenstiften. Er ließ sie hinter sich auf den Boden fallen, gefolgt von ohrenbetäubendem Nachhall in der Kathedrale.

Sobald Benedict die Fackel aufhob, sah er es. Dort, in dem offenen Gelass hinter der Platte. Und seine Augen leuchteten auf, als er das Objekt seiner Begierde gewahrte. Das Ende seiner Suche. Jetzt gehörte er ihm!

Er griff nach der eisenverstärkten Holztruhe.

Es regnete, als Benedict aus dem Seitenportal der Kathedrale schlüpfte, die Truhe unterm Arm.

Der Kirchhof war stumm wie ein Grab. Nebelschwaden umwaberten die dunklen Gegenstände vor ihm – die niedrige Mauer, die Baumgruppe, eine Steingruft neben der Mauer.

Den Kienspan in einer Hand haltend, rannte er in die Nacht hinaus. Schweigen war seine einzige Antwort. Er duckte sich entlang der Mauer, dorthin, wo wenigstens zwei der von ihm angeheuerten Männer postiert waren. Sie waren nicht dort.

Sie mussten dort sein. Sie würden ihn nicht im Stich lassen. Er hatte sie bezahlt, wahrhaftig! Aber er hatte ihnen mehr zugesagt ... weitaus mehr. Sein schlechtes Gewissen nagte an ihm. Benedict fühlte, wie ihm das Herz in der Brust hämmerte, doch er ignorierte es und ging weiter, zu der Brücke über dem Wassergraben. Dahinter standen weitere Männer Wache. Die Kassette fester umklammernd, überquerte er die Brücke. Als er den schmalen Weg nahm, lauschte er einzig dem Klang seiner eigenen Schritte.

Sekunden später durchtrennte ein spitzer Schrei die schweigende Nacht, und der Mönch blieb abrupt stehen. Es klang wie der Schrei einer Frau. Einer gepeinigten Frau. Einer Sterbenden …

Aus der Ferne drang Hundegebell, aber kein weiterer Schrei. Der Nebel machte es umso schwieriger zu beurteilen, aus welcher Richtung der Entsetzenslaut gekommen war. Ob er vor ihm oder hinter ihm ertönt war – der Mönch wusste es nicht eindeutig zu bestimmen.

Dieses Mal rief er laut nach seinen Männern. Wieder antwortete ihm nur Schweigen.

Die Truhe fest an seinen Körper gepresst, stapfte Benedict den Hügel hinunter. Dort warteten weitere Männer auf ihn, und mit ihnen der Bootsmann, der ihn über den Clyde bringen sollte. Söldner, geschult zu töten und bereit, ihm zu dienen.

Er musste nur noch dorthin gelangen.

Zu spät sah er den dunklen Schatten auf dem Pfad; er stolperte darüber, trat ihn im Straucheln beiseite. Die Truhe fiel mit einem dumpfen Knall zu Boden, die Fackel landete Funken sprühend neben dem reifbedeckten Weg. Wie dem auch sein mochte, der Gegenstand, über den er gestürzt war, hatte jedenfalls Augenblicke zuvor noch nicht dort gelegen.

In seiner Panik kroch er auf Knien durch den Nebel, tastete nach seinem Schatz. Stattdessen jedoch berührten seine Hände ein Stoffbündel. Es war ein Beutel mit einem Gegenstand darin, und über ebendiesen war er gestolpert. Er trat näher heran, fixierte ihn. Kein Beutel. Ein Tartan … um etwas Sperriges gewickelt. Er trat davor und rollte ihn behutsam ins Licht der

Fackel. Dunkle Haarsträhnen ringelten sich aus dem zusammengeknoteten Stoff.

»Nichola!«, flüsterte er. Er erhob sich und wich zurück. »Tot.«

Er blickte sich hektisch um. Oben auf der Anhöhe – die diffusen Schatten der Grabsteine. Vor ihm lag die Brücke, die er indes nicht auszumachen vermochte. Kein Lebenszeichen von Sir Peter Wrothsey oder einem seiner Männer. Die Beine des Mönchs waren plötzlich schwer wie Blei, und seine Hände zitterten, als er sich bückte, um die Truhe aufzuheben. Er straffte sich, lauschte erneut auf ein Geräusch.

Benedict suchte die Furcht zu verdrängen, die in ihm hochkroch, doch es wollte ihm nicht gelingen. Der Nebel, der ihm Schutz geboten hatte, dünkte ihn plötzlich ein Totenhemd. *Sein* Totenhemd. Er zwang sich weiterzugehen, verfluchte sich im Stillen.

»Sir Peter!«, rief er. »Wo, zum Teufel, seid …?«

Der Rest blieb ihm in der Kehle stecken, da Nichola Percy unvermittelt vor ihm auftauchte. Wie ein Racheengel am Jüngsten Tag trat sie aus dem Nebel. Mit schreckgeweiteten Augen maß er die Gestalt seiner Anklägerin. Ob tot oder leibhaftig, Geist oder Mensch … es spielte keine Rolle. Vor ihm stand Nichola Percy und versperrte ihm den Weg. Benedict vermochte sich nicht mehr zu rühren. Er bekam keinen Ton heraus, nur sein aufgewühlter Atem erfüllte die Stille. Für einen endlos währenden Augenblick durchbrach keiner von beiden das Schweigen. Und dann sprach sie.

»Dies ist das Ende, Benedict.«

»Nein, Nichola. Ihr seid nicht wirklich! Ihr seid ein Geist. Ihr könnt mir nichts anhaben.« Sein Verstand spielte ihm einen Streich, dachte er bei sich, trotzdem vermochte er sich nicht zu rühren. »Verschwindet, Ihr heimtückisches, verfluchtes Frauenzimmer!«

»Man sollte die Mutter nie stören, wenn sie Junge im Nest hat.«

Seine eigenen Worte kamen ihm wieder in den Sinn. Er zitterte unkontrolliert. Selbiges hatte er damals zu Sir Arthur Courtenay gesagt.

»In all den Jahren meiner Ehe habt Ihr in unserer Familie gelebt. Ihr wart einer von uns, und doch habt Ihr uns belogen. Ihr habt Eure Seele an den Teufel verkauft und uns hintergangen. Und wofür, Benedict?« Ihr Finger deutete anklagend auf die Truhe. *»Dafür?«*

Er drückte die Holzkassette an seine Brust. »Er gehört mir. Mir ... wie schon vor vielen Jahren. Edmund hätte mich in jener Nacht nicht aufhalten dürfen. Ich habe das Feuer im Kloster gelegt. Ich bin durch die Flammen geschritten und habe ihn gerettet. Ich hielt den Tiberius in meinen Händen, aber er hat ihn mir fortgenommen.«

»Stattdessen hat er Euch zu einem ruhmreichen Helden erklärt. Er hat dafür gesorgt, dass Ihr als hoch geschätztes Mitglied in seiner Bruderschaft aufgenommen wurdet.«

»Auch dafür habe ich ihn gehasst. Ich habe sie alle gehasst. Diese reichen, privilegierten Ritter – diese arroganten Narren. Meint Ihr, ich hätte sie gebraucht? Ich habe sie verabscheut. Verglichen mit meiner Herkunft sind es niedere, geistesschwache Tölpel.«

»Edmund gab Euch die Chance, an einer guten und edelmütigen Sache teilzuhaben.«

»Er hat mir die Chance auf Macht genommen. Meine sämtlichen Pläne durchkreuzt.« Benedicts Stimme bebte vor Erregung und Entschlossenheit. »Deshalb musste ich ihn zerstören. Also wartete ich und plante. Ich beschloss, ihn und seine Familie auszumerzen – und alles, was ihm wichtig war.«

Das Gewicht der Truhe in seinen Armen gab ihm

neuen Mut. Er hielt sie fest. Sie gehörte jetzt ihm. Der Schatz belebte seinen Kampfgeist wie schon seit Jahren nicht mehr.

»Edmund hatte keine Chance gegen mich. Ich kannte seine sämtlichen Geheimnisse. Ich war in allen Angelegenheiten sein Vertrauter. Ich hegte und pflegte meine Freundschaften. Ich wartete auf meine Gelegenheit. Als die Zeit reif war, als mein Verbündeter Thomas Cranmer zum Erzbischof von Canterbury ernannt wurde, schlug ich zu!

Ganz recht, Nichola! Ich habe Eure Familie zerstört. Ich war es, der den Statthalter des Königs, Sir Arthur Courtenay, auf Euch gehetzt hat! Ich habe Euch und Eure Satansbrut durch ganz England und Schottland gejagt.« Er trat einen Schritt auf sie zu. »Kein Geringerer als ich hat dafür Sorge getragen, Nichola, dass Euer edler Gemahl wie ein erbärmlicher Hund im Tower sterben musste. Ich war's!«

»Dies ist das Ende«, wiederholte sie ruhig.

»Ja, Euer Ende. Das Ende von allen, die sich mir in den Weg stellen. Mit dieser Reliquie habe ich mir meinen Lebenstraum erfüllt. Kostbarer als der Heilige Gral, wird sie mich auf meinen rechtmäßigen Platz erheben. In einem Monat werde ich der Erzbischof von Yorkshire sein. In einem Jahr, wenn König Henry Rom einnimmt, werde ich Papst!«

»Ihr seid des Wahnsinns«, wisperte sie.

»Verwechselt nicht Ehrgeiz mit Wahnsinn, Geist.«

»Nur ein Verrückter würde hier stehen und sich mit einem Geist unterhalten, Benedict.« Die Stimme der jüngeren Frau drang aus dem Nebel, und der Mönch wich zurück, da Adrianne hinter ihrer Mutter auftauchte.

»Ihr!«, stammelte er, und seine Finger krampften sich um den Dolch.

Er trat einen weiteren Schritt zurück, als Wyntoun MacLean aus dem Nebel und neben seine Gemahlin trat.

Andere gesellten sich zu ihnen – Sir Henry Exton mit seinen Kriegern, ja sogar Benedicts ›Verbündeter‹, Sir Peter Wrothsey. Der Mönch fluchte wie ein Kesselflicker, spie auf den Boden und sah sich hohngrinsend um.

»Er gehört jetzt mir«, zischte der Mönch leise. »Mir allein.«

Wyntouns Stimme dröhnte über den Kirchhof. »Er gehört Euch nicht. Er gehört allen. Der gesamten Menschheit.«

»Ihr könnt ihn mir nicht wegnehmen.« Benedict wich noch einen Schritt zurück. Die Fackel lag zu seinen Füßen. Sein Blick schoss zur Seite. Er wirbelte herum. Ringsum begegneten ihm die grimmigen Gesichter der Krieger. Er war umzingelt.

»Es ist vorbei, Benedict«, wiederholte Nichola.

Der Mönch zog seinen Dolch, steckte die Klinge unter den Truhendeckel, stemmte sie auf.

»Ich gebe ihn nicht auf!«, gellte er. »Eher zerstöre ich ihn.«

Benedict blickte in die Holztruhe. Sie war leer.

Wyntoun trat vor. »Eure eigene Schurkerei hat Euch zu Fall gebracht.«

Als der Mönch dem Ritter die Truhe entgegenschleuderte, wichen alle zurück. Er schnellte herum und drohte seinen Widersachern mit dem aufblitzenden Dolch.

»Ergebt Euch, Benedict«, sagte Wyntoun. »Ergebt Euch, und Ihr werdet Gnade finden.«

Der Blick des Mönchs wanderte von Nichola zu Adrianne und verharrte für einen langen Augenblick auf Wyntouns Gesicht.

»Niemals«, keuchte er und stieß sich die Klinge mitten ins Herz.

Adrianne gewahrte die maskenhafte Starre, die Benedicts Gesicht annahm. Schweigend beobachteten alle, wie er starb; irgendwann wandte ihre Mutter sich von dem Leichnam ab.

Sogleich schien der Kreis der Krieger rührig zu werden, der Blick der jungen Frau verharrte indes auf Nicholas Gesicht und auf deren tränenfeuchten Wangen.

Nichola breitete die Arme aus, und Adrianne flog zu ihrer Mutter. Sobald sie einander umarmten, trat ihr die Erinnerung an ihren Vater ins Bewusstsein. Edmund Percy war für seine Überzeugungen gestorben. Die Missetaten dieses einen Mannes, Benedict, hatten den Prozess nur beschleunigt.

Aber das war jetzt vorbei. Ihre Mutter hatte darauf bestanden mitzukommen. Nichola hatte dem Mönch gegenübertreten und seine Worte hören wollen. Und jetzt war es vorbei.

Wie Wyntoun Adrianne während des Wartens dargelegt hatte, war Sir Peter Wrothsey stets ein rechtschaffener Ritter des Schleiertuchs gewesen. Genau wie Wyntoun hatte der Geistliche im letzten Jahr heimlich mit Benedict verhandelt. Da man von Benedicts Bündnis mit Thomas Cranmer wusste, wäre es kritisch für die Bruderschaft gewesen, ihn direkt anzugehen. Durch Sir Peter waren die Ritter des Schleiertuchs in der glücklichen Lage, Benedict das zu vermitteln, was er wissen sollte. Aufgrund seines Ränkespiels war er ihnen zwar immer einen Schritt voraus gewesen, aber genau das hatte Lady Nichola letztlich das Leben gerettet. Sir Peter hatte sich in ihrem Gefängnis aufgehalten und Sir Henry in den umliegenden Bergen; von daher war Nicholas Rettung ein Leichtes gewesen ... sobald Benedict und seine Männer zur Kathedrale von Glasgow aufgebrochen waren.

Adrianne küsste ihre Mutter sanft auf die Wangen und löste sich aus ihrer Umarmung, da Sir Henry sich ihnen näherte.

»Ich glaube, dieser Mann braucht deine Umarmung so sehr wie ich«, flüsterte sie lächelnd. »Sir Henry ist vom Leben gezeichnet. Vielleicht erweist du ihm ein bisschen Gnade.«

Darauf drückte Nichola rasch Adriannes Hand und gab sie frei.

Die junge Frau drehte sich um und gewahrte ihren Gemahl, der nur wenige Schritte entfernt auf sie wartete. Ihr Herz schlug höher vor lauter Stolz darauf, wie er den Mönch dingfest gemacht hatte. Dass der Schatz in der Gruft von St. Mungo liegen sollte, war von Anfang an ein gewieftes Ablenkungsmanöver gewesen. Tags zuvor hatte Wyntoun im Beisein von Adrianne das Manuskript aus der Truhe genommen und dem Earl of Argyll übergeben. Von diesem Augenblick an war die Aufgabe, den Schatz des Tiberius zu schützen, Colin Campbell zugefallen.

Wyntouns Arme umschlangen sie wie Stahlzwingen. »Es tut mir Leid, dass du das mit ansehen musstest. Er hätte nicht so enden müssen.«

»Wir mussten herkommen. Das waren wir meinem Vater schuldig.«

»Warst du es ihm auch schuldig, einen Holzklotz in einen Tartan einzuwickeln und eine deiner Haarlocken mit in den Knoten zu schnüren?«

Sie sah zu ihm auf. »Ich danke dir, dass ich ihm einen kleinen Vorgeschmack der Angst vermitteln durfte, in die er meine Familie versetzt hat. Es war ein bisschen überstürzt von mir, das gebe ich zu ...«

»Sag jetzt nichts mehr, mein Schatz. Vergiss nicht, ich habe mich geändert. Ab heute hast du mein volles Vertrauen bei allem, was du sagst und tust.«

Sie stieß ihn scherzhaft in die Rippen und entzog sich ihm. »Von wegen, Wyntoun MacLean. Ich verlange, dass du einen kühlen Kopf bewahrst. Schließlich traue ich mir ja oft selbst nicht.«

Wyntouns Gesicht strahlte vor Verliebtheit, als sie den Hügel hinab zu ihren Pferden gingen, die sie zurück nach Dunbarton Castle bringen würden.

»Meinst du, der Earl of Argyll und Lady Celia sind bereits fort?«, erkundigte sie sich.

»Bestimmt sogar. Sie wollten bei Sonnenaufgang aufbrechen. Bei den vielen Kriegern in ihrem Begleittross müsste es ihnen gewiss gelingen, den Schatz des Tiberius gefahrlos in sein neues Versteck zu bringen.«

Der Nebel lichtete sich bereits, als sie ihre Pferde erreichten.

»Wyntoun, was ist mit den Männern, die bei Benedict waren?«, erkundigte sich Adrianne, beruhigt, die schützende Umarmung ihres Gatten zu spüren.

»Es waren keine Gefolgsleute des Erzbischofs von Canterbury. Sir Henry hat diejenigen befragt, denen es nicht gelang zu flüchten. Es waren schlicht angeheuerte Söldner, die Benedict bezahlt hat ... sehr wahrscheinlich mit dem Gold des Erzbischofs. Ich glaube, Thomas Cranmer hat eine ausreichende Distanz zu Benedict gewahrt. Wäre der Mönch erfolgreich gewesen, hätte er davon immens profitiert. Im Falle seines Versagens konnte das Cranmer nichts anhaben.«

»Aber der Erzbischof muss doch ein kleines Vermögen verloren haben!«

»Ganz recht, das Vermögen der Abteien, die sie im Süden geplündert haben. Cranmer hatte wahrlich nichts zu verlieren.«

Adriannes nachdenkliche Miene wandelte sich zu einem Lächeln, als sie sah, wie Sir Henry ihrer Mutter galant über das unwegsame Gelände half. Die Zärtlichkeit in Nicholas Blick und die Zuneigung, die aus jeder Berührung des englischen Ritters sprach, erwärmten das Herz der jungen Frau.

»Und dies ist also das Ende«, hörte sie sich flüstern.

»Nein, erst der Anfang«, murmelte Wyntoun, einen Kuss auf ihr Ohrläppchen hauchend.

Strahlend umarmte sie ihren Gemahl. »Der Anfang?«

Er nickte zufrieden. »Der Anfang unserer Reise in den Norden nach Balvenie Castle, wo wir deine übrige Familie besuchen.«

Sie stellte sich auf die Zehenspitzen und drückte ihm einen Kuss aufs Kinn.

»Und der Anfang unserer Rückkehr nach Duart Castle und einer Ehe, die wir dort auf Eis gelegt haben.«

Sie hauchte einen Kuss auf seine rechte Wange.

»Und der Anfang zur Gründung unserer eigenen Familie.«

Sie küsste seine linke Wange.

»Und der Anfang der Verwandlung eines gewissen Mannes und einer gewissen Frau. Der Anfang von Liebe und Vertrauen, so unerschütterlich, dass sie jeden Stolperstein auf unserem gemeinsamen Weg überwinden werden. Dies ist der Anfang, mein Schatz, und für alle Zeit ist der nächste Schritt.«

Adrianne küsste ihren Gemahl glückselig und mit einem Herzen voller Liebe.

Und das, so wussten beide, war nur der Anfang.